LES TREIZE PAS

Ce roman, fugue brillante sur une base aléatoire, se présente comme un jeu de massacre.

Deux professeurs de physique, occupant des logements mitoyens, Zhang Hongqiu et Fang Fugui, s'évertuent à enseigner la théorie de la relativité dans un établissement secondaire, le lycée n° 8, qui possède également une usine autogérée de conserves de lapin. La femme de Fang Fugui, Du Xiaoying, y est préposée au dépeçage des bêtes encore vivantes tandis que l'épouse de Zhang Hongqiu, Li Yuchan, est esthéticienne au funérarium et détourne des morceaux de ses patients en échange de viande de porc. Héros du travail, le professeur Fang Fugui, mort de fatigue pendant un cours et ressuscité clandestin, se retrouve avec le visage de Zhang Hongqiu, et cherche à faire fortune dans le trafic de cigarettes. Cet épisode épique tourne à la catastrophe générale. Le faux mort devient fou en assistant à ses obsèques. Sa femme est promue et se suicide. Un tigre du zoo est empoisonné et dépecé…

Prenant pour paramètres la misère des intellectuels et la libido inassouvie de leurs épouses, le récit se démultiplie dans une savante mise en abîme des différentes fonctions narratives, les personnages assurant tour à tour le rôle de héros et de narrateur.

Mo Yan, de son vrai nom Yuan Moye, est né en 1956 dans une famille de paysans pauvres à Gàomi, dans la province du Shandong. Il quitte l'école pour travailler aux champs dès la fin de ses études primaires et s'enrôle dans l'armée en 1979. Il commence à écrire en 1981. Il a publié plus de quatre-vingts nouvelles et romans, ainsi que des textes de reportage, de critique littéraire et des essais. Plusieurs romans ont été traduits en français dont Le Pays de l'alcool, Beaux Seins, Belles Fesses *et* Enfant de fer.

Mo Yan

LES TREIZE PAS

ROMAN

Traduit du chinois
par Sylvie Gentil

Éditions du Seuil

Nous remercions Meng Mei pour son assistance.

TEXTE INTÉGRAL

Titre original : *Shi San Pu*

ISBN 2-02-063519-4
(ISBN 2-02-020617-X, 1re publication)

www.seuil.com

Première partie

I

Bien sûr que Marx n'est pas Dieu ! Juché, vautré sur ton espèce de barre jaunâtre – dans les volutes de fumée floue qui tour à tour dévoilent ton corps et ton visage nus, sous l'ombre sombre des fils de fer qui te font ressembler à un vigoureux petit zèbre –, c'est sans vergogne que tu nous l'assènes : Qu'est-ce qu'on en a bavé, quand même, à cause de Marx ! Nous sommes épouvantés, le nuage blanchâtre de la peur vient se coller gluant sur notre nez. Il a levé le cou, et la tache de lumière éclatante sur sa pomme d'Adam nous fait hésiter : ne serait-ce pas sa cervelle qu'il voudrait offrir à la lame de clarté – la vérité est comme moi : nue, dépouillée. « Qui dit la vérité nuit aux cent familles », dit-on. « Vérité est plus facile à dire qu'à entendre », dit-on. Si nous ne critiquons pas Marx, nous allons tous mourir de faim ! Si nous ne critiquons pas Marx, c'est que nous ne sommes pas de vrais marxistes ! – Mais on s'en moque de tes divagations ! Tu ne vois pas que tu nous fais bâiller, nous qui sommes là, devant toi, à l'extérieur de la cage ? Le feuillage dense des bambous pourpres s'engouffre par les trous du grillage, feuilles pointues et acérées, multitude de lames tranchantes. Nous te jetons des craies. Si nous te donnions des fruits sauvages, tu ne les mangerais pas. Tu y mords à belles dents, et cependant tu nous contes ton histoire. Tu es le narrateur encagé. Lentement tu mâches, puis, nous fixant de tes pupilles écarlates comme des bouts de cigarette, tu te mets à parler, sans plus désormais t'interrompre.

Lundi matin. Fang Fugui, professeur de physique des classes de terminale du lycée n° 8, est en train d'expliquer le principe de l'explosion de la bombe atomique du haut de son estrade. Il en est à diverses anecdotes relatives à l'élaboration de la première, et les élèves l'écoutent, bouche bée. Debout et balançant dans sa main une boîte de craies multicolores, nous dis-tu, il parle, parle, et sa main s'empare d'un bâton pour dessiner sur le tableau noir des courbes et des ondulations, comme pour tresser les fils d'une cage de fer. Sur l'arête de son nez, une paire de lunettes aux branches emmaillotées de sparadrap noir. Un brave homme, ça, personne à l'école n'irait dire le contraire. Sa femme aussi d'ailleurs : provisoirement ouvrière à la conserverie de lapin qui dépend du lycée, elle y « déshabille et déchapeaute » les bestioles. Ils ont deux enfants, Fang Long et Fang Hu, un garçon et une fille : l'idéal, ainsi qu'il est unanimement reconnu. – Mais laissons-les là pour l'instant ! Tu nous dis que Fang Fugui fait jaillir dans la salle un nuage en forme de champignon, que tu as autrefois été un de ses plus intimes compagnons… Mutine, la lumière du soleil joue sur ta lèvre.

« Quand la bombe atomique a éclaté, l'acier s'est gazéifié, les sables du désert se sont transformés en verre ! » Il parle – nous dis-tu – et les fronts des élèves surgissent ou s'effacent au gré des volutes de fumée : une tête, puis une autre, puis une autre encore… Trois, cinq, sept têtes… Sur leurs crânes, les cheveux se dressent par touffes, comme de petites étincelles… Comme le pelage du lama fièrement assis dans la cage de droite… Il a soudain l'impression que sa pensée se trouble, la tête lui tourne, que ces enfants ont l'air bizarre, à quoi pensent-ils ? La craie que tu as dans la bouche s'agite obscurément sur le tableau, avec un crissement à faire grincer des dents. Réfléchissez bien, dis-tu, à votre avis, à quoi pensent les élèves ? Pourrions-nous penser à la place de Fang Fugui ?

Une dizaine d'entre eux sans doute rêve d'aller à l'université et, maîtrise ou doctorat en poche, d'entrer dans une usine de bombes nucléaires. Une autre dizaine hésite peut-être à savoir, au cas où l'entrée à l'université lui serait refusée, dans quel genre de commerce il vaudrait mieux se lancer : les petits chats ou les pigeons ? Peut-être encore, mais ce n'est pas sûr, y en a-t-il une dizaine pour rêver à des romans d'amour. Et sans doute une bonne dizaine qui dort les yeux grands ouverts. C'est courant, nous dis-tu, de manquer de sommeil en terminale. Mais voilà qu'en cet instant précis se produit un événement tout à fait inaccoutumé :

Fang Fugui, cet éminent professeur de physique qui dès qu'il se retrouve sur une estrade rayonne et jubile comme s'il était sur une scène de théâtre, Fang Fugui, donc, son maigre visage tout barbouillé de craie, s'est mis à transpirer à grosses gouttes. Il s'étrangle. Il secoue les bras. Comme un coq en train de battre des ailes pour chanter, nous dis-tu. Les élèves vont presque se mettre à grimacer quand, patatras ! De mal en pis ! Le professeur tombe la tête la première sur l'estrade ! Une dernière contraction des jambes et il reste là, affalé, comme un bout de bois mort. En moins de temps qu'il n'en faut pour le dire, voilà en plus un vol de moineaux qui vient se heurter violemment au carreau, le brise et fait irruption dans la salle de classe. Toutes les plumes du sommet de leur crâne sont tombées dans le choc, on dirait de petits vieillards chauves. Et ils sont foule, une foule qui danse dans la pièce, qui piaille et qui pépie aux quatre coins.

Les élèves en restent estomaqués. Hébétés un long moment. Tu prends un air extrêmement affligé. Nous courons du côté de la girafe ramasser une poignée de craie écrasée que, généreusement, nous t'offrons. Comment un homme peut-il manger de la craie ? Nous sommes perplexes. Avec avidité, tu mords dans ton bâton, des miettes à moitié sèches s'échappent d'entre tes dents, se collent à ton menton et, toi, d'un coup de langue, tu les rattrapes avant de reprendre : le nuage en forme de champignon se disperse en volutes. On se croirait dans un rêve. Quelques élèves assis à proximité de l'estrade se lèvent de leur siège et tendent le cou, se protégeant la figure à deux mains de crainte que les moineaux chauves ne viennent leur crever les yeux, pour jeter un coup d'œil au corps du professeur qui, étendu sur l'estrade, a un dernier sursaut.

« Monsieur Fang, vous dormez ? »

Ils sont de plus en plus nombreux à s'être mis debout et à tendre le cou. Nous aussi nous tendons le cou pour mieux te voir.

Plus courageuse, une fille finit par quitter sa place. Elle s'approche de l'estrade, se penche et pousse un cri bizarre avant d'annoncer : « Le professeur est mort, camarades ! » Dans un vacarme épouvantable, les moineaux quittent la pièce.

Mais qu'es-tu, toi, homme ou animal ? Si tu es un homme, pourquoi t'a-t-on mis en cage ? Et si tu es un animal, pourquoi parles-tu ? Les craies, les craies, les craies : c'est ta faute si pendant dix ans nous sommes restés fascinés par les craies, comme s'il s'était agi de servir une cause sacrée.

II

La mort du professeur Fang, même les peupliers du lycée n° 8 en ont eu de la douleur. La direction a pris l'affaire très au sérieux. Elle a téléphoné au bureau municipal à l'Éducation. Et comme demain c'est justement la fête des enseignants, les dirigeants dudit bureau ont pris l'affaire très au sérieux. Ils ont téléphoné au gouvernement municipal où le maire lui aussi a pris l'affaire très au sérieux. Il a dit qu'il était extrêmement peiné.

Dans sa chute, le professeur Fang s'est ouvert le visage et, comme en plus il a été tout picoré par les moineaux, on l'a apporté au salon mortuaire des pompes funèbres afin de le faire réparer par l'esthéticienne hors cadre, Li Yuchan. Mme Li a été toute bouleversée de le voir ainsi abîmé : c'est que son époux, Zhang Hongqiu, est lui aussi professeur de physique au lycée n° 8, c'est un collègue de Fang ! Les deux familles habitent d'ailleurs la même maison, une seule cloison les sépare en fait, ils se croisent tous les jours.

Le professeur Fang est mort. Ses collègues ne sont pas contents.

Qui t'a mis dans cette cage ? Qui te force à manger de la craie ? Est-ce que tu as des vers ?

On ne m'interrompt pas !

Tu n'as pas envie de savoir qui t'a mis en cage ?

On ne m'interrompt pas !

Pourquoi ses collègues ne sont-ils pas contents ?

Le proviseur a chargé Zhang Hongqiu de reprendre les cours de Fang.

Un élève a rédigé un poème de regrets :

> T'en souviens-tu, du cierge rouge et éclatant ?
> Vois : cette cire fondue, ces restes désolants.

Les dirigeants l'ont lu : Très mauvais ! Risque de chahut !

III

Le temps a passé si vite. Aujourd'hui encore nous ne pouvons pas l'oublier, cet homme qui rampait dans sa cage en mangeant de la craie et nous racontant des histoires : les bouts de craie multicolores, qui s'échappaient d'entre ses dents pourries, tombaient sur son menton, tombaient sur son perchoir, tombaient sur le plancher rongé par la rouille de sa cage. Négligemment, des quatre membres, il s'accrochait à son perchoir, comme un soldat en train de grimper à l'échelle pour prendre d'assaut une muraille, ou transpercé par une flèche sur son camion. En ces moments-là, jamais il n'a cherché à museler notre imagination, il était tout à son récit :

Mercredi soir. Zhang Hongqiu, professeur de physique des classes de terminale du lycée n° 8, est pris d'une atroce envie de fumer. Il est chez lui, mais il a beau fouiller dans tous les coins et recoins, même pas l'ombre d'un reste de vieux mégot. Même pas dans ce petit hangar à côté de la cuisine, là où on a casé un lit pour y mettre la belle-mère : elle ne parle plus, depuis sa crise d'apoplexie, la moitié du corps paralysé, elle ne peut qu'émettre de temps à autre des cris bizarres. On n'est plus tout à fait humain quand on souffre d'un mal aussi cruel, son regard magnétique est vraiment effrayant. Tu lui souris, ressors, et le rideau de toile bleue retombe tout seul, suivant le principe de la chute d'eau. J'étais un proche de Fang Fugui. Je suis un proche de Zhang Hongqiu. Je suis intime avec tous les professeurs de physique de tous les lycées.

Sur la table sont étalées les copies d'un examen blanc. Tu en extrais une feuille, lèves ton crayon pour noter ton appréciation. L'écriture en est toute de courbes et de circonvolutions, comme des ronds de fumée, comme les fils de fer qui tressent la cage.

Parmi les trois tiroirs de la table, il y en a un qui est fermé à clef. C'est qu'il y a de l'argent dedans. Et dire qu'il suffirait de prendre cet argent, de sortir de la maison, de tourner à l'est, de sauter par-dessus ce petit égout qui pue l'eau fétide à longueur d'année, cette rigole infestée de mouches et de moustiques, aux odeurs grasses et dont les bords luxuriants sont plantés d'une herbe verte et touffue mêlée de superbes fleurs rouges, qu'il faut un peu d'élan pour sauter, on s'y habitue et ça vaut toujours mieux que d'aller prendre le petit pont de bois pourri. De le passer donc, et de faire encore cinquante mètres. Les valeurs de l'énergie dépensée et du travail produit selon qu'on parcourt ces cinquante mètres lentement ou rapidement sont-elles équivalentes ? En théorie, oui. La différence c'est le temps, et le temps c'est de l'argent, le temps c'est de la vie, c'est pourquoi il vaut mieux se presser. Il nous dit : J'ai dit à Zhang Hongqiu, que tu le veuilles ou non, te voilà maintenant devant le comptoir. La radieuse buraliste vient t'accueillir en se frottant les mains avec de la crème d'huître. « Bonjour, monsieur Zhang, cela faisait longtemps qu'on ne vous avait pas vu, vous avez encore maigri, votre femme a dû encore vous maltraiter, que vous avez l'air malheureux ! Pourquoi les enseignants ont-ils toujours peur de leur femme ? Parce que vous ne gagnez pas assez d'argent ? Sans doute ! Une femme, il faut toujours des sous pour la mettre au pas. » Quelle est la couleur de son visage, se demande-t-il. Un blanc éclatant, comme le blanc des bouleaux blancs. Il y a un bosquet de saules juste devant sa baraque en tôle. Tellement de soleil. Sa voix est un chuchotement ensorcelant, elle fait penser à je ne sais quoi. Il te faut longtemps avant de réaliser que sur sa poitrine pend une petite boule de plumes rouges, que son pull en angora est décoré d'un motif stylisé en forme de flèche et d'arc tendu. Murmure, murmure, murmure, comme des parasites dans la radio. « Dites, monsieur Zhang, quand viendrez-vous m'aider à réparer la télé ? » Ses yeux ont la courbe d'un croissant de lune, ses lèvres maquillées s'incurvent comme les fils de fer qui tressent la cage. « Vous n'aurez jamais à vous plaindre de moi, monsieur Zhang ! » Elle te fait un peu peur, cette femme si puissante, et le moindre de ses soucis n'est sans doute pas de tomber dans ses filets. « Que vous faudra-t-il ? Des cigarettes ! Quelle marque ? Des "Oiseaux de jade". Les moins chères, quatre mao sept le paquet. Elles ont encore augmenté. » Tu secoues la tête. Elle s'empare d'un paquet de « Double neuf » et te les jette. « Non, c'est trop cher. – Prenez, je vous l'offre. » Elle te regarde avec fermeté. Elle dit : « Vous faites vraiment pitié, vous savez, vous aviez pourtant tellement d'allure autrefois ! » Tu frémis un peu, le passé te revient.

« Ah... Ah... » La vieille hémiplégique dans son lit a sans doute envie de pisser. Ça fait peur quand elle parle, pire que le hurlement des loups, le cœur en tressaille.

Il dit que tu t'appelles Zhang Hongqiu.

Tu nous dis qu'il s'appelle Zhang Hongqiu.

Tout cela, c'est ce qu'il nous racontait accroché à son perchoir dans la cage.

IV

À venir t'entendre raconter, nous mettons la même ardeur que pour servir nos parents. Bravant les regards hostiles des animaux, nous n'hésitons pas à aller ramasser la craie qui te nourrit au pied de la cage du premier lama né avec des boucles blanches. C'est là, devant cette cage, que se trouve le petit mur auquel est accroché un tableau noir couvert de caractères inclinés et dont le cadre de bois en son bord inférieur regorge de bâtons de craie, des craies de toutes sortes, de toutes couleurs et de toutes tailles. Ton goût pour la craie est si fort qu'il te suffit d'en apercevoir un morceau pour que ton regard se mette à jeter les mêmes feux que celui d'un brigand de grands chemins. Ta pomme d'Adam monte et descend, la craie que tu croques craque dans ta bouche. Tu la mords avec des larmes troubles qui nous font penser aux crocodiles de la salle des reptiles. Tu dis :

Un rayon de lumière jaune passe par le trou de la fenêtre. Six enseignants sont là entassés. Nous sommes dans la salle des professeurs de physique, douze mètres carrés en tout. Les murs blanchis à la chaux sont constellés de cadavres de mouches, de chiures d'insectes et de cendres de charbon ; les traces de sang et les bouts d'intestin ont séché en croûtes sur le cahier de Fang Fugui qui, à vrai dire, n'a jamais eu vraiment besoin de préparer ses cours. Il s'asseyait en face de Zhang Hongqiu. Nos femmes se connaissent bien. Nos enfants s'entendent bien aussi, nos maisons ne sont séparées que par une cloison, nous n'élevons ni poulets ni chien, nous pouvons nous entendre parler et parfois nous nous fréquentons. Soleil. Le mur blanchi à la chaux est couvert de mouches et de cendres de charbon. Amour, où es-tu ? Petit Guo, le jeune professeur, fraîchement émoulu de l'école normale, a le regard rivé au mur. Amour, où es-tu ?

La réserve d'eau, peinte en un rouge éclatant, peut contenir six seaux. L'eau se presse sur les parois de la cuve sans parvenir à la briser. Force, pression, intensité, formules. Elle finira bien un jour par se fendre, sous l'effet d'une force extérieure peut-être, au point exact de pression. Formules. Le soleil se reflète dans l'eau de la cuve, son ombre joue au plafond. Science optique. Formules. Angle d'incidence et angle de réflexion. Le regard d'un physicien ne voit partout que la physique, le regard d'un mathématicien ne voit partout que les mathématiques, les yeux des professeurs de chimie sont en synthétique, oreilles synthétiques, lèvres synthétiques, bras synthétiques, jambes synthétiques, bruits synthétiques dès qu'ils se mettent à marcher. Les professeurs de chinois pissent des caractères, chient des rédactions et s'essuient le cul avec un journal, ça leur économise toujours l'argent du papier, ils peuvent se payer des cigarettes et de la sauce de soja avec, tant pis pour le risque d'empoisonnement de l'anus par le plomb.

Pourquoi avoir installé une cuve vermillon dans le bureau ? À cause des risques d'incendie ? Non, c'est parce qu'il n'y a jamais d'eau au robinet du deuxième, le château d'eau est trop bas et la pression insuffisante. Formule. La salle d'eau a été arbitrairement investie par Yu Huahu, professeur de mathématiques. Il a un jour collé un grand « Double bonheur » rouge sur la porte, fait entrer une jeune demoiselle, lâché quelques pétards, et la pièce est devenue chambre nuptiale, la demoiselle jeune mariée et le freluquet nouvel époux.

« Dis donc, Petit Guo, ça ne te rend pas jaloux le mariage de Yu ?

– Je n'ai pas les moyens de me chercher une femme. Mon salaire suffit tout juste à mes dépenses. Les prix augmentent, camarades, les prix augmentent, camarades, les prix augmentent, camarades ! Les prix sont comme des chevaux sauvages en folie, comme un thermomètre plongé dans l'eau bouillante ! Demain, je leur file ma démission et je me lance dans le commerce de la pâte de crevette !

– Ça, c'est vrai qu'on se fatigue surtout pour la gloire ! » déclare, en caressant sa barbe, Meng Xiande, le doyen prestigieux et respecté. Il a été le professeur de Fang Fugui, qui a lui-même été le professeur de Petit Guo. Toujours caressant son bouc, il ajoute : « En fait, pourquoi pas la crème de crevettes… En fait… En fait…

– En fait, quoi en fait, monsieur Meng ? J'ai été bien bête de tomber dans vos filets ! Enseignant, en voilà une profession qui devrait finir par vous auréoler de prestige ! Tu parles, depuis que j'ai été reçu à l'examen, je suis poursuivi par la poisse. J'aurais mieux fait d'être recalé, tiens. Vous avez vu Ma Hongxing ? En voilà un qui a été futé, il a ouvert un restaurant de poulet frit et il a fait fortune. Moi, il faut que j'en bave un mois entier pour toucher mes fabuleux 68,2 yuans, moins que lui en une seule journée… »

Et les fleuves des doléances des enseignants de se déverser. Et le bureaucratisme et la fraude et l'évasion fiscale et les pots-de-vin et la corruption et les invitations et les cadeaux et les banquets et les beuveries et les profiteurs et les pattes de chameau et les pattes d'ours les cervelles de singe les nids d'hirondelle les nouveaux empereurs l'air conditionné la moquette les vins falsifiés les cigarettes truquées les escrocs les filous l'explosion démographique… Stop ! Et les coupures d'eau et les coupures d'électricité, tigres de l'électricité léopards des eaux loups des voies publiques, sans eau tu crèves de soif, sans électricité tout est d'un noir d'encre… On devrait tous vous dénoncer comme droitiers… Comme il n'y a pas d'eau, les élèves de service ne font même pas l'effort de nettoyer, les toilettes ressemblent à une vraie mer, il s'en échappe tout tranquillement une puanteur grasse qui, au gré de la brise printanière, flotte dans le couloir. Traverse les salles de physique et chimie où elle acquiert le parfum du coquelet frit. S'insinue dans les salles de cours des secondes, puis dans celles des premières, puis dans celles des terminales, envahit les logements neufs des professeurs, imbibe les âmes des élèves, nourrit la chair des enseignants et jusqu'au fœtus dans le ventre de la femme du professeur Yu.

Bruit de sanglot…

« Qui pleure ?

– Je n'en peux plus… Saleté d'endroit, ça pue partout la pisse et la merde…

– C'est la femme de Yu.

– Il paraît qu'elle veut divorcer ?

– Les jeunes, aujourd'hui !

– Quoi, les jeunes ? Qu'est-ce qu'ils ont, les jeunes ? On n'a plus le droit de dire que ça pue quand on mange de la merde ?

– Vas-y, va en parler au proviseur, si t'as les tripes !

– Si ça pouvait servir à nous débarrasser de cette infection, c'est jusqu'au gouverneur de la province que j'irais !

– Au moins, si on était des plantes, ça nous aiderait à pousser plus vite ! »

Tu déglutis une bouchée de craie, puis reprends le fil de ton discours :

« Nous sommes des jardiniers et nos élèves sont de jeunes pousses. Depuis quand les jardiniers ont-ils peur des mauvaises odeurs ? Depuis quand les jeunes pousses sont-elles gênées par un peu de puanteur ?

– Dehors, ils racontent qu'à la fin de leurs études nos lycéens sentent les chiottes jusque dans les cheveux !

– Fabuleux ! »

Et encore un professeur qui quitte la pièce sur la pointe des pieds. De tous, il n'y a que le vieux Meng qui ose s'aventurer dans le couloir d'un pas vigoureux, c'est qu'il porte des bottes de pluie en plastique. Petit Guo dit : « Monsieur Meng, vous êtes un vieil âne vicieux, un vieux lapin roublard, les vieux aigles sont les plus durs à capturer. » Le doyen ne s'en fâche même pas, il répond : « Petit Guo, les jeunes se plaignent tout le temps, il faut travailler au lieu de parler, comme un vrai léniniste, personne n'ira s'imaginer pour ça que tu es muet. » Ces deux-là, le vieux et le jeune, passent leurs journées à se quereller pour la plus grande joie de toute la salle. Mais laissons-les pour l'instant – et nous nous rappelons qu'au moment où tu as dit « pour l'instant », tu t'es retourné et as bandé ta maigre échine en arc de pont. Puis tes mains ont saisi la barre et tu t'es assis, comme un perroquet, il ne te manquait plus qu'un plumage bigarré.

Encore un peu de craie ? a demandé l'un d'entre nous.

La cloche a sonné. En cours. Tu nous as dit d'aller chercher de la craie.

V

Tu nous dis : Tu t'imagines encore tout imprégné du parfum des herbes, tout imprégné de la chaleur et des tendres sourires qu'a pour toi la jolie buraliste, ton paquet à la main en train de te hâter vers ta petite demeure et de t'allumer une cigarette. Tu fumes et aussitôt ton esprit s'éclaircit, comme un petit plant de céleri qui vient de recevoir son urée, tu te penches au-dessus de la table et te mets à corriger les copies de l'examen blanc... Mais tu n'as pas de cigarette. Tu secoues la jambe qui pend sous le perchoir, les coins de ta bouche se soulèvent en un sourire d'une ironie métallique. Cet air moqueur, c'est exactement comme s'il était en train de se ficher de toi juste sous ton nez. Parce que tu n'as pas d'argent. Parce que tu es sans pouvoir. Le sceptre du pouvoir est entre les mains de ta femme, c'est elle qui maîtrise le pouls de l'économie familiale. Elle s'appelle Li Yuchan et est la meilleure esthéticienne des pompes funèbres, tout mort confié à ses soins en ressort plus beau que de son vivant.

Tu n'es qu'un paumé, Zhang Hongqiu, dit-il, tu es là à te labourer la face de tes ongles devant la table, à souffrir du manque de nicotine sans avoir assez d'argent pour t'acheter des cigarettes, le regard rivé comme une brute à ce tiroir central. Il est fermé par un verrou dont la clef pend à la ceinture du pantalon de Li Yuchan. De sa chevelure, à longueur de temps, s'échappe cette odeur spécifique du salon mortuaire.

Tu nous dis :

Le professeur de physique se lève, le blanc visage de la buraliste vient comme un nuage flotter devant ses yeux. Il tape un peu sur le verrou et secoue la tête, impuissant. Puis il fait deux pas vers l'avant et va écarter la tenture grise défraîchie qui pend au mur, découvrant l'intérieur d'une sorte de grotte ronde en haut et carrée en bas dans laquelle est accroché un tube de six watts qui diffuse une lumière verte et sourde. Deux crânes nus sont penchés sur une petite table carrée, en train de préparer leurs devoirs. Deux têtes de forme exactement semblable mais de tailles différentes lèvent en même temps deux faces livides de petits démons.

« Papa !

– Papa chéri ! »

La grotte leur sert aussi de chambre à coucher, on l'a bourrée de débris de mousse qui viennent de l'usine de canapés : Li Yuchan a maquillé la mère du directeur. Il y a encore deux matelas et deux couettes. Les parois voûtées sont décorées de dessins d'oiseaux, d'insectes, de poissons, chacals, loups, tigres, léopards, ainsi que d'avions et de canons. Un grand silence règne, seuls les grésillements de la lampe viennent percer les tympans comme des fils d'argent acérés. Tu vois, ce sont deux excellents fils, des élèves hors pair, inutile de se faire de souci à leur sujet, le professeur de physique a toutes raisons d'être fier. Que peut-on souhaiter de mieux que d'avoir donné le jour à deux excellents fils ? Rien ! Tu dis que c'est tout débordant de joie qu'il tapote leurs crânes nus et luisants.

« Daqiu, Xiaoqiu, vous avez de l'argent, vous ? »

Daqiu et Xiaoqiu échangent un bref coup d'œil avant de répondre d'une seule et catégorique voix :

« Non, on n'a pas d'argent.

– Ce serait juste un emprunt, je vous le rendrais le mois prochain… Je viens d'écrire un article de vulgarisation et à la publication je toucherai des droits d'auteur. Je suis même prêt à vous payer des intérêts !

– Tu ne m'as pas encore rendu les trois mao du mois dernier !

– À moi, tu m'en dois quatre !

– J'ai tellement envie de fumer, et j'ai fini l'argent de poche de Maman… Prêtez-moi un petit quelque chose, aidez votre pauvre Papa qui voudrait s'acheter un paquet de cigarettes… »

Xiaoqiu faiblirait un peu ; il faut que Daqiu affirme avec fermeté :

« Laisse tomber ! Tu as perdu tout crédit !

– Je suis votre père, quand même !

– La filiation est une chose, l'argent en est une autre. Retourne à ton poste, Papa, s'il te plaît, tu nous empêches de travailler. Est-ce que vraiment tu voudrais qu'on soit recalés au concours d'entrée à l'université et obligés de finir dans cette vieille école normale qui sert tout juste à former des professeurs pouilleux ? »

Il ressort de la grotte, un sourire stupide aux lèvres, la tenture retombe d'un coup, et d'un coup Daqiu et Xiaoqiu disparaissent.

C'est alors qu'arrive Li Yuchan. Il nous dit : J'ai dit que j'avais été compagnon d'armes de Fang Fugui et de Zhang Hongqiu, que dans la même « tranchée » nous avions ensemble inhalé le gaz puant des toilettes. Quand un curieux parmi nous lui demande s'il a été professeur de physique au lycée n° 8, le bout de son nez s'empourpre comme une braise, d'une voix tranchante où se mêlent la honte et la colère, il clame : Il n'y a que les cocus pour être professeurs de physique au lycée n° 8 ! Ce n'est qu'au prix d'une grosse poignée de craies que nous parvenons à l'amadouer et à obtenir qu'il continue de nous conter l'histoire de Li Yuchan.

VI

Li Yuchan est une bonne ménagère, économe et diligente, qui sait gérer son argent. À peine est-elle entrée qu'elle se met à froncer les sourcils en reniflant comme un chien policier pour lâcher un éternuement sonore à l'instant précis où les lampadaires dans la rue s'allument, et la pièce s'éclaire de jaune.

« Tu as préparé le dîner ?

– Non, répond-il en courbant l'échine. Je dois profiter de chaque précieuse seconde pour finir de corriger les copies de cet examen blanc. Il paraît qu'on va bientôt attribuer des grades et je n'ose pas bâcler.

– Tu parles ! » Li Yuchan tord l'oreille du professeur de physique et tire avec tant de force que sa bouche se fend sous l'effet de la douleur. Mais tu es d'avis qu'il est plutôt content, malgré sa souffrance, l'expérience lui ayant enseigné que chaque fois que ses oreilles étaient maltraitées, c'était que sa femme était heureuse et venait d'obtenir quelque faveur. Non, ce qu'il craint vraiment pire que serpents et scorpions réunis, c'est la Li Yuchan douce et docile : l'autre, celle qui montre les dents, ne l'inquiète guère.

Comme il gémit, elle s'empare aussi de l'autre oreille et se remet à tirer violemment, des deux mains cette fois, au point de presque lui déchirer la bouche.

C'est seulement quand la peau se craquelle et qu'un liquide rouge commence à goutter qu'elle décide de le relâcher.

Le professeur de physique est en larmes.

Elle lui balance un coup de pied en gueulant :

« Et ça pleure et ça mouche ! Y en a qui n'ont pas peur de perdre la face ! Et ça se prétend un homme !

– Comment veux-tu que j'aille en cours demain si j'ai les oreilles qui pendent ?

– Ça ! Si tu pouvais ne plus jamais y aller ! » répond la femme en grinçant des dents. Puis elle retire, en la faisant claquer, sa blouse au sigle du « Joli Monde », puis sa chemise et son pantalon pour se retrouver en petit slip et soutien-gorge, un soutien-gorge dans lequel ses seins comme des braises incandescentes font cligner des yeux le professeur de physique.

« Qu'est-ce que t'as à me regarder comme ça, espèce d'obsédé ! »

Son époux geint un peu : « Dis, ma chérie, tu ne fais rien pour mes oreilles après les avoir décollées comme ça ?

– Qui c'est qui s'en occupera si ce n'est pas moi ? Hein, tu peux me le dire ? » De la poche de son grand pantalon blanc, elle extrait un rouleau de ce sparadrap transparent, couleur chair, qui est une spécialité du funérarium, et d'une main experte recolle les oreilles du professeur, étroitement, droites et dressées comme celles d'un jeune chien-loup en alerte, encore plus jolies qu'auparavant.

D'un œil satisfait, l'esthéticienne émérite contemple son œuvre.

Il peut voir le fin duvet doré qui couvre son corps et les deux rides de la peau de ce ventre qui commence à engraisser. On dirait un front immense.

Il a une petite moue, un peu comme un enfant gâté : « Pour être recollées, elles sont bien recollées, mais j'ai quand même un peu mal…

– Si y a que ça ! » L'air totalement indifférent elle approche, l'odeur du salon funéraire lui saute à la figure. « C'est pas un problème ! » Et, d'un grand coup violent, elle lui tord le nez en pinçant jusqu'à lui renverser les narines vers le ciel. La douleur lui déchire les tympans, les boutons blancs de son acné s'ouvrent et dégoulinent en éclatant, des larmes livides inondent son visage.

« Aïe ! Aïe ! Aïe !

– Tu as encore mal ? s'enquiert-elle froidement.

– Oui, j'ai mal !

– Où ça ?

– Au nez…

– Et tes oreilles ?

– Ça va…

– Tu vois, il suffit de déplacer la douleur, explique-t-elle d'un ton sentencieux, l'air d'un chirurgien qui aurait déjà dépecé son millier d'individus. On a toujours un peu mal quelque part, la seule manière de ne pas avoir mal c'est d'être mort. Quand tu as mal aux oreilles, par exemple, il suffit de te pincer le nez ; si tu as mal au nez de t'arracher les yeux ; si tu as mal aux yeux de te couper un orteil… »

Tremblant, il contemple son épouse dont le corps duveteux est baigné par la douce lumière de la lampe et sous l'effet d'un sentiment d'inconnu se sent envahi par une vague de terreur. Tenant son nez brûlant, le regard embué par les larmes, il respire et sourit. Quand elle se décide enfin à lui tourner le dos, nous dis-tu, il remarque sur son slip transparent deux morceaux de sparadrap noir comme les yeux d'une belle et peut enfin pousser un soupir de soulagement. Mais la voilà qui tourne encore la tête et, cette fois, il n'est pas loin d'en mourir de frayeur.

Elle s'asperge à présent, dans l'évier, à grand renfort d'eau. Il en profite pour plonger dans ses souvenirs : J'étais dans la fleur de l'âge cette année-là, la tête couverte d'une chevelure noire aussi folle et touffue que la fourrure d'un chien, vêtu d'un tee-shirt aux couleurs de l'« Université normale » et d'un pantalon de sport arborant le numéro 99, coiffé en brosse, j'étais en plein dans la saison des amours. Ma mâchoire rasée de si près qu'elle en était luisante comme une jeune pousse de blé, j'allais en fredonnant un air à la mode en ce temps-là : Vert, vert, vert le jeune blé, et jaune est le colza… Lalala, lalala, j'ai oublié les paroles, tous les matins, au petit jour, j'allais courir au bord de la grand-route. Toutes les fleurs étaient épanouies au printemps, les lilas dans les parcs avaient un parfum entêtant et cruel qui faisait éternuer. Aux peupliers des bords de la route les fleurs pendaient par grappes denses, couleur café, comme de petites franges qui sonnaient en frémissant dans le courant de l'air. Quelques jours à peine pour toutes tomber et masquer l'asphalte. Venus des faubourgs, par bandes, arrivaient alors les chatons des saules qui s'agglutinaient, se mettaient en boule pour se mêler aux fleurs. Je courais en les piétinant, je débordais de tendresse et d'émotion dans le vent où flottait l'âpre arôme des peupliers.

Tu dis que, juste comme le voilà abîmé dans son rêve, l'esthéticienne réapparaît, les bras couverts de perles d'eau scintillantes qui roulent entre les poils de son fin duvet. L'eau n'a jamais su rester sur son corps, nous expliques-tu – nous remarquons la mine étrange du narrateur. Furieuse, elle l'apostrophe : « Dis donc, espèce de propre à rien, en train de loucher de ton œil brillant sur mon tiroir, tu serais pas en train de rêver à forcer le cadenas et à me voler mon fric ? T'as déjà fini ton argent de poche ? Écoute-moi bien, mon lapin, j'ai une bonne chose à te dire : tu vas arrêter de fumer et plus vite que ça ! Tu t'imagines que c'est avec ce que tu gagnes que tu peux te le permettre ? Tu crois que c'est pour les bouffeurs de craie de ton espèce, le tabac ? Est-ce que tu t'es regardé, au moins ? Avec ta tronche couverte d'encre bleue et rouge, une belle tête de raté, tiens ! J'ai quand même été drôlement aveugle cette année-là, quand je me suis laissé éblouir par les chiffres sur ton froc… »

Quelle tendresse ! Le numéro 99 ! Tu te rappelles la première fois où tu as senti le parfum des saules dans l'air tiède du printemps ? Tes entrailles se tordaient, un besoin soudain d'amour t'est monté à la tête, tes lèvres brûlaient, trouver une jeune fille et l'embrasser ! L'odeur âpre des peupliers, le catalyseur qui a fait mûrir ton amour… Mais te voilà arrêté dans ton sublime élan, nous dit-il, ta femme te passe un savon.

Ta gueule ! Tu nous expliques que lui aussi s'est mis à

crier, comme pour sauvegarder une quelconque dignité, tu supposes que son cœur et ses entrailles ont fini par hurler sous le poids de l'oppression, un cri qui jaillit dans sa gorge et s'y transforme en un pitoyable hoquet sonore que tout un chacun peut entendre. Le professeur de physique injurie sa femme : « Espèce de vieille salope ! – hic. Je t'interdis d'humilier un enseignant de l'École du Peuple – hic. Espèce de sorcière qui farde les morts avec tes propres lèvres ! – hic. Tu n'es qu'une sale mégère ! – hic. »

Li Yuchan lui balance un grand coup de poing dans la colonne vertébrale avec commisération : « Arrête de hoqueter, tu m'entends ! Je t'interdis de hoqueter ! Si les gens t'entendent, ils vont s'imaginer que tu as un ulcère à l'estomac, et tu crois que t'auras ta promotion de directeur d'enseignement ? »

Elle va chercher un sac plastique, resté dehors près de la porte, qu'elle ouvre et dont jaillit une puanteur aigrelette : s'y trouve un intestin de porc, tout enchevêtré et contorsionné.

Elle est toujours très aimante à mon égard quand on mange des tripes de porc à l'étouffée avec leur bouillon – accroupi sur ton perchoir, tu nous racontes qu'il t'a dit ça, un jour. Ses fils n'ont droit qu'à la soupe, la viande c'est pour Papa, Papa a un prolapsus anal parce qu'il manque d'énergie vitale, les tripes de porc remontent l'anus et renforcent le souffle, c'est la recette que m'a donnée votre troisième tante, et je te cours les médecins, et je te cherche les médicaments qui guérissent d'un coup, et je te déniche la mort aux rats du deuxième seigneur. À tous les coups, ça marche ! T'en as de la chance d'être tombé sur une sage épouse comme moi, qui s'y connaît et qui est aux petits soins pour toi, si j'étais pas là, ça ferait longtemps que tu serais parti au « Joli Monde » !...

« Arrête de hoqueter, j'ai un petit travail pour toi, va me laver ces tripes, histoire de te changer les idées !

– Pour qui te prends-tu pour te permettre de m'envoyer laver les tripes ? marmonne le professeur de physique. Est-ce que c'est le travail d'un enseignant de l'École du Peuple ?

– Crétin ! » Le pied de Li Yuchan a bien failli l'atteindre en plein milieu du dos. « Tu oserais refuser ?

– Mais non, au contraire, ça me fera plaisir ! » s'incline-t-il d'un air buté. Et de s'enfuir avec un bout de boyau, comme un pompier traînerait son tuyau.

De laver, il en oublie son hoquet. Telles des anguilles dans un étang, les tripes lisses flottent allégrement dans la bassine, si bien que, brusquement, nous dis-tu, lui revient en mémoire cette histoire du cochon transformé en poisson-chat qui se tortillait dans la raie des fesses de la démone et qu'il pouffe de rire, juste assez pour provoquer l'ire de sa femme qui lui passe un bon savon, histoire de lui apprendre à dénoncer de lui-même ses associations de pensées malsaines.

« Attrape donc la soude, pauvre idiot ! Rat de bibliothèque ! Bon à rien ! » C'est toi qui nous rapportes ses paroles.

Tout ce que dit Li Yuchan n'est que pure vérité, mais il est impossible d'en rien croire, dis-tu. Il nous raconte que tu penses à cette sentence des anciens : les liens conjugaux tendent leur fil par-delà les distances. Correct, parfaitement correct, encore plus exact que les lois de la physique. Les peupliers blancs alors dépouillés de leurs fleurs en forme de chenilles tremblaient joyeusement, semblables à des amantes ; leur parfum même était celui de l'amour et, comme une flèche, il me transperçait le cœur.

« Tourne un peu pour laver de l'autre côté ! Tu veux bouffer de la merde ou quoi ? Et rajoute donc un peu de soude ! »

Encore un peu de soude, les tripes sont de plus en plus glissantes. En avant ! Les rayons dorés du soleil illuminaient les visages heureux et riants des larges masses populaires. Dans les cours, les tournesols étaient épanouis. L'univers a besoin du soleil pour croître, le temps file comme l'eau, en haute mer il faut un grand timonier. Tout le monde connaissait cette chanson, dis-tu, même les muets la chantaient en leur cœur. Les matins sont superbes dans les petites villes, doux souvenirs au parfum d'amertume. Humectées par la pluie et la rosée, les jeunes pousses croissaient vigoureusement. Les haut-parleurs résonnaient bien haut. L'orient est rouge, le soleil s'est levé ; le matin clair était comme une rose de Chine tout imbibée de rosée. Cours, cours, cours, frappe le sol de tes pieds, dépassés, envolés, les poteaux fraîchement repeints de la clôture du jardin public, comme les rayons d'un cercle dans ma course. Dépassé, envolé, le tigre solitaire qui rugit en tournant vaguement dans sa cage. Envolés, l'odeur un peu rance des petits veaux juste réveillés et le parfum fort et vivace du lait frais. Dépassé, son visage tout rouge, en un instant lui aussi... Mais une image s'est gravée, profonde, éclatante, indélébile au fond de ton esprit : au-dessus de cette lèvre supérieure un peu boudeuse une fine moustache verdoie. Cette moustache t'a stupéfié, c'était comme si deux grandes cymbales de cuivre s'étaient heurtées avec un éclat puissant et qu'elles avaient continué de vibrer et trembler dans tes poumons. Tu as décidé qu'une femme au visage en forme d'œuf écarlate avec une petite moustache verte au-dessus de la lèvre supérieure ne pouvait être que la plus belle du monde, surtout si en plus elle portait à son cou une écharpe de mousseline vert pomme... Et glisse et glisse... Et lave et lave...

« Change l'eau ! »

Et lave et lave... Et lave et lave... Les rayons lumineux du soleil rouge m'ont ébloui... J'ai compris maintenant, non, avant même d'être marié j'avais déjà compris : aucune femme avec un duvet vert au-dessus de la lèvre ne saurait être bonne graine... Tu poursuivais sa bicyclette, tu courais derrière elle en humant son parfum comme un jeune chiot... Et glisse et file... 13, allée des Poissons d'Or...

« Chan... Chan..., appelle la belle-mère comme une cigale.

– Daqiu ! Va voir ce que veut ta grand-mère ! »

Et frappe et cogne, au-dessus de la porte du 13, allée des Poissons d'Or, étaient incrustés deux moraillons vermeil qui saillaient comme les seins d'une jeune fille... Allez, tout de suite ! Et pourquoi moi ? Allons-y ensemble, le couteau sanglant dans la grande main écarlate hache le piment rouge, et tranche et tranche ! Parfum brûlant, comme l'amour fou. La vieille dame était encore jeune à l'époque... Tu repenses à ces yeux tendres que l'amour perçait de larmes et tu t'essuies la figure avec des mains qui puent le saindoux... Et frappe et tranche et coupe et hache, la porte du 13, allée des Poissons d'Or s'ouvrait vers l'intérieur, elle était encore jeune à l'époque, elle se tenait très droite et se coiffait d'un époustouflant chignon où elle fichait une petite fleur rouge, un peu comme les tenancières de maison dans les romans d'autrefois. Qui aurait pu imaginer que, vingt ans plus tard, elle resterait étendue, paralysée sur un lit... Madame, je, un peu d'eau, s'il vous plaît... Yuchan ! Sers donc un peu de thé glacé pour le camarade... Enseignant au lycée n° 8 ? Et pas encore marié ! Et tranche et hache...

« Maman, y a Mémé qu'a fait dans son lit ! » appellent Daqiu et Xiaoqiu, et moi je vous dis : dans les minutes qui vont suivre, quand se sera arrêté le bruit des piments qu'on hache, le souvenir des amours passées du professeur de physique du lycée n° 8 va se simplifier un peu. Les tripes sont huileuses, elles ont des manières de voyou. Au moment d'accepter le thé glacé, non, il était chaud, il fumait encore, quand elle t'a offert la coupe, ta main tremblait, une bouffée d'angoisse t'a saisi, comme une envie de chier, tu as levé une jambe. Le thé brûlant a giclé sur ta main, j'étais tout à la regarder alors, sa petite moustache verte. Elle a poussé un cri, un frisson de bonheur glacial t'a parcouru, tu as cru que tu allais faire dans ton froc... Vous n'avez pas l'air très bien, monsieur Zhang, allez vite vous allonger un peu... Son oreiller immense et bouffant, ce curieux parfum... Plus tard, venez dimanche, ma mère vous fera des raviolis avec de la farce aux trois saveurs, et de l'ail en purée, un peu de vinaigre, un peu de sauce de soja et encore un soupçon d'huile de sésame... Où travailles-tu ? Au « Joli Monde » ! Elle souriait, sa petite moustache scintillait, une vraie feuille de laurier-rose... Elle a eu une petite moue, Maman est partie chez sa sœur... Comment n'ai-je pas flairé le piège ? L'emblème des Jeunesses communistes, d'un rouge éclatant, pendait entre ses seins sur le coton à carreaux… Laisse-moi goûter à ton fin duvet vert… Non, non… Mais elle ne me repoussait qu'à moitié… Qu'est-ce que c'est le « Joli Monde » ? Ha ! Mon cœur brûlé au fer rouge… Ces deux mains qui m'ont caressé caressent aussi les morts… On porte des gants pendant le travail… Quoi ? Tu voudrais abandonner ma fille, mon enfant chérie ? J'irai me plaindre au lycée n° 8… Tu as baissé la tête, comme le soldat d'une armée fantoche qui se serait laissé capturer vivant… Dans le journal au parfum d'encre, les noces du diplômé de l'université avec la demoiselle des pompes funèbres, nouvelles gens nouvelles histoires nouvelle société… Si je pouvais te l'arracher ta moustache ! Essaie donc ! Mendigot ! Serre les dents et crache ta haine ! Si tu touches à un seul des poils de ma moustache, tu me dresseras un drapeau, tu m'entends ! Tu m'érigeras un mémorial !

Quand on mange des tripes à l'étouffée et leur consommé, les enfants du professeur de physique protestent toujours vigoureusement auprès de son épouse :

« T'es trop partiale, Maman ! Pourquoi c'est toujours la viande pour lui et la soupe pour nous ?

– Votre père a l'anus qui tombe !

– Et moi donc !

– Et moi encore plus !

– Comme si c'était héréditaire, pauvres petits crétins ! »

VII

Dix heures et demie du soir, la bruyante petite ville commence à se calmer, le bruit des machines sur le lointain chantier se fait plus net. Tu nous expliques que Daqiu et Xiaoqiu sont déjà en train de ronfler dans leur trou tandis que, courbé sous sa lampe, le professeur de physique se hâte de corriger ses copies. Même quand on n'est pas titulaire, il faut travailler. Tu nous dis que, sentant quelque chose qui lui chatouille le cou, il tourne la tête et s'aperçoit que l'esthéticienne a retiré son soutien-gorge. Avec une parfaite nonchalance, tu nous expliques : c'est le bout durci de son sein qu'elle vient de presser contre le cou du professeur, plongé dans son travail ! Cette marque de tendresse sans précédent lui donne des sueurs froides, ses yeux le brûlent ; des morceaux de tripes mal mâchés se retournent dans ses intestins. Tu insistes, expressément : l'esthéticienne a des mamelons remarquables, très rouges. Et quand tu prononces ce mot de « mamelon », nous voyons ton regard jeter des feux dans l'obscurité de la cage. Le trou noir de ta bouche pue le plâtre à en faire pleurer, tu sais ? Tu reprends :

Son regard tombe sur cette moustache verte que le fil des ans n'a fait que rendre plus drue et florissante, et sa vigilance se réveille, il a beau avoir encore à la bouche le goût des tripes et en tête le souvenir de ses bontés, il proteste : « Un peu de sérieux, ce n'est pas le moment de me peloter ! »

La fureur empourpre le visage de l'esthéticienne : « Pourquoi est-ce qu'on est mariés, alors ? J'ai besoin de sexe, moi ! » Toi, imperturbable, tu nous rapportes :

Quelque chose claque sur le crâne du professeur de physique qui – j'étais sûr qu'il allait faire cette bêtise – tend la main vers les lèvres de la femme et se fait mordre un grand coup au poignet.

Puis les voilà au lit. Il réussit à réprimer sa nausée et à l'embrasser sur les lèvres, mais l'odeur spécifique du funérarium pénètre jusqu'au plus profond de sa conscience. Il sait bien qu'il a les nerfs trop sensibles, que l'esthéticienne a, sous son nez, frotté avec un savon de luxe toutes les parties de son corps, que pas un poil n'y a échappé, mais malgré tout il lui semble renifler encore ce parfum puissant, qu'aucun mot ne saurait décrire. À tous les coups c'est pareil, il n'est plus bon à rien.

Le regard mouillé de Li Yuchan lui fait s'adresser des reproches, la lueur floue de la lampe tombe sur ce corps qui bien que déjà mûr est encore d'un éclat resplendissant grâce au fin duvet doré qui le recouvre. Avec amertume, il s'excuse : « Tu sais, Maman, c'est pas que j'ai pas envie, c'est ton odeur qui me brise… »

Elle a un saut de carpe, elle balbutie : « Je ne sens pas… Non… Mon chéri… Je sais bien… C'est ton travail qui t'épuise… Et puis t'es mal nourri… Si je sentais, j'aurais senti pareil autrefois, non ? Tu as peur que ça influence le travail révolutionnaire, n'est-ce pas ? » Et toi, tu nous fais voir :

Ses seins lourds martèlent les côtes de l'homme au point que même la chair de son cœur en est ébranlée. Ils recommencent à brûler sur sa peau, comme des cigarettes. Il arque les reins, son désir se réveille. La poitrine de Li Yuchan se bombe et l'écrase à nouveau. Le lit en lattes de bambou grince sous leurs corps. De jolis mots lui montent aux lèvres, qu'il est incapable de retenir : « Chez moi, c'est le berceau de la révolution, partout, dans les monts ou la campagne, tout est couvert de bambous verts. C'est beau à te donner envie de pousses de bambou au sel… » Tu nous dis :

« Vraiment ? l'interroge Li Yuchan d'une voix douce.

– C'est que c'est nourrissant les pousses de bambou… » Il balbutie, ses paupières sont sèches. Il tombe de sommeil.

Mais Li Yuchan a vite fait de percer sa ruse : « Rêve pas à dormir cette nuit ! Tu t'imagines que c'est pour rien que je t'ai filé des tripes à bouffer ! Tu t'en tireras pas comme ça ! »

Qu'elle ouvre la bouche et l'odeur du funérarium lui saute à la figure.

« Je t'en prie, Maman ! » La chair tendre de la femme pèse sur son corps, il sent la moutarde lui monter au nez, mais, comme il a l'habitude de tout avaler en silence, il préfère feindre la joie et chercher à solliciter son indulgence par de belles paroles.

Elle s'assied, prend un air boudeur et, comme à regret, se met à caresser le torse maigre et osseux de Zhang Hongqiu.

« Le professeur Fang était aussi maigre que toi ! dit-elle.

– Comment tu sais ça ? s'étonne-t-il.

– Je l'ai eu sur ma table… »

D'un ton affligé, son époux reprend : « C'est un homme bien qui nous a quittés… »

Très loin il y a un village et un coq se met à chanter, à point pas vraiment nommé.

« Complètement marteau, cette sale bête ! » fait, d'un ton indéfinissable, remarquer la femme dressée sur le lit.

Zhang Hongqiu respire enfin à son aise, il tapote le ventre de son épouse : « Dors, toi, moi il faut que je finisse de corriger les copies. »

Le coq chante encore une fois, la nuit est calme, on peut entendre de l'autre côté du mur les sanglots étouffés de la veuve du professeur Fang.

Li Yuchan est assise au bord du lit, jambes pendantes, la pointe des pieds tournée vers le sol.

Il bâille et lui donne quelques petites tapes hésitantes sur l'épaule : « Dors, Maman ! »

Ça y est, elle dort profondément, de ses lèvres entrouvertes s'échappe, mêlée aux remugles du salon mortuaire, la même chaude odeur que du gosier des bœufs et des moutons. Ce n'est pas absolument insupportable, mais ça n'en est pas loin. Juste à la limite, en fait. Elle lui crache l'air à la figure, par bouffées, sur son visage osseux.

« J'ai fait un rêve… Je retrouvais le professeur Fang… » Un fil de bave visqueuse est accroché à sa lèvre, sa moustache verte est vraiment adorable. « Il se levait de ma table, tout nu, sans un fil sur le corps, comme un poulet plumé… Et il me disait : "Je n'ai pas envie d'être mort, madame Zhang, je me fais du souci pour ma femme et mes enfants… Mon cœur bat encore…" »

Li Yuchan parle, parle et éclate en sanglots si déchirants que Zhang Hongqiu en ressent quelques pincements de jalousie :

« Enfin, camarade, ce n'est quand même pas ton mari qui est mort ! Pourquoi pleures-tu ?

– Je ne pleurerais pas si c'était mon mari ! écarquille-t-elle les yeux. Je ne verserais même pas une seule larme !

– Pourquoi ? l'interroge-t-il, surpris.

– Pourquoi je ne verserais pas une seule larme ? » Elle est encore plus surprise.

S'ensuit un silence mortel. Un insecte d'un émeraude transparent, comme sans poids aucun, volette entre eux, unissant leurs pensées, renforçant leur hostilité et établissant le rapport de lui à elle et de tu à toi et à nous. Qu'une femme puisse devenir folle parce que son homme ne peut apaiser les besoins de sa chair, quelle découverte surprenante ; le cœur du professeur de physique en bat avec des vibrations de cloche de bronze. Bien sûr, dit-il, pour vous cela n'a rien d'une « découverte surprenante ».

C'est alors qu'on frappe à la porte, nous annonces-tu calmement, tes dix doigts étroitement griffés sur la barre du perchoir, on dirait des pattes de hibou. C'est du jour où Fang Fugui est tombé mort sur son estrade que j'ai ce violent besoin de manger de la craie. Ce goût... C'est à m'en rendre fou ! Ils le disent tous, d'ailleurs, que je suis fou. Qu'ils causent ! Quelle importance ? Moi, j'ai envie de manger de la craie. Le regard tout embué de larmes, tu nous expliques ce que tu ressens, allant jusqu'à réveiller en nous cette envie depuis si longtemps oubliée : nous nous emparons d'un bâton de couleur vive et soudain nous nous mettons à saliver, nous ne savons plus : il est pour toi, celui-là, ou allons-nous le garder pour le manger nous-mêmes ?

Deuxième partie

I

On a beau approcher de l'aube, le point du jour est encore lointain ; il est une terrible vérité : juste avant l'aurore, les ténèbres sont encore plus épaisses. Le coq chante toujours, au loin, et à la porte on frappe toujours, des coups sonores et rythmés, aussi précis qu'un balancier d'horloge.

Elle a un peu peur. D'ordinaire, quand rien ne la tourmente, tous les démons du monde pourraient bien venir cogner à sa porte, ils ne risqueraient guère de l'émouvoir, mais qu'un rien lui pèse et la voilà craintive. Tu dis que c'est avec honte qu'elle repense à sa sieste d'hier après-midi et à ce qui s'est passé dans le salon d'esthétique des pompes funèbres. Elle revoit aussi ces moraillons en forme de sein qui décoraient sa porte du temps où le professeur de physique y venait frapper, il y a bien longtemps.

Je crois qu'il vaudrait mieux vous raconter d'abord cette histoire, dis-tu, parce que le temps s'adapte aux différentes humeurs de celui qui le pense, il peut donc chatoyer à l'infini et changer sans cesse de direction.

La mère de Li Yuchan – oublie juste une petite seconde qu'elle gît à l'heure actuelle sur un lit, telle une mort-vivante – était une beauté fragile comme la cire à l'époque et célèbre par toute la ville. Aujourd'hui, évidemment, les deux grosses escarres qui lui ont poussé sur les fesses suintent un pus mêlé de sang qui dégage une odeur infecte, et des poux grisâtres lui bouffent la chair avec l'énergie qui aida Yu Gong à déplacer les montagnes. Mais attention : il est une sorte de femme qui, arrivée à la plénitude de l'âge, a plus de séduction qu'au temps de sa jeunesse, un peu comme ce thé fameux, dont la première infusion est si amère et si âpre que malheur à celui qui la boit ! Gare à sa gorge et à sa langue ! Ce n'est qu'ensuite qu'on peut vraiment en apprécier le parfum et la douceur. Notre beauté fragile appartenait sans conteste à ce type de femme, c'était un paquet de célèbre thé nouveau. Celui qui avait bu sa première eau était un jeune homme plutôt coincé pour qui son amertume avait été un poison mortel. Là encore, faites bien attention : il est une sorte d'homme dont la spécialité est de moissonner sans jamais payer de sa sueur pour défricher les terrains vierges. Au bureau du travail de la municipalité, il y avait justement un chef de section qui était exactement ce genre d'homme. Il s'appelait Wang, était carré de corps et de visage et venait, paraît-il, du Shandong, d'un pays peu éloigné de celui de Li Kui, la tornade noire des brigands de Liangshan. Ses mains étaient si grandes que souvent Li Yuchan s'imaginait qu'elles se transformaient en haches, elle les avait d'ailleurs vues, effectivement, de ses propres yeux, en train de trancher les seins de saindoux de sa mère. C'était en été, vers le milieu de la journée, les cigales stridulaient nerveusement dans les sterculiacées du jardin zoologique, les mains du chef de section s'étaient emparées des deux seins. Tu nous expliques même que les mamelons roses pointaient tout excités par l'interstice entre majeur et annulaire, frissonnant comme les museaux pointus de certains petits animaux.

C'est à cet instant précis qu'est né en moi le désir brûlant de sucer ces mamelons, se rappelle-t-elle avec avidité – nous dit-il. On frappe toujours à la porte, longuement, avec la précision d'un balancier d'horloge. Les ténèbres d'avant l'aube pèsent lourdement sur l'univers et pourtant son cœur n'est que lumière. – Il nous réclame encore de la craie. Son estomac est tout gonflé et curieusement bosselé, comme à tout jamais incapable d'être vraiment comblé. La girafe et le bison nous dévisagent d'un œil sanglant, nous, les brigands qui venons leur voler leurs craies. – La Li Yuchan au foulard rouge était une gamine toute ronde. Elle a les lèvres sèches : est-ce pour cela qu'elle rêve de téter, ou est-ce d'en rêver qui les lui dessèche ? Elle s'y perd. Le passé lui revient et tout est de plus en plus flou, c'est le désordre dans sa tête, ces deux mamelons, comme jujubes rouges, sont fichés dans sa mémoire. En émoi, elle a penché son visage au-dessus d'une jarre de la cour et l'eau lui a renvoyé son image, la face empourprée d'une petite fille qui tordait les lèvres comme un chameau en train de ruminer. S'y reflétaient aussi des fleurs de grenadier : en bouton, ou épanouies, elles avaient la chaleur du feu et la force de l'alcool. Quoi d'étonnant que Maman si souvent fredonne :

Rouges, rouges, les fleurs du grenadier.
Je t'aime, tu es mon amoureux
Mais, dis-moi, quand il est tant de gamines
Pourquoi chercher la femme bientôt vieille
Aya pourquoi, pourquoi, ô mon aimé

Parfois, alors, le chef de section prenait son violon et lui répondait, un peu comme ces chants des montagnes en répons, dans les films :

Elles s'ouvrent les fleurs du grenadier
Comme feu n'est qu'une pour briller
Les gamines sont jeunes et bavardes
L'aînée, toi seule, as saveur et parfum
Ma sœur, ma sœur, dis-moi
Quelle autre sinon toi ?

Il fait un bond et nous annonce : J'ai toujours détesté glisser des chansons cochonnes dans un texte, cela dit « Rouges, rouges, les fleurs du grenadier », « Elles s'ouvrent les fleurs du grenadier », on ne peut prétendre que ce soit grossier. Et puisqu'il le faut, pour la troisième fois, je tiens à vous l'affirmer haut et fort : Non, je ne suis pas professeur de physique au lycée n° 8 ! Pas si bête ! À l'époque, cette chanson produisait sur Li Yuchan presque autant d'effet que la vision des deux mamelons rouges. Non, c'est elle-même qui m'a expliqué que les bouts de sein, les fleurs rouges du grenadier, le bruit et l'odeur qui émanaient de sa mère et du chef de section quand ils étaient dans les bras l'un de l'autre, que tout ça donc se mêlait à la mélodie de cette fort respectable rengaine pour donner un tout unique, coloré et parfumé, de l'art, tout simplement !

C'était l'âge d'or, la république était prospère, l'économie se développait, les prix étaient stables et les marchés bien achalandés. Même en cette petite ville éloignée du bord de mer, on trouvait toujours des crevettes bouquets de cent vingt-cinq grammes pièce, ou des crabes superbes. Un beau poisson bien frais ne coûtait guère que dans les trois mao la livre, et quand les pousses de cédrèle arrivaient sur le marché, les étals des vendeurs de poisson, au nord de la ville, n'étaient qu'argent éblouissant sous le soleil, tant les trichiures chatoyaient. Passé l'heure du marché, la rue était jonchée d'écailles qui étincelaient dans les rayons du couchant, puis scintillaient au blanc clair de lune et, si vers le soir il avait plu, quand la lumière en était troublée, que de légers nuages jouaient aux fumées et que le pont de pierre arqué, plus loin sur le fleuve, semblait un dragon blanc, l'odeur fraîche de poisson persistait encore dans l'air humide. Quand la petite fille rentrait du marché, elle s'approchait de la jarre et en contemplait l'eau, dans le reflet flamboyant des fleurs du grenadier : au fond se trouvait un petit crabe de rivière, il avait eu l'air si chic, au milieu de ces étals qui sentaient à plein nez les fruits de mer, que sa mère avait fini par se décider à en acheter encore un couple pour les élever, comme ça, pour le plaisir.

Sur leurs grosses pinces poussait un fin duvet vert… Leurs yeux très longs saillaient parfois, pour après se renfoncer… Le vert acier de ces crabes avait fini par s'incruster dans le tableau que formaient les fleurs de grenadier et leur chansonnette, comme un produit de l'usine d'artisanat de la ville… Ses mollets bien pleins et couverts de scintillants poils dorés pendent au bord du lit et se balancent doucement, on dirait une enfant qui s'ennuie. Cette femme mûre manifeste ainsi inconsciemment la candeur et l'innocence qu'on désigne habituellement par le terme de puérilité, et qui, tout autant que les phénomènes d'atavisme, retient l'attention de ce bas monde, nous lâche-t-il d'un ton sentencieux. J'ai entendu dire que, en Chine, dans la province du Jilin, une paysanne a un jour donné naissance à un enfant velu. Le fait a retenu toute l'attention du Parti et du gouvernement, si bien qu'il a été l'occasion d'une délibération entre les professeurs de physique du lycée n° 8. Pour le vieux Meng, cette naissance était précieuse en elle-même, de par sa rareté, et que le Parti et le gouvernement y attachent une telle importance ne venait pas forcément uniquement de ce qu'il s'agissait d'un phénomène d'atavisme. Ainsi, avoir des cornes sur la tête, accoucher de nonuplés garçons ou voir les dents repousser dans la bouche d'un octogénaire, tous ces phénomènes avaient également été l'objet de toute leur considération et n'avaient d'ailleurs pas seulement attiré l'attention chez nous, en Chine, mais, par leur bizarrerie, également suscité un grand intérêt à l'étranger, ce dont on pouvait déduire que ce genre de phénomènes se situait à un niveau qui dépassait les problèmes de classe ou de régime. Qu'est-ce que cela prouvait ? À l'époque, les professeurs de physique en avaient par-dessus la tête de leurs problèmes de chiottes, ils n'avaient vraiment pas envie de discuter. À l'époque, Fang Fugui était encore en pleine santé, et la question le laissait totalement froid. Il avait la face grisâtre et ses cheveux semblaient toujours enduits d'une couche de poussière blanche, une véritable tête de mort, à bien y réfléchir, un signe du destin. Pourquoi passer autant de temps à discuter de problèmes aussi inintéressants que celui des enfants velus, quand il aurait fallu se soucier de la santé de Fang qui allait bientôt mourir ? Le vieux Meng est le seul à me répondre, une légère mousse aux commissures des lèvres : les gens aiment bien les monstres, c'est pour satisfaire ce besoin psychologique que le Parti encourage la découverte et la propagande de phénomènes de ce genre, pour pimenter un peu notre morne quotidien, y apporter un peu de joyeuse excitation. Une société peut sans doute se passer d'art, mais elle ne peut pas se passer de monstres. C'est même quand la vie artistique est la plus inexistante qu'il devient vraiment nécessaire de faire apparaître, de temps à autre, quelques monstres... Petit Guo pousse son journal vers nous : à la une, une nouvelle impressionnante, avec un titre en gros caractères gras : L'enfant velu est entré à l'école primaire. Son niveau d'intelligence est supérieur à la moyenne. Il y a même une photo, de la taille d'une carte à jouer, sur laquelle on peut le voir en train de nous sourire, avec son visage couvert de poils, ses grands yeux surmontés de sourcils épais et un foulard rouge autour du cou. À combien de millions de lecteurs sourira-t-il aujourd'hui ? Il y a vraiment de quoi vous flanquer les jetons !

On frappe encore à la porte. C'est comme si les coups ne devaient jamais, jamais s'arrêter. La petite fille avait-elle remarqué son fin duvet doré ? Comment a-t-elle réagi le jour où elle s'est aperçue en se mirant dans l'eau que de légers poils verts avaient poussé au-dessus de sa lèvre ? Ces questions qui confinent au trop intime, il ne serait pas évident de les poser à Li Yuchan. Elle a beau être mon épouse, même en supposant que je ne l'aime pas à la folie, jamais je n'oserai lui demander. L'adolescence est un âge secret et douloureux. C'est le temps des journées vécues dans les transes, le temps des approches furtives, énumère-t-il à l'envi, comme un spécialiste des maladies mentales. Nous connaissons bien ces surprises : en une seule nuit, la petite morveuse d'hier se transforme en une grande jeune fille toute semblable à la fleur et au jade. Une question encore : pourquoi certains termes fréquemment critiqués, tels que « poils sous les aisselles » ou « poils du pubis », provoquent-ils chez les gens un sentiment de honte et de souillure ? Quand, de toute évidence, lesdits poils ont été lavés et relavés un bon millier de fois avec un savon de luxe et qu'ils ont été aspergés de coûteux parfums, ils sont doux et élastiques, ils diffusent même un parfum qui saute aux narines. C'est très beau à regarder, pourquoi la même chose, écrite, donne-t-elle cette impression de blasphème ou d'insulte à la mère ? C'est une maladie, dit-il, une maladie très courante.

Pour toutes ces raisons compliquées et susdites, le professeur de physique n'a jamais demandé à Li Yuchan quand le premier poil de moustache avait pointé sous sa peau. Mais qu'est-ce que la moustache de Li Yuchan ou les poils de ses aisselles ont à voir avec ce roman ? Ce n'est pas sans rapport, c'est triste à dire ; mais à force, toutes les peines finissent par se diluer.

II

Bien sûr que nous nous rappelons encore combien la mère était belle, il y a vingt ans, telle que tu nous l'as décrite : elle était encore jeune à l'époque, elle se tenait très droite et se coiffait d'un époustouflant chignon où elle fichait une petite fleur rouge, un peu comme les tenancières de maison dans les romans d'autrefois. Tu n'as pas peur de radoter, il faut que tu te remettes à nous faire son portrait et même, avec assurance, tu nous déclares :

La petite fleur rouge à sa tempe était cueillie au grenadier de la cour. Elle la choisissait toujours à peine ouverte. Comme les après-shampooings et les cosmétiques de luxe n'existaient pas encore à l'époque, elle se faisait des frictions avec une décoction de copeaux et se lavait le visage avec du pancréas de porc mariné dans l'alcool, procédés locaux fort efficaces, comme ces recettes de bonne femme qui guérissent des pires maladies.

En littérature, ce n'est pas briser un bien grand tabou que de décrire un corps. Toute la question est de savoir si l'auteur, au moment où il rédige ce tableau, voit ou non la chair dénudée flotter devant ses yeux. Si oui ou non il doit en humer le parfum ensorcelant ? Ou alors, en avançant encore d'un pas dans l'impudeur, doit-il ou non sentir l'odeur des sécrétions sexuelles ? S'il en est ainsi, ne sommes-nous pas dans un cas classique de débauche flagrante ? Mais, sinon, serait-il capable de produire une description qui ne soit pas trop vulgaire ?

Pas moyen de mettre un terme à cette extrapolation vaseuse. Continuez, monsieur, nous vous écoutons. Tu continues :

Ce qu'il faut noter, à présent, c'est : Les coups qu'on frappe à la porte depuis la fin de la première partie n'ont toujours pas cessé, on frappe, sur un rythme immuable, avec la régularité d'un balancier d'horloge. Qui est-il, enfin, celui qui vient cogner dans les noires ténèbres d'avant l'aube à la porte du professeur de physique ? Pour le savoir, il faudrait ouvrir la porte… Mais, à l'heure actuelle, c'est impossible.

Li Yuchan n'a pas oublié l'image du corps nu de sa mère en train d'aller et venir dans la cour. Pour ne pas se salir les pieds, elle enfilait néanmoins des mules brodées en satin rouge et, à sa tempe, était fichée une fleur de grenadier à peine épanouie – tandis que Li Yuchan nous décrit le corps de sa mère dans toute sa splendeur, bien que je ne l'aie jamais rencontrée, je ne peux empêcher l'ombre de la Pan Jinlian de l'*Histoire de la fiole d'or* de s'infiltrer dans ma mémoire. Elle se caressait avec tendresse. La brise tiède de mai effleurait les rues : elle frôlait le petit immeuble vert pois de la mairie, faisant danser le drapeau aux cinq étoiles, ou frôlait les cimes des peupliers blancs, déclenchant, comme une sonnerie, le chuchotis des blanches feuilles au dos duveteux, grosses comme des sapèques. La brise tiède de mai se condensait dans les cours des maisons de la petite ville, tout était beau comme dans une peinture. Li Yuchan était assise, perdue dans ses pensées, sur la barrière de la porte, à regarder sa mère aller et venir. Les hirondelles sous l'auvent avaient construit de nouveaux nids blancs. Et encore : le petit chien-loup, aux oreilles acérées comme des nœuds de bambou taillés, suivait le derrière légèrement saillant de la femme nue, humant, reniflant et glapissant sans cesse.

Comment ce sentiment de honte de l'adolescence finit-il par s'évanouir ? La puissance du spectacle de ces mamelons rouges émergeant d'entre les doigts de Wang était-elle telle qu'elle suffit à faire table rase de la pudeur d'une jeune fille ? – Il redresse légèrement son corps accroché à la barre et tend le cou, comme chaque fois qu'il va se lancer dans un commentaire : Le chef de section ayant une épouse ravissante et tendre, ainsi que deux enfants candides et pleins de vie, notre beauté fragile ne pouvait être que sa maîtresse. À toute époque, même la plus sombre, il y a toujours eu des maîtresses. On utilise parfois des mots au sens plus large, comme « concubine », ou « courtisane », mais enfin pourquoi les hommes prennent-ils des maîtresses ? Croyez-vous qu'il suffise de parler de « morale relâchée » pour tout expliquer ? Je ne me permettrai pas de critiquer Wang en face de vous, je suis d'accord avec Li Yuchan sur ce point : elle me l'a bien affirmé, et avec la plus grande autorité : C'est un homme bien ! Ma mère et moi, nous lui devons beaucoup.

Dans cette famille, le sexe n'avait rien de mystérieux, l'amour physique s'y montrait sous son aspect le plus ravissant. C'est la beauté fragile qui la première a proposé à Li Yuchan de se débarrasser elle aussi de ses vêtements pour se promener dans la cour et prendre un bon bain de soleil. On pourrait dire que mère et fille poursuivaient toutes deux le même idéal.

Ce matin-là, donc, il lui a suffi de baisser la tête pour s'apercevoir que, en l'endroit de sa personne dont elle pouvait être le plus fière, avaient poussé de fins poils dorés. D'excitation, sa mère s'est mise à battre des mains en riant.

Plus tard, le chef de section a été promu chef de bureau adjoint à la municipalité.

Li Yuchan me l'a avoué en toute simplicité – avec la même ingénuité que si elle avait discuté choux et navets : Quand Wang et ma mère faisaient l'amour, quand j'entendais leurs gémissements de plaisir, j'étais jalouse. Or, un jour que Maman était sortie, il est arrivé. Il avait acheté pour moi une paire de ces bas nylon encore chers à l'époque, à carreaux rouges et bleus, un très joli motif, j'en rêvais depuis si longtemps ! Tout sourire, il s'est enquis : Alors, petite, on ne dit même pas merci ? J'ai retiré ma veste, retiré mon pantalon, retiré ma culotte, défait mon soutien-gorge et fiché dans mes cheveux une fleur de grenadier. Puis j'ai enfilé les mules de satin de ma mère et me suis mise à marcher dans la cour. Wang avait le visage en eau. Je souriais, l'acculant un peu plus à chaque pas. Il s'est mis à pleurer : Tu n'es encore qu'une enfant... Je lui ai craché à la figure. Il avait l'air aussi gauche qu'un grand gamin. Je suis montée à califourchon sur lui et il m'a portée à travers toute la cour. Quand ma mère a fait irruption, elle nous a aspergés avec l'eau de la jarre et tout le monde a éclaté de rire. À midi, nous avons pêché nos crabes, les avons pilés en purée dans le mortier à ail, avec un œuf battu par-dessus et les avons fait sauter avec une assiette de ciboule fraîche. C'était vraiment délicieux...

Que c'était beau tout ça ! ai-je soupiré sous le coup de l'émotion.

J'ai toujours eu dans mon cœur un doute dont rien ne peut me délivrer : si vraiment tu as eu ce genre de relation avec le chef de bureau adjoint, pourquoi ne lui as-tu pas demandé de te trouver un meilleur emploi ? Si c'était lui le chef adjoint du bureau au travail, pourquoi a-t-il fallu que tu échoues aux pompes funèbres ?

Elle me dévisage avec mépris. Des craies, camarades, allez me chercher des craies !

III

Le vice-maire Wang, dont les tempes se sont enneigées, fait tous les jours une petite demi-heure de sieste après le déjeuner (exception faite de ceux où les autorités hiérarchiques viennent inspecter le travail). Cette demi-heure est absolument sacrée et chacun, que ce soit sa famille ou ses collaborateurs, respecte ce droit inaliénable. Pourtant, en réalité, il n'arrive jamais à dormir, il se contente de s'allonger, l'esprit confus, prêtant une oreille attentive aux gargouillements méthodiques de son fidèle intestin, on dirait un chat sauvage en train de ronfler pelotonné sur un canapé et qui rêve aux joies de la chasse aux souris, aux souris dans son ventre, aux souris dans leur trou et même à celles qui se hasardent subrepticement sur le mur. On dit que tu auras beau faire l'amour un millier de fois avec une femme aimante, passionnée, jamais tu n'arriveras à te remémorer plus d'une de ces fois. L'habitude de faire l'amour est bien sûr une composante importante du mode de vie, si nous avions le courage d'oser des échanges totalement à nu – mais nous n'osons pas ! –, tu insistes bien : SI NOUS OSIONS, vous pourriez vous apercevoir que le sexe est un pilier important de l'édifice de notre vie, il a la couleur de la chair, il est tout enchevêtré de chaînes couvertes de fleurs aux cinq couleurs et il scintille d'un éclat éblouissant. Vous aimez les comparaisons ? Eh bien, si l'on compare l'organe sexuel masculin au mât de la vie, il en découle obligatoirement qu'il faut prendre les organes féminins pour une illustration du bateau de la vie ; le mât dressé en plein centre du bateau peut encore de manière simpliste symboliser la vivacité des rapports sexuels. Les métaphores sont toujours inutiles, mais sans elles il n'y aurait nul moyen de refléter le monde. Toute vie sexuelle est répétition, les modèles ont beau se renouveler, malgré leurs innombrables variations, tout reste fondamentalement toujours la même chose. C'est pourquoi, ce que le vice-maire, pendant chaque sieste, mâche et remâche, c'est tout simplement cette première fois où il a fait l'amour à Li Yuchan. Décrire d'une plume minutieuse un long processus amoureux est parfois un peu délicat, je ne compte donc vous rapporter ici que quelques phrases de leur dialogue :

« Est-ce que c'est toi, mon père ?

– Non, je ne suis pas ton père.

– Tes poils sont noirs, pourquoi est-ce que les miens sont blonds ?

– Parce que tu es un petit chat doré !

– Je n'ai pas envie de faire des études. »

C'est très bien. L'ambitieuse jeunesse révolutionnaire doit s'aguerrir dans la mise en pratique des trois grands principes révolutionnaires : lutte des classes, lutte pour la production, expérimentation scientifique, et se jeter à corps perdu dans le travail révolutionnaire banal et pratique.

… Cette petite était vraiment un drôle d'être…, se dit le vice-maire, la force de l'habitude lui signalant que sa demi-heure de doux souvenirs va bientôt s'achever. Il n'a pourtant guère envie de lever son corps tout boursouflé du canapé, la graisse accumulée sous sa peau a totalement modifié sa silhouette de gaillard du Shandong. Est-ce vraiment simplement parce qu'on mange trop de viande et de poisson qu'on grossit ? Tu as l'air de nous poser la question mais, sans nous laisser le temps de répondre, prompt comme un coup de fusil, tu enchaînes : Il attend que sa secrétaire, encore plus exacte qu'une horloge, l'appelle. Cet après-midi, il doit se rendre au lycée n° 8 pour assister à la cérémonie commémorative donnée à la mémoire d'un professeur de physique. « Lycée n° 8 », « professeur de physique », ces termes évoquent quelques souvenirs doux-amers dont se gargariser. Aucun doute, la racine de cette réaction biologique doit se trouver dans l'amour physique, dans cette romantique histoire qu'il a eue, il y a déjà tant d'années de cela, avec cette jolie petite Li Yuchan au doux duvet doré – sur son perchoir, dans la cage, il tend le cou –

Dans nos romans, nous avons toujours tendance à faire des cadres supérieurs des êtres à l'intelligence exceptionnelle, comme si parmi eux ne se trouvait aucun sentimental – ce n'est pas une attitude « réaliste ». Quelle place occupent sur la scène politique les maîtresses des politiciens mâles ? La moitié du paysage ou juste un bout de torchon ? La méthode du juste milieu et celle du jugement impartial sont en accord avec les deux éventualités. S'il y a des politiciens, il faut bien qu'ils aient des maîtresses, et s'ils ont des maîtresses, eh bien certaines sont des moitiés de paysage et d'autres des morceaux de torchon. C'est un secret public, tout le monde est au courant, et ce n'est pas parce que nous fermons les yeux que le ciel et ses voies vont disparaître.

Il y a quelques années, l'opinion publique s'est déchaînée contre les maîtresses, et quel a été le résultat ? Hein ? Vous pouvez me le dire ? Il hurle. Nous bafouillons, tout embarrassés.

Comment faire le tri, ici, entre hypocrisie et sincérité ? Pourquoi ne me répondez-vous pas ? Futés, nous te jetons une poignée de craies. Vous voulez me faire taire avec de la craie ?

Sommes-nous oui ou non prêts à admettre l'existence rationnelle du désir sexuel des politiciens, à admettre l'existence rationnelle de leurs maîtresses et l'influence de celles-ci sur le cours de l'histoire ?

Il s'agite comme un beau diable dans sa cage, son corps souple s'est enroulé autour du perchoir, si bien qu'à force de gesticuler il finit par tomber et s'ouvrir le crâne. Nous en comprenons presque pourquoi il doit rester enfermé à se nourrir de craie. L'idée de le sortir de là nous passe quand même par la tête, mais comme s'il avait pu lire dans nos cœurs le voilà qui s'écrie : Non ! Je ne veux pas sortir !

IV

Il n'y a pas de secret dans cette petite ville.

Lors d'une réunion des directeurs d'école, le vice-maire, délégué à l'éducation, est venu faire un jour un rapport sur les travaux d'infrastructure des établissements d'enseignement.

Toutes les écoles de la ville manquent de salles de cours et de logements pour leurs professeurs.

Et la lutte est âpre, quand il n'y a pas assez pour tout le monde.

À la faveur de la pause, le proviseur du lycée n° 8 est imprudemment allé frapper à la porte de la salle de repos.

Le vice-maire a écarquillé les yeux et, lui signalant du regard qu'il n'était pas le bienvenu, l'a néanmoins invité avec chaleur à prendre un siège.

Ma, le proviseur, un grand dégingandé avec des oreilles décollées, grandes comme la paume de ma main, savait parfaitement qu'il dérangeait. Mais comme il savait aussi parfaitement où il voulait en venir, il a souri, découvrant deux rangées de dents noires et usées, et s'est incliné avant de s'asseoir avec mille précautions sur un coin de canapé.

« C'est à quel sujet, Ma ? »

Tout ce préambule était inutile. Je sais bien. Excusez-moi.

Le proviseur s'est lancé : « Monsieur le vice-maire, c'est notre école qui est à l'heure actuelle le plus en difficulté, aucune autre n'a de tels problèmes… Tenez, je vais vous donner un exemple : Zhang Hongqiu est sorti au début des années soixante d'une grande université, il est professeur de physique et enseigne au lycée depuis plus de vingt ans. Son épouse est esthéticienne hors classe aux pompes funèbres, elle s'appelle Li, prénom Yuchan. Ils habitaient auparavant au 13, allée des Poissons d'Or, une petite maison avec un grenadier dans la cour. C'est Zhang qui nous l'a dit, il paraît qu'il donnait des fleurs très rouges… Depuis que la ruelle a été aplanie par les bulldozers, elle a dû venir s'installer avec son époux dans les locaux de l'école, avec sa vieille mère grabataire et ses deux enfants, dont l'un est déjà au lycée et l'autre encore en primaire. Vous vous rendez compte, une famille de cinq personnes obligée de vivre dans une pièce et demie, c'est quand même insoutenable, non ? Les deux petits dorment dans un trou du mur, monsieur le vice-maire, et la vieille couche dans la demi-cuisine !… En tant que proviseur, je souffre beaucoup de cet état de choses… »

Il se mouche un peu. Ses yeux sont déjà cernés de rouge, encore un petit effort et ils se rempliraient de larmes. Mais les pleurs les plus émouvants sont ceux qui n'arrivent pas à sortir, la mesure civilisée n'oublie jamais la décence, sans compter qu'il faudrait être un abruti complet pour éclater en sanglots devant un homme politique.

Le vice-maire a plissé les yeux. Il avait l'air serein, mais ses lèvres ont légèrement blanchi.

Le proviseur s'est incliné et a quitté la salle de repos.

V

Elle a des jambes tellement mignonnes, suggestives, enfantines dans leur balancement, et ce mouvement, rythmé par les coups décidés qu'on frappe à la porte, devient comme une composante de l'existence, aussi irrésistible que le destin.

Le professeur de physique ressent sa contre-performance comme une brûlure au plus profond de son être. Il n'ose plus regarder ce corps nu, de honte il voudrait s'enfouir la tête dans l'oreiller, mais le parfum du funérarium s'en élève par filets – on ne sent que ça, partout, cette odeur aussi irrésistible que le destin.

Elle est en train de réfléchir : tout est toujours aussi irrésistible que le destin, c'est déjà bien assez la poisse que d'être née en ce monde, à quoi bon en plus se condamner soi-même ? Est-ce que c'est de la luxure d'offrir sa virginité à un chef de bureau adjoint ? Est-ce que vraiment ça aurait été noble de réprimer ce désir en moi qui éclatait parce que le grenadier était en fleur et que le marché aux poissons nous noyait sous son parfum saumâtre ?

Face à l'amour, il n'est pas de raison qui tienne. Et puisqu'il en va ainsi, à quoi bon se torturer pour ce qui s'est passé hier après-midi au funérarium ? L'hymen après tout n'est qu'une petite membrane de peau encore plus fine que la palmure d'un canard, il suffit parfois d'un tour en vélo pour la déchirer. Il ne pouvait y avoir que cet ignoble lieutenant pour y attacher de l'importance.

Comme les coups à la porte, le passé revient frapper à sa mémoire. C'est comme si les souvenirs battaient une vieille plaque de fer oxydée dont la rouille tomberait par couche, de plus en plus fine, son corps et son esprit ne sont plus à présent que comme ailes de cigale.

Le chef adjoint au bureau du travail aurait pu lui attribuer un de ces emplois qu'on dit honorables, mais il l'a envoyée comme esthéticienne au « Joli Monde ». Au terminus des humains. Tous, dans cette petite ville, les citoyens respectables comme les autres, finiront par un jour y passer. Elle a dit à Wang : Si tu meurs, c'est moi qui te maquillerai. J'essuierai la poussière de ton corps avec de la bourre de soie imbibée d'eau tiède, tu seras impeccable, même les fesses et le nombril. Je raserai au couteau la barbe de tes joues et, si deux poils sortent de tes narines, je ne baisserai pas les bras, j'y introduirai mes ciseaux et les éliminerai bien proprement. Ma tâche est de maquiller la pourriture afin de réconforter les vivants.

Dieu, lui, pourrait bien sûr savoir que tes intestins se décomposent, mais lui aussi n'est qu'un bon à rien qui se contente de l'enveloppe, sans examiner le contenu. Ce n'est pas mon problème. Il n'est plus ni suprématie ni supériorité sur ma couche. Tu en as de la chance d'avoir une maîtresse qui travaille au salon mortuaire ! Comme on dit : Avant même de t'avoir donné le jour, je pense à ta mort ; d'une main, je brode tes chaussons à tête de tigre, de l'autre, je frappe le couvercle de ton cercueil.

C'est à la parole donnée et tenue qu'on reconnaît ses vrais amis. Repensant au vice-maire mort d'obésité, étendu avec son gros ventre sur sa table de travail, Li Yuchan ressent comme une vague envie de vomir qui tremble au bout de sa langue. Ces yeux mal fermés, cet éclat vague et qui dardait avec froideur, j'ai longuement soupiré, dit-elle.

La cérémonie d'adieu au corps aura lieu demain matin à neuf heures. Tous les gros bonnets de la ville, les notables, les sommités de tous bords porteront au bras un brassard noir en soie de première qualité, les haut-parleurs dissimulés dans le plafond diffuseront une musique de circonstance qui résonnera, mêlée de parasites comme si des rats étaient en train de ronger les planches du toit, si bien qu'en l'entendant les gens se mettront à sourire. Les Chinois disent : Trois pas au-dessus de nos têtes, c'est le ciel bleu, qu'on appelle Dieu. Dieu est un vieux rat. Quand tous seront en train de pleurer le décès du vice-maire, Dieu sera en train de grignoter le toit.

Ils l'ont déposé sur la table de travail. Son épouse, toujours aussi maigre qu'une brindille, est arrivée, soutenue par ses enfants.

Un frisson glacial l'a parcourue, un rat furieux s'est mis à lui ronger et à lui déchirer les entrailles, sans ménagement, de ses griffes et de ses dents aiguisées. L'amour rend cruel. Mais, immédiatement, une question s'est imposée avec force et insistance à son esprit : Est-ce que tu as aimé le vice-maire ? Est-ce que l'amour et les rapports sexuels sont la même chose ? – Vous aussi, je vous prie de réfléchir à cette question. Zut, nous n'avons pas envie de réfléchir.

Il y a bien longtemps de cela, quand ce professeur de physique à la chevelure taillée en brosse lui courait après, elle est un jour tombée au bord de la rivière sur le chef de bureau adjoint qui promenait ses enfants au bras de son épouse. La petite rivière bleue descend du mont des Cinq Lotus, elle passe par des plaines immenses et c'est toute chargée du parfum des blés et de l'ombre dansante des arbres qu'elle vient traverser notre petite cité sans pareille. Au cœur de la ville, dans le parc du Peuple, elle dessine une courbe dans laquelle elle embrasse les peupliers blancs à l'écorce d'argent, c'est de sa part une superbe initiative, les fines herbes, les éclatantes fleurs fraîches, les rangées de bancs, tout cela engendre à l'infini des enfants. Tous les jours, à l'aube, c'est à pleines pelles que l'employée de la voirie évacue les capotes en caoutchouc laiteux et transparent. Cette ouvrière au tempérament un peu spécial ne se contente pas de les entasser dans son seau à ordures. Elle n'hésite pas à traverser le bois de peupliers et à piétiner la plage humide, laissant dans le sable l'empreinte de son pas qui fait légèrement perler l'eau, pour aller les jeter dans la rivière bleutée. Là, elle a pour les lancer dans l'onde le même geste qu'un athlète pour son disque, peut-être au temps de ses études au lycée n° 8 a-t-elle suivi les cours de Li Changjuan, le professeur de gymnastique ? Les pieds en dix heures dix, solidement ancrée au sol comme un clou, elle effectue vers l'arrière une rotation du buste à cent soixante-cinq degrés, contractant probablement tous ses muscles, des éclairs dans les yeux, et balayant tout le gracieux paysage avant de déployer, dans un grand cri, comme une cascade qui s'envolerait, tel le pêcheur solitaire sur la rive quand il jette son grand filet de fils d'argent. Les capotes vont flotter sur l'onde bleutée puis, lentement, s'écoulent vers l'est. C'est tellement beau qu'on dirait des bulles de vessies de poisson. Et l'employée de la voirie reste plantée là, comme une croyante qui prierait en silence, en écoutant sonner les cloches de l'église.

La petite rivière s'en va vers la mer, emportant avec elle toute une nuit de la débauche des hommes. Il n'est pas un cours d'eau qui ne leur serve d'égout.

Qui est-elle cette ouvrière ? se demande Li Yuchan dans le petit matin. À l'approche du soir, la lumière dorée du soleil s'allongeait sur les eaux bleutées, elle a vu, juste en face d'elle, arriver M. Wang, chef adjoint du bureau au travail de la municipalité. Il serrait dans une de ses mains celle de sa maigre épouse et tenait de l'autre celle de sa fille, tandis que la mère la donnait au fils. La famille formait ainsi un rang qui faisait régner sa loi, comme les grands crabes de la rivière. Les petits crabes de la jarre… Tout lui est revenu d'un coup, la couleur des fleurs de grenadier, la saveur de la bouche de Wang, elle a revu les poissons multicolores et multiformes sur le marché. Comme on le dit si bien : les amoureux et les ennemis sont destinés à se rencontrer.

Si le chef de bureau adjoint n'avait pas volontairement détourné sa grosse tête carrée comme une enclume, s'il n'avait pas évité son regard en faisant semblant de s'intéresser aux oiseaux, si tout naturellement et tranquillement il avait lâché la main de son épouse pour s'avancer et venir de lui-même lui serrer la main, et ce faisant lui avait légèrement caressé la paume du bout du doigt en signe d'affection, rien ne se serait passé. – Il parle comme s'il était expert en affaires amoureuses.

Elle allait vers l'ouest, les brumes du couchant s'étaient embrasées et donnaient à son visage un éclat accrocheur. Sa maigre rivale la dévisageait d'un œil aussi sec que celui d'un corbeau.

Le fils du chef de bureau adjoint était déjà un grand amoureux en herbe, tirant la main de l'épouse en titre, il s'est écrié : « Maman ! Regarde comme elle est jolie, la dame ! Regarde vite sa figure ! »

Li Yuchan m'a raconté que, sur le coup, elle n'avait pensé à rien, les rouages dans sa tête semblaient bloqués, il n'y avait qu'une sécheresse et une chaleur insupportables, quelque part, très haut, une voix sévère lui a ordonné : « Déshabille-toi ! Enlève tes vêtements ! »

Elle prétend qu'elle n'a pas pu résister à cet ordre venu du haut des cieux. Par la suite, elle s'est dit qu'il devait s'agir de la voix de l'homme qui avait épandu sa semence dans le vagin de sa mère et formé son corps. Bien que jamais elle n'ait vu son visage, elle est toujours fermement persuadée que c'était la voix de son père. Qui oserait s'opposer à l'ordre d'un père qui est au ciel ? Elle me l'a dit, et répété, pourquoi aurais-je enfreint son commandement ?

Avec des gestes d'une incroyable rapidité, elle s'est débarrassée de son chemisier en soie à manches courtes et à encolure ronde brodée, comme on les faisait en ce temps-là, et d'un balancement du bras l'a envoyé valser pour qu'il aille atterrir, tel un papillon dansant et comme par un fait exprès, exactement sur la tête de Wang !

« Qu'est-ce qu'elle est jolie, la dame ! » Le fils du chef de bureau adjoint s'était mis à crier.

La « dame » avait levé les deux jambes et, d'un coup de rein, faisait tomber son pantalon, qu'elle balançait dans la poitrine dudit chef de bureau adjoint.

« La dame a des poils ! »

Tout ton corps était couvert d'un fin duvet doré d'une joliesse à faire tressaillir. Effrayée, la femme de Wang en avait mouillé sa culotte. Son époux restait stupide, un paquet de vêtements multicolore dans les bras.

Elle s'est tournée et retournée pour qu'ils puissent bien la voir de tous côtés. Vêtue simplement d'une paire de chaussettes en nylon, elle a alors fait lentement deux pas, s'est arrêtée un instant puis, comme pour prendre son vol, a plongé dans la rivière. Sa chair en pénétrant dans l'eau a fait scintiller un arc-en-ciel aussi resplendissant que les fleurs du grenadier dans leur plein éclat flamboyant.

Après avoir poussé un long soupir et passé à sa femme les habits que Li Yuchan lui avait jetés, Wang s'est avancé jusqu'à la berge où, posément, il s'est débarrassé de ses vêtements, exactement comme un malade mis en quarantaine retire ses affaires contaminées par le virus. Il n'est pas allé aussi loin que Li Yuchan, pourtant : elle n'avait plus au moment de sauter qu'une paire de chaussettes, lui, a gardé ses souliers en cuir noir et brillant, et encore son vaste caleçon.

D'un air exploratoire, il a tâté l'eau du bout du pied. Elle était douce et tiède et s'est engouffrée en glougloutant dans sa chaussure. Le chef de bureau adjoint transpire des pieds, les pauvres étaient justement tout suants et boursouflés dans les recoins sombres qui les étouffaient. Au contact de l'eau, ils ont émis un petit clapotement heureux, comme deux gros poissons-chats. Et, comme deux gros poissons-chats, ils sont entrés dans l'eau. Il s'est d'abord avancé en marchant, l'eau lui est montée jusqu'aux mollets, jusqu'aux cuisses, sa culotte a flotté un instant avant de se coller à ses fesses. Pendant ce temps, sur le gazon de la berge, sa femme et son fils appelaient au secours.

Quand un gros poisson est venu heurter sa cuisse avec violence, il a pris son courage à deux mains et s'est mis à nager.

Li Yuchan raconte qu'à peine entrée dans l'eau elle a ouvert grand la bouche pour avaler. C'était une eau fraîche et suave. Pour en savourer une encore plus fraîche et encore plus douce, que les rayons du soleil n'auraient pas traversée, elle est descendue tout au fond. D'après elle, cette eau du lit de la rivière était transparente, comme des glaces bleutées, et il s'y trouvait beaucoup de petites carpes aux écailles violettes qui se chicanaient et se mordillaient à s'en faire valser les écailles, leur odeur lui a sauté au nez. Elle a aperçu le corps du chef de bureau adjoint. Quand il l'a prise dans ses bras, dit-elle, elle a entendu à nouveau la voix de son père dans les cieux qui lui ordonnait de hurler, alors elle a hurlé, et y a ressenti le même plaisir qu'à faire l'amour, mais avec une violence sans précédent. Elle m'a confié : J'ai dû m'évanouir, les mariées qui pleurent sur leur lit de noces sont les plus heureuses des femmes, ou pour employer une expression de notre petite ville : la fille qui meurt de plaisir a bien roulé le gendre.

Le regard noir de l'épouse a perdu son éclat et Li Yuchan a réalisé qu'elle n'était plus qu'une vieille bonne femme laide, avec une grande bouche, des pommettes saillantes et un souffle glacial qui s'échappait d'entre ses dents. Si l'on dit que la bouche de certaines femmes est un enfer, c'est sans doute pour décrire celle de l'épouse du chef de bureau adjoint. Le petit garçon qui, cette année-là, s'était écrié : « Qu'est-ce qu'elle est jolie, la dame ! » est devenu un grand gaillard aux cheveux aussi longs que le grand physicien Newton et à la même figure carrée et noire que son père, mais toute couverte de boutons d'acné à tête blanche. La petite fille aussi a grandi, elle est sans doute mariée, son gros ventre pointe, elle a le souffle court, des gestes lents et patauds, une face noire et huileuse couverte de taches brunes comme de la rouille sur un vieil outil en fer.

C'est le jeune et tout nouveau chef du funérarium qui a fait les présentations : « C'est la meilleure esthéticienne de notre salon, madame, une travailleuse modèle à qui son talent a valu une citation. Nous lui confions le soin de la toilette de monsieur le vice-maire. »

Li Yuchan a approché les lèvres de son masque chirurgical et l'a mordu. Plus haut, ces organes de la vue qu'on appelle « yeux » ou qu'on désigne encore par le terme de « regard », ces deux choses enfin qui avaient séduit Wang, balayaient avec dédain la vivante épouse de son amant mort. Le sourire méprisant et victorieux était malheureusement caché par le masque, quel gaspillage ! Doucement, elle a incliné la tête.

Du regard, elle suivit la veuve du vice-maire qui quittait le hall des pompes funèbres, soutenue par sa fille et son fils.

Puis elle s'est retrouvée prise en sandwich entre un cadre de la municipalité et le jeune chef du funérarium, c'était comme s'ils s'apprêtaient à lui poser un lourd fardeau sur les épaules.

Le cadre a commencé : « Vous êtes un modèle de dévotion au service du peuple, madame Li ! Pendant toutes ces années, sans vous lasser, vous vous êtes occupée des morts comme s'ils étaient votre propre famille, vous avez aidé à réconforter les vivants ! »

Ces paroles lui ont fait expérimenter les modifications organiques qui se produisent chez ceux qui ploient sous le joug d'un honneur immense : ces deux organes situés sur le devant de la poitrine, et qu'on appelle communément les seins, avaient la chair de poule, leurs mamelons se sont durcis. Elle a revu ceux de sa mère, tout rouges, quand ils jaillissaient d'entre les doigts du chef de section Wang. Tellement rouges, comme des cigarettes incandescentes qui auraient scintillé dans la nuit.

Le cadre a ajouté : « Certaine maladie contagieuse est à l'heure actuelle en train de se répandre dans la ville. Le symptôme principal en est qu'on injurie les cadres de la mairie qui fumeraient des cigarettes à bout filtre en regardant la télé couleur, assis sur des canapés. Les professeurs de chinois du lycée n° 8 appellent les dirigeants de la ville des "gros bides", ils prétendent que nos estomacs sont pleins de la chair et du sang du peuple.

– C'est de la pure calomnie ! s'est vigoureusement indigné le directeur.

– De son vivant, le vice-maire a toujours beaucoup payé de sa personne, il travaillait quatorze heures par jour et menait une existence très simple, se contentant des nourritures les plus frugales. Son obésité était une maladie, il faisait partie de ces gens qui font du lard rien qu'en buvant l'eau du robinet.

– C'était une maladie ! renchérit le directeur.

– Demain, la télévision diffusera quelques prises de vue de la cérémonie d'adieux. Madame Li, vous êtes une esthéticienne hors pair… »

Elle l'a bien regardé, a bien regardé le directeur puis, en hésitant : « Vous voulez dire, il faudrait que je le fasse maigrir un peu… »

Le cadre s'est emparé de sa main pour la secouer vigoureusement : « Camarade ! Vous méritez vraiment votre titre de travailleuse modèle de la ville ! Pour diminuer l'antipathie des masses ou, autrement dit, pour éviter des erreurs inutiles, nous avons le devoir de rendre au vice-maire son apparence première. C'est un vieux cadre de la municipalité, vous savez comment il était autrefois ? Qui plus est, c'est aussi la requête des parents du défunt, nous nous devons de satisfaire leurs exigences afin d'affaiblir cette grande souffrance morale que représente la perte d'un être cher…

– Je préférerais être seule pour travailler », a-t-elle répondu.

Quatre jeunes gens vigoureux ont porté le corps dans sa salle de travail.

Puis on a éteint la musique funèbre et un silence impressionnant est tombé sur le funérarium.

On frappe toujours à la porte, nous rappelle-t-il. Nous n'avions pas oublié.

VI

« Camarades… » Wang, tu as encore gonflé depuis l'année dernière, tes gestes sont encore plus gauches, ton souffle se fait de plus en plus court, tu ne fais plus l'amour à ta femme que deux fois par semaine au lieu de cinq, mais ça, ce n'est pas entièrement ta faute. Ta sèche moitié a de plus en plus de mal à supporter ton poids de char d'assaut, elle n'a plus envie. Ton rapport aujourd'hui est consacré à la planification à long terme de l'édification de la ville, tout le monde a remarqué au-dessus de ta grosse face rougeaude les larges et froides plumes noires des ailes du dieu de la mort. Pour te débarrasser le larynx de cette sécrétion gluante qui ne cesse d'y suinter, tu te grattes la gorge et avales une gorgée de thé froid. Même le thé, tu n'oses plus le boire chaud depuis quelque temps. Il t'arrive une drôle de chose : tu es devenu un véritable « drogué des boissons fraîches ». C'est qu'un feu brûle dans ton ventre, un feu cruel qui semble vouloir te griller les entrailles et les viscères, y compris cet appendice en forme de petite queue. Tu manges des crèmes glacées, bois ta limonade avec des glaçons, te nourris de viande et de choux congelés : en gros, en simple et en résumé, tu refuses toute forme d'alimentation autre que glacée.

Quant à ce bizarre syndrome du vice-maire, les plus grands docteurs de l'hôpital se creusent la tête sans arriver à établir aucun diagnostic ni, bien sûr, à trouver quelque traitement que ce soit. Quelqu'un lui a suggéré d'aller consulter un médecin traditionnel. Au très vieux et très vertueux spécialiste, il a suffi de poser trois doigts sur ton poignet pour se mettre à trembler de fièvre, si bien qu'il s'est mis à divaguer obscurément quant à la configuration du ciel et de la terre, et qu'il a ordonné une décoction de rhizome de roseau, de peau d'orange séchée et d'écorce de pastèque, bâclant complètement sa besogne.

Après avoir bu sa gorgée de thé froid, il écarte un rideau de satin bleu pour découvrir, accroché au mur, le projet de plan général pour l'aménagement de la ville. En bleu les cours d'eau, en blanc les routes, en vert les parcs, en jaune les immeubles.

Puis tout le monde s'engouffre à sa suite dans un hall parfumé, vaste et ravissant, où souffle un vent glacial. Au beau milieu trône une immense plate-forme dans laquelle sont montées des plaques de verre. Le vice-maire tourne un bouton, et l'on peut voir ces vitres, tout doucement, sans faire de bruit, un peu comme des geckos, se mettre à rentrer dans leur trou. Le délicieux paysage de notre petite ville se déploie alors sous nos yeux.

Une petite rivière bleue traverse la cité. Sur ses berges, une forêt de peupliers blancs. Tu as pris des photos, ici ? Tu y as fait la cour à ta belle ?

Voici le building du commerce extérieur, les travaux seront terminés en 1990. Il fera quatre-vingt-sept mètres de haut et sera à sommet large sur une base étroite, comme une chauve-souris qui déploie ses ailes. Sa couleur sera d'ailleurs « aile de chauve-souris ».

À l'ombre de ces ailes, le lycée n° 8.

Le parc du Peuple, à l'extérieur du bois de peupliers blancs, est en vert.

Au pied d'un autre bel immeuble, se trouve ce qui restera de notre actuel « Joli Monde ».

« Voici le building de l'agence matrimoniale qui sera mis en chantier en 1990 et entrera en service en l'an 2000. Le bâtiment principal fera quatre-vingt-dix-neuf mètres de haut pour symboliser qu'en ce monde il n'est pas de mariage absolument parfait : celui qui veut convoler doit être prêt à fournir quatre-vingt-dix-neuf livres d'effort en échange d'une livre de bonheur. L'architecture a été conçue de manière à reproduire exactement la forme d'une épée en train de percer un cœur, ceci afin d'illustrer la cruauté et les angoisses de l'amour. Le bâtiment principal sera de couleur très pâle, afin de rappeler le visage d'une femme, tandis que les annexes seront rouge vif, pour symboliser un cœur ensanglanté ! » Tapant du bout d'une canne en plexiglas sur l'agence matrimoniale, il ajoute avec emportement : « Je suis totalement opposé à la conception de cette construction, l'amour est une chose douce, le mariage un grand bonheur. Mais que faire seul contre tous ? De toutes les maquettes proposées, celle-ci a été la seule à attirer l'admiration passionnée des larges masses de la ville, et surtout des jeunes. »

La maquette de l'immeuble ressemble à une saucisse. À son sommet, le symbole de la vie, paraît-il. Quand le bout de sa canne vient se poser sur ce qui restera du « Joli Monde », un frisson glacial pénètre le cœur et les poumons du vice-maire. Il revoit Li Yuchan debout en face de lui, souriante, toute nue sous la grande blouse blanche. L'odeur de viande du funérarium resurgit en toi, comme une bouffée de miel. C'est comme si de nos propres yeux nous voyions son visage devenir livide. Il a beau ne pas faire chaud le moins du monde, ta chair dégouline de perles de sueur.

La canne de plexiglas tombe par terre, vient frapper en sonnant le marbre synthétique et rebondit, pour se casser en deux morceaux, vingt centimètres au-dessus du sol. Quand il apprendra cette nouvelle, le professeur de physique Zhang Hongqiu réfléchira : quelle est la force capable de briser une canne de plexiglas ? Le corps du vice-maire s'effondre sur la maquette de notre radieuse cité de l'an 2000, sa main boursouflée gisant entre les restes du « Joli Monde » et l'agence matrimoniale : pour nous, c'est à la fois totalement répugnant et tout à fait harmonieux, le côté « dur » de la matière en a dompté les faiblesses, voilà une impression qui jamais ne pourra s'effacer, n'est-ce pas ?

Wang, le vice-maire, est mort.

Les chauffeurs meurent au volant, les combattants meurent dans les tranchées, les professeurs meurent sur leur estrade, les vendeurs meurent sur leur comptoir, Marx est mort sur son bureau, le vice-maire est mort sur un plateau.

De vigoureux jeunes gens l'ont emporté à ce « Joli Monde » que les bulldozers viendront bientôt raser et déposé sur la table de travail de Li Yuchan, esthéticienne émérite et travailleuse modèle de première classe de la ville. Il est huit heures du matin, il est huit heures du soir, les deux formulations sont correctes, c'est pourquoi on peut les juxtaposer.

VII

À la porte, on frappe toujours. Comme le dira plus tard l'ancienne veuve licencieuse, la beauté fragile, l'actuelle belle-mère du professeur de physique Zhang Hongqiu, celle qui un jour sautera de son lit de grabataire et retrouvera comme par miracle l'usage de la parole, ainsi qu'elle le dira, donc : elle qui gît paralysée sur son lit, elle écoute, en même temps que nous, ces coups frappés avec la régularité d'une horloge. Exécrant sa fille, son gendre et jusqu'à ses deux petits-fils au crâne lisse, elle est impatiente de revenir à la vie. D'après son expérience historique, seule l'armée populaire de Libération est capable de frapper à la porte des gens avec une telle patience et aussi peu de violence. Les autres, leurs soldats auraient vite fait de casser ta porte de deux coups de pied. L'apparence de la fragile beauté a beaucoup chanté. Elle qui aimait tant, autrefois, chaussée de mules de satin rouge et une fleur de grenadier fichée dans les cheveux, déambuler à pas lents dans sa cour, elle gît aujourd'hui paralysée sur un lit. Son corps, autrefois resplendissant et aussi souple que de la bourre de soie, sert de nourriture aux poux. Pourtant, dans un proche futur, miraculeusement elle va se lever, et non seulement elle va se lever, mais encore sa bouche tordue retrouvera son dessin originel et un flot de paroles intarissable s'en écoulera.

Pour l'heure, nous n'avons guère de temps à lui consacrer, dis-tu, laissons-la couchée sur son lit. Espérons pour elle qu'elle est en train de revivre sa romantique aventure avec le chef de section Wang et qu'elle vit en pensée, très loin des souffrances de son existence actuelle. Li Yuchan était encore une petite fille à l'époque.

Li Yuchan avait depuis longtemps très envie de faire la toilette du vice-maire, afin de pouvoir le remercier de la bonté dont il avait fait preuve cette année-là en sautant dans les eaux bleutées pour la sauver. Son travail au « Joli Monde » lui plaisait déjà beaucoup, quand elle avait dit ça.

Et voilà, Wang est allongé sur ta table de travail, face tournée vers le plafond. Une table de un mètre de large sur un mètre plus un mètre de long. Si le cadavre n'y était couché, nous la verrions recouverte d'une pièce de tissu d'un blanc de neige et décorée d'un pot de fleurs en plastique. Ses quatre pieds sont équipés de roulettes pour qu'on puisse pousser le cadavre après maquillage jusque dans le grand hall où ses parents et ses collègues, ses connaissances et ses relations admireront sa dépouille mortelle avant qu'elle soit poussée près du grand four et déposée par des pinces de fer sur une planche d'acier équipée d'un mécanisme à ressort. Parents, amis et connaissances devront alors se retirer et il ne restera plus à l'ouvrier responsable qu'à appuyer sur un bouton pour que le cadavre, comme un boulet de canon, s'engouffre dans le foyer.

Ta salle de travail est très grande. La table est installée en plein milieu, avec tout autour une dizaine de pots de fleurs qui s'épanouissent en toutes saisons, dont un cactus à fleurs jaunes, qui est ton préféré. Les plantes poussent bien ici.

C'est le soir. La grande porte du funérarium est fermée et son enseigne au néon multicolore attire les amoureux qui traînent dans la rue. La porte de ta salle aussi est fermée, et pour t'éviter d'être espionnée par les services secrets internes, tu as malicieusement bourré le trou de la serrure avec du savon. Ton cœur bat à tout rompre, tu es encore plus nerveuse que pour un adultère. – Déglutissant un bâton de craie, il nous dit :

Tu as éteint la lampe. Assise sur une chaise en bois, tu

respires profondément pour calmer ce cœur qui bat trop fort. L'odeur du vice-maire est si forte et si pénétrante que le parfum des fleurs en semble fade, ce qui illustre et démontre définitivement le principe de la « suprématie sur toutes fleurs ». Sans une lampe pour briller, l'atmosphère de la pièce semble féerique, les pétales colorés des fleurs chuchotent dans l'obscurité, le carreau de la fenêtre vibre en un tremblement imperceptible. Le vrombissement nocturne d'une bétonnière s'infiltre par une fissure du cadre de la fenêtre : les logements des enseignants du lycée n° 8 sont en cours de construction. Le vice-maire est mort, jamais nous n'oublierons votre sollicitude.

Son cœur ayant retrouvé un rythme plus normal, Li Yuchan allume la lampe. La lumière est brutale, elle perce les yeux et donne le vertige. Jamais elle n'a été aussi embarrassée au moment de maquiller un visage, et ce n'est pas vraiment du fait que c'est un vice-maire qui repose sur sa table. Allons, bien sûr, c'est parce qu'il s'agit de son ex-amant et de l'ex-amant de sa mère.

Tu t'es buté quand j'ai dit : Quelle que soit ton habileté, tu finiras bien un jour par te retrouver sur ma table. Tu disais que, après ta mort, il faudrait te mettre directement dans le four, que tu ne voulais pas être retouché. Mais une fois mort, ce n'est plus toi qui décides.

Elle sort d'un tiroir une paire de gants en caoutchouc laiteux, si fins et si lumineux que c'est comme si elle n'avait rien sur les mains. Puis tu te saisis d'une pincette plus éclatante que le jour et plus légère que le papier d'une fenêtre. Un sourire sucré flotte sur ton visage, au travail.

La face graisseuse du vice-maire affiche une expression terrifiée, elles tremblent ces lèvres du Shandong, les lèvres de cette bouche qui m'a tant embrassée. Pourquoi ? Tu as peur, toi aussi ? Un membre du Parti communiste qui ne craint même pas la mort aurait peur d'une toute petite pince ? Il fallait toujours qu'il réclame ma langue, cette espèce de gros cochon avide. Li Yuchan prend dans la pince la lèvre supérieure du vice-maire et la soulève, découvrant des dents d'entre lesquelles s'échappe l'odeur de la purée d'ail de la nuit précédente. Autrefois aussi, ta bouche sentait l'ail. Mais c'était le parfum de l'ail frais. Puis, toujours de sa pincette, elle tire sur la lèvre inférieure. Une deuxième pince et les voilà bloquées toutes les deux, la bouche du vice-maire dessine un losange. Ses deux bras bouillent de ne pouvoir se soulever, arracher ces ustensiles, redonner à ses lèvres leur forme originelle. Le risque est tout à fait réel ! Alors qu'elle le défigure ainsi, elle ne peut s'empêcher d'avoir l'impression qu'il va se mettre à bouger. Elle est totalement abasourdie. Moi qui croyais connaître jusqu'au dernier poil de ton corps ! D'où vient ce resplendissant éclat ? Comment la bouche d'un être humain peut-elle produire une telle lumière ? Son cœur s'est remis à battre follement, même les pincettes s'en sont mises à trembler. Nous voyons ton visage blêmir.

Le professeur contemple le visage de l'esthéticienne qui a pris un air rêveur. Savoir prendre un air rêveur, c'est une caractéristique importante des jolies filles. Le fin duvet sur son corps scintille d'un éclat doré, apportant un peu de douceur et de lumière à cette heure la plus froide et la plus noire d'avant l'aube. Et, inlassablement, il faut le répéter : on frappe toujours à la porte, des coups incessants à faire douter de leur réalité.

Quand t'es-tu fait mettre ces trois dents en or ? Elle a de nouveau éteint la lumière et réfléchit, assise dans le noir. Depuis que tu as été nommé vice-maire, je ne t'ai plus jamais vu qu'à la télé, même ta voix étincelait quand tu ouvrais la bouche pour parler, j'ai toujours cru que ça venait du poste ou de la caméra, je ne savais pas que tu t'étais fait poser des dents en or. J'étais ta maîtresse. Si ça avait été une autre que moi, tu l'aurais certainement eue sur le dos à longueur de journée, en tant que vice-maire. Pas moi. Je savais que, tous les jours, tu pensais à moi, bien plus qu'à ta maigre épouse. N'est-ce pas ? Les fraîches fleurs épanouies chuchotent dans l'obscurité, leurs pétales comme langues des hommes. Si leurs pistils et leurs étamines sont vraiment les organes de reproduction des plantes, choisir de belles fleurs n'est alors rien d'autre que choisir de beaux pénis et de beaux vagins, et ce n'est pas moi qui ai découvert ça. Nous savons.

Wang, le vice-maire, ricane sur la table de travail. Est-ce vrai ?

Avec fureur, elle rallume la lampe et pique de sa pincette le front de son vieil amant. Qu'est-ce qui te fait rire, pourriture ?

Si ta Maman le savait, sûr qu'elle serait jalouse.

Quel glouton !

Les vieux buffles préfèrent l'herbe tendre !

Nous saisissons l'occasion pour t'offrir une poignée de craies ramassées près de l'onagre.

Je vais t'arracher les dents.

Le visage de l'esthéticienne est tout empreint d'une tendre colère, il s'est délicieusement empourpré dans la lumière blafarde de la lampe, comme les pétales des fleurs de pêcher dans la pluie fine, aux environs de la fête de la Pure Lumière. Pourriture ! Tu as brouté l'herbe tendre, je t'arrache les dents !

D'une pincette elle lui ouvre la bouche et de l'autre extrait une à une les trois dents en or, qu'une à une elle jette dans une assiette d'alcool éthylique. Tu plonges les dents dans l'alcool, tu les laisses tremper, tu les portes jusqu'à ton nez, elles sentent encore la purée d'ail. Des allumettes pendent au mur, tu t'en saisis. Tu mets le feu à l'alcool dans l'assiette, des flammes bleues jaillissent et tu y fais brûler les dents. Tu te souviens de ce qu'on dit : « L'or véritable ne craint pas l'épreuve du feu. » Tu les vois éclater de luminosité dans la flamme. Tu les remets à tremper dans l'alcool et enfin tu soupires : tu as respiré un doux parfum de banane, leur odeur véritable.

Dans les années cinquante, il y avait une comptine qui courait dans notre ville. Vous n'étiez que des petits morveux à l'époque, mais ça a duré jusque dans les années soixante, vous étiez déjà un peu plus grands. Vous l'avez tous chantée, ça disait – vous vous rappelez ?

Maman est grande, Papa petit
On l'a battu, il s'est enfui
À Taiwan, il s'est enfui
À son retour, a rapporté

Une montre, des souliers en cuir
Un régime de bananes, tout plein !
...

Cette chansonnette à l'air cristallin courait à l'époque par les rues et les ruelles où elle s'engouffrait comme une rafale de vent frais du printemps. Comme on y parlait de Taiwan et que, en plus, il y avait cette image réactionnaire de « montre, bananes et chaussures », la pauvre a attiré l'attention des organes du Parti et du gouvernement à leur plus haut niveau. La Sécurité publique de la ville a dépêché un grand nombre d'inspecteurs, certains déguisés en facteurs, d'autres en chiffonniers ambulants, d'autres en rémouleurs de couteaux ou en repasseurs de ciseaux... Il y en avait de tous genres et de tous acabits, tous les métiers étaient représentés. À chaque coin de rue se dressaient des oreilles vigilantes. Et puis, par la suite, une nouvelle comptine est apparue... Mais celle-ci est restée dans nos mémoires, comme y est resté le parfum des bananes.

Elle ouvre le tiroir pour y chercher un morceau de gaze dans lequel elle enveloppe les trois dents en or. Puis elle les enfouit dans le tiroir et le verrouille. Puis tu les enfonces dans la poche de ta veste et y fais trois points pour la coudre. Tu as l'impression que deux yeux vigilants et capables de tout transpercer sont en train de t'épier. Au travers des murs, au travers de la porte, ou encore par le carreau de la fenêtre. Alors, affolée, tu éteins la lumière. C'est une obscurité faible qui s'abat soudain, les pétales des fleurs se redressent et se remettent à chuchoter. Dans le flou, flottent deux grands papillons noirs en forme de chauve-souris, l'homme mort allongé sur la table ricane, on entend même grincer ses dents, si ce n'est pas feu le vice-maire, ce sont sans doute les petits tigres du jardin public – c'est aujourd'hui seulement que nous découvrons que non loin de la fenêtre se trouve cette rivière qu'il nous a décrite et à la surface de laquelle les capotes anglaises flottent comme des bulles de vessies de poisson. Les lumières de la ville se reflètent dans les eaux bleutées et l'onde les renvoie sur la fenêtre. Les logements des enseignants du lycée n° 8 sont en cours de construction. Les vitres qui tremblent légèrement témoignent du grondement de la bétonnière.

Ce soir, rétrospectivement furieuse qu'il ait un jour dit : « Les vieux buffles préfèrent l'herbe tendre », après avoir arraché trois dents au vice-maire, l'esthéticienne se sent un peu bizarre. Elle éteint la lumière et va se planter en face de la fenêtre dont, très légèrement, elle pousse le loquet : le vent doucement en ouvre le battant. C'est alors que tu entends, nettoyé par les eaux, dénudé par la berge, ce bruit comme la plainte d'une corde de cithare, ce bruit aussi courbé et tordu que cette chose qu'on appelle la barbe de l'univers. En plein milieu du jardin public se dressent quatre vieux sophoras à l'ombre desquels est une cage de fer verte. Les feulements du tigre affamé font vibrer ton tympan. Il va et il vient, tournant à grandes enjambées dans sa cage sous la lueur des étoiles, avec sa grande ombre imposante qui se projette sournoisement. Ses pensées brusquement se colorent, l'ombre du tigre fait la navette, entre par ses narines, sort par sa bouche, se faufile dans son oreille droite pour ressortir par la gauche, s'infiltre dans l'anus, rebondit hors du nombril. Elle aime à se mettre totalement nue avant d'enfiler sa blouse de travail immaculée, cette tenue éveille en elle une pensée folle, presque une obsession : j'ai l'air d'un ange blanc, alors qu'en fait je n'ai même pas de culotte. C'est pourquoi la brise du fleuve pourtant si tiède n'a aucun mal à imprégner son corps. Ces trois dents en or, si lourdes, comme trois glaciales verrues, reposent près du point d'inflammation de son appendice. La brise humide se glisse par le col grand ouvert, tu sens les pointes de tes seins durcir comme deux noirs jujubes.

Les faits sont là, personne n'est en train de l'épier, les gens sont bien trop occupés, ils ont déjà rejeté derrière leur cervelle le défunt vice-maire et sont encore moins prêts à se soucier de savoir si oui ou non ses dents lui ont été arrachées par une esthéticienne de première classe.

Elle ferme la fenêtre, donne de la lumière et se met au travail. Sans la moindre politesse, tu le dépouilles de ses vêtements, comme cette année-là, quand, pour la dernière fois, en ce midi brûlant, peu avant qu'il se jette dans la rivière pour te sauver, il t'avait, dans la profondeur de la forêt de peupliers blancs, dépouillée de tous tes vêtements, sans faire de politesse, comme un jeune gars impulsif.

Troisième partie

I

Dans le cadre de la rubrique « Vie familiale » du quotidien de notre jolie petite ville, le docteur en médecine Ouyang Shanben a récemment informé nos concitoyens d'une nouvelle dont ils ne savent s'ils doivent rire ou pleurer. Mais, tout d'abord, pour ce qui est de ce journal, permettez que j'en donne ici une brève présentation : toutes les petites villes en ont un, quatre pages, même format que la version publique du *Bulletin de références*, un papier d'excellente qualité, à la fois fin, moelleux et très absorbant, ce qui bien sûr a pour effet d'établir entre lui et les séjours aux toilettes une étroite relation. La mairie doit le renflouer tous les ans de cinq cent mille yuans. Nous ne discuterons pas ici de la rationalité de son existence : tout ce qui existe est rationnel. Et puis, réfléchissez : si toutes les petites villes ont leur publication, de quoi aurions-nous l'air si nous n'en avions pas ?

L'an dernier, quand, pris de boisson, l'un des vieillards de la mairie a rédigé une motion visant à l'assassiner, plus de deux mille personnes se sont immédiatement enflammées ; certains juraient même vouloir faire sauter l'humble demeure du vieil ivrogne, au 29, allée des Richesses Amassées.

Le rédacteur en chef et son adjoint ont demandé à être reçus par le vice-maire.

D'une serviette en skaï très fin, le rédacteur a sorti un vieil exemplaire tout jauni dont la première page annonçait : Un jeune cadre courageux sauve une jeune fille de la noyade… Hier soir, à la tombée du jour, M. Wang XX, chef adjoint du bureau du travail de la municipalité, se promenait, en compagnie de son épouse et de ses deux enfants, dans le bois de peupliers blancs au bord de la rivière XX quand, soudain, il a vu une belle jeune fille trébucher et tomber à l'eau. Un courant rapide menaçait de l'emporter, sa vie était en danger. En cet instant critique, on a alors pu voir le chef de bureau adjoint plonger dans les flots dont, au prix d'une âpre lutte, il a fini par sauver la jeune fille.

Le vice-maire a caressé le vieux papier séché, comme si ça avait été le bras lisse et plein, tout d'or duveté, de sa maîtresse.

C'est de la plume majestueuse qu'on lui connaît que le docteur Ouyang Shanben a fait cette déclaration ferme et résolue à la population de notre ville… Aussi terrible que soit la maladie qui nous emporte, nous avons tous, en théorie, la possibilité de ressusciter… Il a ainsi réduit à néant, avec superbe, ce vieux et sévère mensonge qui voudrait que nous n'ayons qu'« une seule et unique vie ».

Citant de nombreux témoignages et alignant des faits innombrables, il s'est livré, par le jeu de mathématiques supérieures, à de complexes déductions – dont il aurait tout aussi bien pu s'abstenir, personne ne les a lues et nous étions déjà suffisamment convaincus.

En cas de nécessité, nous aussi nous pouvons faire des miracles : quelqu'un peut toujours apparaître là où il n'y avait personne, un fusil ou une bombe sont faciles à faire surgir du néant.

II

… Quand la bombe atomique a éclaté, l'acier s'est gazéifié, les sables du désert se sont transformés en verre. Un nuage en forme de champignon vient soudain flotter devant tes yeux. Vers où ton corps prend-il son essor ? Ce n'est que grâce à ta main droite, fermement refermée sur un quelconque objet, que tu réussis à ne pas t'envoler vers quelque lieu déraisonnable. – Il nous a raconté l'impression qu'il avait eue de la mort, une fois revenu à la vie :

c'était flotter dans l'espace comme une brume légère. Cherchant à te retenir à quelque chose de plus consistant, de toutes tes forces tu cherches à élargir le domaine du solide. Ça marche. Les résultats sont évidents. Peu à peu, tu retrouves conscience de toi. Dans une sorte d'illumination, tu réalises même ce qu'est ce minuscule objet qui t'a permis de ne pas te métamorphoser en un brouillard flottant : ni or ni pierre précieuse, un simple bâton de craie.
Il ouvre les yeux. Immédiatement, à l'instant exact où tu parviens à déduire, d'après une formule relative à la voix, que cette bouche qui émet des sons doit se situer à environ cent vingt centimètres de tes globes oculaires, deux doigts glacés viennent te les refermer en pressant et frottant. Inlassablement, la voix te répète : Fermez les yeux, Fang ! Reposez en paix… Votre position sociale ne vous en donnait pas la qualité, mais nous avons fait jouer des relations aux pompes funèbres, et c'est Li Yuchan, la meilleure esthéticienne du « Joli Monde », qui va faire votre toilette funéraire… Le vice-maire Wang doit même venir en personne assister à la cérémonie commémorative que nous donnerons demain après-midi à l'école en votre honneur…

Sans hésiter un seul instant, le proviseur continue de te persécuter : t'ordonnant de garder les paupières closes, ses doigts tournent et s'enfoncent dans tes orbites.

Tu as compris : le monde des vivants ne veut plus de toi ! Sa main t'intime de garder les yeux fermés : on n'a pas le droit de les ouvrir quand on est mort !

Certains trouveront sans doute qu'il y a quelque chose d'inhumain dans le fait de transférer au funérarium le corps d'un professeur qui n'est peut-être pas tout à fait passé ou même carrément revenu à la vie. Considérez que c'est pour le plus grand bien de tous qu'on se livre à ce petit sacrifice. Les précédents historiques sont innombrables : Ne fallut-il pas à Cao Cao la tête de l'intendant Wang pour apaiser ses troupes ? Et afin de devenir empereur et être à même de mettre en pratique une politique de bienveillance, Li Shimin ne dut-il pas couper le cou de ses frères et compatriotes ? C'est toujours en sacrifiant un peu d'humanité que les révolutions en apportent beaucoup.

Prenez l'idée « un couple, un enfant » : là aussi, il y aurait bien un petit relent de cruauté, mais, pourtant, encore une fois, c'est pour le plus grand bien du genre humain.

Si l'on veut améliorer les conditions de vie de tous les enseignants de la ville et prolonger leur espérance de vie, il serait réactionnaire de laisser Fang ressusciter. C'est même en faisant son entrée vivant au funérarium, qu'il fait vraiment preuve d'humanité – La digression est achevée, ton cou se rétrécit et, tel un ruminant, tu reprends le cours de ton récit. Comme un empois qui s'écoulerait, quelque chose ronfle dans ta gorge.

Tu serres les dents, pas un son ne s'échappera d'entre tes lèvres. Tous les professeurs de la ville espèrent en ta mort, leur seule crainte serait de te voir revivre. Pour soutenir la campagne de souscription, le journal publiera l'article d'un docteur ès philosophie qui, d'un point de vue philosophique et par des méthodes philosophiques, réfutera de part en part la théorie des vies multiples, émise par le docteur en médecine. On a déjà bien assez de problèmes comme ça rien qu'avec les vivants ! On ne va quand même pas laisser les morts venir en ajouter ! Que ferions-nous, s'ils se mettaient à revenir, alors qu'avec l'explosion démographique notre espace vital est de jour en jour plus limité ?

Toute la population de la ville hurlerait de rage : Non ! Fang Fugui n'a pas le droit de ressusciter ! Les morts sont les morts, interdiction de brouiller les frontières !

Ainsi, malgré les sanglots de Du Xiaoying, ton épouse, et en dépit des pleurs de Fang Long et Fang Hu, tu n'ouvriras pas les yeux. À peine si, entre tes cils, tu oses épier leurs faces éplorées. Telles des gouttes de pluie, tels des débris de tuile et de brique, semblables au sable et à l'argile, les fleurs et les honneurs qui s'apprêtent à s'abattre sur toi oppressent déjà ta poitrine. Les morts n'ont pas le droit de revenir à la vie, le théorème est en acier.

C'est le camion de la conserverie de lapin relevant du lycée n° 8 qui a l'honneur de mener ton vivant cadavre au « Joli Monde ». Les poils roulent et volent comme chatons de saule au printemps, à l'intérieur.

Les senteurs printanières, d'ailleurs, te sont une véritable provocation. Le camion avance doucement sur le chemin bitumé du bord de la rivière. L'eau a de fines vaguelettes. Poissons, tortues, crevettes et crabes viennent y nager en surface. Il est dix fois plus difficile à un homme de se contraindre à ne pas ouvrir les yeux que de refuser d'émettre un son. Nos paupières sont bien plus agiles que nos lèvres ! C'est enfantin de les soulever ! En conséquence de quoi, il nous sera malaisé de feindre la cécité, tandis que nous n'aurons aucun mal à jouer les muets.

Abusant de la gloire que lui confère le cadavre du professeur tombé sur son estrade, le camion enfreint allégrement le règlement qui interdit l'entrée de cette route charmante, de ce romantique chemin de berge, aux véhicules de transport des marchandises ou à traction animale. Trimballant son mort, il va tranquillement, tout enivré de sa puissance, acculant les couples d'amoureux au bord de la route, sous le regard méfiant des peupliers. Furtivement, tu entrouvres les yeux pour admirer le ciel, si bleu. De gigantesques nuages blancs y flottent par paquets. Un avion de chasse en train d'exécuter un exercice de voltige tire derrière lui des fils d'un blanc argenté, raies de fumée qui enflent peu à peu, jusqu'à dessiner dans l'air la célèbre formule de physique, $E = MC^2$, celle qui a ébranlé le monde et promet de modifier notre univers, même si elle est encore loin d'en avoir épuisé tous les mystères. Bien sûr qu'elle ne les a pas épuisés, et non seulement elle ne les a pas épuisés, mais en plus, en soi, elle ne vaut pas un pet, cette formule. Le plus formidable de tous les grands hommes, celui dont le nom restera pour toujours dans les annales, ne sera jamais plus qu'une goutte d'eau dans la mer ! Si seulement des rangs de mes élèves quelques personnalités pouvaient émerger qui surpasseraient Einstein !

À peine a-t-il ouvert la bouche pour souhaiter cette naissance, émis une demi-syllabe, qu'une grande main vient se plaquer sur le trou dont un son prétendait sortir.

« Vous êtes mort, Fang ! » lui intime-t-on avec sévérité, un mètre vingt plus haut. « Les cadavres n'ont pas le droit de parler ! »

Je suis bien d'accord. Ce serait vite la cacophonie si tous les morts se mettaient à parler et à discourir, une vraie basse-cour dans notre univers serein ! Les vivants finiraient complètement constipés, les quatre membres glacés et la langue verdâtre, épais comme des sapèques ! Mais je me fais du souci pour mes élèves, monsieur le proviseur, j'aimerais tant que de leur sein sorte un nouvel Einstein, un physicien qui ferait mieux que Marie Curie, mieux que C. N. Yang et T. D. Lee, mieux que Marx et Lénine...

Un index et un pouce grossiers et puissants se sont enfoncés comme les pinces d'un crabe ou des tenailles d'acier dans les joues du trop bavard professeur de physique – juste dans ces deux fossettes rondes, anciens symboles de joliesse aujourd'hui transformés en cavités pratiques pour la prise en étau.

Fang Fugui n'a plus qu'à réprimer l'ardeur dont il se sent déborder et ravaler les mots qui se bousculent au sortir de sa gorge. Pauvre grand talent gaspillé et furieux, ils redescendent, passant toutes sortes d'obstacles, se courbant et ondulant, pour finalement s'échapper en un long chapelet de pets mélancoliques.

Il nous décrit le cheminement de la pensée du proviseur : Je me souviens qu'un jour, au coin d'une rue, je me suis arrêté pour écouter une troupe de baladins du Shandong. Le conteur était un gros bonhomme d'un certain âge, spécialisé dans l'histoire de Wu le cadet. Tiens, le plancher du camion sonne et résonne exactement comme le bois qu'il battait : Ding, ding, dong, dingueling, ding, ding, dongueling, c'était l'ouverture. Ce qu'aujourd'hui vous conterons, seront aventures de Wu du Shandong. Quand la mère Sun à Shizijia il rencontra, feignant l'ivresse il tomba... Il était grand, dit-on, elle ne l'était pas, dit-on. Ne pouvant le porter, elle dut bien le tirer. Un pantalon qui s'ouvre, l'autre culotte est déchirée... Et tire et tire, va de l'avant. Sur son coccyx, elle sent quelque chose qui pointe... Et cheminant réfléchit bien : Que le dard survive à l'abeille, voilà ce qu'on dit, mais que la queue à l'homme survive, voilà qui serait inouï ! Ah, je le savais, que Wu Song aimait la chose, nous allons voir, nous allons voir...

Quand il en vient à ce point charmant de ses souvenirs, le proviseur ne peut se contenir, il pouffe, s'attirant les coups d'œil malveillants de toute l'escorte funéraire, si bien qu'il se sent obligé d'émettre un petit ricanement amer suivi d'un long soupir.

Cheminement de la pensée du proviseur : Il paraît que le cœur des crapauds continue de battre après qu'on les a dépecés. Chez Fang Fugui, c'est la bouche ! Ding, dong, ding, dong ! Déjà que de leur vivant les gens qui parlent trop ne font que s'attirer des ennuis, alors toi qui n'es plus qu'un cadavre !... Si tu ne veux pas m'écouter, je vais finir par être obligé de t'enfoncer un bout de gaze dans la gorge.

Le camion cahote. C'est que la route est toute pavée de galets multicolores, cœurs, fleurs, pandas, jolis dessins sur la chaussée qui bousculent les véhicules. Tu connais les principes mécaniques et cinétiques dont résulte ce ballottement.

Aux soubresauts de la voiture font écho les pets inodores qui s'échappent d'entre les fesses du défunt. Les membres de l'escorte se sont mis à froncer les sourcils, on pourrait croire qu'une puanteur leur saute au nez.

Cheminement de la pensée du proviseur : Tu ne protestais jamais, dans la vie, Fang Fugui. Toujours plongé dans ton travail, tu étais d'une sobriété à mériter l'appellation de vieux buffle attelé à la charrette de la révolution, sans que jamais le harnais se relâche ou le chariot se renverse. Tu ne pensais qu'à faire des progrès. Tu aurais même pressé le son pour en extraire de l'huile. J'aurais bien aimé te hisser au rang de membre du Parti, mais le secrétaire Liu s'y est opposé. Il a étudié la phrénologie et prétend que tu as un os à l'envers à l'arrière de la tête, ce qui, d'après son expérience, serait la marque d'un caractère ambitieux. De gens capables de rester tapis des années avant de révéler leur nature réactionnaire. Long soupir. J'ai beaucoup de respect pour le secrétaire, il mérite bien son poste de spécialiste des affaires du Parti et d'expert en gestion humaine. Tu es mort, et il faut encore que tu rêves à former des élèves qui surpasseraient Marx et Lénine !

Long soupir. Si ça n'était déjà fait, une phrase comme celle-là aurait suffi à te faire jeter dans la dixième couche de l'enfer, avec interdiction à tout jamais d'en être émancipé. Mais que les morts n'aillent pas chercher noise aux vivants, et en général ce n'est pas nous qui irons vous chercher.

Ne se contenant plus, il s'est mis à marmonner à voix basse, on dirait qu'il se confie à un ami : « Faites donc un peu attention, professeur Fang ! Si ce n'était pas que de votre vivant, vous avez été irréprochable, je pourrais faire un rapport aux autorités et faire sauter le privilège qui vous autorise à être toiletté par une esthéticienne émérite. » Et contemplant cette tête qui repose sur le plancher métallique du camion – du fait de son os inversé, elle balance un peu de droite à gauche, et des poils de lapin sont venus coller comme une moustache au-dessus de sa bouche –, il ajoute avec gravité et sentiment : « Allons, mon vieux, les croque-morts eux aussi ne vivent que pour leur travail. Ce sont des êtres taciturnes et renfermés. Surtout, surtout, n'oubliez pas de bien faire attention à me dissimuler cet os qui saille, il vous faudrait un chapeau un peu plus grand, sait-on jamais, peut-être que le cadre gestionnaire des macchabées a le même talent que Liu, peut-être qu'il est phrénologue, il y en a plus que l'on croit – on trouve toutes sortes d'oiseaux dans les vastes forêts. Peut-être que, à lui non plus, ce mignon petit os ne plaira pas (à ce point, on devine entre ses lèvres un léger parfum d'ironie, un peu comme une odeur de bois brûlé). Va doucement, petit frère, prends bien soin de toi. »

Le chef d'établissement a réussi à émouvoir Fang Fugui, en lui ouvrant ainsi son cœur. Pourtant son nez le démange, c'est aussi douloureux que s'il venait de se prendre un coup de godasse. Mais les rayons du soleil sont chauds, les larmes roulent sur ses joues. Qu'elle doit être profonde, cette souffrance qui fait pleurer les morts à sanglots brûlants ! C'est à nous que tu parles ? Les pleurs sur son visage s'évaporent en brume et remontent en volutes, $E = MC^2$ se disperse en nuages rares, entre lesquels des hirondelles font la navette. Poussant un profond soupir, il se promet de ne plus parler pour ne plus embêter le proviseur. Mais, du coup, il a tellement mal aux joues qu'il est bien obligé d'ouvrir la bouche pour tenter de relâcher le spasme de sa mâchoire, et une fiente d'hirondelle, chaude et liquide, en profite pour y tomber tout droit.

III

« Bientôt le "Joli Monde" ! » soupirons-nous souvent.

« Je vais bientôt aller voir Marx ! » profèrent les vieux cadres révolutionnaires.

Et Mao Zedong a déclaré à Edgard Snow, le journaliste américain : « Je vais bientôt aller voir Dieu ! »

Ces trois formulations n'ont entre elles aucune différence intrinsèque. Tel citoyen de notre charmante cité, parce qu'il se sera disputé avec sa femme et croira tous ses espoirs réduits en cendres, pourra, les joues couvertes de larmes boueuses, se lamenter après un long soupir et quelques verres de trop : Ah ! Vivement le « Joli Monde » !

Que de légèreté ! Que d'irresponsabilité ! Car, si les vivants l'ignorent, les morts ont tôt fait de l'apprendre : ce n'est pas si facile que ça d'entrer au « Joli Monde »... Le commun des mortels se heurte même à un refus catégorique. Eh oui, c'est partout la même chose, dans la vie rien n'est aisé et ça ne s'arrange même pas après la mort.

Fang Fugui mesure un mètre soixante-quinze et pèse quarante-sept kilos. Moyennant quoi, il lui faut cinq porteurs pour effectuer son entrée aux pompes funèbres. Deux pour les jambes, des ouvriers dans la quarantaine, deux pour les bras, de jeunes professeurs fraîchement émoulus de l'école normale du coin, et enfin le proviseur, qui soutient la tête. Tu étudies la saveur de la fiente d'hirondelle : elle a une dominante acide et fade, avec un petit parfum de cigale ou de criquet.

La charge supportée par chaque homme n'atteint donc même pas les dix kilos et pourtant ils sont tous les cinq à bout de souffle et dégoulinant de sueur. Ne dit-on pas qu'on est plus lourd mort que vivant ?

En grand secret, le proviseur en profite pour appuyer du pouce de sa main droite sur cet os hors norme à l'arrière de ton crâne.

Cheminement de sa pensée : Je vous aide à rentrer un peu votre os, mon cher Fang. C'est pour votre bien. Je ne vois pas d'autre solution en effet, même si un tel renfoncement pratiqué sans anesthésie est probablement un peu douloureux. Mais il nous faut bien savoir faire preuve de ce qu'on nomme compassion, quand au hasard des rues nous tombons sur un vagabond en train de mourir de froid ou de faim : de toute façon, ceux qui doivent mourir de faim meurent de faim et ceux qui doivent mourir de froid meurent de froid. Dieu a peut-être le pouvoir de modifier le visage d'un homme, mais certainement pas celui de changer sa destinée. Encore un peu de patience, professeur Fang.

Bien à contrecœur, le bout d'os recule sous la violence de la pression. Une douleur insupportable t'ébranle le crâne et fait courir le long de ton échine de rapides frissons électriques. Tu serres les dents, pour obéir à la requête bien intentionnée de ton chef, avec fermeté tu réprimes tous ces mots qui voudraient jaillir dans ta gorge. La fiente d'hirondelle se fait saumâtre, on sent qu'elle promet une belle révolte de tes entrailles – ta souffrance est double : d'un côté ces mots refrénés, de l'autre cette nausée ravalée. Et tout cela bouillonne dans tes intestins ! Effervescence sur ébullition, c'est un véritable charivari. Torture sur tourments, ta douleur en est multipliée. À un mort ajoutez un vivant, et vous aurez un mort-vivant.

Il pète trop. Les ouvriers qui portent ses jambes sont mécontents.

Cheminement de la pensée de l'ouvrier A : Ça, on peut dire que c'était un intellectuel puant celui-là, depuis le temps qu'il est mort, il pétarade encore !

L'ouvrier A est trapu et court sur pattes, son bras droit s'orne d'un brassard rouge retenu par deux grosses épingles indiquant qu'il est « Garde ». L'ouvrier B, un grand guignol dégingandé qui forme avec son confrère un contraste frappant, a le bras pareillement décoré : « Vigile », peut-on lire calligraphié en jaune.

Ils font vraiment la paire, ces deux-là, on croirait ces « escortes » des romans classiques, ou peut-être les acolytes d'un dialogue comique. Cette malheureuse association est purement le fruit du hasard et n'a rien à voir avec les dirigeants du lycée n° 8, ni avec moi d'ailleurs, ni avec toi, ni avec lui.

Cheminement de la pensée de l'ouvrier B : Monsieur le professeur a le pouls de la cheville qui bat. C'est donc que son sang circule encore, et donc que son cœur bat encore. Il fait juste semblant d'être mort ! Et nous on l'apporte aux pompes funèbres ! Peut-être que plus tard, au milieu de la nuit...

Une image vient flotter devant ses yeux : un cadavre décharné se glisse furtivement hors de la morgue, dévisse toutes les ampoules et tous les tubes du funérarium et les met dans un grand sac de chanvre. L'obscurité est totale... Sans un bruit la grande porte s'ouvre... Le cambrioleur disparaît, sa besace sur l'épaule... Et s'évanouit dans le bois de peupliers blancs, au bord de la rivière.

Les deux stagiaires fraîchement émoulus de l'école normale sont jumeaux, même leur mère a du mal à les distinguer l'un de l'autre. Ils ont suivi les cours modèles de Fang Fugui et ont même été ses élèves préférés, avant de réussir leur concours d'entrée dans le supérieur. Quel dommage qu'ils n'aient pas eu la fibre littéraire ! Ils avaient des résultats trop inégaux, jamais la moyenne aux partiels de chinois et toujours à sortir des slogans contre-révolutionnaires pendant les interrogations de politique. C'est pour ça que, sans même avoir eu le temps de réaliser ce qui leur arrivait, ils ont fini par échouer à l'école normale.

Le cadavre de leur bon maître sur les bras, les yeux tout embués de larmes, ils font de leur mieux pour contenir le chagrin qu'ils éprouvent. Dans ses traits, ils croient reconnaître les leurs, dans son odeur, ils ont l'impression de retrouver leur propre fumet. Allons donc ! Avouez-le que vous avez peur, au lieu de prétendre que vous avez de la peine à cause de lui !

Cheminement de la pensée des jumeaux : Maître, ô maître ! Dans le son déchiré d'une marche funèbre (d'un requiem), nous voici en train de porter comme une indomptable crevette ton cadavre encore tressautant. Maître, ô maître ! Toute la physique que tu as dans le ventre ne trouve plus que l'anus pour s'échapper ! Dans tes pets, nous retrouvons ces formules que tu écrivais au tableau dans un brouillard de poussière de craie multicolore… Ça puait et pourtant nous aimions…

Leurs grosses larmes brûlantes s'écrasent lourdement sur son visage. De toutes ses forces il leur pince la main pour exprimer son amour débordant. Le mort pince les vivants ! C'est déjà bien beau, pour un professeur, s'il parvient au cours de son existence à former un bon élève, alors une génération entière, qu'en dire ? Sous le coup de l'émotion, tes lèvres se tordent comme deux grosses chenilles, danger ! Tu risques d'ouvrir la bouche et de te mettre à parler.

Rien n'échappe au regard du proviseur, il est bien trop apte à percer l'âme humaine. Sans un instant cesser d'exercer sa pression sur sa nuque, du regard – qu'il a libre –, il balaie les jumeaux. Non pas qu'il soit de la race qui prend plaisir à persécuter ses semblables, non, mais c'est quelqu'un de très consciencieux dès qu'il s'agit de préserver les acquis de la révolution. Et, depuis quelques minutes, il est complètement obnubilé par le souvenir de deux copies d'examen politique – le mouvement par lequel il renfonce l'os inversé étant désormais entièrement déterminé par son subconscient. Ces copies, ce ne sont pas les tiennes, bien sûr, ni les nôtres (nous voici donc provisoirement sauvés de ce bourbier), il va de soi que ce sont celles des jumeaux. Dans la nuit précédant l'interrogation, tous deux ont fait le même rêve bizarre : Les mains gantées de fer et chaussés de hautes bottes cavalières, le proviseur et l'instructeur politique se tenaient, une matraque électrique à la main, de chaque côté de la porte où à chaque élève qui entrait ils infligeaient une décharge qui faisait s'envoler d'éblouissantes étincelles vertes de sa tête. Ils en ont tous les deux pissé dans leur lit. Première question : remplir les blancs (un point par blanc rempli, deux points en moins par réponse erronée) : La Bande des

Quatre était une clique antiparti composée de ——, ——, —— et ——.

Réponse correcte : Wang Hongwen, Zhang Chunqiao, Jiang Qing et Yao Wenyuan.

Réponse des jumeaux : Le proviseur, le secrétaire du Parti, l'instructeur politique et Zhao « Grande Gueule » (le cuisinier de la cantine).

Des élèves comme ça ! On n'aurait pas mieux fait de les renvoyer ? C'est ce que la direction exigeait. Mais vous, Fang Fugui, vous vous y êtes opposé, allant jusqu'à inciter les élèves et les enseignants à signer une pétition ! Je l'avais bien dit qu'il avait un os à l'envers, a fulminé Liu. Quand je pense que tu voulais le faire entrer au Parti ! Du coup, ton doigt s'enfonce encore plus profond dans sa nuque, au point que ça te brûle. Deuxième question : Jugement (trois points par bonne réponse, six points en moins par réponse erronée) : La production marchande socialiste et la production marchande capitaliste sont-elles de nature équivalente ? Pourquoi ?

Schéma de réponse correcte : Elles sont bien sûr différentes. Dans un système socialiste, l'économie étant dominée par le régime de la propriété publique, le peuple est propriétaire des moyens de production…

Réponse des jumeaux : C'est pareil, c'est tout pour gagner de l'argent.

Des élèves comme ça ! Mais c'est vrai, c'était une bonne idée de ne pas les renvoyer. Ils ont tous les deux réussi leur concours d'entrée dans le supérieur ; si bien que grâce à eux notre taux de réussite a pu dépasser les 4 % et que nous nous sommes retrouvés au deuxième rang municipal, au lieu d'avoir à subir l'affront d'une quatrième place. Il faut bien le dire, si le premier a droit à une médaille d'or, le deuxième à une médaille d'argent et le troisième à une médaille de bronze, le quatrième, lui, ne récolte rien du tout, même pas une médaille de merde !…

« Halte ! » Une jeune femme aux longs cheveux flottants, fardée et poudrée, se dresse devant l'entrée des pompes funèbres. Tout de noir vêtue, uniforme, béret et souliers, elle arbore néanmoins une cravate et un ruban de chapeau de couleur rouge. « Halte ! répète-t-elle avec humeur. Arrêtez ! Vous avez les papiers ? »

L'irruption de cette charmante donzelle à la sombre tenue met les jumeaux en rage. Essuyant de la manche les larmes qui baignent leur visage, d'un ton provocateur ils lui répliquent : « C'est une unité secrète ici ou quoi ? Faudrait des papiers pour entrer aux pompes funèbres, maintenant ! Et ça, le cadavre, c'est pas une preuve vivante ? Les hommes sont égaux devant la mort, non ? Quelle que soit leur naissance, ils finissent tous par puer de la même manière. Et, même, on en connaît qui sont bien vivants, mais qui ont déjà un pied dans la tombe, tandis que certains nous ont quittés mais vivront éternellement ! Inutile de te donner des airs, tu ne seras jamais qu'un sale corbeau au cou rouge !

– Vos gueules ! » De fureur, elle tape du pied, sa face s'est empourprée, ses dents blanches jettent des étincelles, une ride verticale lui divise le nez : « On n'entre pas ici sans papiers ! »

Le moment semble venu pour le proviseur d'intervenir. Il a vaguement le souvenir que ce ravissant cerbère a autrefois appartenu à l'équipe de basket-ball du lycée n° 8. Qu'on l'avait même surnommé « le génie du panier ».

La tête de Fang Fugui est toujours bien serrée entre ses mains et il n'en oublie pas pour autant d'appuyer sur sa nuque. C'est comme s'il avait le doigt posé sur le détonateur d'une bombe, les lèvres du mort se tordent comme pour le prévenir : « Relâche ta pression et j'explose ! » Un cadavre qui se mettrait à parler, ça ferait bien autant de bruit qu'une bombe !

Ce qu'il ignore encore, c'est que notre divine basketteuse sort avec un journaliste du quotidien municipal qui aime beaucoup les jeans délavés (ils ont même déjà eu plusieurs fois des relations sexuelles) et que ledit journaliste est en plus membre de l'Association des écrivains de la province. Thèmes de prédilection : l'amour physique, la mort et les rapports entre les deux. Elle lui fournit des matériaux et l'aide à mieux connaître le vécu quotidien du « Joli Monde ».

« Je suis le proviseur du lycée n° 8 », énonce-t-il avec clarté tandis que fermement il repousse ton os.

Les coins des lèvres de la jeune fille esquissent un sourire si léger qu'il semble paradisiaque.

« Celui que nous transportons est un professeur de physique célèbre dans toute la ville. Ayez, s'il vous plaît, la bonté de nous laisser passer.

– Moi, y m'faut les papiers ! rétorque-t-elle en ricanant.

– Vous n'auriez pas fait vos études au lycée n° 8 ? Je me souviens, vous étiez notre élève, je crois même que vous jouiez au basket ! Non ? Oui ! Vous jouiez au basket ! » Avec légèreté, il relève la tête de Fang Fugui : « C'est le professeur Fang, vous n'avez pas suivi ses cours ?

– Les papiers !

– Vous avez besoin de papiers pour laisser entrer votre maître au funérarium ?

– Du blabla, tout ça !

– Nous apportons le corps du professeur Fang pour que soit effectuée sa toilette mortuaire ! Nous avons l'accord des dirigeants du comité municipal !

– Balivernes !

– Demandez à vos chefs !

– Pourquoi criez-vous comme ça, môssieu le proviseur ? On n'est pas au lycée n° 8 ici ; on est aux pompes funèbres !

– Nous nous sommes mis d'accord avec vos supérieurs ! Le professeur Fang a eu une vie très dure ! Il est tombé mort de fatigue sur son estrade ! Le fait de le confier aux soins d'une esthéticienne pour sa dernière toilette est une marque de la sollicitude du Parti et du gouvernement à l'égard des enseignants du peuple ! De quel droit osez-vous nous interdire l'entrée ?

– Les papiers !

– Mais quels papiers, enfin ?

– Ceux qui prouvent que le défunt est bien un cadre supérieur !

– Le professeur Fang a obtenu une dérogation spéciale !

– Montrez-moi l'autorisation de mes chefs !

– Nous nous sommes mis d'accord par téléphone !

– On ne m'a rien dit.
– Vous avez un téléphone ? »
Avec une moue, elle lui montre le mur.
Il se rue sur le combiné rouge qui y est accroché.
« Emmenez-moi d'ici… Emmenez-moi d'ici… »
Les stagiaires sont les premiers à entendre l'appel sourd du défunt. Puis sa supplique obstinée parvient aux oreilles des deux ouvriers. La concierge est la dernière à entendre ce hurlement furieux.
« Emmenez-moi d'ici… »
Dans ce gémissement de leur maître, les jumeaux croient deviner l'envie qu'il a, tel le vieux Ma Lianzhan, de revoir une fois encore la cour si familière de son école, la salle de cours et ces visages d'élèves qui ressemblent à des faces de vieillards. Les larmes leur montent aux yeux. Et, du coup, leur tristesse ravive leur colère : « Alors, espèce de basketteuse de merde ! Chameau, va ! La sorcière de la porte des enfers, voilà ce que tu es ! Il faut que tu obliges les cadavres à parler, maintenant ! Comme si notre pauvre maître n'avait pas déjà assez souffert, pour que, même après sa mort, on continue à le persécuter ! Maître, ô maître ! Ta destinée est trop amère ! » Et voilà que leur fureur à nouveau tourne à la douleur.
« Emmenez-moi d'ici… »
La supplique du professeur rappelle aux deux ouvriers les lamentations des élèves bloqués devant le portail clos du lycée n° 8 : « Laissez-nous entrer… »
Eux aussi se tournent vers la demoiselle : « Allons, camarade ! Fie-toi à nos têtes de vieux idiots, laisse-le entrer… »
« Emmenez-moi d'ici… »
Le mort a émis un rugissement, la concierge pousse un cri aigu, ses jambes s'arquent, et s'arquent encore… Brusquement redressée, elle se rue sur le téléphone rouge accroché au mur – le proviseur était en train de composer son numéro –, elle l'envoie valser et lui arrache l'appareil des mains – son poignet d'ex-basketteuse amateur lui assurant une facile victoire.
Profitant de ce qu'elle parle à son journaliste d'amant,

sur un clin d'œil du proviseur les cinq hommes s'engouffrent à toute volée avec leur cadavre à l'intérieur du « Joli Monde ».

Ta voix s'éteint d'un coup.

IV

Tous les projets que dans la vie nous pouvons faire échouent généralement, en butte à des imprévus, à ces événements inattendus qui si souvent viennent les bouleverser, modifiant l'histoire, ou notre destinée, et se produisent à chaque instant, dans chaque foyer, dans tous les pays du monde. Les marxistes expliquent ce phénomène par la contingence et la nécessité. Les autres parlent de destin ou de volonté divine. Nous enseigne-t-il avec sécheresse avant d'enchaîner :

Li Yuchan aurait dû faire la toilette de Fang Fugui ce matin.

Et, cet après-midi, le vice-maire Wang aurait dû aller au lycée n° 8 participer à la cérémonie commémorative donnée en l'honneur du professeur, entre-temps promu « Enseignant émérite » et membre à titre posthume du Parti communiste.

Ce matin, malheureusement, le vice-maire est tombé, victime de son devoir, alors qu'il assistait à une réunion pour la planification de l'édification municipale.

Et, cet après-midi, Fang Fugui a dû être descendu intact de la table de travail de l'esthéticienne et provisoirement relégué dans la chambre froide.

C'est le romancier qui ordonne le temps.

Les vieux morts doivent laisser la place aux nouveaux…

V

Afin de ne pas mettre dans l'embarras la direction de l'école, Fang Fugui a décidé de se taire. Même quand on l'a jeté dans la chambre froide il n'a rien dit.

Y brille une petite lumière orange aux rayons tendres et doux. La température lui semble fraîche et agréable, en dépit de ces longs flocons de givre blanc qui courent sur les murs et le carrelage. Pendant des jours – non, des années ! – il a mené une existence instable, toujours en proie aux tourments, un peu comme la feuille morte qui chuinte dans le vent qui l'emporte. Comme si toutes les parties de son corps n'avaient cessé de se frotter les unes contre les autres et que la quantité de chaleur engendrée par ce perpétuel frottis lui eût fait la crotte sèche, la mâchoire purulente et la bouche pestilentielle. Les ouvertures du corps humain ne sont en fait que gueules grasses par où déverser le lubrifiant. Il rêvait souvent de s'injecter de l'huile avec un pistolet à pression : et un coup dans l'oreille gauche, la graisse dorée se serait engouffrée en glougloutant pour rejaillir en pommade par la droite. Et un coup dans l'anus, elle serait ressortie en serpent tordu par la bouche. La machine aurait pu tourner à pleine vitesse, l'huile souillée et noircie aurait afflué aux intervalles entre les rouages. Ce n'était qu'un rêve. Tout est calme dans la chambre froide. Totalement à l'abri du monde. Le moteur tourne, le courant électrique passe en sifflant. Cascade de sable qui vient caresser ton âme. Joie. Détente du néant. Rien ne te retient plus, tu es sans attaches. Quel plaisir de sentir ton corps pris par la glace, tu apprécies enfin la mort à sa juste valeur.

Mais aucun bonheur ne saurait être éternel. Ta chair a une détestable habitude : rien, jamais, ne la satisfait vraiment ! Quand tu es fatigué, tu as envie de te reposer. Quand ton ventre est vide, tu réclames la nourriture. Quand il est plein, tu te languis de l'autre sexe. Alors, à l'intérieur de ton réfrigérateur, tu devines que ta joie et ta sensation de bien-être sont peu à peu en train de changer de degré. Par la faute de cette détestable habitude, ta belle sérénité est brisée. Le sifflement du courant te perce les oreilles, tu t'assieds et sans l'ombre d'un scrupule ouvres les yeux pour étudier ton environnement.

... Quelques instants plus tôt – avant que Fang Fugui se relève et se mette à examiner la configuration et le contenu de la chambre froide –, il est resté un certain temps plongé dans un demi-sommeil au cours duquel lui est revenue, pêle-mêle, toute son existence : la petite enfance, l'enfance (école primaire), l'adolescence (lycée, université) et la mort (enseignant dans le secondaire).

De la première période, les souvenirs ne sont que bribes :

… Un petit garçon au cou maigre et aux grands yeux est couché sur l'herbe jaune. Moi. Je contemple ce bleu stupéfiant du ciel d'automne. Dans l'air, les balles de la guerre civile volent en pépiant comme de petits oiseaux… Un canon gronde, la lumière violente de sa gueule vient tel un éclair illuminer de blanc les arbres lointains aux feuilles jaunes. S'enfuient quelques hommes aux corps rouges… Un flamboiement brusque, puis qui s'éteint… Les armoises montées à hauteur de reins se poursuivent comme des vagues… Je suis allongé sur l'herbe et je regarde de grasses oies sauvages en train de descendre en piqué avec des cris aigus… Les balles perdues glissent dans l'espace, une oie s'abat, tout droit, juste à côté de ma joue, le sang de son bec me gicle dans les yeux… Le goût de ce sang, je m'en souviens encore, c'est si loin, et si présent pourtant, semble- t-il… Sa couleur, sa chaleur, son odeur, chaque fois que je vais me mettre à pleurer, ça me revient… Mon oie rouge, brûlante, odorante. Son sang écarlate s'est figé dans l'herbe sèche en perles de rosée toutes rondes. Elle n'était que blessée, elle a ouvert les yeux et fixé sur moi les petites billes noires de ses pupilles. Qui dira la tristesse de ce regard d'oie… Son sang mêlé à mes larmes. La terre tremble, l'herbe s'enflamme, les oiseaux tombent par paquets… Un éclat d'obus rougeoyant et crépitant m'atteint à la jambe. Un autre fait éclater en mille morceaux ce lièvre qui fuyait avec des bonds de veau. Il pousse un petit cri. Mon oie dans les bras, je me lève… Maman ! Maman !…

Ému par son propre cri, il sent de chaudes larmes lui monter aux yeux. Le feu des souvenirs éclaire de flamboyants reflets le givre du réfrigérateur. Il s'est rappelé cette bataille à laquelle il a assisté. C'était en 1948, dans un pâturage du Grand Désert du Nord. Armes employées par les deux parties : avions, canons, mortiers, lance-grenades, mitrailleuses lourdes à refroidissement hydraulique, mitrailleuses légères de type 92, copiées sur le modèle tchèque, mitrailleuses automatiques de type soviétique (plus couramment dénommées « à étincelles »), « Toms » américains, fusils « 38 », vieux « Hanyang », « Ascencions » (sorte d'énorme fusil très puissant inventé par l'usine militaire de la Grotte de la Tisserande de la Huitième Armée), automatiques allemands, revolvers à boîtier « tortue » de type japonais, fusils « pattes de poulet » de fabrication locale, brownings « Ma », brownings « Fusil », luxueux revolvers de dames anglais avec incrustation d'or et d'ivoire… Le combat a duré quarante-huit heures. La campagne était jonchée de cadavres. Quand il s'est achevé, le sang irriguait la plaine et engraissait les herbes.

… Tu te revois du temps de ton enfance, misérable petit gamin maigre et loqueteux, dressé au milieu des herbes sèches avec ton oie dans les bras, la bouche grande ouverte pour pleurer et appeler ta mère. Les balles sifflent comme des criquets au-dessus de ta tête, l'odeur de la poudre a tout envahi. Un jeune homme aux traits fins, un soldat de l'armée de Libération, t'entraîne dans la forêt. Le soir vient et assis autour d'un feu vous faites rôtir l'oie. Quelle saveur ! Et quelle douce fumée ! Il est agent de transmission et tout le monde l'appelle Petit Wang.

Petit Wang, le vice-maire Wang, qui gît sur la litière de toilettage.

Le fil interminable des souvenirs de Fang Fugui pourrait, comme dans certains films, continuer tout au long de ce chapitre de refaire surface. Mais déjà nous le retrouvons sur ses deux jambes, penché pour étudier la structure de ce gigantesque frigo de marque japonaise. La production de givre ne le satisfait pas pleinement. Il y a une grande poche en plastique noir sur le carreau, fermée avec un fil de soie blanche et scellée de plomb gris… Il y fait un petit trou, juste de quoi y introduire un doigt qui s'enfonce dans quelque chose de mou… C'est froid, c'est dense… Qu'est-ce que c'est ? Qu'est-ce que ça peut bien être, ce machin ?… Un peu de graisse blanche s'est incrustée sous son ongle. À côté traînent des bouts de peau, des touffes de cheveux, des morceaux d'os, des globes oculaires et encore tout un tas de trucs qui ressemblent à des reins, des cœurs ou des intestins. Tu es pris d'un frisson glacial et irrépressible, dans un courant d'air froid et transperçant, tu te sens complètement réfrigéré. Jusqu'aux rayons de la petite ampoule orange qui te semblent transis...

Il y a de la lumière et de la tiédeur, au moins, dans ce royaume des morts. C'est peut-être ça le bonheur éternel, de résider à tout jamais dans un tel endroit, te disais-tu un peu plus tôt, quand tu te croyais encore aux enfers. Mais le froid t'a réveillé et, en même temps, un sentiment pour ton épouse tel que jamais tu n'en avais ressenti de ton vivant. Le froid agit en catalyseur de ton amour. Tu as enfin compris grâce à ton frigo que l'homme est fait pour se coller étroitement à la chair d'une femme.

La tête la première, il repousse la porte de la chambre froide. Et par un phénomène d'inertie se retrouve assis par terre cinq mètres plus loin. Le bon air chaud du monde des vivants l'enveloppe et a vite fait de le dégeler. Sur ses cheveux, sur ses sourcils, le givre blanc se transforme en perles de rosée. Deux gouttes viennent même tomber légères sur le dos de sa main : veines bleues qui battent, taches d'encre. Il a les mains sales. Ses ongles sont cassés : il est mal nourri. Ses ongles ont des taches blanches : tu as un défaut dans le ventre. Tu te rappelles qu'à l'université tu suivais beaucoup de cours. Tu lisais beaucoup de livres, aussi, et tu portais de grosses lunettes. Tu marchais perdu dans tes rêves, si bien que c'est la tête la première que tu es allé rentrer dans une substance souple. Qu'était-ce pour être doué d'une telle douceur et d'une telle élasticité inhérentes ? C'était le sein de Du Xiaoying, une étudiante du département de russe. Ta cervelle s'est mise à crier et à bourdonner, à démesurément enfler. Comme c'était en plein été, elle n'était vêtue que d'une chemisette en fine soie vert pois dont le col grand ouvert laissait à nu une clavicule. Ses seins ressemblaient à deux petites pommes, haut dardées et tressaillantes sous la toile légère. Elle était très maigre pour son mètre quatre-vingts, la peau se tendait sur son visage. De toute sa hauteur, elle s'est inclinée et furieuse l'a dévisagé :

« Excusez-moi, je me suis cognée dans votre tête !

– Ça ne m'a pas fait mal, vous avez la poitrine très douce. »

Elle a cligné les yeux, deux larmes sont tombées sur sa main où couraient des veines violettes.

Tu nous dis que, sur le coup, il a été profondément bouleversé par ces larmes cristallines et scintillantes, que c'est à partir de là que l'amour a germé. Un abruti ému est pire que tous les tigres. Dans le petit couloir qui menait à la bibliothèque, il a renversé la brillante étudiante du département de russe, elle avait bien une demi-tête de plus que lui, et dans sa bouche est allé chercher le goût de ce grand langage… Avec avidité, de ses lèvres pure Chine, il a bu le parfum de chou et de patate spécifique aux mots d'amour russe, ce parfum fou, brûlant, bouillant. Plus tard, tu l'as épousée, cette Eurasienne demi-russe qui venait de Harbin. Ce fut la fin du bon temps.

Un mois à peine après le mariage, les deux petites pommes de ses seins étaient devenues deux petits ballons ! Un vrai miracle ! À croire qu'on les avait gonflés !

Slogan : « À bas l'espionne russe aux gros nénés ! »

Les fesses par terre à cinq mètres du réfrigérateur, tu revois la jolie poitrine ferme et pleine de Du Xiaoying. C'est en été qu'on comprend la beauté des flocons de neige, dit-on. Ou alors, comme dans l'opéra : Malheur à l'esclave qui ose mépriser son bonheur ! Tu as des yeux et tu ne sais pas voir le jade incrusté d'or ! Avec l'argile tu confonds les pierres précieuses !

La porte de la chambre froide est grande ouverte. Comme le feu de l'enfer la lampe orange y brille, jetant sur les entrailles, les chairs putrides et les lambeaux de chair humaine de sombres reflets verts. L'entrée du royaume des morts t'est ouverte. Semblables à des soleils, les gros seins d'albâtre de Du Xiaoying dansent au plafond où le jeu des ombres et des lumières qui se balancent simule l'éclat du paradis.

Tu es entre vie et mort, à la croisée des chemins – énonce celui qui dans sa cage s'alimente de craies.

Il se trouve entre vie et mort, à la croisée des chemins – répétons-nous docilement.

Fang Fugui pousse un cri perçant – quelque vieux garde du funérarium aura une nuit entendu pleurer les esprits –, ce qui lui permet de réaliser qu'il a les joues tout engourdies et douloureuses. Il fallait qu'il guide bien son souffle quand il était petit et qu'il apprenait à jouer de la trompette, sinon ça le cuisait et le tirait exactement comme ça. Il te revient que le proviseur t'a coincé la mâchoire avec ses doigts. Tu n'as pas forcément envie de crier mais tu ne peux plus te contenir, ce sont des choses qui arrivent, de temps à autre, de perdre sa capacité à maîtriser certains organes. Il hurle, il bondit, on le dirait doué d'une agilité surhumaine. Violemment tu repousses la porte de la chambre froide. L'entrée des enfers est close, dans la pièce ne flottent plus que le souffle du monde humain et cette illusoire lueur du royaume des cieux.

Quelle est donc cette indéfinissable sensation, l'impression d'avoir perdu quelque chose ? Même l'éclat des seins de Du Xiaoying s'en ternit. Il les caresse comme si c'était de la peau de cochon cousue en forme de soulier.

La face émaciée et le ventre aussi plat qu'une tôle tendue, le vice-maire repose sur la litière. Est-ce vraiment lui ?

Quand bien même ce ne serait pas lui, c'est bien le chef de bureau adjoint, ou le vice-chef de section. Tu es l'enfant qu'il a arraché à la terre ensanglantée, à la prairie en feu et à la fumée des canons.

Le cadavre de l'oie dans les bras, tu pleurais et tu appelais ta mère. Un homme s'est levé, tête nue et vêtu d'une vieille veste déchirée. Ton père. Un éclat d'obus l'a presque coupé en deux, le sang a jailli dans un cri, de tes propres yeux tu l'as vu tomber, tel un arbre mort aux reins brisés. Quand Petit Wang t'a pris sur son dos et a couru jusqu'à la forêt, tu as cru qu'il était ton nouveau jeune papa.

Tous ces souvenirs ne font que réveiller celui de sa faiblesse. Faible, il a été faible face à sa femme. Et maintenant, il est paralysé devant l'ombre de ses enfants.

Fang Long est un grand garçon de dix-huit ans dont la pomme d'Adam est déjà sortie.

Fang Hu a quinze ans mais pas de pomme d'Adam.

Cette génération d'hybrides fait sur tous les plans, physique, physionomique et intellectuel, preuve d'une évidente supériorité. Il et elle sont élancés, d'une taille supérieure à la moyenne. Ils ont le teint clair et lumineux, le nez haut et droit, de grands yeux et de longs cils. La fille a la bouche grande et charmante, avec un sourire plein de grâce, elle serait presque coquette. – En résumé, ce sont deux enfants tout à fait favorisés par la nature.

Quand il en vient à ce point de ces réflexions, il a l'impression de voir le laboratoire aux fleurs coupées et aux herbes odorantes se métamorphoser en un authentique repaire de démons. Par myriades, par la fenêtre, les néons multicolores se reflètent dans la rivière et les égouts. Les bus de nuit se faufilent entre les hauts immeubles comme de grandes étoiles tombées des cieux, tandis que, silencieux, les bras de gigantesques grues pièce à pièce combinent des gratte-ciel… Pourquoi rester tenir compagnie aux morts puisque je suis vivant ? Vraiment, il se pose la question : De quel droit le proviseur s'est-il cru autorisé à me faire faire ça ? Les résurrections ne sont plus admises, maintenant ? Pourquoi vaudrait-il mieux être mort et couvert de gloire que vivant et inconnu, voire obscur ou mal vu ?

Bien amicalement, il va serrer la main glacée du bienfaiteur qui par deux fois t'a sauvé la vie et repose pour l'instant sur le lit, puisqu'il lui a volé la place. Partez le premier, mon petit tonton soldat, moi je vais rentrer chez moi, retrouver ma femme et mes enfants…

La main du vice-maire s'est refermée comme un crochet d'acier, on dirait qu'elle ne veut plus te lâcher. Elle ne veut plus te lâcher ! Le mort s'accroche au vivant ! De toute la force de ton corps, tu tires pour t'arracher à son emprise puis, épouvanté, te rues vers le grand hall, la porte claque pour ainsi dire toute seule derrière toi : J'espère que tu n'auras pas de regrets !

Les reflets de la lumière multicolore – comme toutes ces grandes salles, le hall est éclairé de jour comme de nuit –

jouent sur les poissons noirs et obèses du gros aquarium carré. Il y a des couronnes partout. Fatiguée d'être piétinée à longueur de journée, la moquette synthétique redresse ses poils à la faveur de la nuit, on dirait un hérisson, une prairie verte et tendre, une mousse défunte et ressuscitée.

Il en émane une telle insensibilité que tu hésites, inquiet : de toute évidence et sans la moindre équivoque, elle rêve de se venger sur toi. Autant suivre la bordure de grosses dalles carrées. Au passage, tu remarques, inconsciemment, le balancement d'ailes des poissons noirs. Stupides créatures, et laides avec ça, sans arêtes ni structure. Plutôt que les traiter de poissons, on ferait mieux d'appeler ça des gros têtards. Ce qui te remet en tête ce grand banquet dont vous aviez discuté dans la salle des professeurs : neuf mets célèbres étaient censés y avoir été servis. Premier plat : ragoût de lézard à la sauce de soja. Deuxième plat : sauterelles frites. Troisième plat : libellules vivantes. Quatrième plat : lézards bouillis. Cinquième plat : mantes religieuses au sel. Sixième plat : abeilles à la sauce aigre-douce. Septième plat : friture de placenta… Le vieux Meng hochait la tête d'un air dubitatif, Zhang Hongqiu avait l'air totalement abasourdi, le professeur Li a dit : Les gens mangent n'importe quoi aujourd'hui, à croire qu'ils se cassent la tête pour dénicher de nouveaux aliments, c'en est au point que pratiquement tout ce qui vole dans les airs, court sur la terre ou nage dans les eaux, ceux qu'on peut attraper du moins, en devient comestible ! Et huit mao le scorpion, et cinq mao le moineau, et deux mao le ver de terre… Tout juste si on ne consomme pas les asticots et les bousiers… Encore que, ça ne serait pas impossible… Et l'homme ? Est-ce qu'ils mangeraient de l'homme ? Éventuellement, ça ou du placenta… À voir… Mais inutile de vous faire de soucis, jamais ils ne mangeront les professeurs de lycée, c'est trop dur et trop maigre, personne n'en voudrait !… Je suis très maigre… L'interruption de Zhang a fait s'esclaffer tout le monde. Après le rire vient la joie, et après la joie l'exubérance. Et nous, qu'est-ce que nous pouvons manger, nous ? Quoi ? De la craie, des bâtons de craie… Cette graisse blanche que tu as aperçue tout à l'heure à l'intérieur du sac en plastique noir, dans la chambre froide... Quelqu'un t'attrape par l'épaule et tu te retournes : son revolver à la ceinture, un soldat de la police armée te dévisage d'un air froid.

« Professeur Fang... ? s'enquiert-il d'un ton soupçonneux.

– Oui, oui, c'est bien moi, Fang Fugui, réponds-tu en hochant la tête et t'inclinant. Vous...

– Je suis un de vos anciens élèves ! J'étais dans la même classe que la basketteuse !

– Mais, c'est vrai ! Je me souviens très bien ! approuves-tu hypocritement.

– Elle m'a dit que vous étiez mort !

– J'en ai l'air ? Allez, au revoir, il faut que je rentre chez moi. »

Ayant serré la main de ton disciple passé dans la police, tu prends le large à grands pas, malgré les décharges électriques que la moquette t'envoie et qui te transpercent jusqu'à la pointe des doigts. Il voit des étincelles vertes partir de son professeur de physique ! C'eût été intéressant de lui demander d'expliquer les bases scientifiques de ce merveilleux phénomène, mais l'occasion est passée : Fang Fugui a poussé le tourniquet de verre et s'est évanoui dans la nature.

Qu'est-ce que son ancien élève peut bien fabriquer dans le hall des pompes funèbres ? Libre, il avance à présent dans la rue étroite. En règle générale, on passe plus souvent la porte du « Joli Monde » dans un sens que dans l'autre ; dans son cas, pourtant, la règle s'est inversée : il lui a été bien plus aisé de quitter les lieux que d'y pénétrer.

Presque silencieuse, sournoise, furtive, une luxueuse limousine lui fait en passant une telle peur qu'il en bondit sur le talus et se tord la cheville. Aïe ! S'étant accroupi pour caresser sa blessure, il ne voit soudain plus que du rouge avec de petites étoiles vertes. Allons, debout, son pied effleure le sol et, bravement, il reprend son chemin. Les feux arrière de la voiture semblent les yeux sanguinolents de quelque bête féroce. Quand subitement il retourne la tête, il voit cet homme – son ancien élève, celui qui est devenu flic – qui, la main sur le revolver de sécurité de type « 69 » qui pend à sa ceinture, le salue du regard, dressé à l'entrée du funérarium dans la lumière déclinante de la grande salle.

Les employées qui la nuit balaient les rues n'ont envie de montrer ni leur visage ni même un coin de peau. Vêtues d'uniformes écrus et gantées de coton, elles vont encore coiffées d'une calotte et la bouche dissimulée derrière un masque de toile étonnamment grand, leur regard les signalant au moindre instant prêtes à en découdre. Pour toi elles ont des airs de spectres (et toi à leurs yeux). « Ceux qui ici cherchent l'amour sont égarés… » Celle-ci cueille du bout de sa pelle quelques papiers d'esquimaux. « Tout bâtard est plus futé que les bien-nés… »

Elle te plaît bien, cette éboueuse. Elle ne doit pas avoir passé les trente ans, si l'on en juge par l'ardeur qu'elle met à son balayage – d'une voix cassée elle fredonne une chanson d'amour qui profane l'amour et est aussi séduisante qu'un fromage de soja puant. D'un pas élégant, la voici qui s'engage à présent sur le plus joli site de la ville : la forêt de peupliers blancs qui borde la rivière. La lumière est très pâle, ici, comme pour renforcer le caractère mystérieux de l'amour, les ombres des arbres tombent toutes droites sur le tapis d'herbe tendre et, ainsi que nous l'avons appris plus tôt, la route est pavée de galets ronds, tout en creux et en bosses. Du fait de la lumière tamisée, les étoiles brillent, elles étincellent sur les eaux où coassent des grenouilles. Les couples les plus romantiques ont passé la nuit dehors, la vulgarisation des techniques contraceptives et la facilité avec laquelle on peut désormais se procurer des capotes ont été de bonnes nouvelles pour les jeunes, c'est un progrès de l'humanité.

Tu tombes au milieu des arbres sur une jeune fille en train de faire pipi, dont la chevelure tout ébouriffée semble être la parfaite illustration de l'expression « être hérissé de colère ». Tu entends le bruit de son jet, tu respires l'odeur chaude et fétide de son urine. Elle, les yeux encore tout engourdis de sommeil, t'octroie un vague sourire. Puis, mollement, remet sa culotte. Son slip est si petit que son postérieur a du mal à y rentrer, ce dont immédiatement tu déduis que quand elle l'a baissé elle a dû avoir l'air de s'arracher la peau des fesses. Inutile de t'obstiner à le nier : tu as vu son cul.

À la hâte tu regagnes la route. Un bon père de famille sérieux comme toi, un mari modèle qu'on donne en exemple, suivre une femme ! En écouter une autre pisser ! Renifler le parfum de ses déjections féminines et contempler son blanc postérieur… Bien haut tu lèves la paume de l'autocritique et, impitoyable, sans précipitation, t'en éventes la face.

« Frappe ! Plus fort ! »

« Les puissants doivent être battus par leurs fils ! »

Deux phrases familières. Les insultes lui sont familières.

Les puissants ont été insultés par leurs fils.

Hauts, lisses et très droits, les peupliers espiègles rient en balançant leurs branches devant toi. Tu penses à tes hybrides de deuxième génération. Haut, lisse et très droit, un jeune homme nu embrasse en l'enlaçant la fille hérissée de colère qui gémit et frappe de la main les fesses de celui qui ressemble tant à ton fils.

Fang Fugui est éberlué. Il vole, s'enfuit hors de la forêt, en ces sombres et glaciales ténèbres d'avant l'aube. Il bondit sur le grand chemin du Premier Août, traverse à toute volée la place du Premier Mai, tourne dans la rue de l'Amour du Peuple, traverse la venelle des Masses, s'engouffre dans le passage souterrain Étoile rouge. Près de la mairie, un très vieil immeuble s'effondre sans un bruit (des soldats-ouvriers spécialistes en la matière ont pratiqué un dynamitage particulier). Tu paniques. Il te reste bien un soupçon quant aux lois de la mécanique, mais tu y réfléchiras quand tu auras le temps. Plié en deux, tu traverses un chantier plein de débris de brique et de tuile, de tas de chaux vive qui dégagent une fumée blanche. Un saut, et tu bascules dans une fosse à chaux dont tu as toutes les peines du monde à ressortir. Puis tu te traînes jusqu'à un muret de terre envahi par les herbes, chemine encore un peu et enfin t'y voilà, un panonceau de bois l'annonce : Quartier résidentiel des enseignants du lycée n° 8. T'étant glissé par le trou dans la palissade là où elle s'est effondrée, tu vas frapper à ta porte.

« Un fantôme ! » hurle Du Xiaoying en ouvrant la porte à son époux tout blanc.

Tu es triste.

Tu voudrais retourner au « Joli Monde ».

Tu ne peux pas retourner au « Joli Monde ».

Tu vas frapper chez les voisins. La femme est une travailleuse modèle, esthéticienne hors classe aux pompes funèbres. Elle s'appelle Li Yuchan.

Quatrième partie

I

Une lame bleutée entre les doigts, l'esthéticienne se tient face au vice-maire tout nu. Tu nous dis : Si nous pouvions le contempler en train de reposer tranquillement dans une assiette émaillée, ce bistouri aurait l'air d'une paisible plume de corbeau. Avant de lever ton arme, quelques instants tu es restée silencieuse, tête basse, un spectateur aurait pu croire que tu lui rendais un dernier hommage – ce qui n'est ni dans tes habitudes ni dans le règlement des pompes funèbres. Tu dépouilles le mort de ses vêtements à toute vitesse d'ordinaire, et une fois retirée sa grande culotte blanche, sans même prendre une seconde de répit, lui plante ton couteau dans la figure comme un cordonnier à l'art consommé qui veut débarrasser une vieille godasse de son cuir abîmé.

Ta mission est de leurrer les proches du défunt et éventuellement le département qui accueillera son cadavre. Que ce soit le paradis ou l'enfer. Tes produits sont tous, sans exception, aussi éclatants que des crottes d'âne.

Tu nous dis qu'elle est bien restée trois minutes ainsi, silencieuse, et qu'elle transpirait sous les bras. Son entrejambe se souvenait, son cœur battait la chamade, la main qui tenait le bistouri était un peu moite. Pour mettre un terme à cette situation embarrassante, sa main gauche a fini par empoigner le menton du mort et l'a fait saillir pour mieux tendre la peau du cou. Puis, avec autant de fureur que de précision, nous dit-il, tu as incisé juste au-dessus de la pomme d'Adam. Une graisse blanche a jailli. On aurait dit un soc en train de retourner la terre grasse, nous dit-il.

Ton regard flottait, à la fois attentif et teinté de défiance à l'égard de ton directeur, quand les responsables de la municipalité t'ont, comme un devoir politique, confié la toilette du vice-maire. Mais l'aspect politique, justement, il suffit de l'éliminer et le reste n'est qu'affaire de technique. Rien, autrement dit, pour une spécialiste de ta classe.

L'esthétique est un dérivé de la médecine. Qu'on s'écarte un peu de son cadre pur et pénètre encore un peu plus dans le domaine chirurgical, et cela devient la médecine de la beauté.

La tâche d'une esthéticienne est d'embellir et de réparer des corps laids et délabrés. À l'heure actuelle, rien que dans notre petite ville, se trouve bien une bonne dizaine de jeunes gens qui, aspirant à faire fortune par cette pratique, font, entre la faculté de médecine et le département de sculpture de l'académie des Beaux-Arts, de perpétuelles navettes. Et il y en a encore une autre bonne dizaine constamment à la recherche des meilleurs vins et cigarettes pour se faire ouvrir les portes du « Joli Monde » et avoir l'occasion de se faire la main sur les cadavres.

Li Yuchan a un jour rendu d'après photo son visage à un jeune homme dont la tête avait été réduite en bouillie lors d'un accident de voiture. Il en est sorti aussi beau et charmant que de son vivant. Son père, le responsable des bêtes féroces à la ménagerie du jardin public, a deux tigres, trois lions et cinq léopards à sa charge. D'avoir toiletté son fils t'a permis de lier amitié avec lui et, du coup, vous avez de concert mis au point un système fort efficace pour résoudre vos problèmes alimentaires et remédier à la maigreur des salaires, la pénurie de viande et l'inflation galopante de 1987.

Si donc on élimine l'aspect politique de la toilette du vice-maire, la tâche de Li Yuchan est des plus aisées. Tu dois éliminer la graisse accumulée à l'intérieur de son corps, couper un peu de peau puis, d'après tes souvenirs et à l'aide d'un peu de sparadrap transparent, d'éponge à rembourrer et de couleurs – que tu peux remplacer par de la craie –, lui rendre l'allure de ses jeunes années. Et voilà, fini. L'air qu'il avait quand il était jeune, ça, tu t'en souviens comme si c'était hier, il te suffit de fermer les yeux pour le revoir, cela ne te demandera pas grand effort. Pour ce qui est de lui ouvrir la poitrine pour y racler la graisse, le plus grossier des bouchers en serait capable. De tout ce qui précède, on peut donc déduire que la tâche qui t'est échue est à la fois commode et gratifiante, surtout qu'il s'agit de ton amant.

II

Par un beau soir de l'automne dernier, le gardien de fauves était assis, l'air sombre et le sourcil froncé, sur une chaise en rotin toute branlante et grinçante. C'est un vieux bonhomme, la cinquantaine bien tassée, avec des cheveux grisonnants, un regard qui se perd et le dos voûté. Tu t'étais déjà dit à l'époque que le fils, si beau, celui qu'une voiture avait écrasé, devait de son vivant former avec ce père si laid un étonnant contraste.

C'était au tour de Zhang Hongqiu de surveiller l'étude du soir dans la salle des terminales, cette nuit-là. La panse bien pleine, Daqiu et Xiaoqiu s'étaient glissés dans leur trou pour réviser leurs leçons. Quant à la beauté fragile, étendue sur son lit, elle écoutait le bruit des poux qui lui rongeaient la chair et celui des rats en train de grignoter les couvercles des casseroles. Sa fille discutait avec un homme du prix de la viande, des primes, des amendes, d'une tigresse qui venait d'accoucher de deux petits… Elle avait toujours été la rivale potentielle de sa mère. Les fleurs du grenadier la dissimulaient… Par une déchirure du rideau, elle a vu deux jambes dorées que la joie faisait tressaillir… Ses dents ont grincé, elle a senti sa voix se glacer.

« Qui n'a pas ses malheurs ! s'exclamait, pleine de sympathie, l'esthéticienne. C'est dur pour tout le monde, vous savez. Mais comment faire autrement ? Vous connaissez le proverbe : “À ciel qui vente à ciel qui neige, bonhomme va qui souffre et peine.” »

Il faisait frais ce soir-là, comme hier soir, le clair de lune comme de l'eau inondait la pièce, au point que la lueur des lampes en semblait fade. Elle s'est caressé le bras, tout à coup prise d'une condescendante pitié pour ce gardien de fauves en deuil de son fils. Oh ! bien légère cette pitié, comme les barbes des crevettes.

Il s'est levé et lui a tendu un morceau de ginseng : « Quelqu'un m'a donné ça, madame Li. Gardez-le, ça redonnera des forces à vos vieux. »

L'espace d'un instant, tu as cherché à refuser. Puis t'es levée pour le raccompagner et vous avez fait un bout de chemin ensemble. Le feuillage au bord de la route n'était que silence. C'est alors que redressant la tête, plein d'espoir, le bonhomme a proposé : « J'aimerais conclure un marché avec vous, madame Li. »

Vous alliez lentement, longeant la grille verte du jardin public, comme de vieux amants, écrasant sous vos pas les ombres emmêlées de la palissade, des buis et des chênes verts. De la colline aux bêtes fauves, au fond du parc, vous parvenaient par bouffées l'odeur des excréments de tigre et la plainte misérable et pénétrante de leurs petits, affamés.

Comme parcourue par un frisson glacial, tu as posé tes mains sur tes épaules. Une terreur incroyable jaillissait des profondeurs de ton subconscient pour venir rugir devant toi dans le bosquet.

D'un geste paternel, il t'a enlacée et, de ses petites mains aussi dures que les griffes de certaines bêtes sauvages, t'a caressé le bras en frottant. Tu pouvais sentir son odeur. Tigres, léopards, loups et chacals. Ses yeux étincelaient, comme deux étoiles plus claires dans la mer du firmament.

En long en large et en travers il t'a décrit ces deux petits tigres nouveau-nés, si mignons quand ils se roulaient par terre ou jouaient à faire le poirier, sa narration a pris un ton désolé, il débordait d'amour : « Ce sont en fait deux petits tigrons. Vous savez pourquoi ? Leur père est un vieux lion d'Afrique. C'est aussi difficile de marier un lion avec une tigresse que d'accoupler un âne avec une jument, mais “Persévérance de barre de fer tire une aiguille”... Le lion a hurlé en chevauchant le corps de la tigresse. Quelle tempête ! Les feuilles des arbres en sont tombées... Mes pauvres petits n'ont pas grand appétit, je leur sers pourtant un assortiment de viandes, bœuf, mouton, lapin congelé et poulet grillé... Ils ne la reniflent même pas... J'ai fait un rêve la nuit dernière... Ils étaient là qui me disaient : Pépé ! Nous voulons manger de la viande d'homme... Alors je me suis dit, avec ce tas de macchabées que vous arrangez tous les jours... Vous devez bien avoir des restes... Ce serait dommage de gaspiller... »

Ses yeux étincelaient comme deux bienveillantes étoiles, ses griffes s'étaient plantées dans tes seins et tu avais l'impression qu'il allait te les arracher pour les offrir en pâture à ces deux petits bâtards de lion et de tigresse, en un geste plein de bonté la jeter, cette poitrine blanche comme neige pour avoir été séparée de son corps, à ces deux garnements avides de chair humaine pour qu'ils la dévorent avec des ronronnements gourmands. Sa face affable avait un gentil sourire, on aurait dit un vieux papa quand il palpait tes seins avec autant d'expérience que de prévenance. Tu as poussé un cri aigu – tu avais déjà crié ainsi, un jour, sous le corps de Wang qui en était devenu blanc de peur : il s'était arc-bouté pour se relever comme un voleur de poulets qui se surprend à caresser le chien. À ses dures caresses, tu as arraché tes seins et, après trois secondes de répit – tu te sentais vide et terrorisée – ils avaient besoin d'être humiliés –, d'eux-mêmes, ils se sont redressés.

« Non. C'est impossible ! a hurlé l'esthéticienne. Je ne peux pas faire ça...

– Que craignez-vous ? Expliquez-moi ! » Sa voix sonnait longuement et avec conviction, comme une trompette. « Quand on vous parle de chair humaine, il faut tout de suite que vous pensiez à des êtres vivants ! C'est bien se créer des problèmes ! Mais les morts, les morts sont-ils autre chose entre vos mains que la boue entre celles de l'artisan qui modèle la statue d'un dieu, ou que la viande de porc sur l'étal du maître boucher ? Non ? Qu'on les frotte ou qu'on les roule, qu'on les pétrisse, qu'on les caresse, qu'on les pèle ou qu'on les tranche, c'est bien vous qui en décidez, non ? Alors, où est le problème ? Hein ? Vous pouvez me le dire ? Les plus grands dirigeants lèguent leur corps à la science pour qu'on les dissèque ! Que sont quelques malheureux déchets ? Quand nos leaders, eux qui ne vivent que pour le bonheur du peuple, sont encore prêts après leur mort à lui faire le don de leur personne, que sont quelques déchets ? Ces tigrons sont des bêtes précieuses, les masses populaires veulent pouvoir les admirer. On en parle bien dans la presse et même à la télé quand un panda géant accouche ! Le monde entier est au courant ! Alors, juste quelques petits déchets ?

– Ma conscience…

– Peuh ! Les gens qui ont leur conscience à la bouche à tout bout de champ n'en ont souvent aucune ! Ce serait nuire à l'État que de laisser mes tigrons mourir de faim. Où est votre conscience, si vous n'hésitez pas à faire de la peine à la fleur de notre patrie, à nos gentils petits pionniers aux foulards rouges ? » Le gardien de fauves t'a pincé le sein et, tel un juge, juste et austère, brandissant l'emblème du pouvoir suprême quant à la conscience, il a rendu son verdict : « Oubliez-la un peu, votre conscience ! Vous aviez bonne conscience, peut-être, quand vous avez fabriqué une fausse tête à mon fils avec des bouts d'éponge, du bois, de la colle et des boyaux de chat ? Une belle escroquerie, oui. Comme vos seins, tenez, vous n'avez qu'une envie, c'est qu'un homme vous les caresse et même les déchire, mais votre mari n'en a rien à faire. Alors, par conscience, vous vous torturez, vous les délaissez chaque jour un peu plus, vous réprimez un désir tout ce qu'il y a de plus normal. Où elle est, votre conscience, dans tout ça ? Nous sommes deux êtres à la conscience fabriquée, vous et moi : vous fréquentez les morts, moi je fréquente les fauves. »

Il t'a prise dans ses bras. Son petit corps rachitique rayonnait d'une inimaginable puissance. Sa bouche était un brigand expérimenté dont le baiser t'a ramenée à la vie, ton nez et tes larmes se sont mis à couler en même temps, tu n'as même pas pu retenir ton urine.

Quand il t'a relâchée, tu en es restée paralysée sur le gazon. Allongée sur le dos, les jambes grandes ouvertes, tu gisais exactement en dessous du panonceau peint en blanc « Protégez la nature ! Interdiction de marcher sur la pelouse » (et, au dos : les contrevenants seront pénalisés). Ah ! s'il avait pu, comme une bête féroce, se jeter sur toi, déchirer tes vêtements avec ses dents et ses griffes, te violer, là, sans pitié !

Mais, toujours aussi froid, il souriait, ses dents luisaient sous la lune, une lueur rougeâtre comme émanant de son visage laid. La nuit était glaciale, des perles de rosée blanche scintillaient aux pointes des feuilles.

Et encore il souriait. Il n'avait pas la moindre intention de te violer. Ce désir anormal s'est peu à peu mué en une colère tout aussi anormale. L'esthéticienne s'est assise, a arraché quelques brins d'herbe avec un peu de terre et lui a lancé au visage :

« Monstre ! Espèce de sale monstre ! Espèce d'horrible sale monstre hideux ! »

Sa culotte mouillée lui collait aux cuisses, attirée par l'odeur une fourmi rouge a grimpé sur sa jambe.

« Vous savez ce que je suis en train de faire ? » Il s'était accroupi devant toi et, comme un chat à une souris, expliquait : « Vous savez comment deux criquets attachés par un fil font pour se déplacer ? »

Son regard s'est arrêté sur toi. Tendant sa petite griffe d'acier, il t'a prise par le menton (ça t'a fait si mal que tu en as encore pissé), t'a soufflé dans la figure une odeur d'oignon qui t'a brûlé les yeux et, articulant chaque mot avec précaution, d'une élocution encore plus parfaite qu'un présentateur de la télévision centrale, t'a ordonné : « Retenez bien ce que je vais vous dire : à dater d'aujourd'hui, tous les samedis soir, vous viendrez ici et vous me remettrez les déchets de la semaine ! »

L'esthéticienne a hoché la tête en pleurant.

Un instant il a levé la tête vers la lune, avant de reprendre d'une voix nasillarde et contrariée : « Rentrez chez vous, maintenant. Votre mari a déjà dû quitter le lycée. »

Puis il a tourné les talons. Tu étais tellement morte de

peur que c'est à son dos que tu as posé la question : « Mais qu'est-ce que vous voulez, à la fin ? »

Il ne s'est même pas retourné : « La vengeance me rend fou ! Pour vous pourtant elle sera douce : vous allez faire de moi un petit marchand ambulant qui, à date fixe, viendra échanger contre quelques restes de délicieuses nourritures. Vous y trouverez votre compte. »

Enfin, il a bondi sur la pelouse – d'un mouvement à la fois gauche et habile, faible et indomptable, féroce et tendre, large et étriqué, tout cela comme à l'unisson, un ange ou un démon. Et toi, perplexe, tu es restée là, à sentir ta pisse chaude et à regarder cette ombre naine qui rasait la verte palissade, glissante, précautionneuse, sous le resplendissant clair de lune, jusqu'à ce qu'il tourne avec la barrière.

La nuit était déjà bien avancée. Dans le fond du jardin, les tigres feulaient, les lions rugissaient, les loups hurlaient et les zèbres, réveillés, qui s'étaient mis en cercle sous la lune pour rêver d'Afrique, envoyaient dans la clôture des ruades de leurs sabots émoussés qui exprimaient toute leur détresse d'exilés et toute leur colère de bêtes bridées.

C'est toi qui nous le dis : Cette nuit-là, l'esthéticienne a fait un cauchemar : Les fauves du jardin public s'étaient échappés de leurs cages, ils couraient sur la place, se ruaient dans les magasins, faisaient irruption dans les salles de cinéma... À leur tête se trouvaient justement les deux bâtards issus de la rencontre entre un spermatozoïde de lion et l'ovule d'une tigresse, engraissés aux déchets du « Joli Monde » ! Tête de lion sur corps de tigre et tête de tigre sur corps de lion, alliant à la cruauté tenace de leur père l'audace impitoyable de leur mère, tous deux gigantesques, ils menaient les fauves à la chasse aux citadins, grands et petits... Panique dans la ville... Elle s'était réfugiée dans un arbre, accrochée à une fourche... À son pied les bêtes s'étaient mises en cercle, leurs yeux, d'un rouge sanguin aussi brillant que neige, rivés à son derrière... Halètements... Un charivari de hurlements divers... Ils se sont mis à ronger l'arbre... Bruits de dents... L'arbre a commencé d'osciller...

Le professeur de physique a réveillé l'esthéticienne qui se débattait dans son sommeil. « Qu'est-ce qu'il t'arrive ? » Encore sous le coup de la peur, le visage en eau, elle est restée assise un instant sans rien pouvoir dire avant de s'arracher à sa couche pour aller se laver la figure au robinet.

« Hé ! Maman ! Mais t'as fait dans ton lit ! » s'est alors exclamé son époux, tout joyeux.

III

Il y a bien des années de cela quand, pour la première fois, tu t'es retrouvée seule avec ton bistouri face à la figure repoussante d'un mort, tes jambes sont devenues molles, tes poignets ont été pris de courbatures, la lame, légère comme une plume, s'est faite aussi lourde que le mont Tai. Il s'agissait d'une héroïne, une femme assez belle, qui n'était pourtant pas ouvrière à l'usine pharmaceutique, mais employée à la filature de la ville. Un incendie s'étant déclaré dans son entreprise, elle s'était courageusement sacrifiée pour sauver le bien de l'État. Son mari était un lieutenant de l'armée de Libération. Et pendant que toi tu restais plantée là comme une imbécile, lui était déjà dans un train, avalant les kilomètres pour venir retrouver son épouse.

L'ouvrière carbonisée gisait sur la table. À côté, bien en vue, sa photo en jolie mariée au sourire heureux, une brassée de fleurs dans les bras ; tout près d'elle un jeune officier, lui aussi souriant, qui semblait déborder de joie. Dire que ce couple de radieux jeunes gens contemplait le corps hideusement brûlé de l'ouvrière – qui saura jamais ce que l'avenir va faire de nous ? C'est à ce moment-là que tu as commencé à ressentir de la tendresse pour le lieutenant. Ta nervosité et ta terreur ont disparu pour laisser place à une bouffée d'un feu vengeur et mauvais. Comme si ce Kong Wu avait été ton amant et qu'il t'ait laissée tomber pour se jeter dans les bras de l'héroïne. Tu t'en es même ouverte dans un murmure au gardien de fauves : Ce n'est que quand les morts sont beaux qu'on a de la peine, les autres, ceux qui sont moches, ça fait plutôt plaisir. J'ai voulu qu'elle soit encore plus jolie morte que vivante, d'une beauté totalement factice.

Un à un, tu as débarrassé le visage de ses lambeaux de chair et de peau – ton masque avait beau être composé de plusieurs épaisseurs de gaze, l'odeur de viande chaude s'infiltrait jusque dans tes narines et faisait gargouiller tes intestins qui roucoulaient comme des pigeons. D'une main experte, goutte après goutte, couche après couche, sur sa face tu as appliqué une sorte d'onguent à base d'huile de sésame, de farine de haricots, de plâtre et d'antiseptique que tu as ensuite recouvert d'encore une pellicule de belle peau, prélevée sur les fesses et travaillée avec soin. Enfin, tu as ajouté des cils, peint les sourcils, fardé les lèvres, poudré… Le corps devait disparaître dans un océan de fleurs dont seule la tête émergerait, belle comme une figure de rêve…

C'est ce que tu as dit, platement, au lieutenant de l'armée de Libération : Elle était vraiment très belle, c'est dommage qu'elle soit morte ! Vous n'en trouverez pas deux comme elle, c'est dommage qu'elle soit morte !

Il a poussé un petit gémissement, craché une mousse blanche et s'est évanoui.

… Ainsi qu'il a déjà été dit, en cette heure la plus froide et la plus sombre d'avant l'aube, quelqu'un frappe à la porte du professeur de physique, et l'esthéticienne, jambes ballantes au bord du lit, s'enivre du rythme de ses coups. Et frappe, et frappe…

Comme bercée par la cadence, tu poursuis la gloire de ton passé… Tu en as été toute remuée, la première fois, quand, sur une chair qui pour être morte n'en était pas moins humaine, tu as levé ton bistouri, ta figure s'est empourprée et tu t'es mise à saliver. De nos jours, avouons-le, et à part quelques cas particuliers (quand tu découpes le cadavre de ton amant, par exemple), il te suffit de prendre ta lame pour te sentir comme un boucher devant sa table : le cochon peut bien crier, ça ne lui fait ni chaud ni froid. Avec ordre et méthode, précis, apathique, froid et agile, il lève son battoir de bois, vise cet os mou derrière les oreilles et frappe un grand coup, paf ! Le corps de la bête se recroqueville, ses quatre pattes se tendent et sa peau tremble… C'est le moment de prendre le grand couteau (cinquante centimètres) et de l'enfoncer dans sa gorge pour lui transpercer le cœur… Un sang rouge aux reflets verts coule dans la bassine émaillée où en cinq minutes il est figé… L'homme décapite alors son porc et lui tranche les quatre pieds… Puis, s'emparant d'une lame plus forte, lui fend la poitrine en plein milieu… À grand bruit, du ventre jusqu'à l'échine, le dépèce… Le retourne, lui ouvre la cage thoracique et le ventre, en trois ou quatre poignées lui arrache les cinq viscères et les six réceptacles – cœur, foie, poumons, intestins… S'empare du tuyau d'arrivée d'eau et en asperge le cadavre qui n'a plus ni tête, ni pieds, ni cœur, et encore moins d'âme… Aux chiens accroupis à côté, il jette les organes génitaux… Ne reste plus qu'à désosser… Sa tâche est pratiquement achevée… Jamais, au cours de ce processus, il ne ressent la plus petite once de pitié pour l'animal. Infaillible de précision, il travaille, discourant par la même occasion allégrement de la situation du marché et de la vertu morale. Un jour, quand tu étais petite, dans la banlieue, tu as toi-même eu l'occasion d'assister en personne à la totalité de cette opération d'abattage et de dépeçage. Cela t'a beaucoup impressionnée, tu en es restée marquée pour le restant de tes jours, il t'arrive même encore d'y repenser de temps à autre : chaque fois que tu manges du porc, par exemple, et, curieusement, c'est la tête de celui-là que tu revois. Ils ont tous la même odeur, mais leurs physionomies sont toutes différentes. De même : les morts sentent tous peu ou prou la même chose, mais, par leur expression et par leur valeur, ils diffèrent… Le boucher était un petit vieux au crâne dégarni, à la face et la poitrine rougeaudes, aux jambes arquées et aux pieds tournés vers l'intérieur. Ses bras longs et vigoureux débordaient d'une florissante force vitale. C'était une sorte d'oncle. Un cousin germain du côté de la mère à la beauté fragile.

À force d'avoir vu pendant tant d'années les cochons se

transformer selon les règles de l'art en viande, os et peau, il ne connaissait plus de cochon vivant (consulter à ce sujet Zhuangzi, « Principes d'hygiène », *L'employé de cuisine découpe un bœuf*). De même : les morts ne sont plus à mes yeux que des appareils cassés que ma tâche consiste à réparer en surface (l'intérieur, c'est l'affaire des chirurgiens). Après toutes ces années passées à retaper des corps, je ne vois plus d'être humain parfait et, si on m'en donnait l'occasion, de tous les laiderons je ferais des prix de beauté (prélude secret : elle sera dans dix ans une brillante esthéticienne dans le monde des vivants !).

La première toilette qu'elle a dû effectuer seule a été un grand succès. L'opinion publique ayant l'habitude de pourchasser ses victimes et de frapper sans répit ni économie de forces – et on insiste, et on insiste, jusqu'aux dernières limites, on a bien raison de dire que la gloire est un poison lent et que la meilleure manière de tirer vengeance de quelqu'un est encore d'en chanter les louanges ! Mélodieux adieu du gardien de fauves à l'esthéticienne... Quand les journaux et la télévision se sont mis à porter aux nues l'ouvrière carbonisée pour avoir voulu sauver quelques bobines de fil, tous ceux qui avaient avec cette « jeune héroïne, qui s'est sacrifiée pour le patrimoine national » un rapport quelconque sont devenus des interlocuteurs recherchés par les media. L'attention s'est bien sûr portée en premier lieu sur le lieutenant de l'armée de Libération.

Ses souvenirs de la jolie morte ont fait les délices de milliers de paires d'yeux et d'oreilles. Avec délectation, il faisait étalage de sa glorieuse douleur. Voici ce qu'elle m'a dit lorsque, pour la première fois, nous nous sommes rencontrés au bord de la rivière : Quand le bien du peuple et du Parti sont en danger, il nous faut, comme le combattant révolutionnaire Jiang Xueqin, aller de l'avant en gardant la tête haute et le cœur ferme... Au cours de notre nuit de noces, épaule contre épaule, jusqu'à l'aube, ensemble nous avons étudié *Au service du Peuple*, ce splendide texte du Président Mao. Elle me faisait réciter *En souvenir de Norman Béthune* et m'interdisait l'entrée de son lit si je me trompais d'un caractère… Souvent, elle ne gardait pas tout son argent pour elle… Par deux fois, elle a plongé dans la rivière pour sauver des enfants qui avaient perdu pied…

Le mari d'une héroïne ne saurait mentir. Vérités d'acier à l'appui, il démontrait aux habitants de la ville un principe inébranlable : un héros a toujours été héroïque.

Si bien que lui aussi s'est transformé en héros. Il s'est mis à porter des uniformes tirés à quatre épingles, des souliers brillants comme la meilleure houille et à ganter ses mains d'un blanc tirant sur le bleu. Entre les universités, les usines, divers organismes et les écoles maternelles, il faisait la navette, rapportant à tous les faits et gestes exemplaires de son épouse et ne cessant de s'améliorer. On en était au point où l'unité de travail qui ne l'aurait pas convié à venir donner une conférence se serait couverte de honte et attiré bien des ennuis. C'était pourtant la vérité : personne n'obligeait personne à l'inviter.

Debout dans le grand hall du « Joli Monde », il s'est adressé à tout le personnel du funérarium. C'était déjà l'époque où il n'avait plus besoin que son cerveau dicte à ses lèvres, il disait ce qu'il avait à dire par la seule force de l'habitude. Quand il fallait pleurer, ses yeux se souvenaient de verser des larmes, quand il fallait gémir, une plainte montait toute seule de sa gorge.

L'humanité a besoin de modèles à admirer : un pays sans héros n'est pas vraiment un pays, et les gens qui ne vénèrent pas les êtres d'exception ne sont pas tout à fait humains. Les employées des pompes funèbres étaient toutes en train de couver des yeux l'époux de l'ouvrière sacrifiée. Toutes, sauf Li Yuchan, qui, sous l'emprise de quelque force aussi irrépressible que le destin, ne voyait que le visage de la femme carbonisée. La salle sentait le cadavre grillé. Une odeur si puissante qu'elle vous aurait flanqué le vertige, tes oreilles sifflaient, ton ventre était gonflé de gaz. Quand toutes ces petites filles se sont mises à pleurer, elles qui ne rêvaient que de combler le vide laissé par sa disparition, de se glisser sous sa couette et de s'imbiber contre le corps qu'elle avait enlacé d'un peu de son héroïsme, tu lui as fait passer un papier qui disait : « Le feu l'avait réduite en un tas de peau grillée et de chair pourrie, c'est moi qui dans du cambouis ai sculpté celle qui reposait sous les fleurs. »

Le pourpre de son visage a redoublé quand il a lu ton mot, son cerveau s'est remis à dicter à ses lèvres : « Elle m'a souvent dit qu'il n'existait pas de différence de valeur dans le travail révolutionnaire, car quelle que soit la tâche, c'est toujours pour le service du Peuple qu'on l'effectue. C'est pourquoi, au nom de celle qui glorieusement s'est sacrifiée pour l'entreprise communiste, à tous les camarades des pompes funèbres, je veux ici exprimer ma très haute considération (applaudissements chaleureux) ! Tout particulièrement, je tiens à présenter mes respects au maître qui a réalisé son maquillage (un tonnerre d'applaudissements) ! »

Et pendant que toujours on frappe à ta porte, tu te rappelles encore : Le secrétaire du Parti t'a prise par la main pour te mener jusqu'à l'estrade et te présenter. Les applaudissements se sont faits plus rares. Tu étais gênée et excitée, le jeune et brillant lieutenant, irradiant de bravoure, t'a serré la main avec force. De ses grands yeux comme des châtaignes, il dardait sur toi un regard empli d'une telle tendresse que tout ton corps s'est mis à brûler. Le petit billet n'était pas de toi. Ce n'était pas toi non plus qui avais fait preuve de tant de mauvais esprit en modelant le joli visage.

Tu as gardé longtemps cette photo : le jeune officier serre dans les siennes les mains d'une jolie jeune fille. On aperçoit aussi les bouquets dans leur papier derrière l'estrade. Ta tête était légèrement penchée, comme une fleur de grenadier à demi épanouie.

Sous tous les angles et sous toutes les coutures, d'après différentes perspectives et avec divers appareils, les journalistes ont photographié la scène où l'on voit le lieutenant de l'armée de Libération donner une poignée de main à la jeune esthéticienne. Les flashes claquaient comme des pétards. Ton cœur se serre à l'évocation de cet instant éternisé : les applaudissements sont devenus vraiment sporadiques quand les caméras se sont braquées sur toi. Tous ces regards soudain fichés dans ton dos comme des queues de scorpion. Les yeux des autres femmes seront toujours les plus venimeux et les plus acérés des insectes.

Le lendemain, le quotidien municipal a publié une immense photo de la scène, assortie d'une légende aussi enthousiaste que talentueuse.

La gloire t'était tombée dessus. Tes collègues se sont mises à te haïr.

Alors que ces froides et si noires ténèbres d'avant l'aube vont toucher à leur fin, les coups à ta porte se font impatients, leur cadence se rompt, cela devient un beau raffut, et ceci à l'instant même où, comme une marée déferlante, les rugissements des fauves du jardin public, les chants des coqs des faubourgs et les grincements de dents de la beauté fragile dans son rêve envahissent la pièce. La chaîne de tes souvenirs en est grippée, notre rusé lieutenant en profite pour s'éclipser tandis que l'autre idiot de professeur de physique émerge des toilettes en marmonnant :

« On est lundi aujourd'hui, pourquoi encore un lundi ?

– Qui est-ce qui frappe ? lui demande l'esthéticienne qui a entrepris de se couvrir.

– On frappe ?

– Tu n'entends pas ?

– Non !

– Mais t'es sourd ou quoi ? »

Traînant ses savates, elle va ouvrir. Comme une bourrasque, une odeur de choux envahit la pièce avec les brumes tourbillonnantes du petit matin. Puis un être tout blanc, tel un fils pieux et endeuillé, te tombe dans les bras. Tu le retiens, appelles Zhang Hongqiu, la sensation de peau brûlée à la chaux sous tes mains t'évoque immédiatement les bacs du chantier de construction.

L'être tombe à genoux et lève sa face décharnée où les yeux dessinent deux points noirs, où les poils se faufilent à travers le plâtre et dont nous supposons que le trou noir au-dessus de la barbe constitue la bouche.

« Monsieur Zhang… Madame Yuchan… Aidez-moi…

– Ciel ! Monsieur Fang ! Mais vous n'êtes pas mort ? »

IV

Ayant fini de débarrasser de leur graisse le visage et le cou du vice-maire, l'esthéticienne s'étire et, d'un œil où le trouble le dispute à la froideur, parcourt la face en lambeaux de son vieil amant. Puis, autour du nombril profondément incurvé, elle ouvre une boutonnière d'un demi-pied. Sans une goutte de sang, totalement inodore, un lard blanc se met à dégouliner de cette blessure. Un gigantesque chrysanthème s'épanouit sur son ventre.

Que la panse d'un être humain puisse contenir autant de gras, elle en est stupéfiée, et nous aussi.

Tu arraches tout ça. La graisse se teinte de bleu à la lumière argentée de la lampe. Elle est tiède, ni dure ni molle, très agréable au toucher et aisément façonnable – d'une grande plasticité. Du bout des doigts, tu en modèles un boudin en forme de bougie. Puis tu détaches tous ces boyaux de saindoux de leurs intestins et les fourres dans un sac plastique sous la table. Le spectacle des tripes décapées lui fait mal au ventre. Elle va vers la fenêtre, tire le rideau et le cœur déchiré contemple la rivière bleutée que la lune et les réverbères illuminent comme dans un conte de fées. Les cimes inégales des peupliers blancs ondulent à perte de vue, les bords des nuages rougeâtres scintillent, tu pourrais entendre le clapotis de l'eau qui court.

Il faut bien faire attention en décapant des intestins, chaque fois on frôle la catastrophe. Cela dit, quand l'oncle lavait ses cochons à grande eau, il arrachait toujours courageusement la graisse des boyaux et jamais personne ne l'a vu en déchirer un seul, ce qui prouve bien, malgré tout, la solidité de leurs parois, inutile de prendre des précautions exagérées. Elle est contente d'avoir séparé le lard des boyaux, cela la débarrasse d'un grand poids, même les raclements ont été agréables. Ce pauvre vice-maire qui soupirait tant sous la pesanteur de ses responsabilités n'a pas dû manquer de féliciter son ego défunt d'être enfin libéré de ce fardeau.

Tous les samedis soir, sur la pelouse du jardin public, le

gardien de fauves vient chercher les déchets que l'esthéticienne lui remet en échange d'un cadeau de viande de porc ou de bœuf, de lapin congelé ou de morceaux de poulet. Ce seront sans doute encore des tripes, ce soir. Le démon connaît tous ses secrets, il sait même que son époux souffre d'un affaissement de l'anus. Jusqu'à ces poches où elle entasse les restes – ces sacs en plastique noir –, c'est lui qui les lui a données.

Elle est hors d'haleine d'avoir arraché toute cette graisse. Se tapotant les reins, elle contemple les trois sacs pressés l'un contre l'autre sous la table : chacun ayant une contenance de quinze livres, le vice-maire doit avoir perdu vingt-deux kilos et demi. Cela l'inquiète : comment fera-t-elle, samedi, pour porter un tel poids jusqu'à leur lieu de rendez-vous ?

Avec minutie, elle entreprend à présent de recréer son visage. La peau prélevée sur les fesses et le ventre est trop blanche, trop tendre, elle risque de jurer avec les morceaux originels, la population de la ville risquerait de mal l'interpréter, ce qui n'est pas nécessaire. Mais, pour une esthéticienne à la technique aussi éprouvée, point de problème qui ne puisse être résolu. Elle unifie le teint avec un fard gras. Et comme le vice-maire sera vêtu d'un costume Mao en lainage, une grosse aiguille suffit pour recoudre à grands points la cicatrice du ventre. Il n'y aura quand même pas un imbécile pour aller ouvrir la veste du mort et vérifier l'état de sa peau.

Quand le vice-maire demain matin reposera au beau milieu de la grande salle des condoléances, il aura la face mince, le ventre plat et l'allure élancée. Les lèvres serrées, il fermera étroitement les yeux, résolu, solennel. Sa dépouille sera cernée d'une dizaine de bouquets de fleurs de lotus à l'élégance simple et sobre, dont les membres du comité municipal, les cadres de la mairie, les parents du défunt et ses amis, tous arrivés en avance pour lui dire un dernier adieu, pourront humer le parfum délicat quand ils feront le tour du cercueil. Cette scène sera portée à l'écran et rapportée dans la presse par les journalistes du quotidien municipal et les preneurs de vue de la télé.

Toute la ville soupirera de tristesse. Nous avons vu sur le petit écran un vice-maire dans son cercueil. Il avait l'air en pleine santé et dans la force de l'âge. Le présentateur nous a expliqué : Une seconde à peine avant de mourir, M. Wang travaillait encore…

Sans toi…

La colère du peuple est plus violente que sa douleur. Nous avons vu sur le petit écran un vice-maire dans son cercueil. Il avait de grosses bajoues, un cou épais et il était tout bedonnant. Le présentateur nous a raconté : Une seconde à peine avant de mourir, M. Wang travaillait encore…

Personne ne croirait le speaker. Si nous pouvons pardonner son gros ventre à un ouvrier à la retraite, il n'en va pas de même pour un vice-maire. Ce n'est pas très juste en fin de compte.

L'esthéticienne est montée d'un échelon dans la grille des salaires.

Il y a bien des années de cela, après que le mari de l'héroïne t'eut serré la main, la cellule des pompes funèbres t'a promue membre du Parti.

Les vivants s'élèvent en piétinant le corps des morts.

Tu l'habilles.

Tu fermes bien les sacs plastiques débordant de la graisse de son ventre et vas chercher dans un tiroir la machine à plomber pour en sceller la ficelle.

Quel plaisir d'avoir accompli sa tâche ! L'esthéticienne se pose sur une chaise pour contempler avec admiration le cadavre qui gît sur la table. Mais sa joie est de courte durée. Il est presque tel qu'il était il y a une vingtaine d'années. J'avais vingt ans tout juste à l'époque.

… Peut-être que le lieutenant lui aussi a du ventre aujourd'hui ? Il m'a serré la main sur la tribune. La presse a publié la photo le lendemain et, six jours plus tard, un journaliste du quotidien m'en a apporté un agrandissement. Avec un clin d'œil rusé, il m'a dit que c'était une œuvre géniale, ce qu'il avait fait de mieux de toute sa vie, presque une photo de mariage… Celle de leurs noces était toujours sur la table de travail, sa belle-mère me l'avait donnée comme matériau de référence pour la toilette, parce que, à son avis, c'était sur celle-là qu'elle avait le plus beau sourire… J'ai rougi de honte.

Le journaliste était un type dans la quarantaine, il avait de tout petits yeux, ce qui contribuait en bonne partie à lui donner son air roublard. Au 13, allée des Poissons d'Or, les grenadiers étaient en pleine floraison. Tenant de la main gauche son carnet d'interviews et de la droite son stylo-plume « Docteur », il me pressait de questions : « Expliquez-moi ce qui vous plaît dans votre travail au "Joli Monde" ? »

Je n'avais rien à lui répondre. La senteur douce-amère des fleurs de grenadier – dire qu'il y en a pour prétendre qu'elles ne sentent rien. Avec gourmandise, je me nourrissais de ce parfum.

Ayant pris quelques notes dans son carnet, il a continué : « Ne trouvez-vous pas que notre grandiose révolution et notre entreprise d'édification socialiste ressemblent à ces fleurs rouges et épanouies, que le travail révolutionnaire est semblable à chacune d'elles ?

– Aux fleurs de grenadier ? » Elle n'avait que cela en tête, leur couleur, leur parfum, ses autres sensations s'y noyaient, comme dans un rêve elle a répété : « Aux fleurs de grenadier ? »

Avec enthousiasme, il a noté quelque chose d'une plume excitée.

« Il paraît que vous avez un oncle qui est directeur adjoint du bureau du travail de la municipalité ? On raconte qu'il a voulu vous faire muter ailleurs, mais que vous avez refusé… »

L'oncle aussi se cachait dans la couleur des fleurs au parfum de plus en plus puissant.

… Le lendemain, le quotidien publiait sur toute une page le reportage : « Une splendide fleur de grenadier. »

L'article disait que tu étais une fleur rouge feu qui s'épanouissait à l'intérieur du funérarium, les pétales du grenadier étant le symbole de la révolution, les fleurs de l'esprit communiste. Faisant ton éloge, il en profitait aussi pour faire celui de ton gentil tonton, le chef adjoint au bureau du travail de la municipalité. Vantant le travail que tu avais réalisé sur le cadavre de l'héroïne, il en profitait pour chanter les louanges de l'époux qui partout était allé donner des conférences. Les morts n'étaient pas en reste quand il disait du bien des vivants et, les évoquant, il n'oubliait pas de semer la petite graine de l'amour. – La poitrine du lieutenant s'y retrouvait ornée de pétales de grenadier.

Le surlendemain, le chef de bureau adjoint est venu au « Joli Monde ».

« Vous avez la visite de votre oncle, camarade Li Yuchan », a annoncé le secrétaire du Parti.

Assis sur le canapé à l'intérieur du bureau, le tonton fumait une pipe du genre de celle de Staline.

Il avait déjà légèrement grossi et des rides blanches couraient sur ses mains.

Il m'a donné une tape sur l'épaule : « Du bon travail, Yuchan ! C'est une gloire pour moi que d'avoir une nièce comme toi... »

Le secrétaire s'est interposé : « La camarade Yuchan a très sérieusement étudié les œuvres du Président Mao, depuis son entrée chez nous. Elle cherche activement à progresser et accomplit sa tâche avec opiniâtreté, c'est une brave jeune femme qui suit l'exemple de Lei Feng...

– Il faut être très exigeant envers les jeunes et surtout ne jamais relâcher le travail idéologique... », a-t-il répliqué.

Puis, avec le plus grand sérieux, tu t'es retourné vers moi : « Tu as remporté un succès, Yuchan. J'espère pourtant que tu gardes bien en tête l'enseignement du Président Mao : "L'humilité fait progresser, l'orgueil fait régresser". »

Il n'avait pas le moins du monde l'air de faire semblant, impossible qu'il ne fût pas mon oncle ! L'image obscène des mamelons cerise de ma mère en train d'émerger d'entre ses doigts est venue flotter dans ma mémoire... C'était sans doute un rêve, les adolescentes font souvent de ces songes un peu bizarres... Brusquement, mon entrejambe s'est souvenu... Il était juste en train de me faire la leçon... Une fausse impression sans doute, les gamines qui font ce genre de rêves aiment beaucoup se créer des sensations… Avec force, mais posément, tu balances dans le ventre tendu comme un ballon du vice-maire un grand coup de couteau. Des boudins de graisse bleu pâle jaillissent, à n'en plus finir, comme un chrysanthème en train de s'épanouir. Mon tonton se faisait du souci pour mon mariage… Le chrysanthème te fait quand même un peu peur… Cette sensation dans l'entrejambe me montait au cœur… Tu as chargé le secrétaire du Parti de jouer pour moi les entremetteurs, de me faire remplir le vide laissé par l'héroïne.

Assise sur la pelouse à la lueur de la lune, l'esthéticienne émérite est perdue dans ses pensées. Le gardien de fauves a depuis longtemps pris le tournant de la palissade, sa grande ombre frissonnante et bossue s'est évanouie. Les fauves hurlent dans le jardin public. Dans leur sac plastique les tripes sont enroulées. La lune blanche – elle l'est toujours – illumine toutes choses sur terre, si bien que de la femme même se met à émaner une blancheur qui n'est pas sans rappeler celle de Fang Fugui quand il est sorti de sa fosse à chaux.

Pour son article : « Une splendide fleur de grenadier », le reporter s'est vu décerner une citation spéciale du département à la propagande de la municipalité et il a été promu chef de section adjoint. Moyennant quoi, il s'est alors mis en tête de pourchasser et de frapper sans répit, bien décidé à arracher de l'or au corps de Li Yuchan.

Il t'a vraiment harcelée comme une mouche, te dis-tu, assise sur ta morne pelouse… Maman prétendait que j'attirais ces bestioles, depuis mon entrée aux pompes funèbres… Et cette ordure de Zhang Hongqiu qui dit que je sens le cadavre… Il n'a sans doute rien senti, à l'époque, quand il me courait après…

Les policiers qui font les rondes de nuit ont remarqué sur la pelouse une femme vêtue de noir.

Tu étais assise sur l'herbe, ce jour-là, semblable à un spectre dans ta robe chinoise noire.

Ils se disent : C'est une Anna Karenine (le feuilleton

passait justement à la télé). Anna se vêt de noir pour aller se jeter sous le train, cette femme porte une robe noire, elle va probablement aller se jeter dans la rivière.

Le chef adjoint de la section des journalistes avait flairé l'odeur de l'amour… J'ai rêvé de vous en train de vous ruer vers les fusils ennemis… Ton corps était de feu quand tu as avoué au lieutenant que, toutes les nuits, tu rêvais de lui en train de monter à l'assaut, tes vêtements étaient de feu, ta peau était de feu, de toute ta personne les étincelles jaunes jaillissaient… Il est resté assis calmement, on aurait dit la statue d'un héros… Je ne vous plais pas ? a-t-elle timidement suggéré. Tellement mal à l'aise que tu en avais du mal à respirer… C'est une idée de mon oncle… Jamais je n'aurais osé… Le regard navré du jeune officier exprimait sa perplexité : Je vous donnerai une réponse demain, d'accord ?

Le vent du soir joue avec les cheveux de l'esthéticienne, c'est comme si sur tout ton corps le duvet velouté s'était mis à onduler. À l'entrée du 13, rue des Poissons d'Or, le chef adjoint de la section des journalistes était là pour t'accueillir. Avec force il t'a serré la main : « Félicitations ! Toutes mes plus sincères félicitations !… J'ai déjà trouvé le titre de mon prochain article : “Un amour flamboyant” (il s'est emparé d'une liasse de feuilles de brouillon). Je vais vous en lire quelques extraits... Non, autant que je vous explique : votre amour pour le lieutenant reflète le style nouveau de notre époque nouvelle... Vous avez opté pour les pompes funèbres, style communiste... Il vous choisit, vous, pour sa femme, pour que vous fassiez sa toilette... C'est grâce à l'héroïne que ce compagnonnage révolutionnaire a pu voir le jour... C'est parfaitement dramatique, superbe… »

Sans un mot, tu l'as contourné et tu es rentrée chez toi. Il a été complètement effaré de se voir fermer la porte au nez.

Les deux jeunes et jolis policiers de la brigade des mœurs qui sont cette nuit de service ont sauté la palissade blanche pour se retrouver sur le gazon. Le lieutenant avait accepté : « Je veux bien vous épouser, camarade Yuchan. »

« Qu'est-ce que vous faites là, mademoiselle ? »

Quand le bonheur fond sur toi, il faut toujours que tu te glaces. Tu te sentais encore plus timide qu'une vierge en face de lui. La jeune fille qui avait, avec tant de furie, fait l'amour au chef de bureau adjoint n'était plus qu'une vieille peau jetée au feu, une Yuchan toute neuve grimpait aux arbres. Tu as même pleuré quand il t'a prise dans ses bras.

« Pourquoi pleurez-vous, mademoiselle ? » Tu sanglotes. La lune est éclatante et tes larmes scintillent. « Vous voulez vous jeter dans la rivière ? »

Les petits flics ont toujours à l'esprit la jeune fille prête à se noyer qu'ils ont inventée.

« Vous avez un chagrin d'amour ?

– Justement, on est deux cœurs à prendre ! »

La moustache au-dessus de leur lèvre n'est même pas encore dure. L'esthéticienne leur trouve cet air de mauvais plaisantins, si particulier, si spécifique, qu'ont les élèves du lycée n° 8 qui viennent de se faire recaler aux épreuves préliminaires du concours d'entrée à l'université.

Elle n'a rien répondu, préférant attendre en silence pour voir quelle tournure allaient prendre les choses. Après un instant d'hésitation, il a eu l'air de se décider. Les agents te prennent par les bras et t'entraînent. Tu as secoué la tête dans tous les sens pour échapper à ses lèvres quand il s'est jeté sur toi. Ton intestin en profitait pour se rebeller, comme un sage en train de ricaner, comme une valve en train de laisser l'air s'échapper, il glougloutait. Plus tu offrais de résistance et plus il s'affolait. Grâce à une prise tirée de la huitième série, consacrée à l'arrestation, du manuel des agents de reconnaissance de l'infanterie, il t'a renversée sur le lit. Cette prise, communément appelée « grande roue » mais dont la dénomination officielle est « chute et renversement sur le dos avec appui sur les deux pieds », s'effectue ainsi : il s'agit dans un premier temps de bloquer des deux mains les poignets de la partie adverse tout en les tirant vers soi avec force, puis de s'accroupir, de se renverser le dos au sol, ce qui, du fait de l'inertie, l'oblige à vous tomber dessus. Enfoncez alors vos pieds dans son bas-ventre, poussez des bras et des jambes pour le faire partir en l'air et il ira s'affaler derrière vous. Exécutée avec rapidité et précision, elle peut être très efficace. Autant dire que, dans le cas d'une jeune fille étourdie par l'amour au point d'en avoir le vertige, que vous vous y preniez en deux fois ou en une, le résultat sera le même : tu as tournoyé dans l'air, effectuant un virage à 180°, et n'as retrouvé tes esprits qu'allongée à la place de l'héroïne. La couette de soie avait encore l'odeur de son corps… Pourquoi voulez-vous vous jeter dans la rivière, madame ? La vie est plus douce que le miel… Deux bouches veloutées de gamins se collent sur tes joues. Une claque de la main gauche au policier de droite, une claque de la main droite au policier de gauche (tu n'as pas tapé bien fort, ta colère n'est que feinte, c'était plutôt histoire de plaisanter). Petits saligauds ! Je dois être bien bête : Voilà que ceux qui doivent faire appliquer la loi y contreviennent ! Vous pelotez une femme qui pourrait être votre mère, maintenant !

Bêtement, ils pouffent derrière leur main.

« Allons, madame ! On vous avait bien reconnue !

– On avait peur que vous vouliez vous noyer !

– Allez vous faire voir ! répond l'esthéticienne. Vous n'étiez même pas nés à l'époque où je me jetais dans la rivière !

– Quand même, vous feriez mieux de rentrer, madame. On ne sait jamais, vous pourriez passer un mauvais quart d'heure, si vous tombiez sur des voyous.

– J'avais envie de prendre un peu le frais. »

Les deux agents reprennent leur patrouille en sifflotant.

Il avait toujours son ceinturon et sa veste d'uniforme avec épaulettes et décorations, mais tout le bas de son corps était nu, sauf ses pieds, coincés dans de gros godillots à bout carré. Dressé sur le lit, il a fiché son regard dans ton ventre comme une épée :

« Tu n'étais pas vierge ! »

Il s'est penché pour remettre son pantalon.

« Je suis sûr que tu n'étais pas vierge ! »

Lui-même équipé de pied en cap, il t'a intimé l'ordre de te rhabiller.

Il t'a aidée : « J'accepte de garder le secret, mais à une

seule condition : tu diras à ton oncle et à tes employeurs que tu ne m'aimes pas. »

V

Tu te sentais héroïque et tragique avant de sauter à l'eau. Ne craignant plus ni le ciel ni la mort, quelle pudeur aurais-tu pu encore garder ? Imperturbable, tu t'es dépouillée un à un de tes vêtements et les as jetés à la tête du chef de bureau adjoint qui portait le soleil dans son dos. Tel un gigantesque papillon, ton chemisier déployé s'est abattu en voltigeant sur son épaule.

Toute honte bue, tu pouvais encore entendre la condamnation du lieutenant : Tu n'es pas vierge !

À l'instant précis où le « tonton » qui avait dévoré ton hymen avant de te pousser dans ses bras arrivait en tenant sa femme par la main, un ordre est tombé des nues : « Déshabille-toi ! »

Me déshabiller ? Pourquoi ?

Tu n'es pas vierge !

Je suis sûr que tu n'es pas vierge !

Se dénuder, sauter dans la rivière, c'était une suite logique.

Parce que tu t'apprêtais à en finir, tu as été sublime et tragique. Mais une fois remontée sur la berge, quand tu as été sauvée, tu t'es retrouvée complètement désorientée. Tu avais fait l'expérience de la mort et réalisé cette vérité éternelle : mieux vaut mal vivre que bien mourir.

Tu étais trempée et boueuse, de la mousse et de petites crevettes vertes s'étaient accrochées à tes cheveux. Elles soupiraient après l'eau que toi tu vomissais sur la pelouse. Le fils du chef de bureau adjoint dévorait du regard cette partie de toi qui plaisait aussi tant à son père.

Sa mère lui a balancé une claque. C'était comme si le coup t'était tombé sur la figure.

Tu t'es sentie profondément humiliée.

« Mais vous allez filer de là, espèces de petits impudents ! » La digne dame rouait ses enfants de coups pour les faire disparaître dans le bois de peupliers blancs.

Hurlant et braillant à n'en plus finir, les enfants ont fini par se perdre avec elle au milieu des arbres.

Tu l'avais tellement griffé que Wang avait le visage en sang.

Curieusement, la rage peut naître de l'humiliation. Ce crépuscule sanglant. La magnificence de ces eaux resplendissantes. L'élégance des peupliers blancs. Ce petit garçon qui pleurait de toutes ses forces et ne rêvait que de revenir en courant. Cette femme efflanquée qui lui bloquait la route en hurlant des imprécations. C'est tout cela qui de ta honte a fait jaillir la colère. Défiant du regard la bonne femme au corps sec comme un morceau de bois, tu es partie d'un rire tonitruant.

Complètement affolé, le chef de bureau adjoint s'est empressé de ramasser tes vêtements pour t'en couvrir. Le repoussant d'un geste de la main, tu t'es secouée et as fait sautiller à la lueur du couchant ces seins dorés qui avaient gonflé sous la main de l'homme. Une fière poitrine, ce qu'il fallait pour écraser cette planche à pain. Tu l'as vue prendre appui sur un arbre, tordue par une nausée sèche et peu à peu se figer jusqu'à finir totalement paralysée dans l'ombre embrouillée et fantasmagorique des bois. Tes seins enfin ont pu se reposer. Au travers de ses habits, tu pouvais deviner ses poches à lait plaquées sur ses côtes.

Te tournant vers le chef de bureau adjoint, tu lui as ensuite presque arraché les oreilles (dans la première partie, elle a déjà décollé celles de Zhang Hongqiu), lui faisant ouvrir la bouche si grand qu'il a exhibé toute sa denture. Elle était encore complète à l'époque. Je ne l'ai réalisé que le lendemain. Mais je ne l'ai plus jamais rencontré après cette histoire. Je ne l'ai plus vu que sur l'écran de la télévision publique de mon unité de travail. Je n'avais même plus envie de le voir, à vrai dire. Tu avais peur de moi. Parce que tu avais peur de ta femme, tu avais peur de moi. Du qu'en-dira-t-on aussi. Tu as disparu. Sur l'écran, ta bouche avait des éclats dorés.

Quand t'es-tu fait mettre ces trois dents en or ? Tous ceux qui au « Joli Monde » savaient que tu étais mon « oncle » sont morts aujourd'hui, ou ont été transférés dans les organes dépendant du comité du Parti. Brave tonton, va ! Gentil tonton qui, après s'être bien amusé avec la mère de sa nièce, a continué à prendre du bon temps avec la petite elle-même ! L'or est un métal rare, mon mari prétend que même les acides les plus forts n'arrivent pas à le corrompre. Il ne craint pas l'épreuve du feu. Tu es mort, mon petit oncle, ces trois dents ne signifient plus rien pour toi. Je vais te les arracher. Ah ! Tu as sauté ma mère, et moi aussi tu m'as sautée… (Plus jamais nous ne laisserons ce genre de vérité de bas étage venir souiller notre regard et celui de nos petits enfants si purs.) Tu as fait porter les cornes au fantôme de Papa. Quant à mon mari – bien sûr l'hymen n'est qu'une membrane, l'amour et le sexe sont deux choses bien différentes… C'est une maladie de riches le sida, nous, on est tout juste bons à se ramasser un prolapsus anal… (Elle va à la porte écouter le silence. Puis, ainsi qu'on l'a décrit plus haut, écarte avec ses pincettes les lèvres du vice-maire et lui coince une dent en or.) Celle-là, c'est pour soigner Maman ! Celle-là, pour payer mon humiliation ! Et celle-là pour acheter des cigarettes à mon époux ! Tu crois que c'est par cupidité ? Pauvre con ! Si c'était l'argent qui m'intéressait, pourquoi est-ce que de ton vivant je n'aurais pas cherché à tirer parti de notre (ici une dizaine de qualificatifs que nous sauterons) relation pour te faire chanter ? Moi qui faisais des détours pour t'éviter quand je te voyais venir de mon côté, quand tu étais vice-maire ! Je veux me venger ! Tu me dois même encore une dent, pour les mânes de mon père ! Et alors ? On paie bien sa place dans le bus ! Ou son passage sur un bateau ! Tu lui donnes bien du fourrage à ton cheval pour le monter ! Tu penses alors… Il pourrait hurler de douleur, tu ris aux éclats.

Les nuages du couchant étaient comme feu, les blancs peupliers telles des torches enflammées. Prostrée dans l'ombre de ce brasier, l'épouse du chef de bureau adjoint se tordait de douleur. Toi, nue, secouant de la main ton chemisier – comme un drapeau coloré lors d'une cérémonie officielle –, tu as couru vers elle. Les deux mains fichées dans son ventre, elle mâchait un morceau de craie noire, ou peut-être un bout de branche morte de la même forme, mais j'aime autant que ce soit de la craie – Ciel ! Encore une farouche héroïne ! – Encore quelqu'un qui mange de la craie ! nous lamentons-nous. Quel dommage qu'alors tu n'aies plus éprouvé le moindre respect pour les farouches amazones mortes au combat ! Avec un sourire grinçant, tu as montré du doigt certain organe de ton corps et dans les termes les plus obscènes déclenché le vent et la tempête, jetant toute l'huile que tu pouvais sur le feu.

Le chef adjoint de la section des journalistes, celui qui avait harcelé Yuchan, est alors apparu sur la rive et, comme une divinité tombée du ciel, a délivré ces êtres des affres du syndrome postcoïtal dont ils souffraient en commun.

Le voici donc obligatoirement promu personnage important de ce chapitre. Il a fait deux choses :

1) Aidé Wang à rhabiller la jeune fille.

2) Après une étude minutieuse des tenants et des aboutissants, couru chez lui pour rédiger au plus vite la dépêche relatant comment le chef de bureau adjoint avait sauvé de la noyade une jeune fille tombée dans la rivière.

VI

Le blanc clair de lune éternel rayonne avec constance sur le jardin public qu'il transforme en monde d'argent. Fraîche et tendre à la fois, la brise vespérale balance les branches et les feuilles des plantes. C'est une bien belle soirée, indiscutablement. Le gardien de fauves a ouvert la porte pour laisser entrer l'esthéticienne qui doit venir admirer les bêtes.

Ils sont seuls tous les deux dans le parc, à présent. – Ça, c'est le verdict erroné de notre narrateur encagé aux bizarres appétits. Nous savons bien, nous, que, dans le bosquet de bambous à côté de la cage du panda, un malandrin se cache, poignard affûté contre son sein et sac plastique à la main. Il voit un homme et une femme s'engager dans le petit chemin sinueux qui mène à la colline des singes.

La puanteur de leur pisse infecte l'atmosphère. Là-haut, au sommet, sur une roche dressée comme un bouddha, toute une bande s'est endormie. Quelques autres jouent à sauter et se poursuivre à la faveur du clair de lune. Leurs pelages jaunes ont dans la lueur bleutée des scintillements qu'on dirait fait d'éclairs.

Il t'entraîne plus près. Les singes joueurs se mettent à jacasser quand ils t'aperçoivent, en grimaçant ils s'attroupent devant toi.

« Ça doit être la première fois que vous voyez des singes vivants ! » affirme-t-il avec autorité.

Ce que l'esthéticienne confirme par son silence. Mais une question bizarre la travaille : Est-ce que les guenons sont comme nous, est-ce qu'elles ont leurs règles tous les mois ?

« Le zoo est un lieu hautement instructif. » Le gardien a posé la main sur la barrière, prenant une attitude qui le fait de manière frappante ressembler aux bêtes de l'autre côté et d'un ton blasé il poursuit : « Les hommes feraient bien d'étudier les mœurs des animaux. Regardez bien ces visages, et leurs regards, si profonds, si romantiques… »

Les singes se sont tus, avec difficulté ils se redressent, on les dirait attentifs à ses paroles.

« Engels a dit que la dissection d'un corps de singe était la clef de l'autopsie pratiquée sur les humains, dit-il. Tous les singes ont un front intelligent. Nous nous croyons supérieurs à eux, mais êtes-vous capables de deviner à quoi ils pensent en ce moment ? »

Si ce n'était ce rapide battement des paupières, ils seraient totalement immobiles, on a l'impression de voir des larmes scintiller au fond de tous ces yeux cristallins. Li Yuchan en est ébahie. Furtivement, elle recule de quelques pas, ce qui lui permet en plus des singes d'avoir dans son champ de vision le vieil homme qui de sa barrière les sermonne. Ils forment un ensemble désormais, c'est à peine si l'on fait encore la différence. Réfléchis : Étant donné que ces monstres bizarres qui sont issus du croisement d'un lion et d'une tigresse tiennent autant des deux, quel serait le résultat d'une union entre l'homme et le singe ? Un homme-singe ? Un anthropoïde ? Et si cet être héritait de la sagesse et de l'intelligence des uns tout en conservant la vigueur et l'agilité des autres, la face du monde n'en serait-elle pas changée ?

C'est l'instant que choisit le malandrin pour se glisser subrepticement hors de son bosquet de bambous. Pas bien grand mais d'allure vive, il se déplace par bonds, d'ombre en ombre, se jetant derrière tel rocher, plongeant derrière tel autre, apparaissant et disparaissant tel un grand oiseau noir.

Le gardien est en train de parler aux singes : « Mes sœurs, mes frères. L'exubérance succède à l'allégresse, le nez coule quand toutes les larmes sont versées, je reviendrai demain soir. »

Elle constate alors qu'effectivement ils se retirent en silence, et d'un air abattu regagnent la grotte sombre de la colline. Mais frappant de la main la palissade, le voilà qui se met à crier d'une voix perçante. En un étrange langage, elle n'y comprend rien. La face ruisselante de larmes, il balance la tête sur un rythme syncopé. Un frisson glacial te saisit : J'ai affaire à un monstre !

À cet appel, les singes qui dormaient s'éparpillent, ceux qui s'étaient cachés dans la grotte ou entre les rochers bondissent, et tous se mettent à danser, follement, en riant de joie, quelques vétérans à la silhouette démesurée allant jusqu'à se donner de bonnes tapes sonores sur le postérieur.

L'émotion qui te submerge est telle que tu as soudain l'impression qu'entre vous une relation secrète et belle vient de s'établir. Ah ! Te glisser de l'autre côté de la barrière, bondir sur la colline et te mêler à leur danse ! Ton regard un instant s'obscurcit et un point rouge, brûlant, s'allume au milieu des ténèbres floues, on dirait le soleil, quand à la surface des vagues déferlantes d'une mer prise par les brumes matinales il refait surface. Une aube océane. En souplesse mais avec puissance, cette petite sphère écarlate s'élargit, et dans le même temps qu'elle s'élargit se teinte d'un or de plus en plus étincelant. Une aurore du cœur. C'est ton cœur, cette tache vermillon qui veut briller de cet inégalable éclat. Tu crois encore qu'il ne s'agit que d'une simple note que déjà la voilà qui s'intensifie, éclatant vermeil, tout comme d'une simple croche peut naître la plus magnifique des symphonies. La lumière chasse les glaces, tu brûles tout entière à présent. Tu voudrais te mettre à hurler, sans vergogne, te mêler à la sarabande effrénée des singes, dont les faces dégoulinent de sueur, dont les yeux se mouillent de larmes. La frénésie est mère des joies les plus folles et mère est amante. Le soleil vénérable éclaire notre antique terre, sur la colline aux singes c'est l'effervescence. Une main en visière pour mieux voir loin devant lui, le voyageur qui était parti il y a tant d'années rentre enfin chez lui. La clôture métallique est devenue une glycine aérienne ; soutenue par les bêtes tu bondis sur leur hauteur et saute au fond d'un ravin, imitant avec exactitude tous leurs gestes tu te balances, pendue à ses lianes. Tout est trop intense, il te faut hurler. Cela te semble la seule manière de tout évacuer. Fais le vide et tu connaîtras l'allégresse. Totale vacuité est mère de la joie folle et parfaite. Et comme la mère, toi aussi deviens amante.

Démente la danse se poursuit, toujours aussi soutenue. Nous voyons alors notre chenapan à la rare agilité qui saute dans un grand arbre, juste à côté de la fauverie et se met à examiner du haut de sa branche un majestueux tigre du Nord-Est couché dans sa cage. De là où il est, il peut même voir ce qui se passe sur la colline aux singes, voir car, pour ce qui est des clameurs, la moitié de la ville doit pouvoir les entendre.

Sans interrompre son chant, le gardien a reculé de trois pas. De son regard froid, il soupèse les singes et l'esthéticienne, pliée en deux sur la barrière, dans un spasme de tout son corps.

C'est la fin. Exténué, il s'assied sur une roche et avale deux comprimés d'aspirine. Peu à peu les bêtes se calment, certaines retournant dormir au sommet de la colline, d'autres venant, le regard vide, s'appuyer à la clôture. Li Yuchan est comme paralysée.

Elle a l'impression confuse de sortir d'un grand rêve, une illusion dont elle n'aurait passé la porte que pour tomber sur cette bande d'animaux qui la dardent d'un œil fixe. Leur regard est toujours aussi profond et romantique, pourtant on dirait qu'il veut te transmettre quelque nouvelle venue de loin, qu'au plus profond de ton âme il cherche à se déverser. D'un autre point de vue, on pourrait aussi dire que leurs pensées convergent en un appel divin, comme la voix du père dans les cieux. Étonnamment semblable, cette voix, à celle qui t'a enjoint de te déshabiller il y a de ça quelques années. Elle te dit d'enlacer un singe, aujourd'hui.

De là-haut, il te l'ordonne : Va prendre un singe dans tes bras !

Tu hésites un peu : Si les guenons ont des règles comme les femmes, leurs mâles… Après avoir serré un singe contre son sein, la logique voudrait qu'on l'embrasse sur la bouche…

Du haut des nues, obstiné, il te l'intime : Donne un baiser à ce singe !

Après l'embrassade, la logique voudrait qu'on passe au coït : Fais l'amour avec ce singe !

Devant l'esthéticienne se déploie une longue route dorée qui mène jusqu'à la couche nuptiale tout au sommet de la colline. Tu t'y engages, ton pied gauche est déjà levé ! Voyez ! Elle a levé le pied gauche ! Une douleur aiguë te tord les entrailles. Tu crois d'abord à un point de côté, puis à des maux d'estomac, et enfin tu réalises : c'est ton utérus.

Même notre tigre du Nord-Est toujours tranquillement endormi sous la lune a pu entendre l'ordre tombé des cieux : Debout ! Debout !

Il se relève, s'étire en bâillant et entreprend de faire à grands pas le tour de sa cage. Quelque chose lui tombe sur la tête : un quartier de viande parfumée que sans façon il avale. Puis, repu, va pour reprendre sa ronde. Mais à peine a-t-il levé la patte gauche qu'une violente douleur lui tord les entrailles – exactement au même moment que l'esthéticienne. Avec un feulement, il bondit, la douleur le déchire, le fait rouler au sol.

Le gardien lui a mis deux comprimés dans la bouche et

la force à les avaler, lui promettant que ça ira tout de suite beaucoup mieux. Elle obéit et, effectivement, sa douleur en est sur-le-champ atténuée.

Dans sa petite griffe dure, il a pris ta douce main. Tu n'oses pas te libérer, c'est comme si un petit animal velu aux dents acérées s'était tapi dans ton vagin et s'y tenait prêt à te déchirer à la moindre tentative d'éloignement. Cette impression d'être menée par un grand singe…

« Inutile de vous abîmer ! » Le regard teinté d'un bleu cristallin et charmant, posément il t'explique : « La science a réussi à totalement dissocier la conception des rapports sexuels, de nos jours. Ainsi, si vous vouliez, vous pourriez être une mère qui frapperait le monde de stupeur. »

Ta terreur est telle que ton utérus se convulse, le petit animal s'est mis à hurler.

« Vous vous rappelez que j'ai réussi à créer un nouvel animal tout à fait adorable, avec du sperme de lion et un ovule de tigresse ? Quelle entreprise merveilleuse ! Une miraculeuse création à laquelle l'homme a applaudi ! Le quotidien municipal a célébré la naissance de mes "tigrons" ! Même la télé en a parlé ! Vous pourriez être à l'aube d'un monde nouveau.

– Non, non… » Tu repousses sa main. « Non, je ne veux pas. »

Indulgent, il sourit. Vous êtes en train de longer l'enclos des girafes qui comme autant de superbes troncs dressent leurs longs cous.

« Vous mourrez tous sous mon couteau ! Écoutez le gémissement des fauves… De cette prospère cité, il ne restera bientôt plus que ruines désolées, elle ne sera plus peuplée que d'animaux féroces… Les dieux n'ont pas donné aux hommes le pouvoir de préserver leurs secrets. Quand vous avez fait l'amour avec Wang, le chef de bureau adjoint, dans la forêt de peupliers blancs, l'œil d'un appareil photo était braqué sur vous ! »

L'esthéticienne lâche un gémissement tel qu'elle en oublie cette sensation bizarre dans son ventre. Une rage la prend que les mots ne sauraient décrire, la main qu'elle lève voudrait se transformer en griffe pour mieux lacérer le visage de celui qui l'accompagne. Mais c'est sa patte à lui qui l'arrête.

« Ne vous fâchez pas. Je ne vous ferai pas d'ennuis. Si on commençait plutôt par aller les voir. »

Docile, tu lui emboîtes le pas. Tout ceci t'a trop des allures d'inéluctable, de scellé par le destin.

Pourquoi es-tu retournée faire les cent pas dans le bois de peupliers blancs le lendemain ? C'était écrit, sans doute. Comme la veille, la rivière coulait paisiblement sous les nuages de feu du couchant.

Serais-je venue spécialement pour l'attendre ?

« Oui. Vous l'attendiez. » Le gardien a repris la parole. « Ça, ce sont des cygnes, des volatiles lubriques », dit-il en montrant l'étang aussi clair qu'un miroir sur lequel flottent quelques grands oiseaux d'un blanc de jade qui, longtemps immobiles, finissent par se mouvoir en faisant courir à la surface des eaux de petites rides qui chuchotent comme du verre frotté.

Sur le sol, le tigre se convulse. Il a bien vu cette ombre noire sauter au bas de l'arbre, il sait bien qu'un danger le menace, mais qu'y faire ? Tout à coup, il revoit les hautes cimes et les monts escarpés, ces vieux arbres imposants qui se dressaient jusqu'au ciel. À nouveau, il respire, gardé enfoui au plus profond de sa mémoire, ce parfum familier des mousses vertes de la forêt et des plantes en train de moisir. Il est né et a grandi en cage, pourtant.

Une odeur d'eau aigrelette qui vient chatouiller tes narines ramène à ta mémoire la senteur des fleurs de grenadier. Portant sur son dos les nuages du couchant, il a comme un voleur de grand chemin jailli du bois de peupliers blancs.

« C'était ce que vous attendiez. Je crois bien que vous lui avez sauté au cou, hésite-t-il, se voulant objectif et impartial. Ensuite, il vous a prise dans ses bras et emportée dans la forêt à la recherche d'un coin calme et isolé. Vous avez dû vous enfoncer jusque en plein milieu – Ce fut un long chemin, et vous n'avez pas eu l'air de lui résister une seconde. »

J'ai été prise de vertiges dès qu'il est apparu, toute l'humiliation de la veille était oubliée, et aussi toute celle des jours passés. Tel un brigand de grand chemin, il m'a enlevée.

« Vous reposiez dans ses bras comme un petit agneau. »

Je pensais à cette espèce de morceau de bois rachitique qu'il avait pour femme. J'avais gagné. La victoire était totale. Je ne voulais plus que baiser avec lui, baiser à en perdre l'esprit. Si, en plus, elle avait pu être cachée derrière un arbre et finir par en ronger l'écorce à force de nous regarder !

« Vous l'avez même aidé à vous déshabiller – vous n'aviez pas de culotte d'ailleurs. Puis tous deux vous avez roulé dans l'herbe. Vous aviez un journal sous les fesses au début, celui du jour, avec certaine dépêche qui annonçait à toute la ville qu'un chef de bureau adjoint avait au péril de sa vie sauvé une jeune fille de la noyade. Quand on pense que vous l'avez détrempée de vos sécrétions ! »

Ça a dû dès le début être l'orgasme. Je pouvais entendre les animaux qui rugissaient dans le lointain. Encore un tournant et nous serons à la fauverie. Il propose qu'on aille jeter un coup d'œil à la nourriture qu'il prépare pour eux grâce à la graisse que je lui fournis. Nous le regardons : il est en train de forcer adroitement la serrure de la cage avec une longue tige de fer qui doit bien mesurer dans les cinquante centimètres. Il m'avait à peine pénétrée que j'ai commencé de hurler. Sa bouche a bloqué mon cri, il m'a mordue… Je suis bien sûre qu'il n'avait pas de dents en or à l'époque…

« Vous faisiez des bruits vraiment désagréables, c'est joli comme expression, “faire l'amour”, mais ce qui va avec, les sons et les gestes, c'est quand même plutôt répugnant. Mon appareil photo a enregistré toutes vos poses, par dizaines – cela m'a ouvert de nouveaux horizons. J'avais enfin compris ce qu'il y avait entre vous. »

Je le voulais entièrement à moi, mais il a rétréci, ce n'était plus qu'un chien crevé. J'étais dégoûtée. Les réactionnaires sont des tigres de papier, disait-on souvent en ce temps-là.

Du bout de son gourdin, il tâte le fauve qui ne respire

plus qu'à peine. Aucune réaction. Il doit pourtant souffrir, nous le devinons. Ce n'est pas un boucher, il est trop habile dans l'art de l'écorchement, jamais autrement il ne serait capable d'un travail aussi rapide.

On sent déjà l'odeur fétide de la fauverie. Le gardien ouvre la porte d'une petite baraque blanche dressée toute seule à côté des cages et y fait entrer l'esthéticienne qu'il tient toujours par la main. Il allume, la lumière de la lune bat en retraite par les lézardes et la pièce devient aussi claire qu'en plein jour.

« Vous ne vous sentez pas trop mal à l'aise ? s'inquiète-t-il d'un ton plein de sollicitude.

– Non, non, ça va très bien.

– Vous deviez avoir de l'entraînement quand même, sinon jamais vous n'auriez pu réussir une telle performance ! C'était tellement excitant que même mon appareil photo en était mouillé, à croire que lui aussi il transpirait ! »

Tel un chien crevé, il gisait. Mais moi, ce n'était pas d'un chien crevé dont j'avais envie ! Ni d'un tigre de papier ! J'en voulais un vrai de tigre ! Féroce, et prêt à m'avaler ! Alors, j'ai commencé de le tourmenter. Il était tout content, il me souriait : Alors, heureuse ? Et moi : Non, je ne me sens pas bien.

Il lui fait voir la grande veste blanche pendue à la patère et les bottes en plastique posées sur le sol : « Nous avons un uniforme, tout comme vous au "Joli Monde". De vrais anges immaculés avec ça sur le dos. Mon premier geste tous les matins est d'enfiler ma tenue, puis je passe par là – il pousse une petite porte – et je prépare leur petit déjeuner. Ah, ça ! Tout le pays pourrait bien se retrouver condamné à faire maigre qu'ici on aurait encore de la viande ! » Et d'ouvrir la porte du réfrigérateur pour lui montrer les pavés de bœuf rouge, les tranches de porc blanc, les derrières nus des lapins et des poulets… « Il nous arrive même parfois de dénicher de la volaille vivante et de la leur balancer comme ça dans la cage. Ils finiraient par se transformer en animaux domestiques autrement. Ça fait des années que je mange de la viande tous les jours. À quelque chose malheur est bon, comme on dit. » Ouvrant le placard où sont rangés le sel, les épices, les verres, les couverts de service et la marmite, il conclut : « Moi, j'ai de la viande même quand le président bouffe du chou ! »

Non, je n'étais pas heureuse. Je l'ai dit en tripotant sa chair. Son sang me rendait folle. Pour l'exciter, j'ai sorti tout un chapelet de grossièretés. Je lui ai même pissé à la figure.

« Moi qui croyais que les bouches des femmes ne savaient que chanter ! »

Ça l'a rendu fou.

« Quand même, la figure d'un homme n'est pas faite pour servir de pot de chambre ! »

« L'appareil photo avait beau dégouliner de sueur, je lui ai quand même fait enregistrer cette scène fabuleuse. »

Puis, montrant du doigt quelques photos accrochées au mur, il reprend : « Les voilà. Lui, c'est An'an, un mâle, un tigre du Nord-Est. Né en 19xx, il est mort en 19xx des suites d'un syndrome au cœur et aux poumons. Son cadavre est aujourd'hui un spécimen conservé dans la salle des collections zoologiques de l'université de XX. On l'a presque totalement désossé… Le petit, là, c'est Tuntun, son fils… Et voici sa grande sœur, Danniang – vous savez que c'était le nom d'une héroïne ? Elle est grand-mère maintenant et coule des jours paisibles en attendant la mort dans le zoo de la ville de XX… Ce lion était un cadeau des Africains, il est avec son fils sur la photo… Et voilà nos deux petits trésors ! Yuanyuan à gauche et Fangfang à droite. La tigresse, là, c'est Kang-kang, leur maman, et voici leur père, un lion du Congo. La photo a été prise juste après leur naissance… J'ai un album spécialement pour eux… Regardez-les bien. C'est le portrait qui a été publié par le quotidien municipal quand ils avaient un mois tout juste… Sur celle-ci, enfin, le changement est stupéfiant : leur pelage est lisse et éclatant, ils ont perdu cette mine docile et indolente pour devenir obstinés et indomptables, petit à petit ils commencent à avoir cet air martial des vraies bêtes féroces… Vous savez pourquoi ? C'est depuis que nous avons passé contrat, tous les deux ! Vos restes ont produit un effet fabuleux ! Je vous suis vraiment très reconnaissant, c'est grâce à vous que j'ai réussi à élever deux bêtes fauves dans une cage. Les liens qui nous unissent sont indissolubles à présent. Et vraiment, vous ne savez pas qui je suis ? Regardez bien ces photos, prises à l'approche du soir ! Quelle arrogance dans le regard ! Rien que l'image devrait suffire à vous faire trembler ! Les enfants n'osent plus s'arrêter devant leur cage. Il faut bien dire que tous les hommes ont l'air faible face à de telles bêtes. Et cette métamorphose est entièrement due à ces trois sacs de bas morceaux que vous me fournissez ! Trois poches de graisse, trois poches d'or blanc… »

Tête de tigre sur corps de lion et tête de lion sur corps de tigre, deux bêtes étranges surveillent l'esthéticienne du coin de l'œil. On dirait les monstres d'un cauchemar, quelque apparition prédestinée. Le passé te revenait, voilà que maintenant tu te mets à avoir des prémonitions. De terreur, tu en fermes l'album. Plus jamais tu n'accepteras de le feuilleter.

Mais qui êtes-vous en fin de compte ?

Un ennemi qui vous adore ; un ami qui vous hait.

Après avoir jeté un coup d'œil au parquet, qui a l'air très propre, un sanglot dans la voix, elle concède : « Je ne pourrais pas vous dire non, si vous me demandiez de me coucher… »

Cette proposition a l'air de l'émouvoir : « J'ai décidé de ne plus jamais coucher avec un être humain de sexe féminin, j'aurais trop peur de donner une gastro-entérite à mes bêtes.

– Vous avez peur que je vous pisse dessus ? » Il y a du venin dans son sourire.

« J'ai toujours la photo, vous savez », lui réplique-t-il en montrant du menton un vieil album jauni. Puis d'ajouter, un regret dans la voix : « Quel dommage qu'il n'y ait pas encore eu de pellicules couleur, à l'époque !

– Je comprends.

– Vous pouvez l'emporter, si ça vous dit. Considérez que c'est un cadeau que vous fait mon fils. »

Du doigt, elle caresse la couverture en soie et, peu à peu, un sourire vient éclairer son visage.

Le malandrin a fini de dépouiller son tigre. N'était-ce qu'il n'a voulu en abîmer ni la tête ni la queue, cela ferait beau temps qu'il aurait achevé sa besogne. Nous le suivons du regard, à présent, silhouette noire courbée sous le poids de sa charge, en train de se fondre parmi les ombres, comme troupes de nuages, des buissons.

La nuit est profonde. Dans les faubourgs, un coq chante une deuxième fois.

VII

… L'être tombe à genoux et lève sa face décharnée où les yeux dessinent deux points noirs, où les poils se faufilent à travers le plâtre et dont nous supposons que le trou noir au-dessus de la barbe constitue la bouche.

« Monsieur Zhang… Madame Yuchan… Aidez-moi…

– Ciel ! Monsieur Fang ! Mais vous n'êtes pas mort ? s'écrie, abasourdie, l'esthéticienne. Je vous avais mis au réfrigérateur ! »

Zhang Hongqiu s'est enfoncé dans un coin du mur, les lèvres blanches et la langue épaisse, inconsciemment il répète les paroles de sa femme : « Ciel ! Monsieur Fang ! Mais vous n'êtes pas mort ? »

Gêné, il se recroqueville, recule jusqu'au seuil de la porte. Toute la chaux du monde ne pourrait suffire à dissimuler cet air misérable ni l'expression d'épouvante qu'il arbore. De ces organes qu'en langue humaine on désigne par le terme « yeux », deux cascades de larmes se sont mises à jaillir, jaunâtres sur le blanc calcaire. Li Yuchan pousse un long soupir. Les morts non plus ne supportent pas l'injustice, elle les fait pleurer tout autant qu'avant.

« Je sais bien que j'aurais dû vous toiletter hier matin. Mais on m'a apporté le cadavre du vice-maire, et vous savez ce que c'est… Les dirigeants du comité municipal m'en ont personnellement donné l'ordre, j'étais bien obligée de vous mettre au frigo ! Soyez sûr que j'en ai été profondément désolée. Nous étions voisins depuis si longtemps… Je vous fais vraiment toutes mes excuses…

– Mais, madame Zhang, proteste le défunt en agitant une main toute souillée de boue et de chaux. Mais, madame Zhang, ce n'est pas de ça que je voulais vous parler… »

Tout ça commence à l'agacer un peu : déjà que jour et nuit il faut qu'on la tracasse, qu'elle n'arrête pas de faire des rencontres bizarres et que son travail est pénible – c'en est au point que parfois tout s'embrouille sous la peau de son crâne, et voilà que ce matin, juste comme elle comptait faire un peu la grasse matinée, il faut qu'un fantôme lui tombe dessus ! Enfin, se dit-elle, comme on dit : « Cousin souvent ne vaut pas voisin, trois générations et autant le paillasson. » Et aussi : « Autant que faire se peut, tu pardonneras. » Ou encore : « C'est se faire du bien qu'en faire à son prochain. » Et même : « Une bonne parole : chaleur au cœur de l'hiver ; un mot cruel : froidure au plein de l'été »...

Une flopée de proverbes tous plus en or les uns que les autres jaillit du fond de son cœur. Moyennant quoi, avec affabilité, elle reprend : « Ne vous énervez pas comme ça, monsieur Fang. Je vais vous expliquer tout ça bien tranquillement. Comme dit le proverbe : "Pour les nouilles ou les raviolis, premier venu premier servi." Alors, vous pensez, pour cette histoire de toilette mortuaire, qui ne vous arrive qu'une fois dans toute une vie ! Vous étiez là avant le vice-maire, j'aurais donc en toute logique dû m'occuper de vous en premier. Mais vous n'avez quand même pas besoin de moi pour comprendre pourquoi il vous a grillé la priorité !

– Je comprends, je comprends. Un peu plus tôt, un peu plus tard, de toute façon… Pour moi, c'est du pareil au même. Je ne suis qu'un pauvre professeur de lycée, après tout, m'aurait-on tué que je n'irais pas pour ça disputer la prééminence à un vice-maire ! D'autant qu'en l'occurrence celui-là m'avait sauvé la vie, comme on a pu le lire dans le quotidien municipal. Le proviseur m'a bien expliqué que c'était déroger à l'usage, dans la voiture, de vous demander de faire ma toilette. Probablement, c'était juste parce que hier était la journée des enseignants...

– Avant-hier ! le coupe Zhang Hongqiu, toujours blotti

et tremblant dans son coin. Ils ont même dit qu'ils allaient organiser une cérémonie commémorative en votre honneur... Aya ! Mais vous êtes mort !

– Et alors ? le réprimande l'esthéticienne. Y a pas de quoi s'affoler ! Il l'a bien dit, le docteur Ouyang Shanben, que la frontière était mal définie ! Au premier coup d'œil, comme ça, t'as l'air vivant, mais sait-on jamais, si ça se trouve ça fait un bout de temps que t'es mort. Tandis que lui, tout le monde croit qu'il a passé l'arme à gauche, alors qu'il est peut-être revenu à la vie ! Qu'est-ce qui te fait peur là-dedans ? »

Il se calme un peu. Nous constatons que les muscles de son visage se détendent et que la salive cesse de couler d'entre ses lèvres.

« Il faut rentrer maintenant, monsieur Fang. Et, aujourd'hui, promis, juré, dès que j'arrive au travail, je m'occupe de vous. Mais pourquoi est-ce que vous n'iriez pas prendre des nouvelles de Du Xiaoying et des enfants ? Vous ne risquez plus d'en avoir l'occasion quand vous aurez été arrangé ! »

« Non, non…, se lamente le professeur de physique, je ne peux pas… Je lui fais peur… »

Et c'est tout à fait normal, dis-tu. Nous avons un proverbe pour ça en Chine : « L'homme mort est comme un tigre, le tigre mort est comme un agneau. »

« C'est bien pour ça que j'ai peur, d'ailleurs ! » Zhang s'est quand même un peu approché, mais il a une drôle de voix, on dirait tout le mépris des vivants pour les ombres contenu dans son intonation.

« Tu ferais mieux d'apporter une chaise, que notre visiteur puisse s'asseoir ! lui ordonne sa femme.

– Inutile, inutile ! balbutie Fang Fugui en faisant avec la main des gestes de dénégation. J'ai de la chaux partout et je sens tellement fort le cadavre que même moi je m'en aperçois ! »

Son collègue jette un coup d'œil à son épouse. « Allons, allons, mon vieux ! Vous n'allez quand même pas faire des manières avec quelqu'un dont vous avez partagé le bureau pendant des années !

– C’est dans la chambre froide que j’ai pris cette odeur…

– Même les murs puent comme ça chez nous ! » Zhang Hongqiu approche la chaise sur laquelle il s’était assis pour corriger ses copies et l’invite à s’y installer.

Précautionneusement, il finit par poser une fesse sur le bord. L’autre homme va ranimer le fourneau et s’apprête à faire cuire le porridge pendant que Li Yuchan part vider la merde et la pisse du vase de nuit de l’hémiplégique dans les lointains cabinets. Dans le mur, deux voix sont en train de réciter par cœur leurs leçons tandis que de l’autre côté on entend une femme qui sanglote tout bas. Que ces pleurs lui font mal ! Cherchant à se distraire de sa douleur, il se lève et fait quelques pas – en faisant bien attention à ce que la chaux, qui commence à sécher et à se craqueler, ne tombe pas par terre où elle ferait des saletés, il ne voudrait pas gêner. Le voici devant la petite table ; au hasard il s’empare d’une copie dans le tas. Wang Donghong… Un visage tout rond, de longs yeux effilés… Une petite fille laide… Deuxième au concours de physique et biologie de la ville…

Sachant que sur la lune l’accélération de la pesanteur est 1/6e de celle de la terre, un fil capable de supporter sur notre planète un poids maximum de 2 000 grammes y acceptera une charge de —— grammes. Prenons ce même fil et faisons-lui tirer à l’horizontale un corps pesant 2 000 grammes, l’accélération maximum sera de —— (le frottement ne sera pas pris en compte).

Un exercice aussi simple, et elle n’a même pas rempli les blancs ? Le professeur de physique a du mal à réprimer son indignation. Puis il se souvient : il est mort et les morts n’ont pas le droit de se mettre en colère… Une autre copie… Ouvrant dans la chaux figée en carapace sur ton visage de petites rigoles, tes larmes dégoulinent. Tu ne peux même pas t’empêcher de te mettre à gémir.

« Allons, mon vieux, vous êtes mort maintenant ! C’est plus la peine de vous faire du souci pour ces histoires de vivants ! » tente un Zhang Hongqiu plein de compassion en te tapotant l’épaule.

Mais il secoue la tête, aspergeant tout de ses larmes autour de lui : « Je crois que j’aimerais autant être en vie !

– C'est pareil. Arrêtez de vous torturer. Vous êtes mort et c'est moi qui assure le remplacement dans vos deux classes. Vous, vous êtes sauvé, maintenant, pensez que les vivants, eux, il faut qu'ils continuent à en baver ! Je ferais mieux de leur coller ma démission et me lancer dans les affaires, tiens, sinon je risque de finir comme vous : la tête plantée dans l'estrade et salut. »

Quand l'esthéticienne revient après avoir vidé son pot, c'est juste pour entendre Fang Fugui se mettre à hurler : « Je ne suis pas mort ! C'est le proviseur qui n'a pas voulu me laisser vivre ! Mais je n'ai même pas cinquante ans, moi ! J'ai une femme et des enfants ! Quand je pense que le lycée est en train de construire de nouveaux logements… Je veux un appartement neuf ! Je n'ai jamais mangé de foie de porc ! Ni bu de Maotai ! Ni goûté aux concombres de mer ! »

Avec une moue, il retombe assis sur sa chaise. Pourtant, il n'a plus de larmes et se permet même un petit rire sec. Quelques plaques de chaux en profitent pour tomber, dénudant la peau vaguement jaunâtre ou verdâtre de son visage. Vite, il les ramasse dans ses paumes : « Je suis désolé, vraiment désolé… »

Li Yuchan se sent d'humeur indulgente : « Ah ! Vous avez bien du malheur, mes pauvres tâcherons de l'enseignement ! Mais qui n'est pas à plaindre ? »

Et complètement démoralisée à ton tour, tu jettes ton pot et t'effondres sur le lit en pleurant.

« Allons, essaie de la consoler Fang Fugui. Il ne faut pas vous faire de mal. Tout est de ma faute. Déjà que, de mon vivant, je n'arrêtais pas de vous faire des ennuis, il faut encore que je vienne vous embêter après ma mort. Mais c'est bien la dernière fois. Comme dit le proverbe : "Jusqu'au bout tu aideras, jusqu'à la porte raccompagneras." Je me suis échappé du "Joli Monde" et je ne sais plus comment y retourner : vous avez la clef, ramenez-y-moi, à la faveur du petit jour, et tant qu'il n'y a pas grand monde dans les rues. »

Elle se relève et sèche ses larmes : « Vous avez encore bien de la chance, vous, les hommes. Personne ne sait à quel point c'est dur pour les femmes. »

Si Du Xiaoying ne s'était pas juste à ce moment-là mise à pleurer plus fort, l'esthéticienne aurait à la faveur du petit jour, et tant qu'il n'y avait pas grand monde dans les rues, ramené Fang au funérarium. Puis, un peu plus tard, elle lui aurait lavé la figure, rasé la barbe et l'aurait maquillé pour le présenter à sa famille et aux autorités concernées. Puis on l'aurait brûlé, ses cendres auraient été recueillies dans une urne, sa fumée serait montée au ciel par la cheminée et se serait fondue dans la matière en circulation. – Si Du Xiaoying n'avait pas pleuré. – Si Du Xiaoying avait pleuré mais que le bruit de ses sanglots n'ait pas passé la cloison. – Si Du Xiaoying avait pleuré, si le bruit de ses sanglots avait passé la cloison, mais qu'il ne soit pas parvenu aux oreilles de Fang Fugui, tout aurait été fini.

Le bruit si opportun de ses sanglots a traversé la cloison et est parvenu aux oreilles de son époux que la chaux n'avait point trop obstruées. Nous regardons toujours le narrateur qui, le cou pris dans cette corde dont il ne saurait se défaire, conte toujours en se gavant de craies. Attaché, accroupi sur son perchoir, il s'est mis à tousser comme un vieil asthmatique.

Vous ne pouvez pas comprendre où est le problème avec moi…

« Vous ne pouvez pas comprendre où est le problème avec les femmes… », dit l'esthéticienne.

L'eau dans la bouilloire d'aluminium s'est mise à chanter. Du Xiaoying est en train de pleurer.

« Je sais… » Fang Fugui s'est pris la tête entre les mains. « Elle pleure. Elle n'a jamais eu d'appartement neuf… Elle n'a jamais bu de Maotai ! Jamais mangé de foie de porc ! Ni de concombres de mer ! Toute sa vie, elle a rêvé de raviolis farcis à la viande de bœuf… Je ne peux pas mourir… Je ne peux pas… Je veux la saouler du meilleur alcool ! La gaver de foie de porc ! ! Lui offrir des holothuries à la livre ! ! ! Des plats entiers de raviolis ! ! ! ! Et un appartement neuf ! ! ! ! ! »

Il en hurlerait presque. Ça fait peur à Zhang Hongqiu.

Brisé, il s'explique enfin : « Je vais aller voir le proviseur et lui dire que je ne suis pas mort. Je travaillerai de tout mon cœur pour obtenir une augmentation, être nommé professeur hors cadre et qu'elle… »

Li Yuchan soupire, puis va chercher un bol de soupe de riz bouillante qu'elle lui offre en disant : « Vous devez avoir faim, monsieur Fang. On reparlera de tout ça quand vous aurez mangé. »

Il a du mal à tenir son bol.

« Je veux bien tout ce que vous voulez, moi. Si vous dites que vous êtes mort, très bien, si vous dites que vous êtes vivant, très bien également. Et si vous dites que vous êtes mort et revenu à la vie, très bien aussi. C'est votre affaire. Mais toute la ville vous croit mort, les pompes funèbres, l'école, et même Du Xiaoying et Fang Long et Fang Hu. Tous, ils sont sûrs de votre décès. Vous ne pouvez plus revivre.

– Si. Je vais aller au lycée…

– Ne faites pas ça, surtout ! s'exclame Zhang Hongqiu. Ce serait le chaos total et ça aurait une très mauvaise influence sur nos élèves. Ils sont en train d'essayer de tirer le maximum de leur tristesse, en ce moment, là-bas, ils veulent apaiser vos mânes avec de bonnes notes. Le proviseur leur a dit qu'un élève de plus à l'université, c'était une couronne de plus pour vous, et la plus belle de toutes en plus ! Le lycée exploite votre cadavre pour apitoyer l'opinion et améliorer l'existence des enseignants encore en vie…

– Ça va attirer des tas d'ennuis à des tas de gens, si vous n'êtes pas mort et que vous revenez…, ajoute sa femme.

– Si vous vivez au lieu d'être mort, les nouveaux logements pour enseignants vont retourner une fois de plus à l'état de chimères », précise son époux.

Les pleurs de Du Xiaoying réclament l'attention.

Le professeur doit maintenant choisir entre la vie et la mort.

Il paraît que quelqu'un a un jour demandé au grand physicien Einstein de lui expliquer la théorie de la relativité – du moins c'est ce que tu nous dis. Voici quelle fut sa réponse : Supposez que vous êtes dans une gare et que vous attendez votre train, deux heures vous paraîtront très longues. Ces deux mêmes heures, maintenant, passées en compagnie de la jeune fille que vous aimez, ne serontelles pas excessivement courtes ?

Ainsi, d'après le principe d'Einstein, notre petit matin s'éternise.

Au cours de cette longue et douloureuse aurore, l'esthéticienne s'est entre autres souvenue d'une histoire que le gardien de fauves lui avait racontée. Il y a très, très longtemps de cela, un naufragé échoua un jour sur une île déserte, très vaste, toute plantée d'arbres, à la forêt peuplée de fauves et de serpents venimeux. Déjà, il désespérait quand autour de lui une grande guenon vint tourner. Son angoisse était déjà telle que c'est à peine s'il eut peur : Tu veux me manger ? Eh bien, vas-y ! Ne te gêne pas ! La bête se contenta de secouer la tête, puis le prenant sur son épaule elle l'emporta. Sans la moindre résistance, il se laissa faire. Elle le déposa dans une immense grotte au sol tout couvert d'herbes séchées et planté de fleurs sauvages. On y était bien. L'homme était fatigué, sa tête tomba et il s'endormit. Quand bien plus tard il se réveilla, la guenon était toujours là à le regarder. Tu veux me manger ? Eh bien, vas-y ! Ne te gêne pas ! lui proposa-t-il à nouveau. À nouveau, elle secoua la tête et sortit, ramenant à son retour toute une brassée de fruits frais, poires sauvages, raisins des montagnes, jujubes rouges, bananes jaunes… et du regard et du geste lui signifia : Mais non je ne veux pas te manger, comment cela se pourrait-il ? Mange, toi, ces bons et beaux fruits que pour toi j'ai cueillis. Affamé, l'homme n'y réfléchit pas plus longtemps et de toutes ces saveurs il se reput. Juste comme il commençait d'avoir un peu soif, elle lui offrit, dans un grand coquillage, une eau si douce qu'on eût dit du sirop, à coup sûr elle venait de quelque source de montagne. Le lendemain, alors qu'elle était repartie en quête de nourriture, il s'aperçut en cherchant à sortir que l'entrée de la grotte était bloquée par une grosse roche que malgré tous ses efforts il fut incapable de faire bouger d'un pouce. Cet animal doit avoir une force peu commune, se dit-il. Voilà en gros comment les choses se passaient, a continué le gardien de fauves : La guenon apportait à manger à l'homme et la nuit partageait sa demeure avec lui. Au bout d'un certain temps, bien sûr, elle finit par tomber enceinte et donna le jour à un beau petit garçon bien blanc et bien dodu. Mais même pour cette naissance elle ne voulut pas connaître de repos, comme à l'accoutumée elle continuait d'aller chercher la nourriture dans la montagne. Une fois que le bébé fut là, cependant, elle relâcha sa surveillance et cessa d'obstruer l'entrée avec cette roche. L'homme sortait, son fils dans les bras, pour de longues promenades parmi monts et campagne. Il était très heureux, en fait. Or, on raconte qu'un beau jour, alors que le singe était parti chercher à manger, il était dehors, tout seul, quand un petit bateau approcha de la rive. Dès qu'il le vit, en un éclair, il comprit que l'occasion lui était enfin donnée de regagner le monde des humains. Il se précipita, raconta toute son histoire au propriétaire de la barque qui, étant un brave homme, accepta de l'emmener avec lui. Ne lui restait plus qu'à retourner furtivement à la grotte pour y prendre le bébé profondément endormi et courir au bateau jusqu'à la plage. Malheureusement, le petit garçon se mit tout à coup à pleurer très fort. L'homme pressait le batelier. Des profondeurs de l'île jaillit alors un hurlement à vous faire froid dans le dos. La guenon se ruait vers la rive. Son enfant tendait les bras vers elle. L'homme suppliait le batelier. Lentement, la petite barque s'ébranla. Il était presque déjà trop tard, la guenon avait tendu un bras immense et de sa patte empoigné l'arrière du bateau. L'homme serrait sur son cœur son bébé, le bébé tendait les bras en appelant sa mère : Maman... Maman... Maman... Celle-ci avait le regard braqué sur son compagnon comme pour lui signifier : N'as-tu donc aucun cœur ? Pour toi j'ai cherché l'eau dans la montagne, pour toi j'ai cueilli les fruits dans la forêt. Quand tu étais malade, j'ai ramassé les simples pour te guérir. Quand tu voulais faire tes besoins, je te prenais dans mes bras pour te sortir. Je t'ai fait don de ma virginité, je t'ai donné un beau petit garçon, et toi... Misère de moi, quelle ingratitude !

Songe à ces jours où seul sur l'île tu errais
Blessé, affamé, avec la mort qui te guettait
N'osant te nuire moi pauvre j'eus pitié
Dans mes bras chez moi je t'ai soigné
Pour toi aux lianes j'ai cueilli les fruits
Pour toi aux sources j'ai cherché l'eau douce
Jusqu'à ma virginité je t'ai donnée
Mille tendresses dont tu t'es joué
Tant de promesses sur l'oreiller
À jamais en ce paradis tu devais m'aimer
Mais sur l'oreiller la salive n'a pas séché
Tes serments à mon ouïe semblent encore vibrer
Et voilà que mon fils tu veux voler
Comme un brigand m'abandonner
Qu'a-t-il de plus le monde des humains
Pour cœur cruel ainsi me délaisser
Les renards ont envahi le temple délaissé
Les fonctionnaires déchus par les rats sont gardés
Ne vois-tu pas, l'incendie monte au ciel dans la forêt
Ni poisson ni crevette dans les eaux polluées
Alors si tu le veux va-t'en seul
Mais que l'enfant à mes côtés puisse rester
Ah !… Tant de misère accumulée…

Quand la chanson a été finie, le gardien s'est mis à pleurer des larmes qui scintillaient sous le clair de lune.

Les bêtes haletaient, les bambous murmuraient, tous les sons semblaient s'être étouffés.

« Et après ? » a demandé avec anxiété l'esthéticienne.

Il a levé la manche pour s'essuyer la face, sa voix était enrouée d'avoir chanté si haut – mais même rauque elle restait toujours aussi sonore, aussi persuasive, comme les gongs de l'Opéra du Sichuan –, et il a repris : Ce chant de la guenon, où la fureur le disputait à la détresse, plongeait l'homme dans un terrible dilemme.

Elle lui a dit : « Admettons que je me sois trompée et n'ai su voir ton vrai visage. Au point où nous en sommes, tu peux bien t'en aller si tu veux. “Pastèque arrachée, pastèque amère”, dit le proverbe. Attacher ensemble un homme et une femme n'en fera pas forcément des époux, mais, je t'en supplie, laisse-moi au moins mon enfant... »

Le petit regardait les seins de sa mère et s'était mis à crier avec avidité : Maman... Maman... Maman...

« C'est impossible, je ne peux pas m'en séparer, répondit l'homme.

– Tu ne peux pas ? Et moi je le pourrais ? Quand le proverbe dit si bien : "Fils à mille lis, c'est la mère qui a du souci"...

– Au nom de son avenir, retire ta main et laisse-nous partir !

– Non ! Dans ce cas, tu dois m'emmener ! Mon enfant a besoin de moi !

– Pour que tous sachent que je me suis accouplé à une bête ! Ah, quelle horreur ! Jamais ! Jamais ! »

Poussant subrepticement du pied une hache vers lui, le batelier intervint alors : « Vous feriez mieux de descendre, mon hôte ! »

Il n'avait plus le choix, tenant l'enfant d'une main, il empoigna la cognée de l'autre et en trancha la patte agrippée à la coque. Le sang jaillit, la main immense tomba sur le pont et, poussant un hurlement à vous déchirer le cœur, elle dut retirer son bras.

Le batelier sauta sur l'occasion, sa barque s'éloigna et fila vers le continent.

Honteux et tourmenté, bien décidé à ne jamais se remarier, l'homme rentra chez lui avec son fils. Il l'éleva lui-même jusqu'à l'âge de cinq ans, puis le confia aux soins d'un précepteur. C'était un enfant extraordinairement intelligent, capable de réciter par cœur un texte qu'il avait à peine parcouru ou de déduire par analogie toutes sortes de causes d'un seul fait. Ayant, avant même d'avoir atteint ses vingt ans, décroché ses diplômes de premier et deuxième degré, dans la foulée il obtint sa licence, puis son doctorat au cours d'un examen officiel présidé par l'empereur et qui le consacra lauréat suprême, premier et meilleur de tous les candidats. Quelle fête ce fut quand, auréolé de cette gloire, il rentra au pays ! Son discours fut bref. Auprès de son père, il voulut s'informer de sa mère. Celui-ci refusa, par trois fois, avant de finir sous la pression par avouer la vérité. Le jeune homme loua alors un bateau, traversa la mer et trouva l'île déserte, où dans une grotte il tomba sur le squelette desséché auquel une patte manquait. Éclatant en sanglots, il se prosterna, rendit les derniers hommages, puis, achevée la cérémonie des funérailles, en se cognant la tête contre la paroi de pierre, à ses jours il mit fin…

Au cours de cette longue aurore, Fang Fugui lui aussi s'est vu confronté à la nécessité de faire un choix. Comme l'homme quand il a levé sa hache dans le bateau en serrant son fils contre son cœur, comme le lauréat suprême quand il a regardé le cadavre de sa mère en pressant contre son sein une patte de singe. Tous ces choix relèvent en science logique de la catégorie des dilemmes. Il est impossible de satisfaire tout le monde : poisson ou patte d'ours, on ne peut pas tout avoir.

Tu ne peux pas nier l'importance du lien sacré qui unit la guenon à son petit. Mais, inaliénable, la relation entre ton fils et toi l'est tout autant. Considérer les sentiments reviendrait à négliger la vertu. Pour préserver ta réputation, pour garder ton fils, il faut que tu coupes la patte du singe. Dans la réalité des faits, la lutte idéologique a bien entendu été beaucoup plus complexe.

C'est ta mère. C'est une guenon. Après s'être donné tant de mal pour retrouver sa génitrice, le lauréat suprême tombe sur un singe. Pour lui l'avenir est lumineux, c'est un grand bonheur que d'avoir été le premier, mais comment l'opinion publique saurait-elle tolérer un vainqueur issu d'une bête ? Mon père a été cruel en lui coupant la main, mais que pouvait-il faire d'autre face à cette patte de singe ? Certes, il est glorieux de vivre et d'être le meilleur, mais n'est-ce pas le sommet de l'infamie que de se savoir le produit de l'homme et de l'animal ? J'ai souffert de ne pas connaître ma mère, mais maintenant que je l'ai trouvée, il n'est plus d'autre choix que la mort. – Là encore, en réalité, la lutte idéologique a dû être mille fois plus compliquée.

Tu voudrais mourir mais tu n'as pas le cœur de renoncer à ta femme et à tes enfants. Aux bons vins et à la bonne chère. Or vivre, c'est faire des ennuis au proviseur et à tes collègues. Incapable de mourir, incapable de vivre, tu regardes dans le vide, ton bol de petit déjeuner entre les mains.

C'est alors que Zhang Hongqiu a une idée : « Je tiens peut- être une solution qui pourrait tout arranger. Laissez-moi vous expliquer. »

Au cours de cette longue, très longue aurore, ils concluent un accord à l'amiable :

1) Son visage ayant été remodelé par les soins de l'esthéticienne à l'image de celui de Zhang Hongqiu, Fang Fugui retournera assurer les cours au lycée n° 8.

2) Zhang garde son visage originel. Il se lance dans le commerce et ira gagner de l'argent.

3) Les bénéfices récoltés serviront à améliorer l'existence des deux foyers.

4) Un lit sera installé pour Fang dans la cuisine. Celui-ci se réserve néanmoins le droit de retourner quand bon lui semblera vivre avec Du Xiaoying et les enfants.

Pendant qu'ils rédigent leur contrat, du trou dans le mur, une voix s'échappe : *« Beef, beef broth, steack. »*

Cinquième partie

I

L'homme a levé sa hache et tranché la patte du singe qui, spectacle peu ragoûtant, est alors tombée à l'intérieur du bateau. Il nous faut ici préciser quelque peu.

Annexe numéro un : Quand il a coupé la gigantesque main qu'elle tenait agrippée au bateau, la guenon a poussé un cri si déchirant que les larmes en sont montées aux yeux de l'homme. Tu avais quand même vécu de longues années avec elle, après tout, et elle t'avait donné un fils qui promettait d'être hors du commun. Toutes voiles dehors, le bateau filait vers le continent. Peu à peu le battement des vagues a fini par couvrir le bruit des pleurs du singe, peu à peu la petite île elle aussi a disparu derrière ces lames qui montaient jusqu'au ciel. Seule, sur le pont, la patte encore se convulsait : Homme ! Jetez donc ça à la mer, a suggéré le batelier. On voyait des queues de requin dans le sillage de l'embarcation. Non, non ! s'est-il exclamé et, se débarrassant d'une de ses guenilles, il en a enveloppé la main qu'il a rapportée chez lui. Ce n'est qu'une bonne dizaine d'années plus tard, quand son fils, s'étant vu décerner le titre de lauréat suprême, l'a forcé à lui fournir des explications, qu'il a sorti le coffret de bois tapissé de satin rouge et fermé par une ceinture en soie jaune qui contenait une patte de singe et que le jeune homme, respectueusement, a emportée avec lui, quand il a pris la mer pour aller à la recherche de sa mère et de l'île déserte. Avant même qu'il s'y suicide, son père avait déjà mis fin à ses jours. La mort est symbole et moyen parfait, dans cette histoire.

Annexe numéro deux : Avant que soit définitivement

conclu l'accord relatif au changement de visage, Li Yuchan a offert un plein bol de soupe de riz à Fang Fugui qui l'a reçu avec des mains tremblantes. Le parfum qui en émanait a violemment assailli ses narines, lui qui depuis longtemps n'avait ingurgité ni la moindre goutte d'eau ni la moindre miette de quoi que ce soit, à peine eut-il humé cette senteur de nourriture terrestre qu'il s'est retrouvé plongé dans l'océan de la soif et de la faim. La mort, la vie, le problème n'était plus que secondaire, il n'y avait plus qu'une urgence : avaler. La voracité avec laquelle tu as dévoré a profondément impressionné l'esthéticienne et son époux. Elle était bouillante, cette soupe, elle t'a brûlé la peau des lèvres. Ton estomac a ressenti comme un choc douloureux quand la première gorgée y est tombée. La sueur coulait à grosses gouttes de la racine de tes cheveux. Une à une les plaques de chaux se sont mises à tomber de ton visage, certaines dans ton bol, que tu as avalées, certaines sur le sol, que Li Yuchan a plus tard balayées.

Annexe numéro trois : Se fondant sur sa théorie de la relativité, Einstein a émis la suggestion que le temps n'était pas unidimensionnel, qu'il pouvait reculer ou progresser, se concentrer ou s'étirer – tenant son bol à deux mains, bruyamment il buvait sa bouillie claire, quelques grains de riz, quelques feuilles de chou, dans laquelle le visage émacié d'un gamin de dix-sept, dix-huit ans se reflétait. L'enfant qu'un soldat de l'armée de Libération a sauvé des tirs d'artillerie est déjà au lycée. Pauvrement vêtu et mal nourri, il déborde pourtant de bonheur. Le visage rond d'une jeune Soviétique vient flotter devant ses yeux quand il boit sa soupe. Cheveux de lin, cou haut et droit d'une éclatante pureté, seins bien pleins et sûrement un peu lourds. – Miracle ! Par la suite, ce rêve a trouvé un visage ! Les êtres peuvent encore changer, passé trente ans. Peu à peu les cheveux de Du Xiaoying ont pris la couleur du lin, peu à peu son cou s'est redressé, d'une blancheur immaculée, peu à peu ses seins se sont développés pour donner une poitrine lourde, à la mode russe. Une épouse capable de modifier son apparence à l'image du mythe qui hante son époux mérite assurément d'être aimée ; c'est pourquoi le désir de vivre s'est fait plus fort, quand ses pleurs ont passé la cloison.

Annexe numéro quatre : Collé au mur se trouvait un vieil exemplaire du quotidien municipal, comportant un nouvel article du docteur Ouyang Shanben relatif au problème du passage de la mort à la vie, ainsi que deux nouvelles absolument fantastiques : La première : dans telle province chinoise, sur le corps d'un homme marié et père de famille, sont brusquement apparues, après la naissance de son fils, toutes les caractéristiques du sexe féminin. Les docteurs qui l'ont examiné se sont aperçus qu'il était pourvu des organes génitaux à la fois masculins et féminins au grand complet. Une opération très simple lui ayant permis de divorcer, il s'est remarié avec un homme d'âge mûr et a même réussi à engendrer une petite fille. Cette personne est donc en même temps père d'un petit garçon et mère d'une petite fille. L'autre nouvelle sensationnelle venait des États-Unis, pays où nombre d'hommes font des pieds et des mains pour devenir femmes et qu'une simple opération suffit en effet à transformer en jolies dames (illustré par des photos. Avant : le visage plein de barbe, la pomme d'Adam saillante. Après : une jolie figure, la poitrine ronde et plus de pomme d'Adam).

Annexe numéro cinq : Ayant bien étudié les formes des visages de Fang Fugui et de Zhang Hongqiu, l'esthéticienne s'est aperçue qu'ils présentaient tous deux les mêmes pommettes saillantes, le même menton pointu et que, de plus, ils portaient tous les deux de grosses lunettes. Seules différences : les paupières de Fang ne font qu'un pli quand celles de Zhang sont doubles ; Zhang a une cicatrice sur le nez, Fang n'en a pas ; Fang a une petite bouche, Zhang une grande. Elle était ravie, elle s'est exclamée : C'est quand même drôlement plus simple de faire un pli double à partir d'un simple que le contraire ! De rajouter une cicatrice plutôt que de la faire disparaître ! Et d'agrandir une bouche plutôt que de la rapetisser ! D'après elle, une opération très simple devait donc suffire à réaliser la transformation, ce serait une intervention mineure, encore plus anodine que pour une appendicite, inutile d'aller au funérarium, elle pouvait parfaitement faire ça à la maison.

Annexe numéro six : Afin de parfaire la similitude, après avoir pris son petit déjeuner et avant de partir au travail, l'esthéticienne a rasé les crânes des deux hommes et a lavé Fang. Celui-ci était bien un peu gêné pendant la toilette, mais elle l'a rassuré : Vous serez bientôt mon mari, c'est pas la peine de faire le timide !

Annexe numéro sept : Elle est allée acheter deux uniformes verts. La vendeuse lui a fait remarquer que si elle avait été une vieille femme, on aurait pu croire que c'était un cadeau d'anniversaire pour ses jumeaux. C'est bien vrai, ça, lui fut-il répondu.

Annexe numéro huit : Une fois arrivée sur son lieu de travail, Li Yuchan a remis le vice-maire dûment réparé aux personnes compétentes, leur précisant bien de faire très attention et de ne le manipuler qu'avec précaution pour qu'il ne soit pas abîmé lors de son transport vers le salon des condoléances.

Annexe numéro neuf : Le lycée n° 8 a téléphoné pour presser le funérarium et demander que le professeur Fang soit apprêté au plus vite afin que les élèves puissent venir lui rendre un dernier hommage.

Annexe numéro dix : Le soir venu, le directeur des pompes funèbres, celui qui fait l'amour à Li Yuchan sur sa table de travail, l'a avertie : J'ai bien peur que tu sois obligée de faire des heures supplémentaires ce soir pour arranger ce pauvre diable du lycée n° 8. Ils veulent envoyer les étudiants dès demain aux condoléances. L'esthéticienne en est restée bouche bée. Je t'ai manqué ? a-t-il tout doucement demandé. Elle ne l'entendait plus. Elle était rentrée chez elle pendant la pause du déjeuner et avait donné à Fang le visage de Zhang. Tu m'en veux ? a-t-il insisté. Elle ne l'entendait toujours pas. Toujours pour la raison précitée.

II

L'opération a eu lieu dans la cuisine. À la faveur de la longue pause de midi. Pour tous préparatifs, il a suffi de balayer la pièce et d'y installer un lit de fortune. Daqiu et Xiaoqiu déjeunent dans leur école respective et, quant à Zhang Hongqiu, l'esthéticienne n'ayant pas besoin d'assistant, il est, après avoir donné un coup de main à quelques tâches grossières, bien vite retourné assurer le service au lycée n° 8 – il avait bien proposé de demander un congé, mais elle a déclaré que c'était inutile et qu'elle avait l'habitude de travailler seule.

Quand tout a été prêt, elle a fait avaler trois somnifères à la beauté fragile, cherchant par là à éviter que sa bouche profère des sons désagréables qui auraient pu influencer l'opération, et peu après un ronflement régulier a commencé de s'échapper de ses narines.

Et elle t'a fait venir. De son sac à main bordeaux, tu l'as vu extirper un plateau émaillé qu'elle a posé sur la planche à découper. Puis une bouteille d'un alcool bleuté dont elle a retiré le bouchon en caoutchouc pour le verser dans le plateau où il s'est teinté d'un vert pois très pâle. Puis une poignée d'instruments bien blancs, des ciseaux, des pinces, des pincettes, des aiguilles de tailles diverses… qu'elle a eux aussi mis à baigner dans la solution et qui tous, sauf un, ont viré au bleu saphir : une lame en forme de feuille de saule, qui même en train de tremper faisait montre d'un tranchant exceptionnel, s'est mis à resplendir d'une lueur dorée. Sa besace te faisait l'effet d'un véritable sac à merveilles, elle aurait pu en sortir une assiette de foie frit que tu n'en aurais pas été autrement surpris. Du sparadrap, de la gaze, du coton hydrophile, du catgut, de l'adhésif transparent, de la poudre, une seringue… Enfin elle est sortie de la cuisine pour se déshabiller. Elle ne comptait rien dissimuler. Tu n'étais plus un être vivant à ses yeux. Avec ordre et méthode, sans précipitation, elle a tout d'abord retiré les grandes pièces, puis les petites, jusqu'à ce qu'il ne lui reste plus un fil sur le corps. Ce qui t'a permis, à toi, impassible, d'examiner chaque pouce de son anatomie. Froidement, tu as procédé à ton inspection, et la découverte de cette petite moustache verte au-dessus de sa lèvre t'a fait oublier la grande bouche européenne de Du Xiaoying. Devant ses mamelons rouges légèrement dressés, tu as perdu mémoire des lourds seins à la russe de ton épouse… C'est ce qu'on appelle pouvoir comparer pour mieux faire la différence. C'est bien rare, dans la vie, qu'un homme ait ainsi la possibilité de balancer entre deux femmes remarquables. Or, vous savez bien ce qu'on dit : Les enfants trouvent toujours que tout est plus beau chez eux, les femmes préfèrent chez la voisine – du moins dans le domaine courant.

S'étant ainsi totalement dépouillée, elle est revenue dans la cuisine et a sorti de son sac une grande blouse immaculée qui s'est déployée dans une bouffée fraîche et gaie d'odeur de savon. Elle a dû se pencher pour fouiller dans la besace, si bien que, inévitablement, son postérieur a pointé vers le ciel – les sprinters eux aussi ont le cul en l'air quand ils sont sur la ligne de départ en train d'attendre le coup de feu qui va leur donner le signal du départ, c'est exactement la même posture, les fesses ont l'air prêtes à s'envoler. Tout aussi inévitablement, alors que les autres parties de son corps s'éloignaient de toi, celle-ci s'en est rapprochée – ce qui pourrait nous ramener aux lois physiques de la conservation : il faut toujours fournir tant pour obtenir tant. Quand la tête prend ses distances le cul vient plus près et vice versa.

Ce qui est curieux, c'est que tu es resté de bois tant qu'elle se tenait bien droite devant toi mais qu'il a suffi que l'équilibre se brise, qu'elle prenne cette pose de flèche en train de quitter la corde – cela n'a pourtant duré qu'une minute – pour que sonne la débâcle de ta belle impassibilité. L'éclat glorieux du postérieur de l'esthéticienne a contribué à te raffermir dans ta conviction de vivre à tout prix. Un instant, il a été l'image de toute la saveur et de toute la beauté de l'existence en ce bas monde.

Enfilant sa blouse blanche, elle t'a gratifié d'un charmant sourire qui t'a donné envie de rentrer sous terre. La peau, rongée par la chaux, de ton visage était tellement congestionnée que ça te faisait mal.

Pour finir, toujours du sac bordeaux, elle a sorti une paire de gants en caoutchouc transparent aussi fins que des ailes de mouche qui ont crissé quand elle les a enfilés. Aux pieds, elle avait une antique paire de chaussons en soie brodée à motif de phénix en train de jouer avec des pivoines. De la main gauche, elle a lissé les rides de son gant droit, puis de la droite celle du gauche. Elle était prête. Souriante, gracieuse, elle se tenait devant toi. Cela t'a rappelé l'entrée en scène d'un acteur d'Opéra de Pékin, et aussi cette publicité, tout en blanc, qui vantait les mérites d'un suppositoire contre les hémorroïdes. Face aux phénomènes paranormaux, la science n'a plus comme dernier recours qu'à brandir bien haut le bouclier paré du mot « champ » en grande écriture sigillaire.

Justement, son « champ » à elle induisait de graves perturbations dans ton « champ » à toi. Y jetait la confusion. Tu t'es senti pris d'une épouvantable envie de chier.

En cette année-là, quand la guerre a fait mourir de peur la mère du professeur de physique, il lui suffisait d'entendre le bruit d'une canonnade pour avoir la diarrhée.

« Vous n'êtes pas trop nerveux ? lui a-t-elle demandé en souriant. N'ayez pas peur. Il faut me faire confiance : il n'y a pas grande différence de nature entre la chirurgie esthétique pratiquée sur les morts ou sur les vivants. La seule chose c'est que pour les uns il faut bien stériliser, tandis que pour les autres on a surtout besoin de fards et de poudres. Mais remettez-vous-en à moi, j'ai du métier. »

Puis elle a levé bien haut les deux mains (il ne lui manquait vraiment plus que deux Rectoplus) et en souriant a répété : « Ayez confiance en mon doigté. »

Tu t'es aperçu que ton « champ » commençait à se réordonner. Comme si son sourire, effectivement, avait eu l'effet d'un suppositoire au baume essentiel.

« Vous feriez peut-être mieux d'aller d'abord faire un tour aux toilettes », a-t-elle suggéré avec discrétion.

Ayant dissimulé sa bouche derrière un grand masque chirurgical bleuté, elle a approché un miroir :

« Regardez-le bien. Là, maintenant, tout de suite. Il va changer. Je vais l'embellir, mais, comme on dit : "Qui se plaindrait du terreau qui l'a vu naître", "De sa laideur, le fils à la mère ne tient pas rigueur, ni chien de leur pauvreté à ceux qui veulent l'héberger", "Médiocre soit-elle, tu chériras ton œuvre". Je vous en prie, vraiment, accordez-lui un dernier coup d'œil. »

Débordant de reconnaissance, le professeur de physique obéissait avec joie à tous les ordres que lui donnait l'esthéticienne : elle l'envoyait aux cabinets, il allait aux cabinets ; elle lui disait de se regarder dans le miroir, il se regardait dans le miroir.

Dans la glace, tu as vu deux longs yeux effilés avec, horreur !, de grosses paupières tombantes. Tu as vu ton nez droit et brillant. Atroce ! Tu n'avais plus qu'une envie, qu'elle y ouvre une cicatrice. Tu as vu ta petite bouche féminine. Il paraît que même pour les femmes elles ne sont plus à la mode aujourd'hui, on préfère les grandes, avec des lèvres épaisses comme celles de Du Xiaoying ou de l'esthéticienne. Que tu la détestais, cette petite chose ridicule ! Comme une cigale dorée considérant après la mue sa dépouille abandonnée sur l'herbe, tu as toisé ta face corrodée par la chaux au point d'en avoir des reflets jaunes de colza.

Mais juste comme tu scrutais son image, deux yeux lumineux sont venus ajouter leur reflet à celui de ton teint jaunâtre – elle s'était penchée derrière toi. De sa chevelure émanait un parfum étrange, une odeur effrayante qui te grisait, toutes tes cellules en tressautaient. Ses mèches ébouriffées auraient presque pu toucher ton cou, vite – peut-être même fut-ce ton crâne trop sensible qui de lui-même se rapprocha – l'une te tomba sur la tête. Tu ressentais l'existence de ces cheveux avec encore plus de profondeur et de subtilité que s'il s'était agi des tiens. Ta peau émotive s'est mise sous cette caresse à émettre de l'électricité statique, de la physique ! Ses veines minuscules enflaient, elle se congestionnait, joies et jubilations sont toujours partenaires de la congestion, ou lui sont associées. Tu en aurais pleuré.

Elle a dit – sa voix au travers du masque bleu pâle semblait deux fois plus sourde, encore plus profonde : « C'est une figure qui ne vaut pas grand-chose, avouons-le, d'ailleurs à moi non plus elle ne plaît pas beaucoup, mais, quand même, réfléchissez bien avant de vous en débarrasser, il faut agir avec circonspection, comme dit le proverbe : "Quoi qu'il t'arrive, par trois fois réfléchis, du passé il faudra faire ton acquis." »

« Aucun regret », as-tu répondu.

Dans le miroir, son regard a scintillé, obscurcissant ton image à l'arrière-plan.

Enfin, elle t'a invité à te reposer, et tu t'es exécuté. Elle a voulu que tu ailles t'allonger sur le lit juste dressé, et tu as obtempéré. Les planches criaient et craquaient. Ne vous en faites pas, ça n'existe pas les lits qui ne grincent pas, ne vous en faites pas, il pourrait supporter le poids de deux personnes.

« Fermez les yeux ! » t'a-t-elle intimé. Tu regardais son cou. « Pour atténuer vos souffrances – il avait deux rides profondes –, je vais vous injecter un peu d'anesthésiant. » Tu en étais tout mélancolique. « Vous avez peut-être des doutes quant à ma capacité à faire des piqûres. Dissipez vos inquiétudes. » Elle tenait à la main une seringue emplie d'un liquide incolore et transparent dont elle a fait jaillir, du bout de l'aiguille, quelques gouttes vers le plafond. « J'ai suivi des cours à l'hôpital. En me faisant passer pour un médecin, bien sûr, un grand chirurgien. » Du bout d'une pincette, elle a pris une boule de coton bleu sombre tout imprégnée d'alcool. « La figure humaine n'est jamais que de la glaise qu'on peut modeler comme on veut. Vous avez envie de me regarder ? Vous le pourrez tout votre saoul, quand ce sera fini. » Une goutte glaciale est tombée sur le bout de ton nez, cela t'a fait comme une bouffée d'air frais. « Fermez les yeux ! » Docile, tu as fermé les yeux.

Aussi heureux qu'un nourrisson qui s'endort au sein de sa mère, tu as entendu des souvenirs endormis depuis des années se mettre à vaguement chuchoter au fond de ta cervelle.

La senteur puissante de l'alcool était assez déplaisante, mais il s'en dégageait à la surface de ta peau une sensation de fraîcheur qui te faisait éprouver cette froide allégresse qu'on ressent après avoir bravé un péril – la relation est étroite entre danger et désir sexuel, les parachutistes ont souvent une éjaculation involontaire lors de leur premier saut, nous expliques-tu, toi qui ne te lasses ni discontinues.

« N'ayez pas peur, n'ayez pas peur… » Trouble, mystérieuse, soporifique, sa voix venait de très haut. « N'ayez pas peur… » INCONSCIEMMENT, tes lèvres remuaient, INCONSCIEMMENT, tes cordes vocales tremblaient, INCONSCIEMMENT, tu as émis un petit cri plaintif – le cri d'un bébé qui tète.

Brusquement, sous le coup d'une stimulation aiguë, le cours de ce flot flou et sucré s'est interrompu, une myriade d'insectes aux lèvres acérées se sont infiltrés entre ta peau et ta chair, l'anesthésie commençait à faire effet.

« Ça fait mal ? » a-t-elle demandé.

Tu n'as pas pu répondre, ton visage était déjà endormi. C'était comme s'il s'éloignait en voletant.

« C'est bon. Opération terminée ! »

L'anesthésie n'était pas finie, elle. Tes lèvres ne pouvaient toujours pas articuler. Ton cerveau en était encore à croire qu'il ne s'était rien passé, et voilà que tes oreilles s'entendaient annoncer : C'est bon, tout est terminé.

III

Trois jours plus tard. Il est midi quand l'esthéticienne t'informe : « Je vais retirer les pansements de votre figure. Surtout, gardez votre calme, je suis absolument sûre d'avoir réussi l'intervention. Et même si, dans le pire des cas, c'était raté, il n'y aurait pas de quoi s'affoler : on peut toujours rectifier les détails. »

L'obscurité est étouffante, tu vas te sentir mal. Elle a enroulé des mètres et des mètres de gaze autour de ton visage, après l'opération, te laissant tout juste les narines pour respirer et la bouche pour manger. S'alimenter te fut d'ailleurs un plaisir, le souvenir confus des douceurs de l'enfance imprégnait tout ton processus d'absorption. Mal à l'aise au début, tu t'asseyais, au cou une douce serviette que tu devinais fantaisie et qu'avant chaque repas elle te mettait.

Le fumet des aliments n'arrivait pas à noyer cette étrange senteur de sa chevelure. Ne pouvant contenir ta curiosité, un jour tu as fini par lui demander en balbutiant : « Qu'est-ce que vous vous mettez comme parfum sur la tête ? »

Elle a ri, d'un rire indifférent, tes yeux ne voyaient rien qu'un voile orange, ah !, comme désespérément au travers de ton bandage, tu eusses aimé contempler l'expression de son visage ! « Inutile d'écarquiller les yeux ! Je vous ai déjà dit qu'après vous pourrez me regarder tout votre saoul ! » t'a-t-elle tancé.

Sous le pansement, tu as refermé les yeux, le voile orange flottait encore sous tes paupières closes.

« Comme si à mon âge on se parfumait encore les cheveux ! Mais peut-être que Du Xiaoying le fait, elle, cette belle grande Russe ? »

Il y avait quelque chose d'un peu forcé dans le ton de sa voix, tu aurais bien aimé saisir quoi. « Taisez-vous ! a-t-elle repris. Et mangez votre soupe ! » Une cuillère en porcelaine s'est approchée de tes lèvres. Ça sentait bon le bouillon de poule. Tu y avais déjà eu droit, un soir. Malgré l'épaisseur de la gaze qui t'enveloppait, tu pouvais encore deviner la lumière éblouissante de la lampe. Pendant qu'une à une elle t'introduisait les cuillerées dans la bouche, tu pouvais entendre quelqu'un grincer des dents et les halètements d'une respiration, comme les rugissements d'un tigre et d'un lion en train de mêler leurs odeurs.

Tu n'as vécu ces jours que dans l'attente des repas. Tu en rêvais de cet instant si doux, même si toujours empreint d'une certaine tristesse. Il était si court et le reste du temps était si long. Sur son lit, la beauté fragile n'arrêtait pas de pousser de petits cris bizarres, appels qui te semblaient à toi seul destinés. À l'occasion, tu pouvais aussi entendre le bruit des pleurs de Du Xiaoying. Il y a même eu hier après-midi les voix du proviseur du lycée n° 8 et du président du syndicat, venus présenter leurs condoléances à ta famille. Par bribes, tu les devinais en train de discuter de la cérémonie commémorative qui doit être donnée à ta mémoire. « Mais vous allez quand même me laisser le voir une dernière fois ! » criait ta femme.

L'esthéticienne te fait asseoir bien droit sur le lit. Silence total. Le ronflement de la beauté fragile s'est fait tout petit et on n'entend même plus sa fille respirer, en dépit de son parfum que violemment tu ressens. Une douce main va se poser à l'arrière de ta tête à l'endroit où le pansement est attaché. Comme nous l'avons déjà vu plus haut, afin que rien ne vienne troubler cet instant sacré en lequel un visage neuf va voir le jour, afin que rien, donc, ne vienne s'opposer à l'absolue solennité de cette minute d'une majesté égale à celle d'un rite religieux et que seuls les palpitations des cœurs énervés et les battements des sangs qui coulent et fusionnent dans les veines en constituent l'indispensable autant qu'unique accompagnement musical, Li Yuchan a fourré dans la bouche de sa trop curieuse mère trois comprimés de somnifère – en eût-elle ajouté trois autres qu'on eût pu la soupçonner d'homicide avec préméditation. Une main agile défait le nœud de la gaze et vient tournoyer devant tes yeux, virevolte sous ta mâchoire, bondit vers le haut de ta tête – avec grâce et en cadence, ses doigts vifs défont pour moi le bandage. Tu repenses à ta mère quand elle tirait sur le fil d'un cocon de ver à soie pour en tisser une étoffe. Au fur et à mesure que ta tête diminue de volume, ton cœur se met à battre de plus en plus fort. Dans ses veines, le sang s'affole. Elle entend son cœur qui palpite, elle le voit qui se dilate et se contracte comme une pompe à eau. Et au moment précis où le voile finit de s'ouvrir, je vois même aussi clairement que possible sa matière grise en train de tressauter : tout au fond, sur un écran bleuté pas plus grand qu'une boîte d'allumettes, des mots s'impriment pour aussitôt s'évanouir.

Je vois ta pensée !

Un « Seigneur, aie pitié ! » qui oscille, un « Pourvu que ce soit réussi ! » qui scintille, puis des « Ciel ! O ciel ! Victoires et défaites sont monnaie pour le soldat » qui déferlent et se superposent.

Ta main tremble, un rayon de lumière vient violemment transpercer mes paupières et la dernière couche de gaze, déjà je peux discerner l'ombre pourpre de ta silhouette pleine, seuls tes organes internes me sont encore un peu flous.

Avec d'infinies précautions, tu exécutes les dernières manœuvres, tu as bloqué ta respiration, la beauté fragile ronfle, lions et tigres rugissent, les cigales stridulent dans les peupliers de la cour du lycée n° 8.

Ça y est, le dernier filament s'est envolé, une bouffée d'air frais te saute à la face, c'est bien agréable et, en même temps, bien bouleversant. Sur l'écran bleu de sa cervelle, les expressions de joie et de satisfaction se bousculent.

Tu trouves qu'elle exagère un peu.

La peau de ton visage te semble délicate et fragile, c'est un peu comme si tu étais une cigale jaune pâle qui viendrait juste de muer.

« Vous… Ouvrez les yeux… » L'esthéticienne a parlé d'une voix si petite que, plutôt que prétendre que c'est ton ouïe qui a deviné cet ordre à moitié imploré, mieux vaudrait sans doute supposer que c'est ta peau, si tendre, si fragile, qui a senti l'air exhalé par ses lèvres et en a déduit les mots. Quelle sensibilité, quelle originalité, ce visage nouveau-né : c'est un trésor inestimable dont tu disposes là, à tout jamais tu auras le devoir inéluctable de le protéger.

Son cœur demande à mes yeux de s'ouvrir. Au fur et à mesure que la bande de gaze se déroulait, l'image émouvante de ses organes et de son sang qui circulait petit à petit se faisait plus lointaine, c'est vraiment son corps à présent que tu as devant toi, c'est sa bouche, c'est sa petite moustache verte, c'est ce fin duvet dru et blond qui la couvre des pieds à la tête, c'est ce postérieur à l'éclat rayonnant qu'un jour elle a levé vers ta figure. Tiens, c'est presque dans les mêmes termes, il n'y a pas si longtemps, que j'ai décrit à mes élèves le phénomène de l'explosion de la bombe atomique : Une immense boule de feu à l'éclat rayonnant peu à peu s'est levée, qui n'était pas le soleil.

« Vous… Ouvrez les yeux… », répète l'esthéticienne. Pourquoi est-ce que je n'y arrive pas ? Voilà une question à laquelle le professeur de physique mettra bien du temps à répondre. Pourquoi est-ce que, obstinément, j'ai refusé d'ouvrir les yeux ? Par peur de tout perdre ? Oui. Jamais un cul, fût-il le plus resplendissant de tous les culs, ne pourra remplacer un visage. En affadir le souvenir, peut-être, mais se substituer à cette mémoire des jours passés, jamais.

« Je crois… Je pense que c'est un succès… Ouvrez les yeux, je vous en supplie…, l'implore l'esthéticienne. Que craignez-vous ? Je comprends bien que, après avoir eu les yeux couverts pendant aussi longtemps, vous ayez peur de la lumière, mais comme on dit : "Quand le soja est fromage, il faut le mettre à l'étalage ; une fois l'enfant bien né, il n'y a plus qu'à l'élever. Femme qui se marie ne peut faire sans belle-mère ; cerf-volant achevé doit voler dans les airs." S'il vous plaît, ouvrez les yeux ! »

Il y avait une autre raison, encore. À travers le mur me parvenaient les pleurs d'une femme à la fois familière et inconnue qui faisaient vibrer mes tympans. Eh oui, ainsi qu'elle aime à le répéter : « Si c'est du bonheur, c'est pas du malheur. Mais si c'est du malheur, vous n'en sortirez point pour l'heure. »

Avec la même lenteur que ceux qui s'avancent pour rendre le dernier hommage à la dépouille d'un héros ou d'un grand de ce monde, le professeur de physique ouvre les yeux. Et voici ce qu'avec une infinie subtilité il ressent au cours du long processus : ses paupières ont raccourci et ses yeux sont plus grands, si bien que cette partie de son globe oculaire qui avait jusqu'ici toujours été cachée est troublée par ce soudain contact avec l'air et la lumière. Le proverbe a beau jeu de dire « Les engelures ne poussent pas sur les yeux », cela ne les empêche pas d'avoir froid.

Une violente lumière émane du corps de l'esthéticienne, sa petite moustache verte déborde de vitalité, à croire qu'elle prépare une farce. Comme la dernière fois, elle n'est vêtue que de cette grande blouse blanche marquée au niveau de la poitrine au nom du « Joli Monde » et qu'aucune poussière ne semble capable de souiller. Elle recule d'un pas et, d'en dessous de son duvet joli, une vague aiguë s'échappe, quelque chose qu'on pourrait transcrire par « ouahou ! » ou « youpi ! », ce cri jubilatoire enfin qu'émettent sans plus pouvoir se contrôler ceux qui viennent de remporter une immense victoire. Du dos de la main, elle s'essuie la bouche, mouillant au passage ses articulations de salive, et se mord le bout des doigts tandis que ses larmes roulent et s'échappent.

« C'est réussi, Fang... Ah... Vous avez la tête de mon mari et votre corps, comment est-ce que je vais vous appeler ? » Elle ne tient plus en place et s'est mise à parler à tort et à travers. Vite, elle t'entraîne hors de la cuisine, te tire jusqu'à cette grande armoire d'un noir luisant collée au mur depuis des années et au milieu de laquelle est serti un miroir ovale dont le spectacle incite à la mélancolie, avec à sa droite un phénix gravé en relief qui ne gêne absolument pas son travail de réflexion. Pendu au-dessus par un fil autrefois vermillon mais qui a depuis viré au noir, se trouve un petit cadre de la taille d'une pierre à encre qui contient la photo de mariage de l'esthéticienne et du professeur de physique. Elle était jolie et pourtant on dirait qu'elle a le cœur gros : c'est que sa pensée était constamment occupée de tableaux symboliques ou de flamboyantes allégories, à l'époque : la scène où elle s'était jetée dans la rivière, par exemple, ou le spectacle des fleurs de grenadier et des mamelons saillants entre majeur et annulaire... Lui n'est pas mal non plus, avec sa raie au milieu, son cheveu bien lisse et polissé, ses oreilles dressées comme celles d'un lapin ou d'un petit animal effrayé par un coup de fusil. Elle te tire devant cette glace et toute émue : « Regardez, c'est magnifique ! »

Il jette un coup d'œil craintif. C'est comme s'il recevait un coup de gourdin, des étincelles flottent devant ses yeux, un épouvantable fracas retentit à ses oreilles, l'espace d'un instant tout son corps se glace, puis il retrouve le fil des émotions éprouvées lorsque, pour la dernière fois, il a contemplé son image : son bas-ventre se tord et le brûle douloureusement – signe avant-coureur d'une diarrhée nerveuse.

Que voit-il dans ce miroir ? Nous le savons sans qu'il soit besoin de nous le dire. Nous sommes très calmes. Nous avons l'impression que le narrateur et ses personnages, hommes ou femmes, ont tous dans ce récit la même malheureuse habitude, que nous pourrions résumer ainsi : ils font bien des histoires pour rien. Fang Fugui savait absolument et, qui plus est il l'a consciemment désiré, qu'il allait sacrifier son propre visage pour prendre celui de Zhang Hongqiu. Nous savons également que les grands yeux sont plus beaux que les petits ; qu'un nez décoré d'une cicatrice (marque d'une beauté défectueuse) attire plus facilement l'attention que celui qui sera nu ; que de nos jours les grandes bouches sont plus appréciées que les petites, et que si déjà cela vaut pour les femmes, chez un homme alors… Sans compter que le professeur de physique y a gagné en autorité, en grandeur et en prestance. « L'existence est précieuse, à la vérité », comme on dit si bien. Songe que non seulement tu as échangé une face ingrate contre un visage avenant, mais qu'en plus, dans l'histoire, tu y as gagné le droit à cette précieuse existence ! Qui plus est, « seul de l'amour le prix est plus élevé » : or, en sacrifiant ta trogne, tu as aussi gagné le droit de faire la cour aux femmes et de leur conter fleurette – on dirait vraiment des fleurs brodées sur du brocart – ou des lingots glanés sur le chemin des noces – joies accumulées, bonheurs au coup sur coup – les bienfaits tombent à la pelle sur la tête du professeur de physique, tu ne vas pas en plus nous faire le coup du pathétique ? Qu'est-ce que c'est que ces histoires de corps qui se glace ? Qu'est-ce que tu nous chantes avec tes problèmes de ventre ? C'est tout bénéfice et tu n'es pas encore content ?

Cette cage-là, nous pouvons continuer de la tresser tout seul. L'autre dans la sienne a envie de dormir, des restes de craie collés au bord de ses lèvres lui font comme une petite moustache verte. Dans le miroir ovale, tu contemples ce visage flambant aussi neuf qu'un œuf écaillé et ta panique atteint son apogée – la relation est étroite entre sexe et épouvante. C'est moi ? Ou c'est lui ? Qui suis-je ? Ce visage si jeune jure étrangement avec le corps vieilli sur lequel il est planté. Comme la saison est à jamais chaude et même presque torride, les personnages ont assez facilement tendance à nous dévoiler leur chair un peu n'importe quand. Moyennant quoi, Fang Fugui n'est vêtu que d'une chemisette transparente dont le premier bouton n'est pas fermé et le deuxième s'est pour cause de rupture de fil depuis longtemps perdu au cours de ses errances de ces derniers jours. Aussi le miroir reflète-t-il non seulement l'image de son jeune et beau visage, bien hydraté, pur, lumineux et exempt de rides, mais aussi dans sa presque totalité celle d'un vieux corps tout fripé et chiffonné, aux veines violacées (les artères carotides) et à la grosse pomme d'Adam saillante et toute maculée de poussière (l'esthéticienne lui a bien fait sa toilette avant de l'opérer, mais l'homme attire la crasse). Cette jolie figure est dotée d'une paire de grands yeux à paupières doubles, d'un nez orné d'une cicatrice mauve et d'une bouche qui pour être grande n'en est pas moins indéniablement bien faite.

Il s'écarte. Fuir hors de cette pièce étriquée... Mais il n'ose pas pénétrer dans l'antre de la beauté fragile – le somnifère la fait dormir, soit, mais il ne l'empêche pas de parler en rêvant ni de grincer insupportablement des dents. Il ne peut pas non plus aller se réfugier dans la grotte de Daqiu et Xiaoqiu – c'est là le fief d'un frais diplômé du secondaire et d'un élève en deuxième année de collège, l'examen d'entrée à l'université est une chose sacrée à laquelle on ne saurait porter la moindre atteinte. Alors, se ruer dehors ? Aller au lycée ? N'en ayant pas encore l'audace, il ne lui reste plus qu'à se réfugier dans la cuisine pour y prendre quelque répit. Blanche liaison entre les deux pièces, la longue bande de gaze, dans laquelle l'esthéticienne vient d'ailleurs de se prendre les pieds, court justement du miroir ovale jusqu'à la porte de celle-ci. Du plateau en émail blanc, de l'alcool bleuté et des pinces, pincettes, ciseaux et lames qui trempés dans ledit alcool prenaient des reflets orangés et qu'il lui semble bien avoir, comme dans une hallucination, aperçus ce jour-là, plus aucune trace. La cuisine fut-elle jamais salle d'opération ? Deux grands couteaux sont fichés dans la planche à découper, il y a de la farine dans le sac à farine et du riz dans le sac à riz, la porte du fourneau à charbon est fermée. Seul à être demeuré, ce lit de planches dont les grincements et les claquements ont accompagné les dialogues de tes rêves.

« Ne vous inquiétez pas, ça n'existe pas les lits qui ne grincent pas, mais celui-là pourrait supporter le poids de deux personnes », murmurait au-dessus de toi une voix douce.

Par le même principe qui veut qu'en suivant une laisse on finit toujours par trouver le cou du chien, l'esthéticienne pénètre tout naturellement dans la cuisine en suivant la bande qu'elle réenroule. Ses joues roses comme fleur de pêcher te le disent bien : Je suis tellement contente ! Tellement excitée !

Alors toute contente, tout excitée, elle se plante devant toi, son rouleau de gaze entre les mains, pour te l'affirmer : « Je suis tellement contente ! Tellement excitée ! »

Puis elle t'explique encore que jamais, dans des conditions aussi rudimentaires, elle n'aurait espéré que l'opération puisse se révéler un succès aussi incomparable, tout s'est passé encore bien mieux que dans son imagination. Bien sûr, la peau est encore un peu fragile, il ne faut l'exposer ni au vent ni au soleil, mais c'est là un problème mineur, comme on dit si bien : « Cigale après la mue dans le vent s'endurcit. »

« Mais comment je vais vous appeler, moi, maintenant ? » Impuissante, elle se tord les mains. « Je pourrais vous dire monsieur Fang, mais vous n'en avez vraiment plus la tête, ou je pourrais vous appeler Zhang Hongqiu, mais ça se voit trop que votre corps est différent. »

À toi aussi les choses apparaissent sous un angle plutôt complexe, tout se perd dans un flou onirique, y compris la fumée des canons dans les champs il y a si longtemps, y compris l'offensive contre Du Xiaoying dans la bibliothèque de l'université, y compris ton front en train de heurter l'estrade, y compris la chambre froide du funérarium, y compris la lutte acharnée à l'intérieur de la fosse à chaux, y compris l'analgésique en train d'agir sur la chair de ton visage… Toutes ces choses absurdes ont-elles vraiment eu lieu ? Un professeur de physique meurt, s'échappe des pompes funèbres, tombe dans une fosse à chaux et s'en extirpe pour débarquer chez son collègue où, dans la plus totale confusion, il change de visage ?

Fang Fugui se mord un grand coup la langue qui lui répond : Ce n'est pas un rêve ! De la main il touche son cœur qui lui répond : Tout est vrai ! Brusquement, tu songes à une méthode d'expertise tout à fait contraire à la morale : Je vais embrasser l'esthéticienne qui est en face de moi. Si cette action me procure du plaisir, ce sera bien la preuve de l'existence d'un professeur de physique du nom de Fang Fugui. Le fait de sa présence, même avec une autre tête, en sera définitivement attesté.

Faisant un pas en avant, il sent, tel le malfrat qui s'en va commettre son premier vol, la menace d'un immense péril peser sur ses épaules.

La petite moustache verte se tord comme pour mieux le tenter au-dessus de sa lèvre.

Impulsivement, tu l'attrapes par la taille. Mais elle, avec une petite moue : « Tiens ! Voilà Du Xiaoying ! »

Comme une flèche, tu reprends ta position de départ, la honte te submerge, tu as complètement oublié que tu avais changé de visage, au tribunal de la vertu l'audience est ouverte et tu passes en jugement. Mais enfin, à quoi ça ressemble ? Est-ce se montrer digne de ton épouse qui souffre que d'avoir d'aussi mauvaises pensées ? Crois-tu que ce ne serait pas décevoir le professeur Zhang, qui travaille dans le même bureau que toi ? Tu connais pourtant l'expression : « La femme d'un ami est sacrée. »

Il ne sait plus où se mettre, la sueur dégouline sur la peau toute neuve de sa face. Alors, elle s'avance et sourit : « Vous avez beau avoir la figure de mon mari, votre cœur appartient toujours à Du Xiaoying. » Et elle te prend la tête entre les mains pour l'examiner comme s'il s'agissait d'une pièce de jade. « Ne vous énervez pas pour rien, vous avez besoin d'une période de stabilisation. Les pleurs, les rires ou les cris pourraient entraîner des déformations. » Son regard exprime toute la tendresse qu'une femme d'âge mûr peut ressentir pour un gamin de dix-huit ans. « Je vais vous donner une croix de baisers, en récompense de ce premier succès ! » Tout doucement, ses tendres lèvres viennent humidifier la gabelle entre tes sourcils, touchent ton œil gauche, puis le droit, lèchent la pointe de ton nez et enfin viennent se poser sur les tiennes.

Sa bouche a le parfum excitant et appétissant d'un poulet au piment frais.

Mais quand toute grande tu ouvres la tienne pour avidement en aspirer la saveur, des commissures de tes lèvres jusque dans tes joues, dont l'engourdissement était pratiquement dissipé, montent d'épouvantables filets de douleur.

Encore une fois, vers la fin de ce chapitre, l'esthéticienne va entraîner le professeur de physique devant le miroir ovale de la vieille armoire et lui intimer de bien regarder son nouveau visage, de l'examiner le plus sérieusement possible et non pas simplement en surface. Elle ira même jusqu'à lui suggérer de chercher avec minutie toute différence entre la figure sur la photo de mariage accrochée au-dessus de la glace et sa réplique, prête à procéder immédiatement à la modification au cas où il en trouverait une.

C'est une vérité qu'il faut regarder en face. Quand est né ce nouveau visage, avec ses paupières doubles, ses grands yeux, sa cicatrice sur le nez et sa grande bouche tendre, toute une foule de souvenirs, certains très vieux et depuis longtemps enfouis, d'autres presque sur le point d'être enterrés, ont été ravivés et se sont réépanouis, comme des fleurs dans un vase, fraîches et pleines de vie pour l'instant, mais proches de se faner et prêtes à se flétrir.

Du Xiaoying s'est remise à pleurer de l'autre côté du mur. Quelque chose qui ressemble à du remords est monté de ta poitrine jusqu'à ta gorge.

« Vous avez des regrets ? » s'inquiète-t-elle dans un murmure. Elle a un beau sourire, dans lequel tu n'as aucun mal à deviner une basse jalousie et une parodie de surveillance. Le proverbe dit, dit-elle : « Il ne faut pas rêver à midi tourné vers le septentrion », « À un seul cœur il n'est pas deux emplois ».

Le professeur de physique a tout à coup l'impression d'être un abruti complet, mais c'est trop tard.

IV

Voici pourquoi le professeur de physique a l'impression de s'être fait avoir : Si j'ai accepté de changer de visage, c'était principalement pour avoir le droit de retourner vivre auprès de ma femme et de mes enfants. Mais, justement, du fait que je n'ai plus la même tête, ce droit se trouve gravement menacé.

Ce n'est pas à toi de nous le dire, quand l'esthéticienne te dépouille de tes vêtements – cette manière qu'a le narrateur de s'exprimer ! Quelle femme est-ce donc, cette femme qui se plaît à déshabiller les hommes ? Li Yuchan ne pense pas à mal, nous l'avons bien vu ! Ensuite, elle sort de l'armoire cet uniforme vert, celui qui est en tous points semblable au costume que Zhang Hongqiu a revêtu pour aller enseigner la physique au lycée n° 8. Tu t'égosilles, tu chicanes, on dirait un soldat pour qui la bataille est perdue mais qui tient à tout prix à défendre jusqu'à la mort une dernière position ! Il est hors de doute qu'elle est en train d'empiéter sur le territoire de sa chère voisine. C'est d'ailleurs un envahisseur qui déborde de vitalité, alors que sa victime n'est que faiblesse. Tout naturellement, nous concluons donc : le professeur de physique se retrouve vêtu d'une lourde tenue verte dans laquelle il ressemble à un postier qui aurait retiré sa casquette.

Tout se met à tourner quand, pour la troisième fois, il se retrouve en face du miroir, il est incapable d'articuler la moindre syllabe.

Elle l'installe alors sur le lit branlant dans la cuisine, lui intimant de fermer les yeux et de se reposer afin d'éviter tout imprévu. Le plus calmement du monde, elle lui explique aussi que ces deux comprimés blancs qu'elle tient dans la main sont des tranquillisants à action rapide et qu'il va lui suffire de les avaler pour, dans les trois minutes qui suivront, sombrer dans un sommeil profond. Le ton de sa voix ne sachant souffrir aucune réplique, Fang Fugui ouvre docilement la bouche.

L'après-midi est vite passé. Le soir et les lumières de la ville arrivent en même temps. Presque simultanément eux aussi, Zhang Hongqiu et les garçons se retrouvent à passer le seuil de la porte. Et c'est justement au moment où ils rentrent (ils ont beau être père et fils, c'est à peine s'ils se disent bonjour) que celui qui a avalé les deux calmants et celle qui a englouti les trois somnifères se réveillent, dans le même instant. La tanière de la beauté fragile et la cuisine sont contiguës, à peine trois millimètres de carton les séparent et, sur cette cloison, il est imprimé, d'une belle écriture régulière : « Châtaignes d'eau au sirop », preuve s'il en faut que ce carton fut autrefois une caisse, et que cette caisse contenait des conserves. Le professeur de physique se retourne et lève la tête en plissant les yeux, il ne sait plus où il est. C'est alors qu'il entend les hurlements furieux de la beauté fragile et les voix de Daqiu et Xiaoqiu en train de crier famine. Ce qui s'est passé avant sa sieste lui revient immédiatement en mémoire. Curieusement, tu restes pourtant enlisé dans une sorte de doute, l'impression de t'être égaré quelque part entre rêve et réalité et d'être incapable de faire le moindre pas en avant.

« Hé ! Papa, et si t'allais nous préparer à bouffer ! réclament les garçons avec agressivité.

– Allons, allons, répond le père. On va attendre le retour de Maman, c'est samedi aujourd'hui, elle va sûrement nous rapporter de la viande, du bœuf, du porc ou du mouton. Sinon, ce sera du poulet ou des tripes.

– On a trop de travail !

– Je vous suggère alors d'aller d'abord faire vos devoirs. L'odeur vous fera sortir de votre trou, quand elle sera rentrée et que le repas sera prêt. »

Les gémissements ininterrompus de la beauté fragile te sont un véritable supplice. Le bas de ta personne, tout ce qui en toi peut encore se forcer à être Fang Fugui, se sent pris dans son uniforme vert comme dans une armure glacée. Mais c'est ton visage qui te tourmente le plus, ce visage dont le propriétaire est en train de déambuler à côté en pleurant et soupirant (il est loin de se douter que Zhang l'a complètement oublié et que s'il pleure et soupire c'est à cause des cours de physique et du lycée n° 8). Tu crois qu'il se lamente sur la perte de son précieux trésor de famille et tu voudrais pouvoir t'en débarrasser pour le lui rendre. Mais un doute te saisit : Qui suis-je, sous cette figure ?

Le bruit de pas se rapproche, tu claques des dents.

La portière s'écarte et les deux professeurs se trouvent nez à nez, mêmes visages, mêmes uniformes, comme deux idiots.

« Qui êtes-vous ?

– Qui je suis ?

– Vous me ressemblez !

– Je vous ressemble ? »

Celui qui vient du dehors a une illumination subite, et pourtant il se trompe encore : il lui est passé par la tête que l'esthéticienne avait sans doute installé un grand miroir dans la cuisine. C'est grâce aux lunettes qu'il réalise : les branches de celles de son homologue sont emmaillotées de sparadrap noir.

Péniblement, il s'exprime enfin : « Ça y est, ça me revient, mais mon vieux, monsieur Fang je veux dire, jamais je n'aurais pensé que votre métamorphose me troublerait autant.

– C'était pourtant votre idée ? » Une certaine colère te prend. Tu as crié avec une telle fureur que tu t'en es fait mal aux commissures des lèvres et que tes traits en sont complètement déformés. « Vous croyez que ça me fait plaisir, à moi, de porter votre masque ? Non, mais ! Je vous le rends quand vous voulez ! »

L'autre s'est immédiatement radouci. Sur son visage exactement semblable au mien, je peux lire sa faiblesse et son inanité. « Allons, mon vieux, les carottes sont cuites, c'est bien le cas de le dire, il est trop tard pour avoir des regrets », me répond-il.

Ce couple avec ses expressions toutes faites toujours à la bouche m'a tendu un piège et comme un lapin j'y suis tombé. Plus je me débats et plus le nœud se resserre, réfléchit douloureusement le professeur de physique dont la face a été modifiée. Il bout de rage. Mais c'est de la cruauté et de l'arrogance, ce que je vois sur le visage de Zhang Hongqiu, à croire qu'il est le maître et moi l'esclave !

Tip-tap, tip-tap, on entend des pas dans la cour. Sans nous être concertés, d'un même mouvement nous tournons nos regards vers le carreau crasseux de la porte dans lequel sa silhouette, que projette la lumière de quelque lointain néon, se reflète. Ce n'est qu'une ombre floue au départ, dont se dégage une impression générale d'hermétisme et d'ambiguïté. Va savoir ce qu'il pense, moi, c'est cet étrange et déstabilisant parfum de sa chevelure qui me revient, j'ai beau ne pas savoir ce qu'il ressent, tous mes angles s'arrondissent au souvenir de cette senteur insolite, je me sens plus diplomate, comme si en cette nuit obscure quelque chose de tendre commençait à pointer.

La voilà. Elle pousse la porte et comme une bouffée de brise tiède pénètre avec elle dans la pièce. Nous allons vers elle, notre attention presque tout entière consacrée à son visage défait – d'une fascinante pâleur. Mais du coin de l'œil nous continuons de nous surveiller – mêmes tenues, mêmes visages – mon reflet exact dans le miroir – on dirait mon frère jumeau – il me menace – Mon Dieu, j'ai compris, désormais dans cette famille nous avons les mêmes droits.

Sa pâleur est fascinante et plus fascinant encore le désordre de ses cheveux, cette masse ébouriffée sur sa tête, ces mèches pâles comme la queue d'une renarde.

Elle s'immobilise. Le sac en plastique noir qu'elle tenait à la main tombe lourdement sur le sol de brique pilée et elle a un petit cri. Moi je sens bien qu'elle a le cœur lourd, mais lui, s'en est-il aperçu ? Quand sa poche est tombée par terre, sur son visage j'ai pu lire l'énoncé d'une question de physique à poser lors d'un examen, l'a-t-il réalisé, au moins ?

Quelque part tout au fond de lui, Fang Fugui sait bien quels sont ses antécédents, mais, plus ou moins inconsciemment, il se sent d'une humeur de mauvais plaisant et aspire à prendre une revanche gratuite. C'est pourquoi moi aussi je m'avance quand je le vois s'avancer, c'est pourquoi comme lui je me penche pour ramasser le sac.

L'esthéticienne doit avoir quelque chose sur le cœur, est-ce qu'il le sent aussi ? Va savoir. Tous deux, nous l'entendons qui part d'un rire faux, puis elle me caresse le visage, puis lui caresse le sien, et enfin déclare : « Inutile de chercher à faire semblant ! Je sais quand même bien lequel est mon mari ! »

Fièrement, il redresse la tête. Pourquoi est-ce que je ne l'imite pas ? Du moment que nous sommes vêtus de la même manière et que nos figures sont identiques, je ne vois pas pourquoi nous ne devrions pas jouir des mêmes droits.

Elle s'explique : « Vous êtes comme deux gamins butés, tous les deux. Vous croyez qu'il n'existe aucune différence entre vous alors que vos voix sont différentes. Il n'y a aucun moyen de changer des cordes vocales. »

Et Zhang Hongqiu de se mettre à déblatérer d'un ton aigu et perçant. Il s'en donne à cœur joie, à croire qu'il cherche à en faire étalage, de cette dernière particularité qui lui reste, c'est exactement comme si, délibérément, il avait décidé de m'humilier : « Alors te voilà, Maman ? Pourquoi est-ce que tu rentres aussi tard ? La journée a été dure ? Tu as eu des ennuis ? Il reste un peu d'eau dans la Thermos, je crois, est-ce que tu veux que je t'en serve une tasse ? C'est bien dommage qu'on n'ait pas de thé, mais bientôt on pourra s'en offrir, quand on aura de l'argent, les choses vont aller bien mieux si Fang accepte de coopérer, aujourd'hui à l'école ils racontaient qu'on allait augmenter les traitements des professeurs, personne n'ose y croire, le pays a de trop gros problèmes au niveau économique, tout le monde cherche à se faire mousser pour réclamer plus de sous. Au lycée n° 7, quatre élèves de terminale se sont jetés ensemble dans la rivière, il y en a deux de noyés mais les deux autres sont remontés tout seuls sur la berge, les parents ont menacé de porter plainte, ils disent que l'école ne s'intéresse qu'au pourcentage de réussite et que c'est ça qui a poussé leurs enfants à se donner la mort. Le journal a publié leur lettre d'adieu. Le proviseur a été furieux quand il a vu ça : « Comme si ça nous plaisait de gonfler les taux ! Mais si tout le monde le fait et pas nous, ils vont prétendre que notre enseignement n'est pas de bonne qualité, autrement dit que nous ne travaillons pas bien et on aura moins de professeurs qui décrocheront une promotion. Les directives du comité national à l'Éducation ne valent même pas la corbeille où on les jette, pourquoi ne fixent-ils pas de règles pédagogiques ? Il suffirait de sanctionner conformément à la loi ceux qui ne pensent qu'à avoir plus d'élèves reçus. » Il a même ajouté que si de nos jours les élèves sont fatigués au point de se jeter à l'eau, les enseignants, eux, sont éreintés à en avoir envie de se pendre. On sépare les sections dès la seconde, avec pour résultat que les littéraires ne font ni physique ni chimie pendant que les scientifiques oublient tout de l'histoire et de la géographie, si bien qu'à la sortie du lycée ils ont tout juste un niveau de premier cycle, et on voudrait appeler ça une éducation ! Les élèves s'en prennent aux professeurs, les professeurs s'en prennent au proviseur, et moi, après qui est-ce que je peux crier, moi ? C'est de l'obscurantisme, tout simplement ! Le secrétaire du Parti lui a mis la main sur l'épaule : Calme-toi enfin ! Ça ferait longtemps qu'on t'aurait catalogué comme droitier si on était encore en cinquante-sept ! « D'après les critères de cinquante-sept, sur un milliard d'individus il faudrait en arrêter trois cents millions, lui a répondu l'autre, c'est Petit Guo qui nous a raconté…

– Et oui, le but et l'avenir de l'enseignement sont perdus ! y vais-je de mon commentaire préoccupé.

– C'est bien pour ça que tout le monde pratique la règle du chacun-pour-soi, ajoute l'esthéticienne. Comme le proverbe dit si bien : "Quand la mer est à traverser, aux immortels de montrer leurs capacités." Tout le monde est censé trouver le moyen de s'enrichir dans le cadre de sa profession. On ne peut pas dire que ça aille bien loin pour des enseignants, vous êtes obligés de vous débrouiller avec des trucs du style de notre opération ! Zhang va pouvoir se lancer dans le commerce et nous ramener de l'argent pendant que vous irez assurer les cours au lycée n° 8. »

C'est décidé, pour parler je vais imiter la voix de Zhang Hongqiu.

De son sac plastique, elle sort une pièce de bœuf bien saignante ainsi que deux poulets qui tirent un peu sur le vert.

« Il faut fêter ça, Hongqiu ! Va laver le riz et fais-le cuire ! Pendant ce temps-là, moi je m'occuperai du reste avec M. Fang : ragoût de bœuf à la sauce de soja et poule piquante au blanc. Daqiu, Xiaoqiu ! Sortez un peu de votre trou ! Il faut aller me changer la couche de grand-mère ! »

Émergent les deux gamins aux crânes lisses. Le grand arbore une petite moustache verte, quant au petit, c'est le portrait craché de son père. Mais ciel ! C'est aussi le mien !

« Le frère de Papa a quitté sa campagne pour venir faire du commerce à la ville. Venez lui dire bonjour ! »

Et de faire dans notre direction un geste de la main. Lequel est-ce le « frère de la campagne » ?

Les deux garçons nous adressent un vague salut.

V

De la poule piquante au blanc et du ragoût de bœuf, disposés sur la table, se dégage un fumet qui s'élève en volutes. Pas question d'y toucher pourtant, qu'il s'agisse de se régaler ou de présenter ses respects aux divinités, c'est toujours la même chose, il faut savoir attendre patiemment.

L'esthéticienne est le soleil de cette famille. Sans sa lumière, nous ne saurions briller.

Or, ce qu'elle est en train de faire devrait lui valoir les louanges de l'opinion publique. Le quotidien municipal devrait le clamer haut et fort dans sa rubrique consacrée à la vertu : avec un aliment très spécial, elle tente de combler le trou sans fond qu'est la bouche de la beauté fragile.

Je me souviens très bien de la recette :

Ingrédients : cent grammes de blanc de poulet, cent grammes de ragoût de bœuf, cent cinquante grammes de riz, trois milligrammes de somnifère.

Préparation : hacher le bœuf et le poulet pour les réduire

en fine bouillie. Mélanger avec le riz. Broyer les comprimés et en saupoudrer l'appareil. Bien incorporer pour une préparation homogène.

Nous l'entendons qui avale avec voracité, mordant parfois si fort la cuillère que sa fille est obligée de tirer un grand coup pour pouvoir lui arracher. Elle a tellement d'appétit que je ne serai pas autrement surpris, dans un mois, quand furtivement elle se glissera hors de sa tanière et, s'étant emparée en guise de canne de la perche de bambou qui étayait la moustiquaire, se mettra à déambuler partout dans la cour et dans la maison.

Son devoir accompli, Li Yuchan vient d'un pas tranquille se mettre à table, sachant que, très bientôt, derrière elle, le ronflement heureux de la vieille va se mettre à résonner. Le grand tee-shirt à encolure ronde sous lequel ses seins pointent, et qu'elle a ce soir revêtu, met en valeur son caractère volontaire et inébranlable, ses mollets semés de poils blonds et drus ont l'air tout lisses et tout souples au sortir de son pantalon crème. Le négligé de sa tenue ne nuit en rien à son pouvoir de séduction, peut-on donc en gros estimer.

D'un coffre, elle sort une bouteille d'un alcool rouge que, n'ayant pas de décapsuleur à la maison, elle ouvre avec les dents. « C'est demain que notre collaboration va commencer. Fang ira au lycée n° 8 pendant que Zhang se lancera dans les affaires ! Ça s'arrose ! » dit-elle en remplissant un grand bol.

Mon cœur bat la chamade quand je prends la coupe entre mes mains. A-t-il un jour reflété mon image, ce miroir ovale en face de moi ? Je n'ai plus de visage, je porte un masque, je joue un rôle. Du regard elle m'encourage, tout semble illusoire dans la lumière de la lampe, la poule au blanc a les yeux qui brillent, elle s'est mise à danser dans l'assiette. Quand je renverse l'alcool dans ma gorge, une vague de découragement lui monte en écho du fond de mon ventre. Ils ont tous les deux le même sourire perfide et mauvais. Ils m'ont passé la corde au cou et ils me mènent. Ce n'est pas moi qui suis en colère, moi, Fang Fugui le faible, celui qui peu à peu s'éloigne et disparaît, tel un air triste et mélodieux.

Mais, alors, si brusquement qu'on dirait un sursaut dans le cours du destin, comme un tas de branches mortes et de feuilles fanées, les mots usés de notre narrateur à bout de souffle nous frappent de plein fouet, le bruit des sanglots de Du Xiaoying traverse le mur et vient flotter dans la pièce et ce qui maintenant se passe mériterait vraiment d'être publié dans le supplément du quotidien municipal : dans un cliquetis d'éclats de verre qui s'écrasent au sol, la grande glace ovale encastrée dans son armoire d'un seul coup se brise.

De stupeur, j'en reste bouche bée. Je m'appelle Fang Fugui, ma femme est en train de pleurer parce qu'elle me croit mort. Mais je suis vivant ! Je vais aller la consoler !

L'esthéticienne, mon collègue et leurs deux fils contemplent avec étonnement le miroir brisé. La porte de leur armoire à l'ancienne s'est ouverte comme une grande gueule pleine de vêtements entassés pêle-mêle et à laquelle quelques derniers restes de glace pointus dessinent des crocs aigus en dents de scie.

Les lèvres de Zhang bougent un peu : on dirait deux chenilles en train de faire le pont. Heureusement encore que ma bouche à moi n'ait pas ce mouvement hideux !

C'est Li Yuchan qui la première réagit : « Ça doit être ton coude, Hongqiu ! Enfin, comme dit le proverbe : "Si vieux ne s'en va, nouveau ne viendra pas." Elle me sortait par les yeux cette armoire et, plus que tout, je détestais sa glace ! Une sacrée veine qu'elle soit cassée ! De toute façon, c'est un heureux présage, la preuve qu'on va bientôt en avoir fini avec la guigne, notre déveine elle aussi va voler en éclats ! De beaux jours nous attendent.

– L'ellipse est une forme prodigieuse. La plupart des orbites des corps célestes, la lune ou le soleil par exemple, sont elliptiques..., commente son époux.

– Tu vas pas finir avec tes bêtises ! À partir de demain, c'est de toi que tout va dépendre ! C'est toi qui seras responsable, si on peut manger des concombres de mer et boire du Maotai, si on peut se gaver de farine blanche et de légumes frais ! On va bien voir si tu es capable de gagner de l'argent ! Le proverbe a raison : "Les chiens mordent les porteurs de paniers, les hommes respectent ceux qui sont bien argentés." »

Un fardeau lourd et informe s'est abattu sur les épaules du professeur de physique dont les lèvres se tordent encore plus.

« Assez bavardé ! interrompt Daqiu, celui à la petite moustache verte. Nous, on veut manger ! »

L'esthéticienne va chercher un plat rond qui provient de l'usine de porcelaine de Jingdezhen – un cadeau du lycée n° 8 à ses employés de longue date, en souvenir de la première Journée des enseignants, il est décoré en son centre d'une peinture qui représente trois chevaux noirs et efflanqués, il paraît que c'est pour accrocher au mur et non pas pour le service, comme elle l'utilise. Avec une serviette elle l'époussette, puis dans le poulet découpe les deux cuisses et une aile, auxquelles elle ajoute encore une portion de ragoût de bœuf. L'avidité en fait scintiller d'étincelles vertes le regard de ses deux fils, ils ont l'air prêts à se jeter sur l'assiette.

« C'est pour Du Xiaoying, Fang Long et Fang Hu », annonce- t-elle.

Nous échangeons un coup d'œil consterné, auquel des deux s'adresse-t-elle ?

Son regard a l'air braqué sur moi, bien sûr c'est à moi qu'elle parle. Je ne suis Zhang Hongqiu qu'en apparence, en réalité je suis toujours Fang Fugui. Je prends le plat.

Les sanglots de Du Xiaoying t'appellent. Si certains pleurs ont tendance à sonner faux, ceux-là exercent toujours sur toi la même force d'attraction. Te voilà déjà presque à la porte. C'est le moment que choisit l'autre pour te murmurer à l'oreille : « Consolez-la bien, surtout ! » Le parfum ensorcelant de ses lèvres te bouleverse. « Vous pouvez même passer la nuit avec elle, je ne serai pas jalouse. » Elle me parle avec la même familiarité que si elle était ma maîtresse, serait-ce parce qu'elle a pointé vers moi son postérieur dénudé ? « Pour soulager une veuve dans son chagrin, la meilleure manière c'est de la prendre dans ses bras, de l'embrasser sur la bouche et de lui faire l'amour ! » Son discours est tellement direct que j'en suis surpris, mais ému aussi : elle pense sincèrement à bien, comme en témoigne de manière irréfutable cette senteur bizarre de sa chevelure : Tu n'as rien perdu, tu vas même y gagner. « Tout dépend de la manière dont vous allez vous y prendre, bien sûr, mais je vais vous confier un truc : si jamais elle refuse, vous n'avez qu'à tomber à ses pieds ! »

Sa pièce de bœuf et ses morceaux de poulet à la main, il sort. À peine le temps de prendre un tournant que déjà le voilà devant la demeure de sa conjointe. Qu'elle a l'air misérable, cette pauvre maison basse et délabrée, prise entre les hauts immeubles qui l'entourent ! Des lumières brillent au loin, la rivière coule dans l'obscurité. Les rugissements des fauves flottent dans la nuit douce. Cela se passe devant cette porte dont les deux battants sont deux planches recyclées d'un cercueil et sur lesquels des gamins espiègles ont fait à la craie de mystérieux dessins à la profonde signification. Qui saurait dire ce qui se passe en toi, en cet instant ?

C'était il y a trois mois, c'était il y a cinq jours. Je me suis échappé du funérarium et dans la forêt de peupliers blancs au bord de la rivière suis tombé sur un couple de jeunes gens en train de s'aimer. La porte était entrebâillée cette nuit-là, pourvu qu'elle le soit encore aujourd'hui, ça m'éviterait d'avoir à frapper… Elle est fermée. Et toujours décorée de ces signes cabalistiques que des enfants y ont tracés.

Tenant d'une main cette assiette ronde qui lui semble de plus en plus lourde, il frappe de l'autre.

Il a l'habitude. « Qui est là ? » demande de l'autre côté la voix claire d'une petite fille. Tu vas pour répondre, mais un sentiment complexe te paralyse la gorge, rien à faire, les mots ne sortent pas, deux rangées de larmes chaudes coulent sur ton visage.

Un bruit de verrou, la porte s'ouvre, Fang Hu s'y encadre. Mon enfant chérie… Un mètre cinquante, des cheveux courts avec une frange à la japonaise, un petit visage tout rond, de longs yeux effilés, un nez haut et bien droit, une petite bouche fine et délicate. Un brassard de gaze noire autour du bras, une fleur blanche cousue sur sa poitrine, respectueusement elle s'incline : « Bonjour, monsieur Zhang ! »

Sous le poids de sa charge, tu sens ton bras qui ploie douloureusement. Il y a toujours cette boule dans ta gorge. À la suite de ta fille, tu entres. Quelle joie pour tes pieds que de retrouver le contact de ces parcelles de brique si familières, tes poumons s'emplissent de l'odeur que j'ai laissée il n'y a pas si longtemps, cette senteur qui est mienne et mêlée de chaux et qui flotte encore. La chevelure lisse de Fang Hu semble appeler tes lèvres, mais elle est trop loin.

« Maman ! C'est pour toi ! C'est monsieur Zhang ! »

Les sanglots de Du Xiaoying s'interrompent. Même si, par effet de leur inertie, elle continue de hoqueter toutes les cinq secondes.

Elle descend du lit et dans un geste machinal relève deux mèches de lin emmêlées – son chagrin ne doit pas être bien profond, si elle pense encore à se tripoter les cheveux. Ses yeux sont gonflés, son visage sillonné de traces de larmes. Elle pleure pour moi, et moi je me laisse ensorceler par le parfum de l'esthéticienne ! Je me suis laissé bouleverser par le spectacle de ses fesses ! Le professeur de physique s'inflige une sévère autocritique. Ma mort n'a pas fait fondre ses beaux seins russes, ils sont toujours aussi gros et aussi pleins. Approchant une chaise, d'un coup de plumeau elle l'époussette – peut-être que son chagrin n'est pas si profond, en tout cas c'est la marque d'une éducation supérieure. Mon oreiller est toujours sur le lit, il y reste même encore quelques cheveux, et notre photo de mariage est toujours au mur. Son cadre est endeuillé d'un voile noir découpé dans du papier crépon peint. Nous sommes très pauvres, c'est vrai. Elle n'était encore qu'une jeune Chinoise mince en ce temps-là, elle ne présentait aucun des traits caractéristiques de la femme russe. Quand ont-ils commencé d'apparaître ? Après notre nuit de noces... Elle insistait : « Allez, dis-moi, mon rat de bibliothèque, est-ce que tu as déjà aimé avant moi ? – Personne. – Menteur ! – Non, vraiment. – C'est impossible !... » Sur le moment, j'ai réellement fouillé dans mon passé, me demandant à quelle femme j'avais pu m'intéresser. « Et en rêve, ça compte en rêve ? – Bien sûr, c'est encore pire. – J'ai rêvé d'une Soviétique, j'aurais tant aimé l'épouser… » Elle a sauté du lit, ses seins blottis contre son buste ressemblaient à l'époque aux deux petits poings d'un poupon… La meilleure élève du département de russe s'est mise à me bourrer de coups en exigeant que je lui confesse cette histoire, on aurait dit qu'elle était vraiment jalouse… Je suis allé chercher la photo découpée dans un illustré que j'avais rangée dans le journal que je tenais depuis mes années de lycée : cheveux de lin, bouche grande comme une lune ployée, cou bien lisse, gigantesque poitrine bien pleine, la trayeuse de vaches du kolkhoze, la très soviétique héroïne du travail riait en nous regardant… « Elle est belle ? – Je ne sais pas, elle me plaît… » Boudeuse, elle m'a tourné le dos : « Va la retrouver ta grosse vache ! » Puis, tu as ajouté : « Tu verras, un jour moi aussi j'aurai des cheveux jaunes et des tétines comme des pis… » Tout cela t'est poussé et, au lieu de bonheur, ne nous a été source que de désastres…

Ces souvenirs sont trop douloureux ; face à ta chère « vache à lait » au visage sillonné de traces de larmes, tu ne peux plus te contenir : « Ma grosse vache… Je ne suis pas mort… »

Elle frémit, son visage s'est empourpré – il a pris la couleur de ces fleurs de grenadier dont l'esthéticienne me parlera tant par la suite, ainsi que de cette folie, de cette ivresse qu'elle éprouvait à leur égard et qui aujourd'hui encore me perturbent. D'un coup, je retrouve mes esprits : Fang Fugui est mort ; dans le petit miroir à main de Du Xiaoying, c'est l'image de Zhang Hongqiu qui se reflète. Tout de vert vêtu, il tient à la main une assiette ronde contenant deux cuisses et une aile de poulet ainsi qu'une portion de ragoût de bœuf à la sauce de soja qu'il est venu apporter à la veuve de son défunt collègue pour la réconforter.

« Asseyez-vous, monsieur Zhang ! » Elle a bien reçu une éducation supérieure. Le savoir-vivre est toujours là, même si, pour le moment, elle travaille à la conserverie qui dépend du lycée et qu'elle y écorche des lapins. Comme on dit vulgairement : « Chameau décharné sera toujours plus haut que l'âne bâté. » « Fang Hu ! Sers donc une tasse de thé à M. Zhang ! »

Autant poser cette saleté d'assiette et tenter de t'expliquer : « Elle… C'est Maman qui m'envoie vous apporter ça, pour vous et les enfants… Elle a peur que vous soyez malheureuse… Que vous vous fassiez du mal à force de pleurer… Juste un petit quelque chose pour vous réconforter… »

Sa souffrance est telle qu'il n'arrive même plus à s'exprimer. À la hâte, il se cache la face, mais les larmes s'échappent d'entre ses doigts.

Ses pleurs répondent à tes pleurs, vos sanglots déclenchent ceux de Fang Hu (mais où est donc Fang Long ?), finalement c'est elle qui la première sèche ses larmes (elle en a déjà tant versé) et s'approche de toi (de tout ton corps… cette odeur de vache russe… mais cette figure enfouie dans mes paumes) : « Allons, allons, monsieur Zhang, vous prétendez venir me réconforter et c'est vous qui vous mettez à pleurer… »

Du bout des doigts, elle te tapote l'épaule : « Les morts sont bien morts, allez. Je sais que vous aviez beaucoup d'affection l'un pour l'autre, mais il n'est plus là, c'est sans doute le destin. Il va falloir faire bien attention à vous, maintenant, il ne faudrait pas que vous finissiez comme lui, mort de fatigue sur votre estrade… »

« Ah ! Fugui ! Les malheurs ont commencé du jour où tu m'as épousée ! On m'a traitée d'espionne soviétique et tu as été obligé de souffrir avec moi, j'ai été renvoyée de l'école et c'est toi qui as dû nous faire vivre avec ton seul salaire… Jamais de toute ta vie tu n'as bu de Maotai… Ni mangé de ragoût de bœuf… Et encore moins de poule au blanc… J'attendais que les enfants aient trouvé du travail, qu'ils gagnent leur vie, pour pouvoir t'offrir tout ça… Mais tu n'es plus là… »

Qu'as-tu à pleurer encore, la tête cachée entre tes mains ?

« Rentrez chez vous, monsieur Zhang, il ne faudrait pas que votre femme se fasse du souci. » Elle me pousse à partir.

Ayant vidé l'assiette dans un bol, elle réfléchit un instant, puis la repose et va ouvrir une petite jarre scellée dans un coin du mur où elle plonge la main pour en retirer trois têtes de lapin salées qu'elle dépose dans le plat.

« Il n'y a plus qu'à les faire cuire, ce sont des bas morceaux de l'usine. »

Tu n'as plus aucune raison de ne pas enfin t'en aller.

VI

… L'esthéticienne est en train d'examiner minutieusement les deux professeurs de physique. À droite, à gauche, devant, derrière, sous toutes les coutures, comme une mère aimante son fils qui partirait s'enrôler dans l'armée. Ayant procédé à un échange de lunettes, elle broie quelques bâtons de craie noire, jaune et bleue, qu'elle mélange de manière bien uniforme pour en tartiner la face encore un peu trop blanche et un peu trop tendre de Fang. Toute la pièce embaume. Alors elle leur enjoint d'agir ainsi qu'il a été décidé. Avec timidité, ils se serrent la main. Sa chemise en carton sous le bras, Fang Fugui s'en va donner son cours au lycée n° 8.

Tu connais le chemin par cœur, le paysage n'a pas changé depuis ta mort. Mais voici que, pédalant sur son triporteur, arrive à ta hauteur la tenancière de la petite boutique qui te frôle et ralentit. Son chariot est tout encombré de cartons, cigarettes, alcools, bonbons… Jamais tu n'as salué cette femme et jamais autrefois elle n'a fait mine de te connaître. Pourquoi te dévisage-t-elle ainsi, cela te met mal à l'aise.

« Déjà déjeuné ? s'enquiert-elle avec cordialité.

– C'est à moi que vous vous adressez ?

– En voilà des manières ! s'indigne-t-elle grossièrement. Je viens de recevoir des cigarettes au ginseng, je vous en garde une cartouche ?

– Je ne fume pas ! rétorques-tu avec une certaine nervosité.

– Ah, ça ! On peut le dire, elle vous a bien arrangé votre espèce de bonne femme qui rase la boule des morts ! Un grand garçon comme vous, et ça ne peut même pas se payer une cartouche de cigarettes ! On se demande à quoi ça sert que vous ayez des couilles qui ballottent !

– Vous pourriez être polie ! »

Elle a sauté au bas de son engin et sa riposte est cinglante : « Mais qu'est-ce que vous avez aujourd'hui ! Vous êtes malade ou quoi ? Quand je pense aux regards dont vous me couvez d'habitude ! Monsieur a décidé de se donner des airs, sans doute ! »

Rentre le cou sous la semonce.

« Et comme elle vous a sapé ! Tout en vert ! Non mais, vraiment, il vous manque plus que le chapeau du corniaud ! » Subrepticement, elle s'est approchée : « Les femmes sont les pires ennemies des femmes, vous le savez bien. Alors, écoutez, je vais vous dire une bonne chose : votre vertueuse épouse fait les yeux doux au vieux qui s'occupe des tigres à la ménagerie. Je les ai vus, de mes yeux vus, je vous dis, en train de s'enlacer dans le bosquet de chênes verts… »

Le professeur de physique n'est même pas en colère, tout cela lui semble seulement extrêmement pénible, comme si quelqu'un avait crotté et te demandait de lui essuyer le derrière.

« Je vous en garde quand même une cartouche. Il ne faut pas avoir peur d'elle. Après tout, il n'y a plus grand-chose à craindre quand déjà on est cocu ! » Deux coups de pédale et elle est déjà loin.

Les employés de l'école – ceux-là mêmes qui héroïquement se sont engouffrés avec ton cadavre à l'intérieur du funérarium – sont en train de balayer avec énergie devant le portail. La foule bigarrée des élèves passe bruyamment la grande porte, ceux qui t'aperçoivent te saluant : « Bonjour, monsieur Zhang ! »

Monsieur Zhang, bonjour !

« Alors, Li Gong, quand est-ce que tu vas me les rendre, ces dix yuans ? demande l'un d'eux.

– Le mois prochain, dès que Papa aura touché sa prime.
– T'oublieras pas les intérêts !
– T'en fais pas, tu seras remboursé au centime près ! »
Une génération fantastique, en fin de compte. Et même s'ils ont des capotes anglaises cachées dans leurs poches, cela veut-il pour autant dire qu'ils sont dégénérés ? À peine t'es-tu glissé dans la salle des professeurs que tu entends Petit Guo en train de hurler à pleins poumons : « Pourquoi les moralistes font-ils toujours tant d'histoires ? D'un point de vue strictement matérialiste, la morale est une invention. Comme si on n'en connaissait pas assez de ces huiles dont on n'aurait pas fini de dévoiler les histoires galantes, s'il leur arrivait un pépin ? Ce n'est pas juste de renvoyer un élève à cause d'un préservatif ! Nous sommes tous des êtres humains, c'est juste que vous êtes jaloux, vous haïssez la jeunesse parce que vous n'êtes plus jeunes ! Tenez, vous, par exemple, monsieur Meng, on raconte que vous étiez un beau coureur en votre temps ! Et votre ancêtre, le grand Mencius, il a bien séduit la femme de Confucius ! Parlons-en d'ailleurs de celui-là : il a tellement conté fleurette à Nanzi que son mari a été obligé de lui flanquer une belle volée, même qu'il s'en est sorti couvert de bleus et la figure toute tuméfiée ! Ça lui a flanqué une telle trouille qu'il a pris la fuite, affolé comme un chien perdu, aussi pressé qu'un poisson qui veut s'échapper des mailles du filet ! Avec Nanzi qui lui criait : “Ne pars pas !” et lui qui répondait : “La mer m'emportera sur un petit radeau !” Et, tout ça, ce sont des histoires de sages, alors, vous pensez, les gens du commun comme nous, qu'est-ce qu'on peut en attendre ? »

Le vieux Meng balance la tête : « Iconoclaste ! Ça ne respecte plus rien ! Ah, ça promet ! Elle est belle la jeunesse ! »

Atmosphère de franche hilarité. Les professeurs de physique sont tous pliés de rire. Tu te sens aussi heureux qu'un poisson qui retourne dans l'eau, le passé est oublié, tu vas t'asseoir à ta table. Comme d'un geste familier, tu caresses un pinceau qui ne l'est pas, quelqu'un te tape sur l'épaule et te chuchote à l'oreille : « Allez à votre place, Zhang ! »

C'est l'un des jumeaux, ton élève, ton disciple, l'un de ces héros qui t'ont propulsé à l'intérieur des pompes funèbres. Il te pousse.

Que faire d'autre que te lever et te rasseoir en le regardant ? Les autres, le cul calé sur le bord de leur table et les bras croisés, sont en train de jouir de ces quelques instants de répit qui précèdent le début des cours. Avec mille précautions, tu cherches à t'informer : « C'est laquelle, la table du professeur Zhang ? »

Il te dévisage, ébahi : « Ça ne va pas bien, monsieur Zhang ?

– Si, si, je voudrais juste savoir où est ma table… »

Son frère s'est levé et te tourne autour : « L'âme du professeur Fang ne se serait pas emparée de vous, par hasard ? Votre voix… Vos gestes… »

Un souffle mortel passe sur la pièce. Les professeurs de physique ont envie de pleurer.

Un des garçons te mène jusqu'à la table de Zhang Hongqiu.

C'est alors que Petit Guo reprend la parole : « Il faut que je vous dise un truc, à propos ! Savez-vous pourquoi on repousse toujours la cérémonie commémorative en l'honneur du professeur Fang ? Il paraît qu'on a volé son cadavre !

– Bêtises ! s'exclame le vieux Meng. Des voleurs d'or ou des voleurs d'argent, ça oui, on a déjà vu, mais des voleurs de cadavre !

– C'était peut-être un boucher, pour mélanger avec du bœuf !

– Inepte !

– Tiens, ça ne serait pas impossible, encore ! »

Tout secoué et tout agité, tu te lèves de ta chaise pour aussitôt, tout secoué et tout agité, t'y rasseoir.

« Qu'est-ce que vous avez, monsieur Zhang ?

– Vous n'avez pas bonne mine !

– Il faut appeler le médecin !

– Vous pensez, il est tout juste bon à distribuer de l'aspirine.

– Autant s'avaler deux bâtons de craie. »

Dans le couloir, la cloche a sonné. Avec un brouhaha, les enseignants se redressent.

« Pourriez-vous m'accompagner… jusqu'à ma salle ? supplies-tu l'un des jumeaux.

– Je peux vous remplacer si vous voulez ?

– Non, non… » D'un coup et d'un seul tu viens de réaliser le sens profond de l'expression : « la tragédie des héros ». Ton dossier sous le bras, tu le suis sur la voie qu'il t'indique.

VII

1. Le professeur Fang est mort, mais sa voix, claire et claironnante, continue de sonner tous les jours à l'heure des cours dans les couloirs du lycée.

2. Afin d'être prêts pour la grande inspection municipale de l'hygiène, enseignants et lycéens ont de concert mis la main à la pâte et nettoyé les toilettes, sur la porte desquelles on a apposé un grand scellé rouge.

3. Le jeune couple qui réside dans la salle d'eau vient aujourd'hui d'avoir une petite fille. La mère était enceinte avant de se marier. Mais à voir le zèle que déploie son époux, on peut en déduire que c'est quand même bien lui le papa.

4. En grinçant des dents, les professeurs de physique se sont cotisés pour acheter au bébé un grand panda en peluche sur la tête duquel a été fixée à l'aide d'épingles une bande de papier rouge calligraphiée : Pour la « fleur de la salle d'eau », de la part des professeurs de physique du lycée n° 8.

5. Le garçon qui cachait une capote anglaise a été renvoyé.

6. Une élève s'est suicidée en se jetant dans la rivière.

7. Un des jumeaux a proposé : « Et si dimanche matin nous allions tous ensemble rendre visite à la famille de Fang ? Pour les cadeaux, c'est à chacun de voir bien sûr, mais il ne faudrait pas qu'ils aillent s'imaginer qu'il suffit d'un décès pour que le thé soit glacé. »

Sixième partie

I

Déjà, dans les faubourgs, le coq a chanté trois fois ; déjà, par la fenêtre, une aurore grisâtre pointe. Voici quinze jours que Fang Fugui est mort et, pourtant, de chaque meuble et de chaque recoin, un parfum de malheur s'exhale encore, qui s'affadit au grand jour, mais telles les brumes du soir, quand vient la nuit peu à peu, se redéploie. Une troisième fois, le coq crie, le brouillard est au maximum de sa densité, l'odeur aussi est à son apogée.

Le parfum du malheur est à son apogée. Du Xiaoying a les yeux lourds à n'en plus pouvoir de douleur, c'est un grand tournant dans la vie d'une femme quand son mari la quitte – hier encore épouse, te voilà veuve aujourd'hui.

Cette odeur funeste venue avec le décès de ton conjoint a une couleur : noire, pour mieux contraster avec le blanc de tes vêtements de deuil. Incompatible avec le rouge. Le rouge est la couleur des réjouissances, il a le jaune pour complément ; le noir est celle de la mort et c'est le blanc qui lui tient compagnie. Quand avant-hier Fang Hu a voulu couvrir les petites pêches de ses seins d'un soutien-gorge feu, sa mère lui a jeté un coup d'œil pointilleux :

« Change-moi ça, s'il te plaît, Huzi !

– Pourquoi ? » La petite ne comprenait pas. « Il n'est pas joli ? Pourquoi est-ce que tu veux que je mette autre chose, Maman ?

– Ton Papa vient juste de mourir !

– Et alors ?

– Nous devons porter son deuil. Le rouge ou le vert nous sont interdits.

– Mais ça ne sert à rien, Maman ! Que je le mette ou pas, Papa sera toujours mort de la même façon !

– Enlève-moi ça ! Tu attendras au moins que ses funérailles soient passées ! Sinon, les gens risquent de le voir à travers ton chemisier blanc et ils vont se moquer de nous ! »

Fang Hu souriait en secouant la tête d'un air incrédule. Elle a retiré son soutien-gorge, pourtant, et l'a enfoui sous l'oreiller.

Du Xiaoying en a été soulagée jusqu'à ce que sa fille reprenne : « Tu devrais arrêter de te torturer comme ça, Maman. Papa est mort, nous il faut qu'on continue à vivre ! Les morts n'ont pas le droit d'accaparer les vivants ! J'en ai d'ailleurs discuté avec mon frère : il vaudrait mieux, pour notre bonheur, que tu te remaries au plus vite. Il a dit qu'il allait emprunter un magnétophone et la cassette *Les Deuxièmes Noces de la belle-sœur Li* pour faire ton éducation. C'est qu'on va tous y passer, si tu continues à pleurer et à sangloter tout le temps comme ça ! »

Le spectacle de cette gamine à l'échine nue, si semblable à un bouton de fleur sur le point de s'épanouir, lui a bientôt procuré un étrange sentiment d'inconnu. Elle aurait voulu dire quelque chose, mais les mots ne venaient pas. La vue de ce corps bientôt plein te terrorisait : c'est un bien grand désastre pour des parents que d'avoir une fille belle, et maintenant que son père est mort, c'est sur ta tête seule que cette catastrophe va s'abattre.

Tandis qu'elle pense à son défunt époux, voici que par bribes, à chaque minute s'immisçant, des histoires qui autrefois couraient dans la campagne du Nord lui reviennent en mémoire, que toi tu détaches du grand fleuve de ses réflexions à caractère narratif pour les regrouper, ajoutant et retranchant jusqu'à obtenir le schéma de ces quelques récits que tu nous contes – ils sont vieux comme le monde mais nous n'avons pas le choix, il nous faut t'écouter, même si c'est en serrant les dents et le regard fixe.

Première histoire : Il était une fois, il y a très, très longtemps de cela, un juge de district au verdict miraculeux qui était parti en voyage dans son palanquin. Tout à coup, chemin faisant, du sol il vit s'élever un tourbillon. Se voilant la face, les porteurs refusaient de faire un pas de plus en avant. Étant, quant à lui, d'un naturel fort soupçonneux, notre magistrat donna l'ordre de poser sa chaise et sortit pour se livrer à une petite inspection alentour : le soleil de sa clarté illuminait brillamment l'univers, aucune trace de phénomène surnaturel. À y regarder de plus près, cependant, il découvrit derrière un bosquet de saules une tombe récente près de laquelle une jeune femme éplorée était assise et il s'approcha pour l'interroger. Tout de blanc vêtue, impeccable et émouvante, la belle avait des yeux en étoile et des joues couleur de pêche. Le tertre était celui de l'époux qu'elle venait de perdre. Les réponses coulaient d'entre ses lèvres sans dénoter le moindre point faible. Peut-être le tourbillon n'était-il pas, en fait, la plainte d'une âme en peine, se dit en lui-même le juge. Mais, juste comme il allait partir, le vent à nouveau se leva et vint soulever la robe de deuil de la jeune femme, découvrant une jupe rouge. Notre homme aussitôt donna l'ordre à ses sbires de l'amener au tribunal, où on la soumit à la question pour lui faire avouer le pourquoi de cette tenue. Mais elle avait de la volonté : elle résista au chevalet de tourments, résista au gavage à l'eau pimentée, résista à la marche sur les charbons ardents… sous les tortures les plus atroces, elle menaçait de mourir plutôt que de parler. Pris d'une inspiration soudaine, le magistrat ordonna alors de la chatouiller sous les bras : pleurant et riant, incapable de supporter cette titillation, elle avoua enfin : elle avait un amant, en fait, et avait empoisonné son vieil époux. Ses blancs vêtements n'étaient que de la poudre aux yeux.

Deuxième histoire : Il était une fois, il y a très, très longtemps de cela, un homme qui avait certains pouvoirs. Alors qu'il était en chemin pour rentrer chez lui, il rencontra un jour une jeune femme. Celle-ci, en grand deuil, tenait à la main un éventail en feuilles de palme, qu'elle agitait en pleurant près d'une tombe. Perplexe, il s'avança et lui demanda : « Quel est le récent défunt qui repose en ce sépulcre, madame ? – Celui qui fut mon seigneur et maître, lui répondit-elle. – Depuis combien de temps est-il mort ? – Trois jours. – Et pourquoi donc éventez-vous son tertre en pleurant ? – Ah ! Vous qui passez et ne savez rien ! Nous avions passé accord, mon époux et moi : je dois garder le deuil et attendre que sa tombe soit sèche pour me remarier. Or, voilà trois jours déjà qu'il est passé, et cette terre est encore humide ! C'est pourquoi, afin d'accélérer un peu les choses, je tente de l'éventer : autant convoler au plus vite ! »

Ces paroles lui arrachèrent un long soupir de surprise. De retour chez lui, il rapporta l'épisode à sa femme, qui n'eut pour cette éhontée pas de mots assez durs. « Et toi, après ma mort, combien de jours me resteras-tu fidèle ? » s'enquit-il alors. D'un air grave, elle répondit : « Si le ciel me fait veuve et vous rappelle à lui avant moi, jamais je ne me remarierai. Ne dit-on pas : "À bon cheval, il ne va qu'une selle, femme de bien n'aura pas deux époux" ! » Et comme son mari semblait douter, elle se mit dans une colère d'enfant gâtée.

Or, cette même nuit, il passa. La douleur de sa femme fut telle qu'elle songea à mourir elle aussi. On le toiletta, on le mit en bière et son cercueil fut installé dans la chambre mortuaire. Puis elle fit venir des moines pour lui lire les soutras et brûler le papier monnaie afin que son âme ne reste point spectre et renaisse au plus vite dans le monde des immortels.

Le jour s'écoula, tapageur, puis vint la tombée de la nuit solitaire. Les vieux moines étaient paresseux, ils rentrèrent dormir au temple, ne laissant auprès du cercueil pour lire les textes sacrés au rythme de la musique d'un poisson de bois qu'un de leurs jeunes disciples. Comment la femme aurait-elle trouvé le sommeil ? Elle entendait le bruit de ces coups clairs, bang, bang, bang… et c'était comme si on lui avait frappé sur le cœur. La voix du moinillon était limpide, on aurait dit qu'il chantait. Elle se dit : Puisque je ne peux dormir, pourquoi n'irais-je pas bavarder un instant avec lui pour dissiper mon ennui ? Se levant donc, elle servit une tasse de thé qu'elle prit des deux mains pour aller lui offrir : « Vous vous donnez bien du mal, jeune maître, acceptez cette boisson pour vous éclaircir la gorge ! » Le garçon eut vite jeté son instrument pour prendre la tasse où il but comme en tétant. Pendant ce temps, minutieusement, elle en profitait pour l'examiner : avec ses traits fins, ses lèvres bien rouges et ses dents bien blanches, il lui parut aussi charmant que le fameux moine Sanzang. Lui tout autant la dévisageait. « Qu'as-tu donc à me regarder ainsi, petit chauve ? » Ne tenant guère à s'embarrasser de paroles superflues, il se débarrassa de son thé, se jeta sur elle et l'affaire se fit là, juste devant le cercueil.

Lors de la seconde nuit, leur union fut encore plus ardente : « On devrait aller vêtue de soie rouge et couverte de fleurs quand on a un corps comme le tien, pourquoi t'habilles-tu en blanc ? »

Aussitôt dit, aussitôt fait, elle se débarrassa de sa tenue de deuil et toute parée de satin écarlate, des fleurs fichées dans la chevelure, passa avec lui une nuit entière de réjouissances.

La troisième nuit les trouva une fois encore emmêlés comme poisson et eau. Et ce jusqu'à ce que, brusquement, le petit moine se prenne la tête entre les mains et se mette à hurler de douleur. Elle, affolée, ne savait que faire. « C'est ma vieille maladie qui me reprend, pourvu que je n'en meure pas cette fois ! – Mais n'y a-t-il pas moyen de te guérir ? » voulut-elle savoir, le visage en larmes. « Un bol de cervelle d'homme vivant suffirait à me sauver ! – Où pourrions-nous trouver ça ! – Celle d'un défunt récent pourrait à la rigueur faire l'affaire ! » L'affolement donnait des idées à la dame. Montrant du doigt le catafalque, elle proposa : « Est-ce que celui de ce pauvre diable te conviendrait ? – Mangeons-le ensemble ! » Vite, elle alla chercher une cognée, en ouvrit la bière, arracha la coiffe de l'homme aux pouvoirs et visa en plein front. Toute sa tendresse n'était plus qu'une hache !

Avec un ricanement, le cadavre bondit hors de son cercueil.

Tels deux serpents, ces deux histoires se croisent et déambulent entre les pensées de Du Xiaoying. Elles la perturbent au point de ne pas la laisser tenir en place. La mort d'un époux est une dure épreuve pour une femme. Saurais-je lui résister si un petit moine débarquait ? Sûrement, sûrement. C'est totalement absurde de se laisser harceler par deux contes comme ceux-là, aussi superficiels, aussi vulgaires et qui, à chaque mot, suintent le venin du féodalisme. Comme si un jeune moine aux traits délicats allait lui tomber du ciel ! Comme si j'avais une tombe que je puisse éventer ! Et dire que j'ai fait mes études dans le département de russe d'une grande université ! Que j'ai été membre de la Ligue de la Jeunesse du Parti communiste ! Que j'ai même fait partie du Comité à la Propagande ! Oui, oui, mais ce passé exceptionnel n'est pas assez fort pour faire obstacle aux allées et venues du moinillon et du tertre éventé qui se balancent avec suffisance, comme en train de flotter à la surface d'une eau quelconque. Elle n'essaie même plus de se soustraire à son tracas, à présent, autant laisser libre cours à ce petit voyou au crâne chauve et à cette impudente à la robe blanche doublée de rouge qui, à leur gré, viennent combler les blancs du fil de sa pensée ou en heurter la chaîne. Et c'est tout le temps comme ça, depuis une dizaine de jours. Quand, ainsi qu'on l'a dit plus haut, Fang Hu a voulu couvrir de soie rouge ses deux petites pêches de chair, c'est l'image de la femme à l'éventail qui est venue flotter devant tes yeux. Et avant-hier, ah !, avant-hier ! Quand cet homme est entré avec son assiette (laquelle était remplie de cadavre de poule et de cadavre de bœuf), il n'avait plus un seul cheveu sur le crâne, on aurait dit la tête nue et luisante d'un moine !

Comme des motifs musicaux, toujours et toujours les deux histoires te reviennent, est-ce bien par hasard ? Ne serait-ce pas, par un décret du destin, le signe que le temps de la débauche est proche ?

Pour le moment, c'est cette odeur de malheur qui déferle, à son apogée, et plus forte que tout, sur l'oreiller et la couverture. Quel matériau est à son origine ? Pourquoi les personnages de ce livre sont-ils tous aussi sensibles aux effluves et indifférents à la logique discursive ? Questions dont nous harcelons le narrateur à la tête souillée de craie.

Ces singulières images et cette senteur insensée ont beau empêcher Du Xiaoying de trouver le sommeil, elle a gardé, impuissante, l'habitude de se coucher au creux des couvertures. Avec lenteur, le soleil a commencé en ramant son ascension, tandis que, face à la lune pâle, les renards du zoo glapissent encore, de leurs cris qui ressemblent à des pleurs de femme, et la terrorisent. Les pieds de Fang Hu viennent gaiement lui gratter la jambe, il est l'heure de se lever.

À l'écoute des échos du petit jour, devant le lit, elle fait les cent pas. Les bruits sont très nets de l'autre côté de la cloison, il y a les voix de Daqiu et Xiaoqiu en train de réviser leur anglais – *beef*, *beef broth*, *steack* –, il y a les hurlements de la vieille, il y a les jurons de l'esthéticienne, il y a les lamentations de Zhang Hongqiu – tout cela est habituel, bien connu. Mais ce qui est moins commun, et cela fait plusieurs jours que ça dure, c'est cette voix familière qu'elle entend tonner chez les voisins. Une illusion sans doute, une tromperie de son ouïe, pourtant toutes ces conclusions lui ont un arrière-goût d'artifice et de duperie : c'est bien la voix de son défunt époux qu'elle entend gronder à côté ! La voix de Fang Fugui ! La cloison est si mince, loin de contenir les bruits, elle les amplifierait plutôt. Le mari d'une femme est décédé, son corps a été porté au funérarium pour une ultime toilette et chaque jour on l'entend qui parle chez l'esthéticienne – de quelque point de vue qu'on se place, voilà qui ne manque pas de saveur !

II

Cette Du Xiaoying spécialement préposée à l'écorchement des lapins est, on l'a déjà vu, originaire de Harbin. Ainsi qu'on l'a déjà vu également, dans ses veines coule un sang à moitié russe, ce qui avant la brouille ouverte des Partis communistes chinois et soviétique a tout simplement été sa fierté, quel dommage qu'à l'époque elle eût été si mince et si longue, personne ne pouvait s'apercevoir de ses origines mêlées. Tout le monde se serait moqué d'elle si alors elle avait ouvertement proclamé être le produit d'un croisement, on aurait prétendu qu'elle cherchait à se mettre en valeur en jetant de la poudre aux yeux. Mais quand son corps a daigné manifester son hybridité, les hostilités étaient ouvertes à la frontière.

Ainsi qu'il a déjà été dit, à l'Université normale ce fut une brillante élève, et quant à savoir pourquoi elle a choisi de se spécialiser dans l'étude du russe, plutôt que l'anglais ou quelque autre langue étrangère, seules elle et sa mère en possèdent le secret. Ainsi qu'il a déjà été dit, ses seins n'étaient à l'époque pas plus gros que deux pommes, et Fang Fugui quand il est venu buter dedans a eu l'impression de quelque chose de tiède et de mou, alors qu'en fait ils étaient fermes et froids, d'une température inférieure au reste de son corps, même, du fait qu'ils saillaient. D'un autre côté, si on compare avec la tête de Fang Fugui, son crâne à lui étant dur et glacial, il avait malgré tout raison.

Elle portait un chemisier vert pâle, ce jour-là, sa peau était encore bien tendue sur tout son corps.

Qu'un jeune étourdi vienne vous tomber dans les bras, c'est forcément GÊNANT. Elle en a ressenti un certain mécontentement, mais surtout elle était très embarrassée. Sa tête saillante n'avait pas un seul pli, si lisse qu'on aurait dit la réduction d'une calebasse, le propriétaire d'un tel crâne devait être un brillant sujet – intrusion du petit moine en train de battre son poisson de bois devant le cercueil –, d'un front dur il a battu la cloche de l'amour en mon sein. Dire qu'il n'a même pas eu un mot pour s'excuser, sur le coup ! C'est vrai qu'il ne savait pas bien s'exprimer à l'époque, lui qui aujourd'hui pourrait parler pendant des heures ! – Une voix familière traverse la cloison : « Je vous en prie, madame Li… » Qu'est-ce qu'il lui veut ? Qu'est-ce qu'il peut bien demander à cette bonne femme qui a eu une liaison avec le vice-maire Wang ? Un liquide brûlant te monte aux lèvres : c'est de la jalousie. Même les rats qui courent le long du mur puent le malheur – Du Xiaoying en suit un du regard jusqu'à ce qu'il se glisse par le mur et passe chez l'esthéticienne. Une nouvelle page de notre poème d'amour narratif est tournée...

... Ainsi qu'on l'a dit plus haut, les timides intellectuels, une fois émus, peuvent se révéler encore plus féroces que des lions, dans cet étroit couloir qui menait à la bibliothèque, à nouveau tu l'as rencontré – après l'épisode dit de « la tête dans le sein », cela devait presque chaque jour se renouveler. Mais, cette fois-là, il avait une verte phosphorescence dans le regard. Les femmes qui ont de l'expérience savent bien que c'est là la marque de l'amour, mais Du Xiaoying n'en avait aucune et c'est plutôt par curiosité qu'elle s'est attardée sur cette lueur, même si, un peu effrayée, elle cherchait à se soustraire à ses pointes. Un éclat aussi violent, cela avait de quoi blesser les yeux d'une jeune fille, pourquoi ne pouvais-tu contenir la curiosité qui t'y ramenait ? À ce moment, exactement, la température de ta poitrine s'est élevée, comme si l'inflation de tes sensations cherchait à se venger sur l'avant de ton torse. Inconsciemment, elle a courbé l'échine.

Le narrateur nous raconte : On passait un film soviétique à l'université ce soir-là, si bien qu'à l'instant critique la bibliothèque était presque déserte et, de plus, la ligne censée éclairer le couloir était en dérangement. Tout comme la dernière fois, le heurt avait été fortuit, ce qui cette nuit-là arriva fut le produit du hasard. L'électricité étant coupée, l'éclat phosphorescent de son regard en semblait aveuglant, on aurait dit un jaillissement d'étincelles en fusion. Elle n'eut même pas le temps de retrouver sa lucidité, en claquant des dents, il était déjà monté à l'assaut (et vraiment, elles s'entrechoquaient).

Tu as frôlé la syncope sur le moment. Un grand froid gelait ta pensée. Tes vertèbres lombaires se sont agglutinées les unes sur les autres, la nourriture montait et descendait dans ton estomac, il semblait donc tout à fait raisonnable de s'allonger par terre. – Si Fang Fugui avait étreint Dieu, Elle non plus n'aurait pas eu d'autre choix – nous croyions fermement, pendant les années de paix, que Dieu était une brave femme d'âge moyen aux seins bien pleins. Elle avait les yeux gris, du gris de la mer dans le golfe de Bohai ; ses cheveux étaient du lin, de la couleur exacte du lin (précision inutile) ; il y avait encore autre chose, mais c'est un peu délicat… Eh bien, parle ! Nous t'en supplions, parle sans mâcher tes mots ! Très bien, nous dis-tu, oh !, c'est une preuve de bonne santé, en fait, une preuve de force vitale : Son appétit sexuel était si vigoureux que rien n'arrivait jamais à le satisfaire, sinon Elle aurait d'ailleurs été renversée de son trône d'or – Dieu n'aurait même pas su dire non à un fou, il Lui suffisait de se retrouver dans les bras d'un homme pour que Sa volonté s'évapore en brumes aussi légères que des pets – voilà les effluves du malheur qui s'échappent par le couvercle de la cocotte-minute, même les hautes températures ne parviennent pas à les éliminer. De l'autre côté du mur, il est en train de chuchoter quelque chose avec l'esthéticienne, ils doivent être en train de parler d'elle, c'est tellement évident qu'elle ne peut s'empêcher de se mettre à pleurer, dirigeant même exprès ses sanglots vers la cloison en signe de protestation et d'avertissement, de malédiction à la limite. On pourrait entendre ça comme une forme de magie, un peu comme ces histoires de pouvoirs surnaturels. Ça ressemble pourtant plus au long criaillement d'une oie solitaire qui aurait perdu son compagnon ou au hurlement face à la lune du loup gris dans sa cage. Le bruit de ses pleurs devrait bien finir par un jour la faire s'écrouler cette cloison négligemment bâtie – mais j'anticipe, restons-en là pour l'instant.

Or, donc, comme la nourriture refluait de tes intestins, certaine saveur t'est montée à la gorge (cela t'est bien égal, hein, que nous puissions avoir la nausée ?) : c'était de l'aillet. Rien de tel qu'une langue ainsi parfumée pour vous coller un complexe d'infériorité… La bouche de Fang Fugui est venue se coller étroitement à la mienne, j'avais beau faire de mon mieux pour la garder fermée, ça n'allait pas pouvoir durer très longtemps. Quelque chose comme une décharge électrique a couru le long de son échine jusqu'à son cerveau et ses lèvres se sont écartées (ça lui a fait penser aux moules de rivière, elles sont toujours bien fermées quand on les pêche, mais il suffit de les jeter dans l'eau chaude pour qu'elles se mettent à béer, et si elles ne s'ouvrent pas, c'est qu'elles sont mortes).

Tiens, prends-le mon goût de ciboule !

Que dans ta bouche je vomisse mes hurlements furieux !

Et je t'interdis bien d'en dévoiler la moindre goutte, ni du relent ni du cri !

Ce sont les sous-produits de l'amour !

Qui boit l'alcool doit en accepter le poison !

Nous, nous l'entendons tout juste qui halète par les narines.

Le narrateur nous dit : On projetait un film soviétique sur le terrain de sport – ce n'est que bien plus tard que nous apprendrons qu'il s'agissait du fameux *Les oies sauvages volent vers le sud*. Des avions fascistes bombardaient la ville, les vitres des immeubles se pulvérisaient, elles volaient en éclats chantants qui tombaient sur les parquets. Une jolie jeune femme venait d'infliger vingt-six claques d'affilée à un garçon ! Ses yeux avaient un éclat phosphorescent. Comment les coups pourraient-ils faire reculer l'homme doté d'un tel regard ! Dans ses bras, il a serré la femme de son frère. Son corps se renversait dans l'étreinte – on aurait dit Dieu.

Il y a eu un bruit de chute de verre. Il s'est relevé, les bras ballants comme face à un cadavre. Tu as cru que tu étais morte et tes larmes ont coulé jusque dans ton cou. Pleurait-elle sur son hymen déchiré, Du Xiaoying ? Voilà un « ? » qui n'aura pas de réponse.

Le cœur anesthésié par la confusion, elle s'est redressée. Aujourd'hui encore, tu peux te souvenir de ce que tu ressentais. Lentement, les mains plaquées au sol, elle a tout d'abord soulevé les épaules, puis les mollets… Chaque geste lui était humiliation, tout était sordide. Quand il a approché son visage, tu as pu sentir l'odeur de sang qui émanait de ses gencives.

Elle l'a giflé à pleine volée, en a profité pour lui empoigner le visage et à toute vitesse s'est enfuie.

Sans doute guidée par le démon, c'est sur le terrain de sport qu'elle est allée chercher refuge. La guerre était finie, les combattants rentraient au pays, par milliers les femmes et les enfants se ruaient vers les gares… Ils avaient tous des fleurs dans les bras. Il t'a suffi de la voir, avec son bouquet, avec ses joues baignées de larmes, bousculée par la foule, ballottée dans cette vague d'allégresse… La guerre était victorieuse. À tous ceux qu'elle croisait, elle distribuait ses fleurs. Elle était bonne. Elle débordait d'amour universel. Pour elle, plus rien n'importait.

« Tu pleures, Du Xiaoying ? » t'a demandé une étudiante pleine de compassion qui, elle aussi, avait les yeux rouges.

« Non, non… » Tu as sorti un mouchoir pour te tamponner les yeux. Tu éprouvais entre les jambes un tel sentiment de honte que tu en venais à haïr cet espèce de crétin impulsif à la tête saillante du département de physique.

« Pourquoi est-ce que ta jupe est aussi sale ? s'est inquiétée ta compagne dans le dortoir. Mon Dieu, et tes cheveux ! »

Ils étaient encore d'un noir bien chinois à l'époque. Quand tu as levé la main pour les repeigner, tu t'es aperçue que tu avais les joues en feu et les doigts glacés, leurs articulations tout épuisées et tout ankylosées de s'être tendues à l'extrême. « Je suis tombée… Je n'en peux plus… »

Plus jamais, avait-elle décidé, elle n'accorderait le moindre regard à ce type – elle ignorait encore son nom et était bien loin de se douter qu'elle finirait par l'épouser. Pour ce qui était de la perte de ma virginité, il s'en tirait à bon compte, je ne pouvais que souffrir en silence.

III

Il y a un bruit de pas devant sa porte. Les honneurs se sont succédé de manière tellement ininterrompue, depuis la mort de son époux, qu'il lui aurait été bien impossible de faire fi des convenances comme la première venue en deuil de son conjoint. Non, elle, elle se devait d'être semblable à la femme du héros mort à son poste : sereine malgré son affliction, cohérente en dépit de sa gorge nouée, et noble surtout, noble – ne jamais exprimer aucune requête auprès de l'administration, surmonter elle-même toutes les difficultés et garder fermement son idéal : je vais travailler de toutes mes forces et bien éduquer mes enfants, il est de mon devoir de reprendre la charge laissée par le mort.

La rivière avait des lueurs bleues, ce jour-là les troncs des peupliers étaient très blancs, tu t'es retrouvée assise à l'avant du corbillard, dont faisait provisoirement office le camion préposé au transport des lapins de la conserverie gérée par le lycée. Même le proviseur avait dû s'installer à l'arrière, tu appréciais le privilège qui t'avait placée à côté du chauffeur et pourtant, quelque part, tu ne te sentais pas très à l'aise. Plus tard, tu les as vus s'engouffrer à l'intérieur du funérarium avec le corps de ton époux. Le chef d'établissement n'arrêtait pas de caresser l'arrière de la tête du mort, ses lèvres se tordaient comme s'il avait été en train de proférer des imprécations. Ça t'a émue. Avec quelle tendresse il lui passait la main sur le crâne, là où toutes les formules de physique étaient cachées ! On voyait bien qu'il souffrait d'avoir perdu un éminent enseignant d'âge moyen.

« Il faut modérer votre douleur, camarade Du Xiaoying, lui a-t-il dit, des larmes plein les yeux. Pour ce qui est de votre emploi, nous allons adresser un rapport spécial à la municipalité, une diplômée de langue russe ne saurait écorcher des lapins ! C'est du gâchis ! Le décès prématuré du professeur Fang nous donne enfin l'occasion de faire appel aux organismes concernés, battons le fer quand il est chaud et l'affaire sera réglée ! »

Elle aurait juste voulu pleurer. Non pas de la douleur d'avoir perdu son homme, mais de tout son être elle pouvait ressentir l'affabilité du Parti et de l'organisation. Si, en cet instant, en leur nom, il lui avait demandé de s'arracher les yeux pour le bien du peuple, elle n'aurait pas eu la moindre hésitation.

« Vous avez déjà bien assez de travail avec le lycée, monsieur le Proviseur, inutile de perdre votre temps pour moi. "Tous les hommes sont mortels, mais quand certaines morts sont plus lourdes que le mont Tai, d'autres sont plus légères qu'une plume de cygne", c'est pour le bien du peuple que Fang Fugui nous a quittés, sa mort est plus lourde que le mont Tai. Mon travail à la conserverie de viande gérée par le lycée me convient tout à fait, tout à fait… »

Fang Long a ricané. Il est en attente de travail. D'après une théorie biologique courante, c'est un hybride de deuxième génération, ce qui fait de lui un être extrêmement supérieur. Son âge et son histoire nous restent cependant obscurs. A-t-il tenté le concours d'entrée à l'université, il ne nous sera pas donné de le savoir. Contentons-nous de le découvrir comme un prodige soudainement apparu à la face du monde.

Nous expliquant qu'il l'a minutieusement observé, le narrateur entreprend de nous donner de ce jeune homme une fine description : un mètre quatre-vingt-huit, de longues jambes solides, un ventre aussi plat qu'une plaque d'acier tendue, un buste large, des épaules légèrement tombantes, de grandes mains maladroites et un visage long et mince, avec un nez très haut et très droit, une bouche dure aux lèvres fines, des yeux un peu enfoncés, peut-être, et une petite barbe dorée comme ses cheveux.

Le proviseur, le secrétaire du Parti et le président du syndicat étaient assis et tiraient des faces affligées. Tandis qu'ils tentaient de consoler Du Xiaoying d'un ton où la douleur le disputait à l'indignation, tu pouvais voir ton fils, comme grandi en une nuit, qui appuyé au chambranle de la porte se balançait lentement. Il a ricané par la bouche et par le nez en même temps.

Ils avaient senti la menace, de toute évidence, mais personne n'a osé le regarder en face. La sueur coulait tout doucement de la racine de leurs cheveux jusque sur le col de leur chemise. Leurs fesses se tortillaient, dénonçant le désir pressant qu'ils avaient de faire leurs adieux.

« C'est ainsi, camarade Du Xiaoying. Il faut modérer votre douleur, modérer votre douleur, n'a-t-on pas dit : “La mort du professeur Fang, même les peupliers du lycée n° 8 en ont pleuré”, et vous savez, c'est bien la pure vérité… »

Le vieux président tout décrépit du syndicat venait, de son élocution difficile, de prendre la parole : « Ça fait un peu superstitieux, dit comme ça. Mais le ciel était serein ce jour-là, pas un nuage à l'horizon, et pas de vent non plus. Et pourtant le peuplier, celui qui est juste à côté des toilettes, s'est mis tout d'un coup à se balancer, ses feuilles bruissaient, il en est même tombé des perles d'eau grosses comme des germes de soja. Moi, perplexe, je me suis d'abord dit qu'il pleuvait, mais il n'y avait pas un nuage dans le ciel ! Puis, je me suis dit que c'étaient les cigales qui pissaient, mais on n'entendait rien dans l'arbre ! À force d'y réfléchir, j'ai bien été obligé de comprendre : c'était le peuplier qui pleurait ! Et ça, c'est bien une chose, si je ne l'avais pas vue moi-même, de mes propres yeux, jamais je ne pourrais croire celui qui me la raconterait. Mais je l'ai vue, vue, je vous dis, vue, j'étais justement en train d'uriner un coup… »

Le secrétaire l'a interrompu : « Camarade Du Xiaoying, nous avons l'honneur de vous convier à venir demain, en compagnie de vos enfants, rendre un dernier hommage à la dépouille du professeur Fang. La cellule du Parti vous remettra les certificats d'honneur qui lui ont été décernés. Il faut modérer votre douleur, modérer votre douleur… »

Et, de ces trois grandes bouches, les appels à la consolation se sont déversés. La tête légèrement inclinée, ils ont commencé de se déplacer vers la sortie. Au moment de passer la porte, néanmoins, ils n'ont pu réprimer une certaine angoisse, et Fang Long étant appuyé sur le montant droit, c'est en frôlant le gauche qu'ils se sont faufilés.

« Alors, comme ça, même les peupliers en ont pleuré ? » On aurait dit qu'il se parlait à lui-même.

Le président du syndicat, déjà au milieu de la cour, a malgré tout tourné la tête pour un dernier coup d'œil. Il avait la face toute jaune, comme un tournesol épanoui, et il boitait.

Venus comme dans un rêve, comme dans un rêve ils se sont évanouis. Elle est retournée dans la pièce, où elle a retrouvé son fils dont le regard étrange avait des éclats de glace et qu'elle a préféré éviter, comme si elle avait eu quelque chose sur la conscience.

De la poche arrière de son pantalon, il a sorti une liasse

de billets de dix yuans tout neufs et les a fait jouer du bout de ses doigts – ils rendaient un bruit de feuillets métalliques – avant de les jeter sur la table : « N'écoute pas les conneries de ces gens-là, Maman ! Ce n'est qu'une bande de sans-cœur. Tu connais l'Internationale : "Il n'est pas de sauveur suprême, ni Dieu, ni César, ni tribun. Pour boire du vin et bien bouffer, travailleurs, sauvons-nous nous-mêmes !" »

Puis s'étant débarrassé de son argent, il a remis les mains dans ses poches et, en vrai chef de famille, a pris d'une démarche chaloupée le chemin de la sortie.

Les billets s'étaient étalés sur la table. Toutes ces faces d'ouvriers, de paysans et de soldats qui levaient bien haut la tête pour aller toujours plus avant sur le papier. Jamais de sa vie elle n'en avait vu autant.

Vite, elle s'est ruée vers la porte pour, une fois encore, contempler ce fils qui s'en allait en roulant les épaules, les deux mains dans les poches arrière de son pantalon, comme pour se tenir les fesses.

Elle aurait voulu lui demander d'où venait tout cet argent.

Elle n'a rien dit pourtant, le héros à la haute silhouette s'était d'ailleurs déjà évanoui dans le crépuscule.

Il lui a été impossible de dormir cette nuit-là. Tantôt elle pensait à son Fang Fugui en train de reposer au « Joli Monde », tantôt elle avait l'impression de voir son fils en train de forcer le coffre-fort de la Banque Populaire avec une barre d'acier. Quant à Fang Hu, elle devait casser quelque chose dans sa petite chambre. On l'entendait qui cognait. Les deux gamins de la famille Zhang ronflaient bruyamment.

Quand le coq des faubourgs a lancé son premier cri, un bruit de pas pressés s'est fait entendre.

Elle a sauté du lit pour aller ouvrir, son cœur battait très fort, déjà elle était prête à recueillir le corps ensanglanté de son fils.

Une bouffée d'odeur de chaux vive lui a sauté au nez. À la faveur de l'éclairage municipal, elle a découvert devant sa porte un spectre tout blanc qui clignait pitoyablement des yeux : « Je ne suis pas mort, Maman… N'aie pas peur, je n'ai jamais été mort… »

Ainsi qu'il a déjà été dit, avec un petit cri bizarre Du Xiaoying s'est évanouie.

IV

L'argent a beau être répugnant, impossible de s'en passer. Les billets chantaient dans ta poche, le jour où tu t'es retrouvée dans l'obligation d'en retirer deux de la liasse pour aller acheter des céréales. Tu as remarqué que la demoiselle du magasin te fixait avec des petits yeux aigus, quand tu les lui as tendus. Ils ne seraient quand même pas faux ? t'es-tu inquiétée. Mon pauvre fils, qui a perdu le père qui devait faire son éducation, n'est quand même pas déjà devenu membre d'un gang de faux-monnayeurs ! Ce serait un délit grave ! Tu as commencé à réfléchir aux mesures à prendre. Jamais tu ne pourrais le dénoncer, tu as donc fait ton innocente et prétendu qu'il s'agissait du salaire que le comptable t'avait donné. Du bout de son ongle laqué de rouge, la vendeuse a balancé une chiquenaude dans le billet neuf. C'était un petit coup sec, on avait l'impression qu'elle nourrissait des intentions absolument inavouables, d'abominables arrière-pensées, c'était terrible ! Son autre main, celle qui jusqu'ici était restée posée sur le comptoir, a commencé de se mouvoir, tu étais sûre qu'elle allait l'allonger pour appuyer sur l'alarme et appeler la police. Les agents devaient déjà être cachés autour du magasin, en train de l'encercler. La porte de la boutique s'est ouverte, un frisson glacial t'a parcouru l'échine. La gueule froide d'un revolver va se ficher dans mes reins.

Comme un rat dans sa jarre, la demoiselle avait les cheveux tout saupoudrés de farine. Impatiente, elle t'a lancé : « Eh bien, qu'est-ce que vous attendez encore ? »

Elle me disait sans doute de lever les mains en signe de reddition.

« Ça vient ou quoi ? » a-t-elle gueulé.

Tu as levé un bras tremblant.

« Mais, bon sang, votre livret de céréales ! » Et d'un geste elle te l'a arraché.

Il donnait toujours Fang Fugui comme chef de famille.

Ton sac de riz sur le dos, tu es repartie, doutant encore de l'authenticité de tes billets.

Du Xiaoying avait juré de ne plus jamais accorder un seul regard à cette espèce de rat de bibliothèque écervelé du département de physique. Sa résolution ne tint pas plus d'une semaine.

Même en rêve elle n'arrivait pas à éviter son ombre. Elle ne contrôlait plus ni ses jambes ni ses pieds, il fallait toujours qu'ils entraînent tout droit les autres parties de son corps, y compris son cerveau qui pourtant résistait vigoureusement, vers le couloir de la bibliothèque.

Et une fois qu'elle était arrivée dans le passage, il fallait toujours que sa cervelle se mît à bourdonner et son ventre à bouillonner de toute une flopée de mots d'amour russes. Et ses cuisses à transpirer.

Elle avait compris, son destin était de l'épouser.

Le plus terrible, c'était que ce petit imbécile faisait désormais un détour pour l'éviter chaque fois qu'il l'apercevait. Ces dérobades avaient le don de l'enrager.

Finalement, un autre soir, on a projeté un autre film soviétique sur le terrain de sport. Le narrateur ne se souvient plus que d'une scène : On y voyait un grand cheval noir en train de manger des pommes.

À nouveau, ils sont tombés l'un sur l'autre dans l'étroit corridor. L'électricité marchait cette fois-là, les lampes étaient brillantes, elles projetaient leurs ombres sur ce sol qu'une goutte de son sang précieux avait souillé.

« Pourquoi m'évites-tu ? » a demandé Du Xiaoying. Jamais elle n'aurait imaginé qu'elle saurait faire montre d'un tel sang-froid.

« C'est parce que je t'aime à en devenir fou ! »

Jamais, non plus, elle n'aurait imaginé qu'il puisse se montrer aussi rusé.

« Alors, c'est décidé, je veux bien t'épouser. Nous nous marierons quand nous aurons fini nos études.

– Je n'ai pas d'autre espoir.
– Bon. Si on allait voir le film ? »

Ensemble, ils ont pris la direction du terrain de sport. La première chose qu'ils ont vue, en arrivant, ce fut ce cheval en train de manger des pommes.

Il s'agissait là d'un symbole sans doute : un vigoureux petit cheval noir grignote une pomme à la peau verte. Il en mange une, puis une autre. Deux en tout. Or, auparavant, nous avons pu lire : Les seins de Du Xiaoying ressemblaient à deux pommes blanches.

Quand le cheval a été rassasié, une jeune Russe à la poitrine pleine et aux bras ronds est apparue sur l'écran. Une jolie mèche couleur de lin s'échappait de son foulard.

On peut sans doute estimer que cette photo, que Fang Fugui conservait si précieusement, était tirée d'une scène de film.

Ce n'est pas uniquement parce qu'elle était à demi russe que Du Xiaoying a pu, après ses noces, développer son apparence à l'image du cliché découpé dans un journal.

Leurs études achevées, ils ont tous deux été mutés dans notre charmante petite cité. Lui pour enseigner la physique au lycée n° 8, elle en tant que professeur de russe.

V

Elle attend toujours le retour des dirigeants du lycée. Non pas pour qu'ils l'aident à reprendre le chemin de la salle de classe et à remonter sur l'estrade, la badine de l'enseignant à la main, à seule fin de dispenser tel un dieu le savoir de la langue russe à ses élèves. Non. Ce qu'elle espère, c'est que enfin ils les mènent, ses enfants et elle, au « Joli Monde » pour un dernier adieu à la dépouille de son époux.

Ça fait déjà une semaine qu'elle attend.

Nous savons, nous, que cette attente ne portera pas de fruits.

L'idée de remonter sur l'estrade, cela fait beau temps qu'elle l'a abandonnée. Sa connaissance de la langue et son ascendance russes lui ont valu bien assez de savourer les plaisirs du fouet et des coups de poing en cette année-là. Plus tard, pendant qu'elle écorchait ses petites bêtes grises, blanches, noires ou bleues, elle a fini par comprendre une vérité première : tous les lapins se ressemblent une fois dépouillés de leur peau ; quelle que soit leur couleur, ils finissent tous de la même manière.

Alors, encore plus consciemment, elle a décidé d'oublier. De rayer chaque mot, chaque coup de fouet, chaque humiliation. Allant même jusqu'à vouloir en oublier son propre visage.

La vérité que Du Xiaoying a touchée du doigt en arrachant leur peau à ses lapins et celle que l'esthéticienne a découverte face à sa table de travail présentent de troublants points communs. Li Yuchan : Tous les morts ont la même odeur, quelle qu'ait été leur vie.

Cela fait longtemps que j'ai oublié tout mon russe, on ne l'enseigne même plus dans les lycées, d'ailleurs. Elle parle toute seule, comme si le proviseur ou un quelconque dirigeant était assis en face d'elle pour lui proposer de reprendre son activité de professeur.

Personne n'est venu lui demander de donner un cours, personne non plus ne l'a priée de venir faire ses derniers adieux. Elle commence à avoir envie de retourner à ses lapins.

Mais, n'ayant pas encore pris congé de son époux, elle n'arrive pas à sortir de chez elle.

Dimanche matin. Elle est assise sur le bord de son lit et regarde dans le vide. Son fils n'est pas rentré de la nuit, sa fille a disparu après avoir, à la hâte, avalé quelques bouchées. Depuis quelque temps, en plus de ces deux histoires familières, il y a encore l'odeur de la conserverie qui lui revient. Et quand, de l'autre côté de la cloison, cette voix qui est celle de son époux défunt se met à retentir, c'est à ce spectre tout blanc qui sentait la chaux que ses pensées la ramènent.

Ses enfants lui ont passé un bon savon pour s'être évanouie de frayeur : « Mais, enfin, Maman ! Tes nerfs te jouent des tours ou quoi ? Comme si ça existait les fantômes ! Après la mort, on se transforme en cadavre, et c'est tout ! Et puis, tu penses, un fantôme qui sentirait la chaux, en plus ! »

Ça doit pourtant être celle-là l'odeur des revenants, s'ils en ont une.

Parfois, elle se dit qu'elle devrait aller demander à l'esthéticienne si la dépouille de son mari attend son numéro d'arrivée pour être toilettée. Ou peut-être qu'il a déjà été incinéré ?

Vers le milieu de la matinée, la délégation des professeurs de physique débarque en file indienne. À la queue leu leu, ils traversent la cour, affichant tous des faces éplorées qui font d'eux la vivante image d'une troupe de détenus.

Au premier coup d'œil, elle repère, tout au bout, son crâne chauve. Cela n'a rien à voir avec le fait qu'il lui ait apporté une assiette de poulet et de bœuf. Non, mais il a beau être le dernier, c'est lui qu'elle remarque en premier. Parce que sa démarche ressemble à celle de Fang Fugui. Parce qu'il est en train de tousser de manière on ne peut moins naturelle et que sa toux ressemble à celle de Fang Fugui. Presque comme si c'était lui qui s'était déguisé pour lui faire une farce.

En tête, tenant à la main une oie au derrière nu merveilleusement grasse, vient le vieux M. Meng qui frise la soixantaine. Les autres se bousculent derrière lui pour passer la porte comme une armée de poissons à l'entrée du gosier d'un canard. Son jabot risque d'éclater, la pièce va exploser. Chaises et tabourets étant en nombre limité, chaque siège doit en règle générale accueillir deux paires de fesses, les jeunes – y compris les jumeaux, ces disciples chéris de Fang – n'auront qu'à rester debout. Ils ont tous la face tournée vers le sud, vers la fenêtre aux mille splendeurs au-dessous de laquelle se trouve le grand lit orienté est-ouest. Ils pourraient bien s'asseoir sur le bord, mais non, ils préfèrent comme ça. C'est la couche où reposait le professeur Fang. C'est là qu'il a dormi en serrant dans ses bras cette femme à moitié occidentale, ce sommier a gémi sous leur poids. De meuble ordinaire, il s'en voit promu sainte relique. De même celle qui est assise sur son bord. Aucun professeur n'ira s'installer près d'elle, ainsi que je l'ai déjà dit, tous ils craindraient d'offenser les mânes sacrés du défunt. Cela dit, à notre avis (prenant toujours la réalité pour base et la théorie pour guide, nous nous efforçons d'en déduire des conclusions en accord relatif avec la logique), s'ils n'ont pas envie de s'asseoir sur le lit (alors que Du Xiaoying les y a invités), c'est, premièrement, parce qu'ils n'ont pas envie de se retrouver à côté de cette veuve endeuillée dont le corps a une odeur russe (senteur implique souvent désir) et, deuxièmement, parce qu'aucun n'ose s'attribuer la place la plus enviable. Ajoutez à cela quelques éléments de psychologie encore plus secrets que nous ne pouvons pas connaître, et laissons-le déblatérer à son aise.

Le très vertueux et très prestigieux M. Meng trône bien sûr au centre, où il jouit même du privilège d'une chaise pour lui tout seul. Non point qu'il ait le derrière si gros que personne n'ose le pousser, mais personne n'en a le toupet. Les autres sont tous plus jeunes que lui, presque tous sont ses disciples, voire les disciples de ses disciples, un peu comme une bande de jeunes singes qu'il aurait engendrés. Assis, debout, ils font cercle autour du vieil homme aux cheveux grisonnants, comme une troupe de brigands autour de son roi des montagnes. Complètement absurde cette comparaison, si tu veux notre avis.

Contre son cœur il serre cette oie grasse, blanche et nue, dont le cou pend le long de son genou et sur lequel on peut voir une blessure.

« Fugui est mort, Xiaoying, ça m'a fait bien de la peine… C'est pourtant moi qui aurais dû partir le premier… » Ici, lentement ses yeux se plissent, donnant l'impression qu'il va se mettre à pleurer. Mais il n'y a pas de larmes dans ses orbites, juste une chassie blanche. Or, s'il est une chose que les femmes détestent, c'est bien les hommes au regard chassieux. Or, Du Xiaoying est une femme, et sensuelle avec ça, que va-t-elle en penser ? Elle n'a rien vu, toute son attention est pour l'instant rivée sur l'oie grasse : d'entre ses mandibules et de la blessure à son cou un liquide jaune pâle et presque transparent s'écoule un peu comme le pipi d'un petit garçon, s'étirant de son bec jusqu'au sol. Un enseignant d'âge moyen a, lui aussi, presque au même moment, remarqué cet intéressant détail, mais il a décidé de se tenir coi, car le vieux Meng est en train d'exprimer au nom de tout le corps des professeurs de physique leurs plus sincères condoléances, thème au milieu duquel le problème du volatile et de son eau ne saurait venir interférer. En lui-même, il se dit pourtant : l'eau est un excellent conducteur, c'est pareil pour l'oie puisqu'elle en est gorgée et pareil aussi pour la main qui la tient. Si donc maintenant le sol se mettait à produire de l'électricité, le courant pourrait remonter le fil du liquide jusque dans le corps de la bête, puis de là passer dans la main du vieux Meng. Et alors ? Et alors son discours s'enrayerait, son corps se raidirait sans doute en un spasme, une fumée jaunâtre s'échapperait de ses oreilles, en un mot comme en cent, il présenterait tous les symptômes de l'électrocution.

Celui qui raisonne ainsi, c'est Zhang Hongqiu, l'homme au crâne rasé de frais, mêlé à la brigade. Toujours par association d'idées, il se prend à rêvasser à d'autres histoires savoureuses, le point de départ étant cette fois la similitude entre l'eau qui dégoutte de la tête de l'oie et le pipi d'un petit enfant : Supposons un jeune garnement qui trouve sur le sol un morceau de fil électrique. Il rentre chez lui et enfile une paire de chaussures en plastique vert. Comme Lei Feng, il voudrait faire une bonne action. En effet, le fil crache des étincelles, or l'eau peut éteindre les flammes, l'urine est un liquide et les étincelles sont du feu. Bien, il pisse donc un bon coup sur le fil pour le mouiller. Et tout son corps semble comme anesthésié. Vite, il court chez lui se plaindre à son papa qui est électricien et qui lui explique : Tu comprendras les raisons d'une électrocution quand tu iras au lycée et que tu feras de la physique. En attendant, retiens déjà une bonne leçon : Il ne faut pas faire pipi n'importe où !

« Comme vous le savez, nous ne sommes que de pauvres tâcherons de l'enseignement, continue le vieux Meng. Nous avons néanmoins tenu à nous cotiser pour vous offrir cette oie », et il la tapote. « Aya ! Mais pourquoi est-ce qu'elle crache ? »

Le liquide dégoutte de son bec jusque sur le sol. Les professeurs qui étaient assis s'en mettent debout, tous ils regardent cette eau et la bête tout à coup maigre et jaune.

« Vous n'allez pas en faire un plat ! s'exclame Petit Guo. Il fallait bien que ça arrive de toute façon !

– Comment ça, il fallait que ça arrive ? s'étonne le vieux Meng, légèrement irrité, qui réclame des explications. Qu'est-ce que c'est que cette bête que tu nous as achetée ?

– Je savais pertinemment que, après l'avoir tuée, on lui avait injecté deux livres de flotte entre chair et peau avec une grosse seringue, avoue l'autre tout tranquillement. Mais elles sont toutes comme ça sur le marché ! En plus, quand vous l'ouvrirez, vous vous apercevrez sans doute qu'elle a aussi une bonne livre de galets dans le ventre, qu'on lui aura enfoncés par l'anus. Mais, là encore, elles sont toutes comme ça ! »

Brouhaha chez les enseignants, le vieux Meng en profite pour remettre l'oie en d'autres mains qui, immédiatement, s'en débarrassent en la posant sur la pile de bois de chauffage.

Du Xiaoying n'est pas très contente et ceci pour une très simple raison : l'eau qui s'écoule du volatile va mouiller son bois et le bois mouillé brûle moins bien que le bois sec.

Néanmoins, elle se contient : « Un grand merci à tous, merci vraiment ! Vous n'avez pas toujours la vie facile, je me sens un peu gênée.

– Ce n'est rien, et en plus elle est bourrée de liquide et de cailloux, c'est nous qui perdons la face, l'interrompt le patriarche. Mais comme les anciens disaient : “Mille lis pour une plume d'oie, à présent léger cœur sincère”, la volaille est frelatée mais c'est une volaille, pensez à nous quand vous la mangerez avec vos enfants, ce sera comme si vous mangiez un peu de nos vieux cœurs de prof…

– Si Fugui a une âme au ciel, elle doit être émue jusqu'aux larmes. Encore une fois merci ! »

Le professeur Zhang, l'homme au crâne rasé, donne tout à coup l'impression d'être mal à l'aise et Du Xiaoying s'en est aperçue : sa figure se contorsionne bizarrement. Quelque chose comme le sentiment d'une information secrète et mystérieuse vient frapper un des nerfs de ton cerveau qui se met à trembler et à crier pour rappeler un passé déjà mort.

Inconscient de tout cela, Petit Guo s'est mis à raconter une histoire : « Croyez-moi si vous le voulez, mais je l'ai vu de mes propres yeux. C'était avant-hier, une employée du bureau d'administration du commerce et de l'industrie s'en est prise à un petit gars qui vendait des oies et lui a demandé pourquoi il avait fait des injections d'eau à ses bêtes. Sans eau, elles ne peuvent pas vivre, voilà ce qu'il lui a répondu ! Et comme elle insistait pour savoir pourquoi il leur enfonçait des cailloux par l'anus, il a carrément nié : Ce n'est pas moi qui les y mets, ils sont déjà dans le ventre des oies ! Ce sont des pierres de l'intérieur du corps. Alors, vexée, elle n'a plus eu qu'à repartir !

– Quelles fariboles ! » Le vieux Meng s'est levé. « Il est temps que nous partions. Mais, par la suite, s'il y a quoi que ce soit, n'hésitez pas à venir nous trouver surtout. Vous êtes son voisin, monsieur Zhang, il faudra venir la voir souvent et bien vous occuper d'elle ! »

Indéfiniment, il hoche la tête. Tu as l'impression d'une démangeaison de tout ton corps. Ce professeur au crâne rasé est décidément bizarre, il te fait un peu peur.

Comme ils sont venus, à la queue leu leu, les enseignants quittent ta demeure. Il faut encore qu'il s'arrange pour être le dernier, deux feux follets brillent, braqués sur toi derrière ses lunettes. C'est alors que d'un coup te revient le souvenir de ce corridor qui menait à la bibliothèque de l'Université normale.

Inconsciemment, Du Xiaoying laisse échapper un gémissement. Le même que vingt ans plus tôt.

Bien à contrecœur, il suit le reste de la troupe et en quelques pas se retrouve devant sa porte.

« Vous habitez vraiment tout près ! » s'exclame le vieux Meng.

Tu le vois qui change de couleur : « Oui, oui… »

Ne sachant plus que dire, elle lui fait un petit signe de tête et rentre chez elle. Va-t-elle fermer les deux battants de sa porte délabrée ou les laisser ouverts ? Elle hésite, on dirait qu'elle attend quelque chose.

Tu entres, vacillante, dans la minuscule cour. Pas de fleurs de grenadier ici ni de toilettes d'ailleurs, tous les habitants du coin doivent aller faire leurs besoins dans les mêmes cabinets, autant dire qu'il t'est tout à fait impossible de rester cloîtrée chez toi. Tous les jours, tu vas devoir le rencontrer, cet homme au regard monstrueux. Son corps, sa voix, ses gestes, tout en lui te met mal à l'aise et en même temps t'attire. Il a l'air de s'être transformé en un personnage d'une nouvelle histoire, depuis qu'il est venu nous rendre visite avec son assiette décorative pleine de bœuf et de poulet, une histoire dans laquelle on dirait même qu'il t'entraîne et que vous rédigez à deux, au point que les contes du jeune moine au crâne luisant et de la femme qui éventait la tombe ne semblent plus que les composantes organiques de cette narration inachevée dans laquelle ils s'unissent au souvenir de ce blanc fantôme qui sentait la chaux. Tu devines que tu n'auras pas la force de résister à sa logique, la conclusion est déjà écrite. Ton destin est entre les mains de l'homme encagé.

Juste comme elle veut aller vers cette oie au cul nu qui est en train de lui mouiller son bois de chauffage, elle entend quelqu'un haleter tout près de son oreille. C'est lui, c'est son souffle familier. Un souffle brûlant qui tombe dans son cou à la peau satinée comme celle d'une Russe. C'est sa fétidité particulière, l'odeur de ses gencives enflammées. Elle s'était habituée à ce parfum qui en aurait repoussé tant d'autres, il réveille le souvenir des tendresses conjugales, deux mains s'emparent de tes seins russes et, à ton oreille, une voix murmure : « Ma grosse vache. »

« Ma vache… Ma grosse vache à lait… »

La puissance de ce petit nom est inépuisable, on dirait qu'il résonne dans l'air.

Le narrateur nous a déjà signalé que cette appellation de

« vache à lait » est en fait une sorte de mot de passe entre Du Xiaoying et Fang Fugui quand ils sont au lit, que c'est par ce surnom qu'il excite son désir et qu'après ils font l'amour. Au sommet du plaisir, c'est encore ça qu'il crie, ajoutant parfois un adjectif pour donner : « Ma grosse vache russe. »

Quelque chose la démange à l'arrière du cou, sous la racine des cheveux, tout son corps s'enflamme. Et, stupéfaite, elle s'aperçoit que de l'endroit le plus secret de sa personne (jugement tout aussi superficiel que l'invention des esprits) un liquide s'écoule. Un tel phénomène a souvent une signification profonde qu'il est difficile de mépriser. N'y tenant plus, elle secoue la tête et les lourdes vagues de ses cheveux de lin viennent battre les joues de son soupirant et fouetter ses lunettes.

C'est toujours à l'instant le plus crucial que se produisent les incidents les plus imprévus. Du fait qu'elle a rejeté la tête en arrière, son regard est tombé sur la photo de mariage voilée de gaze teinte en noir et, dans les yeux tendres du jeune Fang Fugui, elle a cru déceler une certaine lueur d'ironie. Un frisson glacial la parcourt : cet homme penché sur elle est l'homme d'à côté. L'impression d'égarement et d'illusion qu'il avait réussi à créer s'est muée en dégoût. Et lui qui, ne comprenant rien à rien, continue de se livrer à ses manœuvres lubriques avec une légèreté qui ne fait que renforcer son dégoût et sa répulsion.

Elle arrive pourtant à se détacher de lui en restant gentille et modérée. Elle l'implorerait, pour un peu : « Monsieur Zhang, enfin mon cher Zhang, c'est impossible... Il nous regarde... »

Et, du doigt, de montrer la photo dans son cadre.

Il n'a pas l'air d'éprouver le moindre embarras. Vraiment, aucune trace de confusion sur sa figure, on dirait plutôt qu'il est en colère. Il y a une flamme moite et claire dans le regard qu'il fixe sur le Fang Fugui de la photo. C'est bien le cas de le dire : « Quand deux ennemis se font face, leurs yeux semblent feux et fournaises. »

« Je comprends ce que vous devez ressentir... Je ne

vous en veux pas, vous savez… Vous aussi vous êtes un être humain… » Du Xiaoying veut faire preuve de grandeur d'âme : « Je ne voudrais pas faire de tort à votre femme.

– Xiaoying… » Le voilà qui pleure de vraies larmes à présent. « Je ne suis pas mort… C'est moi, Fang Fugui, ton mari…

– Qu'est-ce que vous dites ? » Elle va se mettre en colère.

« Tu ne reconnais pas ma voix ? Tu as une cicatrice sur la jambe gauche, le reste d'une blessure quand tu étais petite… »

Du Xiaoying recule. Que cet être à la fois familier et inconnu se permette de lui énumérer toutes ses particularités physiques et diverses anecdotes de son existence passée, c'est comme si un à un on la dépouillait de ses vêtements.

Plus il parle, plus il se rapproche et plus tu trembles et te recules.

« Vous… N'approchez pas !… Un fantôme !… Ah !… » Elle s'est mise à hurler.

Affolé, il s'enfuit.

Des cris humains auraient-ils suffi à l'effrayer, si vraiment c'était un fantôme ?

Mais comment se fait-il qu'il me connaisse aussi bien, si ce n'est pas un esprit ?

Une troisième histoire vient alors s'ajouter à notre grand roman toujours en évolution. Elle comprend une partie démoniaque : il y a bien des années de cela, l'âme d'une femme morte qui s'ennuyait de son époux obtint des autorités concernées l'autorisation d'emprunter le corps d'une défunte récente pour revenir à la vie (conte dont il existe des dizaines de versions). Et une partie réaliste : quelque chose que Du Xiaoying a pu elle-même constater quand elle habitait à la campagne pendant le grand mouvement d'éducation socialiste. Il y avait une jeune fille, dans la famille où elle vivait, à qui il arrivait souvent de tomber en syncope en bavant une écume blanche et qui, quand elle revenait à elle, prétendait parler comme les membres défunts de la maisonnée. Un coup la grand-mère, un coup le grand-père, dont le père assurait qu'ils étaient déjà morts tous les deux au moment de sa naissance, dont elle imitait parfaitement les gestes et les voix. Elle était encore membre de la Ligue pour la Jeunesse à l'époque, une véritable championne du matérialisme donc. Elle s'en prit au père de la gamine : « Ta fille n'est pas normale » ; mais sans réussir à le convaincre : « Tout ce qu'elle raconte, ça s'est bien passé. » J'étais troublée, pourtant j'ai insisté : « Ta fille est folle ! »

Est-ce que je deviens folle moi aussi ?

Ou est-ce Zhang Hongqiu qui devient fou ?

Du Xiaoying a demandé à Fang Hu de dormir avec elle. Elle se sent troublée, il lui suffit de fermer les yeux pour voir un être tout blanc se dresser devant son lit et avoir l'impression que ça pue la chaux. Qu'elle ouvre les yeux et tout s'évanouit.

La nuit est déjà bien avancée, son fils n'est toujours pas de retour.

VI

Il ne nous a même pas encore expliqué où se trouvait le lycée n° 8. Tantôt tu nous le mets sur la berge de la petite rivière bleue, tantôt dans les parages du « Joli Monde », tantôt semblerait-il encore dans le voisinage du jardin public. Quant à cette ménagerie où ils élèvent des bêtes sauvages, on dirait bien, elle, qu'elle se trouve à l'intérieur du parc. Et ne voilà-t-il pas à présent qu'un pont à double niveau serait censé frôler un côté du lycée et qu'un grand hôtel projetterait son ombre dans la cour, juste devant les portes de Du Xiaoying et de l'esthéticienne. Nous sommes aussi perdus que devant des trous de campagnol, ce ne sont plus partout que mares de chaux, briques, bouts de bois et bras géants de grue, notre ville est en pleine édification, elle change de jour en jour, voilà du moins la précise impression que nous tirons du discours du narrateur.

Lui, loquace, continue : Quand l'ombre du grand hôtel

ne se projetait pas encore (une formulation plus exacte serait : avant qu'il soit construit), Du Xiaoying travaillait dans une conserverie de viande de lapin.

Elle a été folle de joie de savoir qu'elle pouvait retravailler. La directrice de cette usine, gérée par le lycée, était une vieille femme aux cheveux d'un noir de corbeau et à la grande bouche. Du Xiaoying a eu l'impression qu'elle la soupesait dès pieds à la tête, avec son regard acéré de busard, quand pour la première fois elle s'y est rendue. Elle aurait pu être totalement nue, comme une nouvelle recrue en train de se faire examiner par la mère maquerelle – ce n'était qu'une impression, évidemment, Du Xiaoying n'est pas une prostituée ni la vieille dame une tenancière de bordel, le socialisme a supprimé les maisons closes, et le lycée n° 8 a beau, comme tous les établissements d'enseignement secondaire, penser à l'argent à en devenir fou, jamais ses dirigeants n'oseraient en ouvrir une. Elle a donc dû se laisser examiner par la directrice de la conserverie. Tu la voyais déjà prête à s'avancer avec une canne, mais non, elle est restée assise derrière son bureau tout fissuré, sa main était vide et il n'y avait même pas de badine sur la table. D'un flacon marron, elle a sorti une petite pilule rose que, d'un geste hésitant, elle a porté à ses lèvres. On ne lisait que de la souffrance sur la face de la plus haute autorité de l'usine. Il y avait beau ne pas avoir la moindre canne dans le bureau, tu ne pouvais t'empêcher de l'imaginer venant vers toi le bâton à la main. Cela faisait beau temps qu'elle avait fini de t'arracher tes vêtements. Son souffle avait l'odeur de la pastille enrobée de sucre. Ses mains avaient beau être aussi grasses que des crapauds, tu les voyais sur le point de se changer en pattes de poulet, en griffes dures dont un à un elle transpercerait tous les éléments de ton corps qui n'étaient pas conformes à la tradition chinoise.

« Pourquoi ta peau est-elle aussi blanche ? » – « C'est une espionne, une Russe blanche à la solde des nouveaux tsars ! Avoue, combien as-tu volé d'informations secrètes ? »

« Pourquoi as-tu autant de poitrine ? » – « Combien de cadres as-tu séduits ? Quel rapport as-tu eu avec l'incident de frontière de Zhenbaodao ? »

« Tes cheveux sont bizarres ! » – « Où as-tu caché ton émetteur-récepteur et ton transmetteur ? Ton encre sympathique ? Tes armes ? Ta table d'écoute ? »

Aucun doute, tu la révulsais. Presque toutes les femmes qui occupent des postes de responsabilité éprouvent à l'égard de leurs subalternes plus jeunes et plus jolies une haine implacable. Elles n'auraient qu'un rêve, les faire changer de sexe ou arroser au vitriol tout ce qui chez elles peut attirer les hommes. Comme elle ignorait les dispositions d'esprit de son nouveau chef, il ne restait plus à Du Xiaoying, de tout son corps, de toute son âme, qu'à se replier sur elle-même, son cœur fervent sous l'emprise d'une terreur telle qu'elle ne savait plus augmenter sans que pourtant cela nuise en rien à la vivacité de sa dévotion. On pourrait ainsi comparer ce genre d'attitude : Suppose que Dieu veuille coucher avec toi. C'est Lui qui t'a créée, ton corps et ton âme ne t'ont été donnés que par effet de Sa bonté. S'Il veut jouir de toi, donc, tu te retrouves dans la situation de la poule grasse que le fermier qui l'a élevée s'apprête à tuer et qui, bien que pétrifiée d'angoisse, se trouve dans l'incapacité totale de lui résister. Tu étais épouvantée, mais n'avais aucun moyen de résister.

Parce qu'elle était la représentante du sacré, la représentante du Peuple.

De sa patte juste et décharnée, elle condamnait ta chair.

Pour la deuxième fois, un air majestueux, émouvant, rouge et lointain s'est levé dans ton cœur. Joué par des soldats. Il y avait un piano fou qui tonnait, trois clairons dorés qui sonnaient avec éclat, deux violons pékinois en train de gémir et dix suonas qui se lamentaient. Leurs sons mêlés sublimaient le geste le plus originel en un chant hiératique pour l'offrande d'un corps à Dieu.

C'est au son de cette musique divine que tu avais été abusée par un cadre extraordinaire. Avec ses dents et avec ses doigts, il avait joui de toi. Comme elle avait haï ce sexe mou, ta chair lavée de frais…

Cette évocation du passé nous fait penser à un film : même thème musical, mêmes couleurs vives, même bouleversant apogée.

À tour de rôle, des tiens, qui avaient la saveur des nouveaux tsars, ils ont approché leurs organes génitaux débordants d'un ardent esprit de revanche, vibrants d'une juste et violente indignation et tout imbus d'un profond sentiment de classe.

Dans ta tête, la musique a alors atteint ce qu'on appelle une « phase magnifique ». Ta douleur morale n'était même pas extraordinaire. Tout ce qui t'appartenait s'est peu à peu remis en place après leur départ. Et la douleur physique ne méritait même pas qu'on en parle. C'est pourquoi, sur le moment, tu n'as pas fait grand cas des pleurs amers de Fang Fugui, tu trouvais même qu'il en rajoutait un peu. On n'a pas besoin de larmes pendant les époques révolutionnaires, elles n'ont aucune valeur, il y a déjà bien assez du sang pour couler à flots.

Personne n'est plus venu te chercher noise après que tu en fus passée par là. D'où il ressort que, quand bien même ce serait par le péché originel, il est toujours possible de se racheter.

« Il paraît que tu as été persécutée pendant la Révolution culturelle ? » La « commissaire politique » (Du Xiaoying devait s'apercevoir peu de temps après que c'était le surnom que tous, écorcheurs ou coupeurs de têtes, lui donnaient), ayant reposé le verre où elle venait de boire une gorgée d'eau (il s'agissait d'un haut gobelet dont le ventre rond était pris dans un étroit filet de plastique), s'exprimait de manière presque insidieuse.

Tu n'as pas su quoi lui répondre.

D'un air grave, elle a repris : « Que tu l'aies été ou que tu ne l'aies pas été, je m'en moque. J'entends par là que ce n'est pas une raison pour ne pas être exigeante envers toi. Quelle importance, que tu aies souffert ou pas ? ! Que sont tes petits malheurs, quand on songe que le président de l'État est mort de faim ! J'exige que tu oublies tous les sévices dont tu as pu être victime pour te lancer à corps perdu dans le travail. C'est très simple, plus tu en feras et plus tu seras vengée. »

Ai-je été persécutée ? t'es-tu demandé.

« Quels sont tes points forts ? a-t-elle encore demandé

avant d'enchaîner sans te laisser le temps de répondre : On raconte que tu as étudié le russe ? Que tu serais à moitié russe, même ? Je penserai à toi, si notre usine vient à établir des contacts avec l'URSS. Pour l'heure, tu vas aller te présenter à l'atelier n° 1, ils te diront ce que tu dois faire et comment. »

Puis elle a pris son téléphone et dit quelques phrases. Muette, éberluée, tu suivais le mouvement bizarre de ses lèvres. Elle a raccroché.

« C'est tout ? t'es-tu informée.

– Tu peux te retirer ! »

L'atelier n° 1 est un atelier d'abattage. Il est dirigé par un chef au physique imposant, un jeune homme plein de prestance qui parle un superbe mandarin et dont on se dit qu'il serait mieux à sa place sur une scène ou sur les écrans de télévision. Ayant pris bien soin de s'informer de ta pointure, afin d'être sûr de t'attribuer des bottes en plastique qui soient à ta taille, il t'en a jeté une paire, toute neuve, et un tablier de cuir noir.

Au sud de la pièce, près d'une petite fenêtre carrée ouverte dans le mur, se tenait une femme d'à peu près ton âge, telle que tu aurais pu la rencontrer tous les jours, même si c'était la première fois que tu la voyais. Un marteau de caoutchouc noir à la main elle attendait, guettant cette lucarne en dessous de laquelle était fixée une sorte de planchette en bois qui rappelait un peu le plongeoir du palais des sports. « Ici se déroule la première opération, t'a expliqué le chef d'atelier. Il s'agit d'assommer le lapin, on appelle ça "lui sonner l'alarme". »

D'un signe, il a intimé à la femme l'ordre de commencer.

Elle a alors appuyé, du bout du pied, sur le bouton d'un dispositif placé dans le sol, et un écran transparent s'est lentement levé, laissant deux secondes plus tard le passage à un lapin brun bien gras. Son pied a relâché sa pression, la fenêtre s'est refermée et le petit animal s'est retrouvé accroupi sur la planchette suspendue au-dessus du vide, jetant des coups d'œil à droite et à gauche, en train de se frotter le museau et de se caresser les moustaches. D'un air sévère et en plissant les yeux, la femme a visé et lui a assené, avec précision et promptitude, un grand coup au milieu du front qui l'a envoyé rouler avec un petit cri dans une sorte de wagonnet en fer. Puis, toujours du pied, elle a encore appuyé sur un autre bouton. La petite voiture s'est mise à glisser sans bruit le long d'un rail d'acier, large comme le gras du pouce, qui courait sur le sol, et s'est arrêtée devant une vieille, chargée de l'écorchement. Ensuite, elle a recommencé sans que tu puisses constater la moindre différence dans le processus, n'était-ce qu'au lieu d'être brun ce deuxième lapin était couleur de café sombre. Tout le reste – y compris ce petit cri au moment de tomber du plongeoir – s'est déroulé de manière parfaitement identique.

« Je peux la muter à une autre place, si ce travail te tente. Il faut assommer dans les huit cents lapins par jour à ce poste, qu'on est aussi responsable de faire parvenir à l'écorcheuse. Ce n'est pas un travail très exigeant, l'unique difficulté réside dans le fait que ton marteau doit tomber au milieu du front exactement. Il ne s'agit en effet que de les étourdir, et non de les tuer. Par ailleurs, tu n'as droit qu'à un seul coup, il est formellement interdit de recommencer. Pour toute bête morte, on ampute le salaire journalier d'un dixième de sa valeur, de même pour tout raté au premier coup. »

Un lapin vert tendre venait de tomber dans le petit chariot métallique. La femme au marteau respirait calmement, l'air serein, elle n'avait pas le plus petit geste superflu.

Un autre avait déjà émergé, de la couleur du lin, et debout sur la planchette attendait le coup qui devait l'assommer.

« Commence par bien réfléchir, continuait le chef d'atelier. Si tu décides de prendre ce poste, je te donnerai d'abord une centaine de bêtes pour que tu puisses t'exercer et tu ne commenceras le travail proprement dit que quand ton niveau te permettra de les avoir tous du premier coup. Bien sûr, tu ne toucheras pas de salaire au cours de cette période d'essai. »

Les jolis yeux noirs et brillants des animaux te faisaient un peu peur, tu n'avais pas l'impression d'être faite pour ce travail.

Il t'a alors conduite sur le terrain de la deuxième opération. « En termes élégants, ce stade devrait être appelé : "déshabillage et chapeau bas". Dans la réalité des faits, il s'agit de profiter de ce que la bête n'est pas encore revenue à elle pour la dépouiller. »

Et il t'a attirée bien en face de la vieille femme qui, trop absorbée par son travail, n'a pas fait mine de s'apercevoir de votre présence.

« L'avantage de cette tâche est qu'elle peut s'effectuer assise, c'est pourquoi elle convient bien quand on a des varices. »

Dans le chariot qui passait, la bonne femme a pris un lapin gris cendré qu'elle a pendu à un crochet. Il n'était pas mort, tout juste étourdi, on pouvait voir son ventre se contracter et se dilater. S'emparant d'une espèce de tisonnier pointu, elle a percé un trou dans la peau de sa cuisse. Pratiqué quelques incisions, et encore quelques incisions. Puis enfoncé dans la blessure le bec d'un tube en caoutchouc vulcanisé par lequel, dès qu'elle eut tourné l'interrupteur et que le courant se fut mis à siffler, l'air s'est faufilé entre la peau et la chair du lapin, le faisant enfler à toute vitesse. Profondément, ses yeux se sont enfoncés dans ses orbites, sa queue s'est dressée, ses oreilles tremblaient. Puis elle lui a ligoté les pattes pour empêcher l'air de s'échapper et, avec un petit couteau en forme de feuille de peuplier, a entrepris d'ouvrir une fente au beau milieu de son ventre dans le même temps qu'elle lui tapotait les cuisses. Presque d'elle-même la peau s'est mise à glisser. Pas une goutte de sang n'avait coulé.

« Ce n'est pas très compliqué. On peut carrément dire qu'il n'y a que deux problèmes : premièrement il ne faut pas abîmer la fourrure, deuxièmement ne pas faire saigner la bête. »

La vieille avait terminé son lapin. Ayant déposé sa peau et une plaque métallique gravée à son matricule dans un petit wagon, elle le poussa pour le faire s'enfuir. Quant au corps dénudé – il tremblait encore, son regard glacé scintillait –, de la même manière elle s'en débarrassa, ajoutant cette fois une plaquette en bois dans un autre chariot.

« Je n'hésiterais pas si j'étais toi, reste ici ! De toute façon, si vraiment ça n'allait pas, on pourrait encore te muter ailleurs, lui a conseillé le chef d'atelier.

– Je promets de consacrer toute mon énergie au bon accomplissement de ma tâche, a-t-elle répondu, les larmes aux yeux.

– Inutile de travailler aujourd'hui. Mais j'ai ici un manuel d'instructions très détaillé que tu ferais bien de rentrer lire chez toi. Fais surtout bien attention au chapitre deux, c'est là que se trouvent toutes les remarques importantes, les techniques de manipulation, les exigences techniques et les significations importantes concernant le travail que tu vas devoir effectuer. Tu commences demain à sept heures, ne sois pas en retard sinon tu devras payer une amende d'un montant équivalent au dixième de ton salaire quotidien. »

En vraie intellectuelle ayant reçu une éducation supérieure, il t'a fallu moins de deux heures pour achever la lecture du manuel.

Une semaine plus tard, le chef d'atelier faisait l'éloge public de Du Xiaoying, travailleuse modèle au cœur rouge et à la main habile.

L'atelier te manque. Point de bonheur sans travail.

VII

Ce n'est qu'à force de dépouiller sans interruption les lapins que Du Xiaoying a réussi à préserver son équilibre. Ses mains glacées se réchauffaient à cette tâche, elles se réchauffaient au contact de leurs pelages colorés, se réchauffaient au contact de leur chair toujours rouge. Comme ces détestables ennemis de classe, ils avaient le cœur qui battait encore même après qu'on les eut écorchés et elle aimait à poser son doigt sur la chair dénudée pour en sentir le battement rapide et obstiné. C'était, chaque fois, comme si une bouffée de force vitale neuve t'avait été injectée, ton cœur à toi se mettait à battre à l'unisson de celui de la bête et tu en ressentais une intense jubilation. Bien sûr, ta main ne pouvait s'attarder trop longtemps – cela aurait eu une mauvaise influence sur le rendement – et, certes, une cadence ralentie aurait eu un effet négatif sur ton revenu, mais l'essentiel était que tu ne voulais pas te laisser distancer. Ainsi donc, dans le but de raviver sans fin ton allégresse, sans cesse tu devais écorcher de nouveaux lapins. Les descendre de leur crochet, les poser dans le chariot : tout au long de ces indispensables opérations ton index restait pressé sur leur cœur. Tu travaillais mais en secret tu jouissais. Moyennant quoi, ton rendement ne cessait de s'élever. Les vieilles qui besognaient avec toi regrettaient-elles de ne pouvoir te dépouiller comme un vulgaire animal ?

Un jour, pendant à son crochet une bête d'un blanc laiteux ; celle qui était assise à côté de toi s'est mise à crier de sa bouche édentée : « Un lapin russe ! Regardez ! Je suis tombée sur un lapin russe ! »

Elle a ensuite ajouté quelque chose d'extrêmement sale, au point que même notre narrateur de pourtant si triste renom n'ose le rapporter.

Toutes les bonnes femmes ont éclaté de rire et se sont mises à en rajouter pour mieux lui marquer leur soutien. Et vraiment, face à cette assemblée de mégères, tu t'es sentie semblable à la bête blanche pendue à son crochet.

C'est toujours pareil, chaque fois que tu es gênée, tu as l'impression de te retrouver toute nue. Combien de fois en rêve ne t'a-t-on écorchée ? Vive, tu l'as été, par des hommes, des femmes et même des enfants.

La face rouge et dégoulinante de sueur de Du Xiaoying (c'est toujours l'image qu'elle offre pendant le travail) a viré au blanc, ses larmes se sont mêlées à sa transpiration.

Le chef d'atelier (il était particulièrement beau ce jour-là) a réprimandé la vieille : « Liu Jinhua ! Je vais supprimer votre prime ce mois-ci si vous chahutez pendant le travail ! »

Elle refusa de se soumettre, la prime sauta.

On racontera beaucoup de choses par la suite.

Sur les conseils de son supérieur, Du Xiaoying finira même par flanquer une raclée à la vieille Liu (il aura passé deux heures rien que pour lui apprendre deux prises de combat).

Elle a beaucoup pensé à ce travail qu'elle aime lors des jours qui se sont écoulés dans l'attente des funérailles. Ardemment, elle y aspire.

Annexe : Le président du syndicat est venu lui remettre deux cents yuans et un grand certificat rouge. Il a dit que, en feuilletant le dossier de Fang Fugui, il était tombé sur une lettre par laquelle il exprimait ses dernières volontés. En premier lieu, précisait le testament, il refusait d'être toiletté après sa mort ; en deuxième lieu, il prétendait ne pas vouloir de funérailles ; en troisième lieu, il s'opposait aussi à toute cérémonie commémorative et, enfin, quatrième point, il déclarait vouloir faire don de son corps à l'Institut de médecine pour étude. Les deux cents yuans venaient dudit Institut (bien qu'en règle générale ils n'en accordassent que cent), où l'esprit du professeur avait ému tout le monde. Le certificat venait également de chez eux. Et aussi : Le peuplier blanc près des toilettes a encore versé des larmes.

Septième partie

I

Zhang Hongqiu suit du regard son remplaçant qui, dossier sous le bras, vient de passer la grande porte. Il n'a même pas tourné la tête, constate-t-il, totalement bouleversé. Si, au moins, au moment de franchir le seuil, il m'avait jeté un dernier coup d'œil, si sur son visage j'avais pu lire la colère et l'impuissance, nous dit le narrateur : l'observateur en aurait retiré un sentiment de fierté, il aurait eu l'impression de dominer, d'être le maître face à l'esclave, le dompteur devant la bête soumise. Mais sans même songer ne serait-ce qu'une seconde à se plaindre, il s'est emparé de mes dossiers et d'un pas tranquille est sorti de chez lui, ou de chez moi (?) pour aller donner son cours à ma place au lycée n° 8… Une femme l'a salué : « C'est l'heure d'aller en cours, monsieur Zhang ? » Si tu ne sais pas ce qu'il lui a répondu, tu as bien entendu les imprécations qu'en retour elle lui a proférées à voix basse, en tout cas : « Non mais, pour qui tu te prends, espèce de sale rat de bibliothèque, bouffeur de craie ! Il ne répond même pas quand on lui parle, cette espèce de corniaud ! Cocu, va ! »

Ces injures le font partir à la renverse ; s'effondrant sur le seuil de sa porte, il s'y retrouve à califourchon comme juché sur le plus petit et le plus maigre des chevaux. L'échine de sa rosse lui meurtrit le coccyx, cela dit, et la douleur remonte le long de sa ligne médiane pour affluer aux cent points de son corps. Il se rappelle qu'au lycée, dans son manuel de chinois, il y avait un texte intitulé « Xi Fanping », où l'on voyait ce personnage, qui se trouvait dans le palais de Yama, le dieu des enfers, se faire scier en deux par de petits diables qui le rattachaient ensuite avec une cordelette blanche. Du manuel de littérature, sa pensée saute au manuel de physique, puis du manuel de physique à ceux qui l'enseignent et, donc, à lui-même, si bien qu'il finit par en oublier sa douleur d'être déchiré en deux et prétend d'un bond se remettre sur ses pieds. Une première tentative est sans effet, une deuxième tout aussi inefficace, c'est finalement le plus lentement du monde, en prenant bien appui des deux mains sur le sol, qu'il est obligé de se relever.

L'efficacité de la formule qu'elle a ingurgitée étant arrivée à son terme, la beauté fragile et hémiplégique a retrouvé toute sa lucidité et s'est mise à beugler dans son lit – comme une petite oiselle printanière à la voix exquise, tous les jours elle hurle sur un autre ton ! Son cri ressemble à un grand rire glacial aujourd'hui. C'est d'ailleurs tout à fait intentionnel si, à la notion de « rire », elle joint celle de « glacial ».

Ta femme est partie au travail (ayant d'abord pris soin de nous distribuer ses ordres à tous deux, à croire qu'elle nous traite sur le même pied ! Deux font un ! Aurais-je été coupé en deux ?) et la tâche qu'elle t'a attribuée (faire du commerce et gagner de l'argent) pèse comme un lourd fardeau sur tes épaules. Daqiu et Xiaoqiu sont à l'école. C'est bien la première fois de ta vie que tu te sens angoissé à l'idée de rester tout seul à la maison, sans rien faire. Source première de ta terreur : la bouche de ta belle-mère. Celle-là, elle a beau gésir sur son lit, on dirait bien qu'elle pénètre le fond des choses.

L'être humain a du mal à maintenir son existence dans son « grand rire glacial », tu prendrais bien la fuite.

Il n'a pas pris la fuite. Ramassant tout son courage, il soulève la portière, une simple couverture grise à l'origine, et, au lieu du regard de la beauté fragile, découvre deux souris blanches. Deux très jolies petites souris aux yeux rouges, à la gueule et la queue roses, avec un pelage d'un blanc de neige, qui sont en train de grignoter les oreilles de la vieille. C'est bien la première fois que tu vois ce genre de rongeurs s'en prendre à un être humain.

Leurs petits museaux montent et descendent comme des vers à soie en train de se repaître de feuilles de mûrier. Même ton apparition ne leur fait pas peur. Ils se contentent de lever leur tête délicate et de te dévisager avec curiosité. Tu n'es peut-être pas vraiment le bienvenu, on sent que tu les déranges dans leur festin et, quant à la vieille, de ses oreilles dodues et graisseuses, qui, pour l'heure, ne sont amputées que de moins d'un cinquantième, une beauté féroce si fragmentaire se dégage encore. Elles semblent en cire d'abeille, pas une goutte de sang n'en a coulé, curieusement. Il faut vraiment que tu te mettes à crier pour que très lentement, en se frottant le museau de leurs pattes, les petites bêtes se décident à partir en longeant le mur.

L'espace d'une seconde, la beauté fragile cesse de hurler. Juste le temps de fixer sur toi son regard obstiné. Ta première impression est d'être transpercé, la deuxième un sentiment de désolation qui te rentre jusque dans la moelle des os. Le spectacle de ce corps, qui gît sur son étroit battant de porte, ravive en toi le souvenir de cette grande bataille à laquelle tu as assisté lorsque tu étais enfant – tu nous as déjà dit que Fang Fugui lui aussi avait été témoin d'un combat. Les maisons, les arbres, les herbes, tout brûlait, illuminant la foule des blessés couchés sur leurs civières. L'odeur de son corps, l'odeur de leurs corps, l'odeur des cheveux de l'esthéticienne, tout se confond dans le temps, présent et passé se mêlent et t'assaillent d'un bloc. Il faudrait gagner un peu plus d'argent pour pouvoir acheter un drap propre à la vieille dame, c'est quand même elle qui, de sa propre main, a préparé pour toi des raviolis farcis à la viande de porc et aux pousses de cédrèle, il ne faut pas être ingrat, te dis-tu.

Te revient alors qu'il doit quelque part rester un peu de mort aux rats. Mais tu as beau fouiller de fond en comble, impossible de la dénicher.

Aussi, ne trouvant pas son poison et pris d'une inspiration subite, Zhang Hongqiu va-t-il chercher les somnifères de l'esthéticienne. Il les réduit en poudre dans le mortier à ail, les mélange à un peu de chou haché menu et en remplit deux soucoupes qu'il dispose de chaque côté de la tête de sa belle-mère pour empêcher les souris de revenir lui ronger les oreilles. Va même jusqu'à les arroser de trois gouttes d'huile de sésame, pour mieux détourner la convoitise des rongeurs. Puis il se prépare à aller faire du commerce et gagner de l'argent.

Mais quel commerce ? Et comment ça se gagne l'argent ? Il n'en a pas la moindre idée. Un pied à l'extérieur et un pied à l'intérieur, le voilà dans une situation bien embarrassante, il ne peut plus ni avancer ni reculer. Et dire que, pendant ce temps-là, Fang Fugui est en train de se faire passer pour moi dans la salle de cours, se dit-il. Un faux Zhang Hongqiu se dresse sur ses ergots et sur l'estrade, pendant que moi, le vrai, je me retrouve pris entre le marteau et l'enclume, une jambe de chaque côté du seuil de ma porte. Qui profite et qui perd dans cette histoire ?

Comme, justement, il est en train de se perdre dans ses pensées brumeuses, devinant un avenir confus, arrive un vieillard tout courbé, qui entre par la vieille porte restée entrouverte, et dont la tête t'est familière, impossible de te rappeler où et quand, mais tu l'as déjà rencontré.

« Monsieur Zhang ? s'enquiert-il.

– Vous... » Un fracas à vous glacer le sang l'interrompt dans sa réponse. En levant la tête, il s'aperçoit qu'une grue bleu ciel est en train de lentement s'effondrer en faisant s'élever, de quelque endroit invisible, tout un nuage de poussière blanche.

« Ah ! s'exclame-t-il.

– C'est Li Yuchan qui m'envoie, reprend le bonhomme. Elle m'a chargé de vous remettre ça. »

Ayant déposé entre tes mains une lourde enveloppe en papier kraft fermée avec du sparadrap transparent, il tourne déjà les talons pour s'en repartir.

« Vous ne voulez pas vous asseoir un instant ? » propose par politesse le professeur de physique.

S'étant brusquement retourné, ne voilà-t-il pas qu'il te prend au mot : « Bon, mais juste un instant alors... »

Ne te reste plus qu'à aller lui chercher une chaise et à le faire s'installer dans la cour. Le soleil matinal, il doit être dans les huit ou neuf heures, inonde sa figure d'une tendre luminosité. Tu le regardes, il plisse les yeux et respire bien à fond, comme une vieille et increvable tortue pour se régénérer.

On entend le bruit des souris qui se sont mises à grignoter le chou.

Le vieil homme a l'air si confortablement et si solidement installé que c'est toi qui te sentirais de trop, à côté de lui.

Enfin il s'en va.

Ayant balancé dix bonnes secondes pour savoir s'il devait d'abord ouvrir l'enveloppe ou jeter un coup d'œil aux rongeurs, le professeur de physique opte pour la deuxième solution. À pas feutrés, il s'approche de la tanière de la beauté fragile. Te voilà si près de la portière grise que tu peux entendre les battements de ton cœur. On entend toujours ce léger bruit de grignotis, ce qui signifie donc que les bêtes sont encore en train de manger le chou. Ta main qui allait pour toucher la couverture se rétracte. Tu t'agenouilles et colles ta figure sur le bas du tissu, au niveau de ce trou de la taille d'une pièce de monnaie : le spectacle que ton œil découvre est des plus charmants.

Installées de part et d'autre de la tête empourprée de la beauté fragile, les deux souris se font face. Difficile de les différencier, elles sont toutes les deux de taille normale. Chacune assise à côté de sa soucoupe et chacune la queue sur le lit, avec gaieté elles dévorent leur mélange d'huile, de chou et de somnifère en s'aidant de leurs pattes de devant. Comment tu sais qu'elles sont contentes ? Elles ont la queue qui bouge.

Où est ton tableau charmant si elles ne font que manger ? Eh bien, après chaque troisième bouchée de chou (et comme cela s'est déjà répété plusieurs fois, ce n'est pas par accident), elles s'adressent un petit signe de tête en jetant, de leurs minuscules yeux rouges encastrés comme des pierres dans leurs longs museaux étroits, de ravissants faisceaux de lumière. Puis, s'étant ainsi saluées, d'un même mouvement elles bondissent par-dessus la tête de la beauté fragile pour changer de place avant de reprendre, comme si de rien n'était, leur repas.

Quand, par trois fois, elles se sont livrées à ce manège, épaule contre épaule elles montent alors sur la vieille et, chuchotant à l'unisson une sorte de slogan – chachachacha ! chachachacha ! –, se dressent comme des hommes à la verticale sur leurs pattes de derrière et défilent d'un pas de parade risible et puéril sur ses côtes et les seins qui y sont collés… Et ainsi jusqu'à la pointe des pieds. La tête et le cou de la beauté fragile se soulevant légèrement au fur et à mesure de leur progression, on les croirait sur une de ces balançoires à bascule pour les petits enfants. Ce sont ses jambes, ensuite, qui, doucement, délivrées, se redressent pour, tels deux missiles sol-air, venir former avec la cloison un angle de 45° quand, étant arrivées au terme de leur trajet, elles repartent dans l'autre sens.

Toi qui espérais tomber sur des souris endormies, tu les trouves en train de faire de l'exercice !

De déception, tu te relèves et ton œil quitte le trou de la portière qui désormais te cache le jeu des petites bêtes. Quel idiot tu as été de perdre ton temps à leur préparer leurs deux soucoupes. De retour dans la cour, tu ouvres la grosse enveloppe.

S'y trouvent cent yuans (en billets de un) et une feuille de papier à lettres à l'en-tête du « Joli Monde », gribouillée de quelques dizaines de caractères à peine lisibles. Elle sait écrire ? Quel est son niveau d'instruction ? Dans quelle école a-t-elle bien pu apprendre ? Vieilles questions qui resurgissent ici, fort mal à propos.

Par sa lettre, elle te convoie en gros l'information suivante : Ce n'est qu'une fois arrivée au funérarium qu'elle s'est rappelé que pour faire des affaires il faut un capital. Étant malheureusement empêtrée dans une affaire ennuyeuse, dont il lui est impossible de se dégager, elle a chargé quelqu'un de lui transmettre l'argent. Suit toute une série d'exhortations à surmonter sa crainte des difficultés et à ne pas craindre ni l'échec ni la perte de son capital, car comme on dit : « Celui qui hésite à sacrifier son enfant n'attrapera jamais le loup. »

Ce mot et l'argent qui l'accompagne ont un effet fabuleux, ils réussissent à faire passer la porte à Zhang Hongqiu.

Mais, une fois sorti de chez lui, il se retrouve comme un apprenti voleur à son premier larcin, tous les projecteurs semblent braqués sur lui, le moindre de ses gestes en est entravé.

Beaucoup plus tôt, le narrateur nous a expliqué : Et dire qu'il suffirait de prendre cet argent, de sortir de la maison, de tourner à l'est, de sauter par-dessus ce petit égout qui pue l'eau fétide à longueur d'année, cette rigole infestée de mouches et de moustiques, aux odeurs grasses et dont les bords luxuriants sont plantés d'une herbe verte et touffue mêlée de superbes fleurs rouges… Ne prends pas par le petit pont de bois vermoulu, saute et, quelques tournants plus loin, tu te retrouveras juste devant cette petite boutique qui vend un peu de tout, huile de soja, sel, vinaigre, thé, sucreries, alcools et cigarettes.

Les fleurs de la rive sont aussi flamboyantes que dans ton imagination, d'une beauté presque un peu exagérée et qui a quelque chose de maladif. Le professeur de physique a beau ne pas être botaniste, il s'y connaît quand même vaguement en plantes, qu'est-ce que ça peut être ces choses écarlates dont les têtes trop épanouies s'effondrent, dont les tiges montent à hauteur d'homme, dont les feuilles sont aussi grosses que des éventails, si épaisses et si vigoureuses qu'elles en paraissent lourdes et comme débordantes de chair, avec leurs pieds jaune tendre et tout couverts de poils blancs, qui dénotent leur vigueur, avec leur verdure épaisse comme duvet d'oie dans le ciel bleu ? Oui, que sont-elles ces fleurs qui poussent en échelons verticaux et symétriques et dont rien ne laisse présager l'éventuelle décrépitude ?

Si, tout à l'heure, il ne faisait que supposer l'œil noir des caméras en train de l'encadrer, ce sont sept appareils bien réels qu'il découvre maintenant, entre les mains de sept journalistes venus filmer, sous des angles différents, la luxuriante végétation qu'engendre la rigole puante, dont l'odeur infecte, tout naturellement, t'évoque le parfum qui règne dans les salles de cours du tout proche lycée n° 8.

Heureusement que les pellicules ne peuvent pas enregistrer l'odeur, commente le narrateur. Songez que, de ce tournage, vont résulter des images qui apparaîtront un jour sur les écrans de télévision des mille familles et des dix mille foyers, ou des photos qui seront imprimées dans des illustrés.

Les preneurs de vue ayant plus souvent l'habitude de regarder le panorama qui s'offre à leurs yeux que l'endroit où ils mettent les pieds, aux yeux du professeur de physique ils ne constituent qu'une troupe de corps trébuchant et gesticulant. Il s'aperçoit cependant que l'un d'eux, un type au buste trop long pour ses petites jambes toutes courtes, vient de débouler comme une roue sur ce petit pont de bois que tous les familiers évitent – il veut prendre une vue de haut des fleurs rouges. Dans un gémissement, la passerelle ploie et se brise. Le journaliste et sa caméra tombent avec un tas de bois pourri dans la rigole malodorante. Tout cela en l'espace d'un éclair, il n'a pas le temps d'appeler au secours que déjà il est dans l'eau. Une affaire dont tu aimerais autant ne pas te mêler, mais par la force de l'habitude, semblerait-il, ton corps encore une fois va à l'encontre de ta pensée – il bondit en avant quand ta tête avait déjà battu en retraite. Ça n'a pas l'air très profond mais il en a déjà jusqu'aux dents et en plus on dirait que quelque chose lui mord les orteils. Il est peut-être en danger de mort si personne ne va à sa rescousse.

Zhang Hongqiu ramasse une planche cloutée, la pousse jusqu'au milieu du ruisseau pour que l'homme s'y agrippe et, tirant de toutes ses forces, le ramène sur la berge.

S'il savait que demain, dans le coin inférieur gauche du quotidien municipal, il aura droit à une grande photo à la une et à la légende : « Sauvé des eaux », suivie par une explication technique d'une cinquantaine de caractères !

II

Maintenant, vraiment, cela n'a plus rien d'un rêve : le professeur de physique se tient devant le comptoir du petit magasin. Tout près de ces deux malheureuses pièces en tôle, se dresse un bosquet de saules dont les branches tombent en volutes et, entre lesquels, poussent des buissons d'armoises où parfois, le temps d'une seconde, on peut apercevoir un lapin, un chien ou un chat abandonnés. Il faut aller loin pour trouver ombre humaine. « Mais à qui vend-elle ? » se demande-t-il soudain.

Du fin fond de l'édifice, elle émerge. Elle ne s'est pas massé le dos des mains avec son huile bon marché, ni arrosée de parfum agressif et certainement son air n'est ni souriant ni aimable. Son blanc visage est de bois, ses yeux et ses lèvres comme des blessures dans sa face.

« Pfui ! » C'est la première chose que tu entends, ce bruit qu'elle produit avec son nez. Et, après, elle se met à rire (ha ! Haha ! Hahaha !).

Tous ces sons qui se veulent lourds de sens te sont quelque peu pénibles, c'est pourquoi tu te hâtes de préciser : « Je voudrais un paquet de cigarettes…

– Tiens ? Vous ne disiez pas que vous aviez arrêté de fumer ? Vous ne vous pavanez plus en vous donnant des airs de modèle d'éternité ? s'entend-il répliquer avec acrimonie.

– Je n'ai jamais prétendu arrêter de fumer…

– Ah ! C'est l'autre cocu alors si c'est pas vous !

– Quel cocu ?

– Un autre, pas vous ! Le cornard dont la bonne femme fricote avec le gardien de la fauverie !

– Qui ça ? »

Elle consent à cesser de sourire d'un air amer et impuissant pour lui assener de son air le plus sérieux : « Mais vous, enfin ! Et inutile d'essayer de jouer au plus fin avec moi ! Vous êtes venu aux nouvelles, sous prétexte d'acheter vos cigarettes ! Cela dit, vous ne valez pas bien cher non plus. Tenez, si l'envie m'en prenait, il ne me faudrait pas beaucoup plus de deux minutes pour vous enjôler, vous ne croyez pas ? C'est pour ça, d'ailleurs, que pour les histoires de votre femme vous faites celui qui n'a rien vu, rien entendu !

– Mais je veux vraiment des cigarettes ! » Tout s'embrouille dans la cervelle de notre malheureux professeur, avant tout il a envie de fumer.

S'étant éloignée, elle revient du fond de la boutique avec un paquet à l'emballage aussi somptueux qu'un palais impérial, tel que même dans ses rêves les plus fous il n'en a jamais vu.

« Elles coûtent combien ?

– Combien avez-vous ? » Un coin de sa bouche s'est soulevé.

Cent billets de un yuan tout neufs hurlent dans le fond de ta poche. Ce sont des colombes, cent blanches colombes, symboles de la paix et de la pureté du monde, qui rêvent de s'envoler loin de tes vêtements, vers le ciel azuré. Inconsciemment, il tripote sa veste.

« Alors, comme ça, on a fait fortune, ironise-t-elle sans lui laisser le temps d'ouvrir la bouche. Allez, laissez-moi deviner ! » En plissant les yeux, elle réfléchit quelques minutes avant de tendre un doigt résolu : « Cent yuans ! »

Nerveusement, sa main se pose sur sa poche.

« Cent billets de un yuan dans une enveloppe en papier kraft ! » continue-t-elle avec assurance.

« Extraordinaire ! » À un demi-dieu, saurait-on rien cacher ? Il avoue : « Cent yuans, exactement comme vous venez de le dire !

– C'est justement le prix de cette cartouche. Tenez, l'argent dans une main, les cigarettes dans l'autre !

– Tant que ça ?

– Je ne vous en ferais même pas cadeau pour ce prix-là, si ce n'était que, par certains côtés, vous me plaisez bien ! » Elle a l'air vraiment sincère, en plus.

« Je n'en veux pas… » Le professeur de physique est tout décontenancé.

« Vous voyez, je le disais bien que ce n'était pas pour ça que vous étiez venu ! » Elle tire sur un scellé en plastique doré, un film transparent se défait avec grâce. Encore un ruban argenté et une autre feuille, vert pâle celle-là, s'envole aussi. L'emballage t'apparaît enfin dans toute sa splendeur. Elle soulève le couvercle, s'empare d'un paquet, déchire un fil doré, et un autre film de plastique incolore et transparent se défait encore. Puis elle l'ouvre, arrache le papier métallisé qui protégeait les filtres et, du bout de l'ongle, donne dans le fond du paquet deux petites chiquenaudes qui font sortir deux cigarettes. Mais, avant même qu'elle ait retiré le papier protecteur, il avait humé leur puissant parfum. Elles ont une odeur étrange et bien particulière, les ailes de son nez en battent d'avidité. Leurs filtres semblent des sculptures d'ivoire. L'air d'avoir percé l'univers et ses mystères, elle te les tend, un sentiment sur sa face et dans sa voix tel qu'on la dirait prête à dépenser sans compter. « On ne peut pas vivre sans argent, mais rien ne sert d'en avoir trop. Qu'est-ce que c'est la vie, après tout, sinon fumer, boire, manger et s'habiller ? »

Zhang Hongqiu allonge deux doigts aussi ankylosés que deux bâtons de craie sèche qui, au contact du filtre, ressentent comme un grand froid. Son poignet ploierait presque sous le poids. De tenir à la main une cigarette d'un tel luxe, il en sent son cœur qui chavire, ses pupilles se dilatent à venir lui cogner les orbites. Tu entends la voix de ton sang qui circule, frou-frou, frou-frou, frou-frou, comme le friselis d'un drapeau rouge dans le vent.

Elle a baissé la tête et sorti la deuxième cigarette qui dépassait du paquet. Elle actionne son briquet, maintenant, faisant jaillir une flamme claire et dépourvue de fumée, tandis qu'à l'intérieur de sa gangue transparente un gaz bleuté tremble.

Elle te tend son feu. Il illumine la face du professeur de physique. Son cœur ondule au rythme d'une petite vague de tendresse un peu tragique comme jamais encore il n'en avait goûté. Sa bouche lui semble stupide, elle fait du bruit, de la salive coule sur sa lèvre inférieure. Alors, avec un geste tellement léger, doux et discret qu'il en est chargé de sens, elle te tapote l'épaule. Du fond de sa gorge monte un petit soupir. La cigarette qu'elle tient entre ses lèvres délicates vient toucher la flamme et s'y embrase, un épais nuage de fumée blanche s'échappe par ses narines.

Pas une seconde le parfum particulier du tabac n'a cessé de se répandre. Et toujours il s'épanouit. Avec cette fumée blanche, ou bleue, pâle ou qui s'épaissit, en filets, en filaments ou en ronds, sans cesse changeante et sans cesse en mouvement. Il en est ivre, sa tête se perd dans la brume, des ailes lui poussent dans le dos. Le visage de la femme se pare, dans ce brouillard, d'un flou mystérieux, on dirait la bodhisattva Guanyin, toute voilée de gaze fine, apparaissant et disparaissant au gré des nuages.

Il se saoule de ce parfum. Avec tendresse, une voix lui murmure : « Mon pauvre, pauvre petit… »

Ton cœur n'a plus une ride quand tu lèves la tête vers cette face miséricordieuse. Comme la surface d'un lac serein qu'illumineraient les rayons dorés du couchant, des lotus s'y épanouissent, de grands oiseaux blancs viennent s'y poser, un vent silencieux y glisse comme une pièce de soie… Tu pleures…

De la paume de la main, lentement, lentement, elle lui essuie le visage. À quel moment t'a-t-elle attiré au fond de sa baraque ? Assis sur le bord d'un lit au bois gravé, tu n'es plus qu'un petit agneau docile. Et ce parfum qui se répand…

« Je sais que vous êtes malheureux… Mon pauvre, pauvre petit… » Sa poitrine pleine n'est plus qu'à un centimètre de ta figure, l'odeur de tabac s'efface pour laisser place à une senteur bien différente de celle de l'esthéticienne par laquelle tu te sens violemment attiré. Elle portait déjà cette minijupe bleu marine fine comme une aile de cigale ? La joliesse de ses seins transcende sa tenue. Vient s'imposer à la cervelle du professeur. On pourrait presque croire que ce n'est pas par un effet de sa volonté propre qu'il enfouit la tête dans sa poitrine, que c'est elle plutôt qui vient se coller sur son visage… Il se sent submergé par une excitation qu'il n'avait pas ressentie depuis des années. Tu enlaces sa taille.

« Je ne voulais pas vous séduire…, halète la buraliste qui se tord le cou pour échapper à ses lèvres. C'est juste que vous me faites pitié… Avec toutes les cornes que votre bonne femme vous fait porter… Vous savez, ici, la nuit, on peut entendre les tigres… »

Propos incohérents qui produisent le même fulgurant effet qu'un diamant en train de se mouvoir sur le verre, le professeur de physique retrouve d'un coup tous ses esprits. Lourdement, les fouets de la vertu s'abattent sur son âme et la cinglent. Il est terrorisé, c'est comme s'il s'était vu sombrer dans un étang de boue aux insondables profondeurs. Ses bras en retombent sans force.

Il redevient lui-même. Il a tellement transpiré qu'il est en eau, son uniforme est trempé et même les verres de ses lunettes sont couverts de buée. Les essuyer lui permet de s'apercevoir que la buraliste a les joues toutes roses et que l'excitation a fait virer au violet une petite verrue sur son nez qu'elle avait poudrée de blanc. La découverte de cette imperfection déclenche en toi toute une vague de sentiments assez inexprimables. Elle continue de se tortiller comme si elle était encore dans les bras de l'homme. Les femmes sont toutes différentes – il se rappelle que Li Yuchan s'est recroquevillée sur elle-même, la première fois qu'il l'a prise dans ses bras. Entre ses lèvres légèrement entrouvertes et flétries par les flammes, on devine ses dents qui scintillent.

Le sol est couvert d'une moquette synthétique blanche à fleurs rouges. Sous la tête du lit, cinq paires de chaussures sont alignées, rien que des escarpins à talons hauts, des rouges, des bleus, des noirs, des blancs et des marron. Le grand oreiller est du style sac de jute. Au-dessus, dans son cadre de bois rouge gravé, un grand miroir OVALE.

D'un coup, il revoit la scène de la glace en train de se briser ; d'un coup, il se rappelle toute l'affaire du changement de visage.

C'est à peine s'il ose contempler son reflet sombre et hâve.

« C'est pour ça que vous êtes là entre deux cours ? » demande- t-elle en se tordant les lèvres.

Il lui semble presque entendre la voix de Fang Fugui en train d'enseigner.

« Je… J'ai donné ma démission…, bafouille-t-il.

– Quoi ? Votre démission ? » Elle s'en tape la cuisse de surprise.

« Ma démission ? Eh bien, oui, ma démission. Ma démission !

– Mais, pourquoi ?

– Je veux faire du commerce ! assène le professeur de

physique en levant le poing bien haut comme pour prêter serment. Je veux gagner de l'argent !

– Oh là là ! » Elle prend une cigarette et la porte à ses lèvres. Puis en reprend une autre dans le paquet et la lui fiche dans le bec. Elle allume la tienne, allume la sienne, leur parfum se répand et roule comme un brouillard blanc. « Alors, dites-moi vite, dans quel commerce est-ce que vous comptez vous lancer ? Et pourquoi est-ce que vous voulez gagner de l'argent, d'abord ?

– Et pourquoi pas ? Pourquoi est-ce que je ne peux pas fumer des cigarettes de luxe ? Pourquoi est-ce que je ne peux pas boire du bon vin ? Manger des mets raffinés ? Habiter dans un bel immeuble ? Pourquoi ?

– Parce que vous n'avez pas d'argent, c'est bien ça ? l'interrompt-elle. Quand on a un certain pouvoir, on peut à la limite faire sans, mais celui qui n'a ni l'un ni l'autre n'a plus qu'à fumer du tabac de mauvaise qualité (il doit parfois même s'en passer), boire de la bibine et loger dans une baraque délabrée. C'est tout à fait normal.

– Comme dit le proverbe : “Les chiens mordent les porteurs de paniers, les hommes respectent ceux qui sont bien argentés”, ma femme me le répète tout le temps.

– Et elle a drôlement raison ! » Sa cigarette au bec, la buraliste a vraiment l'air très chic, c'est quelqu'un qui sort du commun. Le dessus de sa lèvre est lisse, sans même l'ombre d'une moustache (nous rappelons que celle de l'esthéticienne est surplombée d'un fin duvet vert). Zhang Hongqiu se sent tout honteux en face d'une telle bouche, dont le mouvement fait ballotter le mégot qu'elle tient comme un flotteur au bout d'une canne à pêche. « On ne peut pas se passer d'argent, c'est pas difficile à comprendre ! Mais comment comptez-vous faire pour en gagner ? Qu'est-ce que vous voulez faire comme commerce ? »

La main du professeur revient en un geste inconscient se poser sur sa poche.

« C'est ça, votre capital ? Cent yuans ?

– Ma femme vient juste de me les envoyer. Je suis venu vous demander conseil, aidez-moi : qu'est-ce qu'il faudrait que je fasse ?

– O. K. Nous devons être liés par le destin, je suis bien obligée de vous aider. Vous n'êtes pas un commerçant. Vous êtes persuadé qu'il n'y a qu'à se baisser pour ramasser. Vous croyez qu'il n'y a rien de plus pénible que la vie d'enseignant, qu'on n'a pas besoin de connaissances pour faire des affaires et que le premier imbécile venu peut gagner des sous. Vous avez vu le loup en train de se régaler, mais pas sa peine. Très bien ! Je vais vous aider ! Donnez-moi ces cent yuans. En échange, je vous vends quatre cartouches au prix de gros qu'il suffira de revendre à bon prix, trois yuans cinquante le paquet, mettons, et vous aurez gagné quarante yuans. »

Et, effectivement, de lui fourrer dans les bras quatre cartouches de cigarettes qui, si leur emballage n'a pas la splendeur de celles qu'on vient de voir, n'en sont quand même pas moins éblouissantes. « On ne les trouve jamais en magasin, celles-là. L'État en a fixé le prix à vingt-cinq yuans, mais, avec un peu de patience, vous devriez pouvoir les refiler pour cinquante. En fin de parcours, ça vous ferait un bénéfice de cent yuans, presque votre salaire mensuel, non ? »

Il hoche la tête. Il se sent tout excité. L'oiseau d'or du bonheur vole au-dessus de sa tête, tournoie et se pose sur ton épaule, la gauche ou la droite ? Tu entends sa claire chanson et le frémissement de ses ailes qui se déploient.

« Vous… Pourquoi êtes-vous si généreuse avec moi ?

– J'ai de l'affection pour les professeurs de lycée, explique-t-elle d'un ton qui semble sincère malgré le sarcasme qui s'y mêle. Surtout pour les pauvres diables qui enseignent la physique, comme vous, ceux qui croulent sous les soucis ménagers et dont en plus l'épouse est débauchée. J'ai envie de vous aider. »

Il en reste perplexe.

« Vous ne seriez pas en train de vous demander quel genre de femme je suis, vous ? Si je ne serais pas une espionne, par hasard ? Est-ce qu'elle ne serait pas en train de m'attirer dans ses filets pour me faire faire le plongeon et me recruter ? Ce ne serait pas un point de rendez-vous, cette baraque en tôle dans son coin isolé ? Elle touche peut-être de grosses sommes tous les mois pour ses activités. C'est bien à ça que vous pensez, non ?

– Non. Non, non. » Il a beau nier du bout des lèvres, au fond de lui il doit bien l'admettre : des images de film ont défilé dans sa tête et une sueur désagréable lui trempe la peau.

« Je vais vous dire une bonne chose. » Le prenant très fort par le bras, elle lui plante son regard noir et séduisant dans les yeux derrière ses lunettes (lui qui se sent comme un lapin pris entre les serres d'un aigle n'ose même pas la regarder en face) et le plus sérieusement du monde lui demande : « Est-ce que vous avez peur de la mort ?

– De la mort ?… Non…

– Vous ne dites pas tout à fait la vérité, le corrige-t-elle avec un sourire magnanime. Vous n'avez jamais réfléchi à la question, en fait. Mais j'espère bien que mourir ne vous fait pas peur. C'est la première condition pour pouvoir vivre heureux et faire des choses bien. Imaginez que vous êtes découragé et ne savez plus quoi décider, eh bien il vous suffit de voir les portes de la mort en train de s'ouvrir pour vous, c'est plein de fleurs et de musique, un lieu où ni les soucis ni les souffrances n'existent plus – de toute façon, par quelque chemin qu'on y aille, ce sera toujours le terminus – et, en règle générale, ça vous redonne courage, vous retrouvez la force de vous battre pour votre bonheur, au lieu de rester là comme un idiot, veule et hésitant à laisser tomber la bonne chère qu'on vous met dans la bouche... Vous comprenez ce que je veux dire ? »

Le professeur de physique secoue la tête d'un air impuissant. Même l'éclat dans ses yeux semble se transformer en senteur, une senteur qui se mêlerait à celle de son corps et au parfum étrange du tabac – cette odeur qui t'attire, te mène à la rencontre d'un univers inconnu et fascinant. C'est l'âpre arôme des peupliers, cette année-là, de leurs feuilles et de leurs inflorescences qui lui a fait passer la porte du 13, allée des Poissons d'Or, c'est lui qui lui a fait épouser cette femme à la lèvre ornée d'une moustache verte, le précipitant dans toutes ces années d'existence minable et misérable. Et voilà qu'aujourd'hui la vie se met à embaumer ! Où son parfum va-t-il t'entraîner ?

« Vous êtes trop méfiant. Vous ne pouvez pas vous empêcher de douter qu'il reste encore de beaux sentiments, en ce monde. Vous croyez que je cherche à vous aveugler pour vous attirer dans un piège. C'est un jeu auquel je suis très douée, mais jamais je ne vous ferais ça à vous. C'est trop triste et trop injuste qu'un être ait vécu la moitié de sa vie sans jamais avoir pu goûter les saveurs de l'existence humaine. Retrouvez votre audace ! Faites-moi la cour ! Renversez-moi sur le lit, ou même par terre si vous avez envie de me faire l'amour ! Ou allez vendre vos cigarettes si vous préférez vous enrichir ! Faites ce dont vous avez envie ! C'est tout simple : je veux faire de vous un homme heureux ! » Elle relève le bas de sa jupe pour s'éventer un peu. « Et, d'ailleurs, même si j'étais une espionne, quel mal y aurait-il à ça ? »

Le professeur de physique a l'impression de marcher au bord d'un gouffre, il ne peut plus réprimer le tremblement de ses jambes. Elle a soulevé sa robe pour moi, j'ai vu ses belles cuisses lisses (celles de l'esthéticienne et son derrière sont entièrement couverts d'un fin duvet doré). Les lampes se sont éteintes ; dans les profondeurs insondables de la petite baraque de tôle où flambe une bougie, ils sont totalement coupés du monde, on n'entend plus que la voix de la cire qui se consume et les battements d'un cœur d'homme et d'un cœur de femme en train de palpiter. Son parfum t'est un appel ardent. Ton cœur bat si fort que tu en as mal à la gorge. La source de l'odeur est devant toi et toi tu vas, avançant dans son sillage, en tâtonnant comme un petit chien aveugle.

Son corps n'a déjà plus la moindre force quand il touche la chair ardente de la buraliste, une sueur froide détrempe ses cheveux. Avec anxiété, les lèvres de la femme viennent se poser sur les siennes, elles l'exhortent, il a toujours cette sueur froide.

Sa douleur est telle qu'il a l'impression d'être déjà à moitié mort. Il avait l'impression d'avoir ses raisons, avant, quand avec l'esthéticienne il était impuissant. Mais là, devant le soupir de déception de la buraliste, c'est une honte sans fond qu'il ressent. À la lueur de la lampe rallumée, quand comme une petite fille capricieuse elle remonte d'un geste preste son slip rose sur ses fesses, il s'agenouille et pose la tête sur ses genoux ronds. Il sent sa main qui joue dans ses cheveux.

« Tu devrais aller consulter un médecin, mon chéri. Pas étonnant que ta femme prenne des amants, on ne peut pas lui en vouloir… »

Il a soudain l'impression d'avoir la face très sale, la sueur, les larmes, tous ces liquides crasseux doivent souiller les jambes de la dame. Aussi écarte-t-il la tête.

Effectivement, elle se les essuie avec une serviette – elle s'est aperçue de ma crasse – dont elle lui nettoie aussi la figure – mais ça ne la rebute pas – et qu'elle jette dans un coin – elle m'abandonne !

« C'est peut-être ton alimentation qui n'est pas assez riche. Tu devrais aller demander de la gelée royale au pharmacien, ou du ginseng, de la poudre de pousse de cerf ou de la liqueur de pénis, un tonique quoi ! Mais, bien sûr, là encore ça coûte des sous ! »

La bougie s'est éteinte. Elle s'empare d'un peigne en fil d'acier galvanisé et entreprend de remettre de l'ordre dans la cascade noire de ses cheveux. Le spectacle de son bras semblable à une racine de lotus te fait mal.

Dehors, on entend les oiseaux qui chantent, qui appellent, perchés sur leurs branches de saules. La figure du professeur de physique est toute de travers, elle aussi voudrait tourner le dos à son âme.

« Je comprends ce que tu ressens, dit-elle. Mais tu ferais sans doute mieux de commencer par aller vendre tes cigarettes, non ? Aie confiance, tu as déjà accompli un premier pas très audacieux, l'avenir sera lumineux. »

Sous le lit, elle va chercher un sac de voyage tricolore dont elle fait glisser la fermeture pour y ranger les cartouches.

Puis elle le lui tend, un sourire chargé de sens à ses lèvres demi-closes.

« Prends aussi ça, ajoute-t-elle en lui glissant celle qu'ils ont entamée plus tôt. Les marchands de tabac doivent fumer de bonnes cigarettes. »

Et comme il se souvient des cent yuans qu'il a en poche : « Garde ton argent, si tu as faim tu pourras aller au restaurant.

– Pourquoi êtes-vous si bonne avec moi ? demande-t-il, ému.

– Parce que je suis une espionne ! » Elle me flanque une bourrade : « J'aurais mieux fait de t'apprendre l'art et la manière de vendre, en fait ! »

Puis elle pousse notre imbécile heureux hors de chez elle.

Le soleil brille si fort qu'il a du mal à ouvrir les yeux.

III

Avec regret il tourne la tête pour jeter un dernier coup d'œil à la petite cahute de tôle que déjà dissimulent les saules et les fleurs sans nom. Elle est sur le pas de sa porte, en train de te faire signe de la main. Son visage en cet instant est un soleil qui dans le cœur du professeur de physique ne se couchera jamais. La chance tombe toujours du ciel à l'imprévu, gonflant d'orgueil et prenant de vertiges celui qu'elle a choisi.

Sans but précis, il se met à flâner au hasard des rues. Son sac de voyage à la main, il est encore ivre de souvenirs qui lui parlent de corps féminin. À n'en plus finir, établissant le bilan de leurs similitudes et de leurs différences, il compare la buraliste et l'esthéticienne. Un bus s'arrête devant lui, la porte s'ouvre, on se bouscule pour en descendre, on se bouscule pour y monter.

« Vous partez en voyage, monsieur Zhang ? » C'est un de tes anciens élèves, tu ne sais déjà plus comment il s'appelle, qui une dizaine de poulets vivants à la main t'apostrophe ainsi sur le passage clouté.

Il a l'air espiègle, tout est joyeux chez lui, ses petits yeux tout ronds qui clignotent, ses oreilles qui battent, et même ses lèvres remuantes. Il te fait l'impression d'être malin sans fourberie et gai sans trop de légèreté. Fronçant les sourcils, tu fouilles ta mémoire à la recherche de son nom. Pourquoi est-ce que je n'arrive pas à me souvenir ? Parce que les corps nus de deux femmes sont en train de semer le désordre dans ta cervelle où, les poings plantés sur leurs hanches menues (l'une est dorée, l'autre toute blanche), elles déambulent à grands pas. L'une en face de l'autre du regard elles se toisent, tels deux petits coqs prêts pour le combat.

Dans sa confusion (c'est une illusion classique), le professeur de physique croit même voir sur leurs culs nus bouffer deux queues touffues de gallinacés.

« Vous avez sans doute fait fortune, monsieur, puisque vous ne reconnaissez même plus vos pauvres élèves ! s'exclame allégrement le garçon aux poulets.

– J'ai votre nom sur le bout de la langue… », avoue, gêné, l'enseignant. Les deux dames se mettent alors à faire l'inventaire de leurs défauts respectifs – tu es pleine de dégoûtants poils jaunes – et toi aussi nue qu'une anguille ! Comment pourrais-tu trancher, comment dire, de l'anguille ou de la velue, laquelle l'emporte sur l'autre ? Comme pour te supplier d'arbitrer, elles tournent vers toi leurs regards pleins de séduction, ta tête retombe, incapable de soutenir son propre poids, semblable à la feuille d'igname qui retrouve la brûlure du soleil après avoir été battue par le givre sévère. Le passage pour piétons est décoré d'emballages de crème glacée et d'un morceau de journal couvert de croûtes de sang séché.

« Je m'appelle Ma Hongxing, ça vous dit quelque chose ? » Il a une épaule plus basse que l'autre à cause de ses volailles. L'autre bras se tient plus haut, c'est parce qu'il n'est pas chargé. Ses poulets ont tous la tête en bas et le trou du cul tourné vers le ciel, de la bave s'écoule en filets de leurs becs et mouille l'asphalte.

Le continuel et plaintif brouhaha qui règne dans la salle des professeurs du lycée n° 8 s'étant mis à résonner, les deux femmes qui ont un rapport si étroit avec ton existence sont bien obligées de prendre momentanément congé en te faisant un signe de la main. Il se sent l'esprit plus clair, en dépit de ces deux soupçons de parfum qui continuent de s'affronter avec acharnement : l'un, indescriptible, est celui du funérarium et l'autre, tout aussi difficile à exprimer par des mots, celui qui règne à l'intérieur de la baraque en tôle. En même temps que les lamentations de ses collègues, il retrouve aussi la puanteur du couloir. Une infection verte qui se nourrit des déjections et des excréments des élèves. Tu tournes la tête vers le soleil, ton regard se perd dans le passé. Cela fait tout juste une demi-journée que tu as abandonné ton poste sacré dans la salle de classe (le soleil est plein sud, il est donc exactement midi, heure de Pékin, et le dernier cours de la matinée se termine. Je devrais être en train de jeter ma craie dans sa boîte, de secouer la poussière de mes mains et d'annoncer d'une voix cassée la fin de la leçon. Debout ! crierait le chef de classe. Cinquante élèves se lèveraient en rangs inégaux et me présenteraient leurs respects – ils rendraient hommage à mon travail en s'étirant paresseusement dans un grand bruit de livres qu'on soulève et de tables et de chaises entrechoquées). Comme tout cela a l'air lointain. Il ressent comme une inexprimable petite blessure face à l'immensité de ce temps écoulé.

« On raconte que tu t'en es bien sorti… » Que tu as fait fortune, a-t-il failli dire, ne rectifiant sa formule que quand les mots lui sont venus aux lèvres.

Le jeune Ma fait changer ses poulets de main et recule un peu pour aller appuyer sa maigre carcasse à un peuplier blanc au tronc gros comme un bol et enduit d'une couche de chaux blanche qui pousse sur le bord de la route. « Ça va, répond-il, malicieusement. Autant faire un truc un peu substantiel, quand on n'est pas doué pour les études, “les poulets ou les chiens, à chacun son chemin”, comme on dit si bien. Mes parents ne m'ayant pas fourni la cervelle à faire un étudiant, je me débrouille comme je peux, avec mon petit restaurant de poulet grillé.

– C'est bien, vraiment très bien…

– Bien ou mal, en tout cas c'est comme ça ! s'exclame le garçon. Vous avez toujours été épatant avec moi, au lycée. C'est parce que j'en n'avais pas l'étoffe que j'ai raté l'examen d'entrée à l'université ! Je n'ai pas su travailler à votre gloire en me faisant recevoir, alors si ça vous dit le poulet grillé, je vous le fais à moitié prix, et surtout faut pas vous gêner, si un jour vous avez besoin d'un peu de fric, plus je dis pas, mais deux à trois mille, ça devrait pas poser de problème !

– Inutile ! Inutile !

– Allons, allons, pas de politesses entre nous ! Maître et disciple, c'est bien un peu comme père et fils, vous n'allez pas faire de manières !

– Bon, je penserai à toi, le cas échéant.

– C'est l'heure de manger, constate-t-il en levant le poignet pour consulter une montre à l'éclat éblouissant. Venez donc visiter ma gargote, ce sera ma tournée !

– J'ai une affaire urgente, un autre jour, un autre jour… »

Ton estomac se met à gargouiller dès que tu as pris congé de ton ancien élève. Les deux femmes en profitent aussi pour reprendre leur navette et chicaner dans ta tête. Qu'elles se font lourdes, ces quatre cartouches de cigarettes ! Comment faire pour les transformer en bel argent ? Tu aurais dû demander conseil à Ma Hongxing. Tu serais prêt à demander conseil à n'importe qui, en fait, sauf à lui, impossible. C'est l'heure de la pause et la plupart des habitants de la ville rentrant déjeuner chez eux à bicyclette (notre cité n'est pas grande), la grand-rue disparaît sous la vague déferlante de leurs vélos qui, non contents d'envahir les trottoirs, empiètent aussi sur la voie pour automobiles. Même la limousine du maire ne peut plus qu'avancer au pas en ravalant sa colère, derrière ce fleuve d'argent que trace le soleil en se reflétant dans leur nickel galvanisé. Aux carrefours, les agents impuissants fument des cigarettes. Marée des bicyclettes et de tintinnabulantes sonnettes au-dessus de laquelle les visages, à différentes hauteurs, semblent, sans rien vouloir exprimer et sans même un but précis, suivre le courant comme une vague en suit une autre.

Le professeur de physique est repoussé dans l'ombre des maisons. Les diverses marchandises disparaissent sous une couche de poussière, sur les petits étals à ciel ouvert. Quant à leurs propriétaires, ils ont des airs féroces, avec ces lunettes à monture dorée dont les verres sont en train de se teinter de marron et qui leur font l'œil bleu et le teint rouge. Tu vois un marchand de tissu, un marchand de fruits, un marchand de vêtements, un marchand de lunettes, un marchand de chaussures… mais pas de vendeur de cigarettes.

Il y a toutes sortes de publicités sur les murs, avec ici et là de coquettes jeunes femmes (mais pas un seul homme) dessinées à la craie qui proposent en souriant aux passants des fruits et des produits divers. Tu as déjà fini d'avaler tous les bâtons que nous avions trouvés près de la girafe et ceux ramassés à côté des cages du lama et du bison. Pour satisfaire ton désir et sustenter ton esprit, il ne nous reste donc plus qu'à nous approcher, au péril de notre vie, de la fauverie – qu'à nous jeter dans la gueule du loup ou les pattes du tigre pour leur voler cette « nourriture » de luxe, transpirant sous leur regard venimeux au point que nos mains pleines de craies se teintent de bleu, de rouge, de noir et de blanc comme des griffes. Mange, mange, mange, espèce de démon ! Tu en es tout ému. Tu nous dis que tenant bien haut un beignet jaunâtre torsadé en forme de battoir elle te sourit. Qu'à la main une assiette de petits pains dorés à l'huile elle te sourit. Que mordant dans un jambonneau et brandissant une bouteille de bière mousseuse elle te sourit…

Son ventre fait toujours autant de bruit, le professeur de physique a faim. Pourquoi ne mange-t-il pas de la craie ? nous étonnons-nous.

Je devrais être à table en ce moment, une paire de baguettes rouges à la main et tenant de l'autre un pain à la vapeur que j'aurais acheté à la cantine. L'esthéticienne serait en face de moi, Daqiu à ma gauche et Xiaoqiu à ma droite. Ayant quant à elle déjà ingurgité depuis longtemps sa préparation médicamenteuse, la beauté fragile ronflerait bruyamment. Il y aurait du bœuf ou du porc (il s'étonne : comment se fait-il que depuis quelque temps nous ayons de la viande à tous les repas ? Sans oublier les tripes, bien sûr).

Alors qu'il s'attarde en hésitant au milieu de la foule qui se presse aux portes des restaurants, des gargotes et des cafés, tout d'un coup il réalise : À la place que j'ai laissée vacante, un professeur de physique est en ce moment installé ! Il a le même visage que moi, porte le même costume vert, a le même crâne rasé et porte les mêmes lunettes. Il a l'air d'être moi mais ce n'est pas moi.

Il a pris ma place et se pose en Papa de mes garçons !

Il a pris ma place et se pose en époux de l'esthéticienne !

Il a pris ma place et se pose en gendre de la beauté fragile !

Celui qui se pose en gendre de la beauté fragile doit lui porter les bassins et la servir pour la faire boire et manger, c'est sans importance. Mais celui qui se pose en époux de l'esthéticienne pourrait coucher avec elle à la faveur de la confusion !

Son cœur se met à lui peser d'un coup. Le sac de voyage lui en tombe presque des mains. Les branches de ces lunettes qui ne lui ont jamais appartenu lui enserrent le visage, leur barre oppresse l'arête de son nez, sa sueur dégouline, tout son corps le démange comme s'il s'était égaré dans un champ de chaumes étêtés, à la maison, à la maison ! Mon foyer, mon chez-moi, mon foyer… Ce foyer, source de tant d'anxiétés, ce foyer qu'on exècre mais dont rien ne saurait vous délivrer, ce foyer où l'amour s'ensevelit et qui distille la souffrance… On n'est pas vraiment complet quand on t'a perdu et pourtant tu es si pesant.

Dans ton ventre tonne un air retentissant qui évoque les couples dialectiques famille-amour et bonheur-souffrance. Qui dit toutes les contradictions, les tergiversations, les reculs et les avancées, les tours et les détours de la pensée d'un professeur de physique du secondaire qui, après être pendant des années resté coincé dans le carcan de sa profession, avoir ployé sous le fardeau de l'existence et s'être laissé ballotter par une société instable, découvre pour la première fois la liberté, a de l'argent dans sa poche et peut enfin apprécier le paysage sur la plage du sexe et de l'amour.

Telle une fleur, la chanson peu à peu s'épanouit. Un à un, elle déploie ses pétales, si splendides qu'on dirait des diamants ou des sculptures sur ivoire. C'est une musique profonde qui pénètre l'âme humaine d'une impression de fatigue et de vieillesse, sentiment navrant mais dont découlent une sorte de bien-être, un confort tragique et charnel – c'est quand la tristesse atteint à son comble que la chair lui tourne le dos, en quête de sa jouissance propre –, une altération de la satisfaction sexuelle. En un sens, on peut estimer que notre enseignant prête à cette musique qui gronde dans ses entrailles une respectueuse oreille, qu'il l'apprécie à sa juste valeur, même. D'un autre côté, il sent bien que cette allégresse de sa chair est en contradiction avec le souffle rouge des trompettes – ainsi qu'il a déjà été dit, tout comportement extrême est toujours teinté plus ou moins de sexualité, et que ce soit le musicien quand il écoute ou exécute un morceau superbe, le parachutiste (ou le militaire) quand après avoir sauté de sa cabine à plus de dix mille mètres d'altitude il tombe à toute vitesse sur le sol ou le condamné à mort quand il arrive sous bonne escorte sur le terrain d'exécution, tous ressentent ce phénomène lié à la sexualité. Transporté par sa musique et par la contradiction qui y règne et lui est propre, Zhang Hongqiu avance en se faufilant comme une loche molle entre les éclats argentés des roues de vélo et les faces aux reflets rouges qui les surplombent. C'est un mouvement qui dépasse le domaine matériel, voire s'y oppose, comme une mélodie dont les accents se déploieraient entre les peupliers blancs du petit bois au bord de la rivière.

Une émotion comme on n'en ressent que bien difficilement. Mais qui jamais de sa vie n'a éprouvé cette sorte de transcendance aura sans doute vécu pour rien. C'est pour cela que la description qu'en fait le narrateur nous fascine. C'est pour cela que jamais le professeur de physique ne pourra oublier cet instant de son existence.

Les membres aussi mous que les branches des saules devant la baraque de tôle quand elles ballent dans le vent, il va toujours se faufilant. Ton sac avec ses quatre cartouches de cigarettes (dont tu peux tirer deux cents yuans) te semble à présent aussi léger qu'une plume de cygne. Avec toi, il tourne et se balance, étoile filante à la poursuite de la lune ou dragon noir en train de remuer la queue. Il est vague, il est laser, il est nuage, il est comme l'amour au fond de ton cœur, il t'entraîne, tu l'entraînes, c'est une alliance de tabac et de besace, le produit de la vertu et de la débauche, dans son mouvement il charrie l'âme aussi lisse et pure que graisse de mouton ou lait de vache de la buraliste, il fait partie intégrante de ton corps désormais, dans ses fibres et ses fils il y a ton sang qui coule. Rien jamais ne saura le vaincre. Devant lui, les roues et les corps s'inclinent, les faisceaux de lumière s'entrechoquent, vélos et cyclistes s'entassent les uns sur les autres, il les empile, il les écrase. À droite, à gauche, devant, derrière, de tous côtés. Ces lunettes d'un autre, qui ne te vont pas, te pincent si fort que des éclats bleus scintillent dans ton regard et que, dans cette lumière, toutes choses doucement se mettent à flotter, se matérialisant à la limite des mondes réel et irréel, de l'illusion et de la vérité.

Les faces des gens te semblent des masques, les injures que profèrent leurs lèvres vacillantes les bulles colorées que les poissons crachent dans l'eau et qui, doucement, sans interruption, montent en suivant les branches rouges, orange, jaunes ou vertes des algues et des coraux pour venir éclater à la surface où sans cesse elles se renouvellent. Quelque chose de dur et d'acéré transparaît tout à coup au milieu de tout ce flou : c'est une main, par terre, une main toute rouge. Un os blanc pointu comme une pique a percé la chair et la peau d'un bras.

Quelqu'un lui assène à l'arrière du crâne un coup gauche et maladroit qui résonne à l'intérieur de sa tête, l'illusion se dissipe, fin de la condition supra-matérielle. Tout surpris, il découvre la foule qui l'encercle. Le soleil tombe impitoyable sur ces faces ruisselantes de sueur, les voitures klaxonnent bruyamment, un parfum d'essence se mêle à l'odeur de transpiration. « À mort ! » crie une voix. « Ça doit être un fou ! – Où est la police ? Il faut vite aller chercher un agent ! Ils roupillent ou quoi ? – Ça doit être un intellectuel pour avoir une tronche pareille ! – Plus ils réfléchissent et plus vite ils perdent la boule ! – Il faut regarder ce qu'il a dans son sac ! – Attention, si c'était une bombe ! – Il voulait peut-être faire sauter le fortin ! – Ou le pont de Cassandra ? – Y a plus de chances pour que ce soit la mairie ! – Et s'il avait cent mille yuans dans son sac ? – Regardez ! Il le serre contre son cœur ! – Écartez-vous ! Écartez-vous ! Voilà nos gentils policiers ! »

« Dégagez ! Allez, place ! » Deux agents à l'allure imposante, les reins ceints de cuir blanc et un bâton à la main, sont en train de s'ouvrir un chemin dans le mur humain à coups de matraque et d'épaule, brandissant bien haut leur gourdin et criant : « Dispersez-vous ! Les attroupements sont interdits ! »

Au milieu de la foule, tu distingues un jeune homme, long et mince comme une canne de ramie, qui, bousculé par les policiers qui lui sont rentrés dans les côtes, en attrape un avec colère par le bras et lui envoie un grand coup sur la montre. Sans presque avoir besoin de déployer sa force (en un geste si petit qu'il en serait imperceptible), l'agent abat sa matraque sur le poignet, bien sûr encore plus mince qu'une perche, de cette grande perche qui, se le prenant à deux mains, en lâche un : « Aïe ! Maman… » si plaintif et si familier que la plupart des citoyennes cyclistes tournent la tête pour regarder.

C'est avant l'incident que tu t'es emparé de ton sac pour le serrer contre ton cœur comme s'il s'agissait d'un trésor légué par tes ancêtres. Ta main peut sentir les contours nets des cartouches. Elles ont l'air inquiètes, on dirait de petits animaux effrayés. Le vent de pastèque à chair sablée a une odeur sucrée. Posé sur l'antenne de télévision de quelque bâtiment, un pigeon domestique roucoule à voix basse sa chanson. Quelque part, très loin, quelqu'un a craché un mollard étincelant qui vient s'écraser sur le bout de ton nez avant même que ta cervelle ait eu le temps de lâcher comme un éclair le mot « crachat ». Il a une cicatrice violette sur le nez. En ce moment, te dis-tu tristement, un autre professeur de physique au nez pareillement décoré est en train de se lever de table en rotant de satisfaction. Il reste encore un peu de mousse dans le fond des deux bouteilles de bière sur la table, elle a dû les acheter au prix fort, les magasins en manquent toujours. On paie bien cher sa bière frelatée de nos jours, et ce n'est pas nouveau. C'est elle qui le fait roter, la même odeur rafraîchissante s'échappe d'entre ses lèvres et du petit troquet au bord de la route. Il a le ventre plein, bien bu et bien mangé, cela ne peut qu'augmenter le danger. Le crachat collé sur son nez lui est bien égal. Tu sais que l'esthéticienne n'hésite guère à découvrir sa chair, il est tout à fait imaginable qu'elle finisse en petite culotte, maintenant qu'elle est repue, et que ses seins pourpres haut dressés, le duvet doré flamboyant sur son corps et une paire de savates aux pieds, elle se mette à déambuler dans la petite pièce. Le plus terrible, c'est que la maison est si étroite que même s'il voulait l'éviter il n'y parviendrait pas – mais combien y aurait-il d'hommes à vouloir s'écarter du corps nu de la femme d'un autre ? Les conséquences risquent d'être désastreuses !

La musique du foyer s'est remise à sonner dans les entrailles du professeur de physique. Serrant bien fort son sac, il fonce dans la foule compacte. Mon foyer… Mon chez-moi… Mon foyer… Lit douillet, récipient qui déborde de tout l'amour et de toute la misère du monde humain. Devant lui, la foule se disperse en criant. Tu ne t'es pas échappé, tel un chien au cou pris par une chaîne avec fureur tu es monté à l'assaut puis, comme lui quand le lien qui le maintient à son piquet le ramène en arrière, tu as titubé : un des policiers a saisi l'occasion de te happer par le col et te garde serré dans son étau.

On t'étrangle, ta bouche s'ouvre, tes yeux s'exorbitent, confusément tu te mets en boule et roule au sol…

« Rentrez chez vous, c'est l'heure de déjeuner ! Ne gênez pas la circulation, citoyens ! Rentrez chez vous ! Vous faites entrave à la circulation ! » intime d'un air sévère à la foule le flic qui est en train de bourrer de coups de pied le corps du professeur tombé à terre.

Lentement, les gens se dispersent. Comme un petit coq,

il tire Zhang Hongqiu sur le bord de la route. Le courant des vélos a recommencé de s'écouler, les klaxons des voitures retrouvent leur tendresse douillette et magnanime. Vers le poste de police, il traîne le professeur de physique qui traîne obstinément son sac.

Plus violemment encore gronde la mélodie du foyer, tu n'as plus la force de lutter. Sévère et imposant, avec son échine de tigre et ses reins d'ours, le représentant de la force publique se dresse tel un morceau de la Grande Muraille devant toi. Toute ton énergie se brise contre ce rempart, c'est comme si tu ne faisais rien. Ta terreur et ton anxiété atteignent un point culminant, ton corps et ton esprit ne cessent de se trahir et de se renier. Ta chair renégate passant d'une contraction extrême à la plus totale des décontractions, tandis que ton cerveau qui abjure s'enfuit dans le lointain passé pour mieux éviter la douloureuse impasse à laquelle il est confronté.

La pensée du professeur de physique régresse à la vitesse de l'éclair au fur et à mesure que le policier l'entraîne. Des années quatre-vingt, elle recule vers les années soixante-dix, les années soixante, les années cinquante... S'englue en ce printemps où les peupliers blancs avaient un âpre arôme. Le temps s'englue. Tu te débats et hésites à l'intérieur de cette époque comme un petit coléoptère tombé dans un pot de colle. Tu te débats et hésites dans l'âpre arôme des peupliers. La saison regorge du rouge des fleurs de grenadier, à leur image elle se colore. Et toi, tu te débats, tu hésites dans cette époque de feu, tu te débats, tu hésites dans le rouge des fleurs de grenadier.

Le narrateur nous peint du temps un tableau charmant : d'un côté, il s'enfuit allègrement vers l'avant, semblable en cela au fleuve impétueux qui sans connaître le repos court vers l'océan, là où se trouvent et sa source et son aboutissement, de l'autre, parfois, il inverse son mouvement, il recule, recule à toute vitesse, longuement, régressant avec des tours et des détours. Comme un ballon géant en masse compacte, il tournoie ; hérissant des myriades d'épines acérées vers tous les lieux que nous connaissons ou ne connaissons pas, il s'étire ; manifeste sur un plan en tout sens il s'écoule ; d'une complexité encore mille fois supérieure à celle du réseau des veines qui s'enchevêtrent sous notre peau. L'espace d'un clin d'œil et c'est une infinité de changements, sans ombre et sans forme il apparaît dans la lumière du soleil, s'accroche à la queue des comètes, fait s'épanouir les fleurs et les fane… Il a vu l'esthéticienne retirer son tee-shirt et les lunettes emmaillotées de sparadrap noir du professeur de physique glisser sur son nez à cause de la sueur, il se mêle à la couleur des fleurs de grenadier et à l'odeur des peupliers blancs, il est l'incarnation de Dieu, fait d'un matériau spécial, dur comme le diamant, souple comme l'argile claire et parfois aussi élastique qu'un caoutchouc.

Ton pied au moment de traverser la rue y sent l'asphalte qui vacille comme un plastique en ébullition sous la violence du soleil qui la déforme. L'image d'une jeune fille au cou pris dans un carré de soie vert pomme et à la lèvre décorée d'une petite moustache verte vient se superposer à celle de la cycliste qui s'est cassé le poignet en tombant, le temps se contorsionne et s'empile, voici encore la buraliste avec ses jolies lèvres élastiques (on dirait du caoutchouc gonflé)… Comme trois couleurs qui refuseraient de se mélanger, tu me recouvres, je la recouvre et elle te recouvre. Les deux côtés de la route sont plantés de sophoras à l'écorce verte dont les troncs sont pris dans des filets de paille de riz. Grimpé sur un petit tabouret, un vieux flic à la chevelure grisonnante qui a retiré sa casquette à visière protectrice est en train de couper une à une à coups de ciseaux leurs fleurs crème dont la senteur parfume toute l'entrée du poste. Visage ovale rougeoyant et épaisse crinière noire ébouriffée, sa jeune assistante lève vers lui une face ronde (trois lumineuses perles de sueur pendent au bout de son nez et les coins de sa bouche se retroussent avec la même vivacité que ceux d'un petit garçon) et tend des deux mains sa coiffe pour les recueillir. Elle mâche un morceau de savon (?), une mousse multicolore s'échappe d'entre ses lèvres, jaillissant et se faufilant entre les branches des arbres.

« Veux-tu bien arrêter tes gamineries ! » lui enjoint en

feignant la sévérité le vieux policier obligé d'essuyer la bulle qui vient de s'écraser sur son visage.

« Tiens-toi bien droit et ne fais pas de bêtises ! » Envoyé valser à l'intérieur d'une cellule, le professeur de physique chancelait déjà, il en serait presque tombé si à point nommé le grand flic ne lui avait pas gueulé cette injonction qui, miraculeusement, a réussi à faire cesser son vacillement.

D'un pas rapide, l'agent se dirige maintenant vers les toilettes. Il a le dos, surtout dans la région du ceinturon, couvert de plaques d'une sueur alcaline dont les jolis motifs ne font qu'accentuer le respect que tu éprouves à son égard. S'étant bruyamment débarrassé dans les cabinets de la morve qui lui encombrait la gorge, il projette en même temps dans le seau vide un jet impétueux qui gronde sur la même fréquence que le ronflement dans ton ventre, on dirait qu'ils se font écho. Terrible et noir, pollueur de l'amour et fatal à tout sentiment poétique, ce symbole vient s'insérer au beau milieu des signes saisonniers distinctifs qui donnent son individualité au tendre dixième mois de calendrier lunaire (l'âpre arôme des peupliers blancs, le rouge feu des fleurs de grenadier, le parfum des pousses de cédrèle en train de se faner), en plein cœur de l'après-déjeuner (l'esthéticienne qui déambule en petite culotte dans la pièce étroite, le faux Zhang Hongqiu qui ne saurait rester de marbre) et même en plein cœur du temps réel : l'asphalte qui fond sous le soleil, les rues embouteillées, les fleurs de sophora coupées et les bulles de savon… Passé et autres creuses illusions sont partis se cacher quand l'imposant représentant de la force publique sort des cabinets en tenant son pantalon.

Son collègue, que nous avons également rencontré plus haut, passe à son tour la porte du poste, sur ses talons toute une troupe menée par la jeune fille au poignet cassé et l'autre grande perche que le policier a blessée. La grosse et le maigre, l'une à droite l'autre à gauche, chacun se soutenant le bras d'une main différente, ils font une belle paire tous les deux, leur association est éloquente, il s'en dégagerait même une impression d'harmonie.

Ce deuxième agent, s'il n'a pas tout à fait la prestance d'un fauve, fleure pourtant bon l'héroïsme avec sa tête noire et carrée, ses gros bras de pithécanthrope et ses jambes d'éléphant, on n'ose pas s'en approcher. Qu'il tourne la tête pour gueuler d'un ton coléreux, et toute la suite se met à reculer. Mais que son regard s'écarte et tous ceux qui avaient fait un pas en arrière s'empressent de remonter à l'assaut.

« Vous allez me ficher le camp ! braille-t-il, exaspéré, sur le seuil. Vous troublez l'ordre public ! Foutez-moi le camp ! Tous autant que vous êtes !

– Oh ! Oh ! gronde la foule serrée autour des jeunes gens qui soutiennent leurs poignets blessés. Oh ! Un policier qui dit des gros mots ! Un policier qui lâche des jurons ! »

Il faut que le flic aux reins d'ours et à l'échine de tigre se pointe sur le pas de la porte et les apostrophe : « Qu'est-ce que vous faites là ? Qu'est-ce que vous voulez, hein ? Vous allez me le dire ce que vous attendez, en fin de compte ? »

La grasse demoiselle lève son poignet brisé et, toute rouge, cherche à savoir : « Qu'est-ce qu'on fait pour ma fracture ?

– Comment est-ce que vous vous l'êtes cassé ?

– Je me le suis tordu en tombant de vélo.

– C'est quelqu'un qui vous a poussée ou vous êtes tombée toute seule ?

– Je ne sais pas très bien…

– On aura tout vu ! Qu'est-ce que vous voulez que je fasse si vous-même vous ne savez pas ? Je suis votre nourrice, peut-être ? Vous vous imaginez peut-être que si demain vous vous cassez le nez en ouvrant une porte faudra aussi venir nous voir ? Ou que c'est notre affaire si vous pissez au lit ? Qu'est-ce que c'est que ces salades ! »

La foule est pliée de rire.

« Mais c'est à cause de cette espèce de fou, tout ça ! Il agitait son sac n'importe comment, c'est pour ça que je suis tombée !

– On ne vous a pas parlé de légalité dans votre unité de

travail, jeune fille ? On ne peut même pas fusiller les débiles quand ils commettent un meurtre, alors, vous pensez, une chute de vélo ! Qui plus est, si vous avez des yeux, c'est pour respirer l'air frais ? Vous n'aviez pas vu qu'il la balançait sa sacoche ?

– Ça veut dire que je me suis cassé le poignet pour rien ? gémit-elle. Je suis brodeuse, comment je vais faire pour travailler ?

– Ça, je veux bien reconnaître que c'est pas pratique, ma petite. Non seulement vous ne pouvez plus broder, mais en plus ce sera compliqué pour tenir les baguettes, vous peigner ou même ouvrir votre ceinture de pantalon ! Je vous plains. Mais vous êtes gauchère, non ?

– Comment est-ce que vous savez ça ? Ah ! La barbe !

– Hé ! Hé ! Je l'ai vu ! C'est bien mieux comme ça, vous vous êtes cassé le poignet de la main qui n'est qu'un accessoire ! Cela dit, c'est toujours ennuyeux une fracture, vous feriez mieux de filer à l'hôpital, vous déjeunerez plus tard. Tant pis si votre mari est déjà à table et qu'il vous attend en grillant d'impatience. Vous êtes mariée, non ? Tant pis, même si c'est un menu de gourmet et que les verres débordent de bière glacée et mousseuse, faut d'abord foncer chez le docteur, ils associent les médecines chinoise et occidentale maintenant au service d'ostéologie…

– Vous allez pas la fermer, votre grande gueule ! hurle la grosse. Vous le savez bien que mon mari s'est tiré avec une autre ! Vous vous moquez de moi ! Il faut que vous en rajoutiez ! Autant de cœur qu'une bête féroce, tiens ! Autant parler à un mur… Aïe ! Maman ! Qu'est-ce que j'ai mal… »

Et, soutenant toujours son poignet, elle s'enfuit sous le regard du flic qui lèche sa lèvre fendue du bout de sa langue et sourit de toutes ses éclatantes dents blanches.

Quant au grand escogriffe, abandonné par sa commère il se sent un peu abattu. C'est en tremblant de tous ses membres qu'il finit par s'avancer : « Mais, camarade, moi mon poignet c'est vous qui me l'avez cassé…

– Attroupement et tapage sur la voie publique, entrave à la circulation, coups portés à un agent dans l'exercice de ses fonctions. J'aurais dû vous coller une amende ou vous arrêter et vous traîner en justice. Mais il fait chaud, j'ai pas voulu faire d'ennuis, alors je vous épargne et vous n'y êtes même pas sensible ! Vous tenez absolument à ramener votre fraise ! Eh ! Vieux Li, colle-moi ce grand singe au trou ! »

Tête basse, le plaignant disparaît.

Et la foule unanime d'acclamer le costaud qui en plus n'a pas la langue dans sa poche !

Son collègue prend alors la parole : « Dispersez-vous, citoyens ! Rentrez déjeuner chez vous ! Mais surtout n'oubliez pas de rouler doucement ! Attention à ne pas brûler les feux rouges ! Soyez prudents ! Mieux vaut attendre trois minutes que gagner une seconde ! Allez gaiement au travail et rentrez tranquillement chez vous ! »

Dans un brouhaha, la foule se disperse alors aux quatre coins de l'avenue en sifflant les deux policiers, en claquant des doigts, en plaisantant et en se plaignant de la hausse des prix.

Le malabar en profite pour t'attraper par le cou et te renvoyer dans le fond de ta cellule : « Tu vas attendre bien sagement. Et interdiction de détériorer le matériel, sinon – il brandit devant ton nez son poing gros comme un fer à cheval –, sinon je t'ouvre le crâne ! »

C'est l'autre, le moins imposant des deux, qui tire la porte derrière lui. Tu entends le cliquetis d'une serrure, tout est noir autour de toi.

« Si on se faisait une bière au "Rendez-vous des Immortels", vieux Li ?

– D'accord, mais c'est ta tournée ! »

Le professeur de physique les entend qui s'en vont en bavardant. La tête lui tourne, il s'accroupit. Mais sa vue se brouille, ses oreilles bourdonnent, ses intestins se convulsent, il a au cœur une peine inexprimable.

Huitième partie

I

L'esthéticienne et le narrateur se sont un jour heurtés de plein fouet à l'entrée du funérarium. Je me suis empressé de m'incliner et de lui présenter mes excuses, bien entendu, nous dis-tu. Puis, m'effaçant, j'ai tendu les mains à la manière de ces portiers affables des grands hôtels, ceux pour qui le client est un dieu qu'ils sont prêts à protéger comme la prunelle de leurs yeux et qui les accueillent tous comme des hôtes de marque. Elle n'a rien dit, tout juste si elle m'a jeté un coup d'œil glacé. C'est ainsi que j'ai pu découvrir que cette femme éreintée par le travail quotidien avait néanmoins très bonne mine, teint rose et moustache émeraude. Elle portait une écharpe de soie vert pomme autour du cou.

Ce foulard a réveillé en moi le souvenir de la tendresse qu'un autre, autrefois, a éprouvée pour elle. C'était comme si, moi aussi, en cet ancien printemps, j'avais humé l'arôme âpre des peupliers blancs en leur floraison. C'est entraîné par ce parfum que Zhang Hongqiu s'est mis à lui courir après. Ainsi qu'on l'a déjà dit, elle circulait alors sur une étincelante bicyclette, filant au long des larges avenues de notre petite ville, tandis que derrière elle courait le professeur de physique, dans son survêtement chiffré 99, et ainsi ils allaient, du 13, allée des Poissons d'Or jusqu'au « Joli Monde », et du « Joli Monde » au 13, allée des Poissons d'Or. Mais le temps passe, jours et mois comme la navette du tisserand, mais le temps file, qu'est-il advenu de cette bicyclette ?

Je sais bien que si l'esthéticienne ne m'a pas vertement injurié, elle dont les ans ont fait une femme acariâtre (et j'avais quand même bien failli lui rentrer dans l'abdomen), c'est qu'elle était vraiment d'excellente humeur. C'est vrai, tout va plutôt bien pour elle, depuis quelque temps : l'amaigrissement du vice-maire lui a valu une prime de cent yuans, et les trois dents en or (déchets) qu'elle lui a arrachées sont cachées en lieu sûr. De plus, l'opération qu'elle a pratiquée sur Fang Fugui va lui permettre d'envoyer Zhang Hongqiu faire du commerce et gagner beaucoup d'argent. Il y a une petite musique très gaie qui chante dans sa tête et si, quelque part, tout au fond, résonnent quelques accords lugubres qui ne sont pas en harmonie avec la mélodie principale, elle préfère ne pas s'y attarder.

Comme suivant le sillage de l'âpre arôme des peupliers, dans le printemps cuisant, je suis passé, puis du printemps cuisant à l'été torride. J'ai vu les pieds et les jambes de Zhang Hongqiu, jeune enseignant au lycée n° 8, s'allonger, grandir, à force de tous les jours se mesurer follement à la bicyclette. La semelle de sa deuxième paire de baskets est déjà tant usée qu'il a remis la première, dûment réparée par les soins du plus habile cordonnier. Le blanc des yeux strié de filets de sang en toile d'araignée et une ampoule au-dessus de la lèvre, il l'a pourchassée sans répit et fini par faire irruption au 13, allée des Poissons d'Or où, d'une main tremblante, il a accepté la tasse de thé tiède qu'on lui offrait. Où il a dégusté le plat fameux que de sa propre main la beauté fragile au chignon piqué d'une fleur de grenadier a pour lui cuisiné : des crevettes géantes aux pousses de cédrèles. Cela faisait pourtant beau temps qu'on ne trouvait plus de bouquets sur le marché, ce pourquoi ledit repas restera toujours pour lui un souvenir inoubliable.

D'un pas pressé, la voilà qui traverse le grand hall du « Joli Monde » pour rejoindre son cabinet. Les talons en bakélite de ses escarpins résonnent sur le faux marbre avec un écho cristallin. La grande porte des pompes funèbres est à ouverture automatique, elle s'est doucement refermée derrière elle, après qu'elle fut entrée de son pas sonore. Notre narrateur est resté de l'autre côté du carreau de verre teinté, couleur thé, mais il distingue encore sa silhouette.

Elle sort sa clef, ouvre la porte de sa salle de travail. Puis – comme dans les films –, après avoir bien refermé derrière elle, elle ne se précipite pas, ni vers sa table ni vers sa chaise, mais s'appuie au battant de la porte et reste là, tête haute, menton dressé, cette symbolique écharpe de soie verte pendant dans sa main. Si sa poitrine saille, c'est que l'émotion qui la bouleverse en fait gonfler les muscles. Deux larmes chaudes roulent sur son visage.

C'est incompréhensible ! D'après tous les matériaux dont nous disposons, l'esthéticienne n'est pas femme à la sensibilité excessive, pourquoi pleure-t-elle ?

Coincés entre le narrateur et l'esthéticienne, lui plongé dans ses pensées de l'autre côté de la porte, elle en train de sangloter adossée à son battant, nous ne pouvons qu'exprimer notre doute.

Pourquoi est-ce que je pleure ? J'ai pleuré. On dirait qu'elle parle toute seule pour nous expliquer sa conduite. On pleure de joie, ou de souffrance, pourquoi est-ce que j'ai pleuré ? Paresseusement, elle s'écarte de la porte, traînant son foulard derrière elle et, prenant par la gauche, fait trois fois le tour de sa table de travail, cette table que de nouveau recouvre une toile blanche et que de nouveau décorent des fleurs en plastique. Puis elle fait demi-tour et recommence, trois fois, en prenant par la droite. Elle regarde le pot devant elle. Ce sont des chrysanthèmes dorés, aux innombrables pétales, qui telles les boucles d'une chevelure de femme tombent lourdement avant de s'incurver vers le haut, dissimulant quelques feuilles et l'essentiel de la bordure ocre du pot. C'est alors qu'elle se met à marmonner tout bas, et marmonne et marmonne, on n'entend rien au début, puis ça devient plus clair.

Voici donc ce que, pour les fleurs, elle ronronne : « Faux, tu es beau mais tu es faux ! Tu peux bien ressembler à un chrysanthème, jamais tu n'en auras le parfum ! Tu peux bien en avoir les feuilles, jamais tu n'en auras la sève ! Tu es faux ! Ah ! Tu as l'air élégant et distingué, tu es faux ! Ha ! » Et, dans un éclat de rire, elle les fouette de son écharpe verte ! Encore qu'il vaudrait probablement mieux dire qu'elle les époussette. Ses gestes, son expression, son rire, tout cela manque de naturel, on dirait le jeu malhabile d'un acteur de troisième catégorie, le spectacle nous écœure. Nous la voyons encore en train de faire tomber le pot de la table, il roule plusieurs fois sur le sol puis comme par miracle se remet debout, ses fleurs sont toujours aussi dorées, ses feuilles toujours aussi vertes, ses milliers de pétales secoués tremblant comme les cheveux d'une femme prise de fou rire. Un rire hautain, dans cette image, injustifié et provocateur !

Il me semble la voir, nous dis-tu, en train de lever le cul pour inonder de sa pisse jaunâtre la face noire et carrée de l'homme du Shandong, du directeur adjoint. Même geste profanateur et sacrilège. Mais ce qui est curieux, c'est que Wang ne s'est pas mis en colère, au contraire, son beau visage s'est même fendu d'un sourire candide. Ils avaient l'air, lui d'un petit galopin et elle d'une gamine impertinente. Et il me semble aussi voir le chef adjoint de la section des journalistes, son appareil photo fermement à la main, en train de mitrailler en tremblant et à la dérobée leurs jeux sans fin. Il me semble entendre cette exquise mélodie des *Fleurs de grenadier* tout doucement fredonnée dans sa tête, en train de tournoyer, prise dans les plumes noires d'une hirondelle apprivoisée. Toutes, elles chantaient, chantaient à n'en plus finir « L'Amour rouge feu ». Les ères flamboyantes savent seules produire des amours flamboyantes.

N'y aurait-il point ici un petit problème technique : tu nous as dit que, après avoir pissé à la face de Wang, elle était rentrée toute désorientée au 13, allée des Poissons d'Or et que, devant les moraillons en forme de seins qui ornaient sa porte, elle était tombée sur le chef adjoint de la section des journalistes qui attendait la bonne nouvelle. Et maintenant tu nous racontes qu'il était dans le bois de peupliers blancs, en train de prendre des photos ?

Elle en est toujours à faire le procès du pot de chrysanthèmes : Tu peux bien rester éternellement épanoui, tu as beau ne jamais faner, tu es mort ! Incapable de respirer comme une véritable plante ! Tu peux casser sans que coule une seule goutte ! Et tandis que de ses lèvres tombe le verdict, son esprit s'envole, rejoint la petite maison blanche près de la fauverie. Caressant la couverture en brocart jauni de l'album de photos, j'hésite un instant puis je l'ouvre avec rage. Un beau saligaud, celui qui a photographié ça. Je lui ai pissé à la figure. Avant-hier encore, tu étais là, allongé sur ma table, aussi jeune et imposant qu'en ce temps-là sur l'herbe verte. Hier, le mécanisme sous la planche d'acier t'a précipité comme un boulet de canon dans le foyer ardent. Monstre ! Voleur ! Espion ! L'esthéticienne a levé l'album pour en fendre le crâne chauve du gardien de la fauverie. Un violent coup de pied envoie les fleurs en plastique rouler dans un coin en gémissant, elles ballottent et une fois encore se redressent sans que rien, fleurs, tiges ou feuilles, ait subi le moindre dommage. Mais le pot lui a fait mal aux orteils et elle est obligée de s'asseoir par terre pour se les prendre à deux mains. Près du mur, les vraies fleurs se sont mises à chuchoter, le cactus jaune sourit sur son bord de fenêtre.

Il nous semble entendre le tapage mené par les singes sur leur colline, il nous semble sentir l'odeur de sang du cadavre du tigre du Nord-Est, une lune immaculée illuminait nos yeux, ce soir-là, et nos dents, et nos ongles.

« Expliquez-moi pourquoi vous avez épousé ce Zhang Hongqiu que vous n'aimez même pas ? » demandait le gardien de fauves en lui serrant le poignet. Quand il l'a pincée, la douleur a été si aiguë que ses doigts s'en sont ouverts et que le vieil album est tombé sur le repas préparé pour les tigrons avec la graisse du vice-maire.

Furieusement, elle lui a craché dessus et s'est mise à le bourrer de coups de pied tandis que de sa main libre elle cherchait à lui arracher les yeux. À nouveau il l'a pincée, sous le coude, et dans une contorsion de tout son corps elle est immédiatement redevenue sage.

Il m'a semblé voir un calendrier vert, c'était un samedi, au crépuscule, dans les radieuses brumes vespérales, les fleurs par leur disparition engendraient grenades rouges et grenades vertes. Sans daigner accorder la moindre réponse à ce journaliste au flair aiguisé, auréolée d'un éblouissant éclat, tu es entrée dans la cour de la maison de ta mère, semblable alors à celle qui est gravée dans ton souvenir. Aujourd'hui encore, quand tu lui glisses entre les dents sa mixture soporifique, comment ne te souviendrais-tu pas des pétales qui se reflétaient dans l'eau de la jarre où vous éleviez des crabes de rivière ? Il y eut aussi cette saison fleurie, quand toutes deux, nues, vous déambuliez romantiquement dans la cour. Aux branches des cédrèles de nouvelles pousses germaient, jaune abricot, des hirondelles à plumes sang sous le cou venaient construire leur nid sur les pannes de notre charpente. Oh ! Les poux t'auront bientôt sucée à t'en laisser exsangue ! Alors tu élimines les poux et ajoutes un peu de vieux ginseng des montagnes à la nourriture que tu lui concoctes. L'image de la cour réveille l'amour entre mère et fille. C'était déjà le crépuscule. Tu étais allongée sur ton lit. Forte de toute son expérience, ta mère te prodiguait ses conseils : Il ne faut jamais en vouloir à son propre corps ! Les hirondelles piaillaient dans leur nid, je pleurais dans mon lit. Plus tard, des nuages noirs ont envahi le ciel et une averse de printemps s'est abattue, aux gouttes lourdes sur les tuiles de l'auvent, et bat sur une tuile, et bat et bat sur toutes les tuiles, et bat et bat, toute une nuit sur l'auvent, au petit matin, tout serait aussi beau qu'une peinture. Par toute la petite cité courait un vent campagnard dans lequel on trouvait des fleurs de sophora, des pousses d'herbe nouvelle, les coassements des grenouilles, un vent dans lequel il y avait de l'amour et des têtards. Dans l'allée des Poissons d'Or se tenait sans doute une paysanne avec son panier, proposant de sa voix claire et mélodieuse les fleurs de la saison. Celles des abricotiers étaient déjà retournées à la terre, celles des pêchers pourrissaient sur leurs branches et celles des poiriers ballottaient au gré du vent : mai était sans doute le mois des fleurs de colza amer. Il m'a semblé voir, ce matin-là, la beauté fragile en train de courir de toute la vitesse de ses petits pieds vers le lycée n° 8 et frapper à la porte du professeur de physique. Zhang Hongqiu était en train de se raser devant sa glace, il avait le menton encore plein de mousse. Son rasoir était l'œuvre d'un forgeron de village. Le *design* en était aussi malhabile que le tranchant inégalable. Qu'il nous soit permis de l'affirmer de manière définitive, l'arrivée de la beauté fragile lui fit commettre une bévue – il se blessa l'aile du nez avec la lame.

« Je sais que vous ne l'aimez pas, et pourtant vous l'avez épousé. » Le gardien de la fauverie a relâché la pression de sa main, elle s'est assise sur une chaise, le regard triste et perdu, tandis qu'il extrayait de l'armoire aux aliments pour bêtes féroces un gros morceau d'une viande sèche et noire dans lequel il a mordu avec sauvagerie. En le voyant mastiquer, tu as compris qu'il avait une denture exceptionnelle, les sillons qui striaient ses joues dénotaient des muscles bien exercés et par ailleurs extrêmement développés. Sa voix a résonné cruelle à ton ouïe désolée : « Allons ! C'est parce que vous étiez enceinte ! C'était compliqué de se faire avorter à l'époque, il fallait montrer son certificat de mariage, le certificat de son unité de travail, et avoir en plus la signature du mari ! »

Son utérus s'est rappelé cette première grossesse. Vaguement il s'est mis à trembler comme si un œuf fécondé se plantait dans sa paroi. Sur la colline, les singes dansaient leur danse démente, la grosse patte d'une guenon hideuse est venue tressauter devant tes yeux, en gémissant, tu as levé la main pour te protéger, sans fin tu balbutiais : « Je ne veux pas… Non… »

Tout empreint d'une senteur de pluie, un bouquet de roses de Chine à la main, les genoux souillés d'eau et de boue et le nez couvert d'un morceau de gaze blanche, le professeur de physique du lycée n° 8 a fait brûlant d'anxiété irruption chez toi. Embarrassé à l'extrême, il est venu se planter devant ton lit.

Il avait le parfum du blé en fleur, et aussi un peu celui des bébés cochons quand ils émergent d'entre les épis. Tonton… Ah ! Mon « tonton » !… Il y a une vieille truie chez mon oncle, elle a donné le jour à une portée de porcelets dont les pelages noir et blanc luisent comme des soieries… Personne ne sait élever les cochons comme mon oncle, l'égorgeur de porcs…

D'une voix nasillarde, il a déclaré : Ta maman m'a dit que tu étais malade, elle m'a demandé de te rendre visite… Ces quelques fleurs…

Il a posé ses roses dégoulinantes sur le bord de mon lit. Quelle tête de clown, avec son pansement sur le nez ! Et comme il s'est incliné, une vraie crevette ! Et ces cheveux dressés tout droit sur sa tête, on aurait dit un coq noir tout dépeigné !

Il s'est mis à pleurer. Ses larmes roulaient sur son pansement. Jaunes. Qu'est-ce que ses oreilles étaient laides, deux croûtes de lait de soja ! Qu'est-ce que j'avais envie de les lui tirer !

« C'est vrai… Je ne l'ai jamais aimé… », a avoué l'esthéticienne en sanglotant.

Il me semble les voir les petits pieds souillés de boue jaune de la beauté fragile, c'est que la ville était fangeuse à l'époque. Péniblement elle pataugeait, tout essoufflée, je sais qu'elle savait déjà que pour elle le temps des galanteries arrivait à son terme. Il lui fallait un gendre, partie pour sa fille, partie pour elle aussi. Le soleil n'avait ce matin-là montré qu'un instant son visage avant d'être à nouveau avalé par la pluie. De gros nuages couleur de cendre roulaient, deux cents mètres plus haut. Les averses tombaient inégales. Avec la farce la plus fine, elle a préparé des raviolis. A acheté de l'alcool, fait sauter quelques plats. Puis, sur les coups de quatre heures de l'après-midi, elle a fermé son portail et verrouillé l'entrée de sa demeure.

Après un dernier coup d'œil impuissant au pot de chrysanthèmes, elle se déshabille, enfile sa blouse, ouvre la porte de la chambre froide, hume la senteur familière des cadavres et referme. Aucun mort ne sera toiletté aujourd'hui.

Il me semble la voir en train de fermer les yeux dans le bruit de la pluie. « Ça ne te gêne pas que je sois en contact avec les morts ? » Son sourire était aussi dangereux que mauvais.

« Non ! » Agenouillé devant le lit, le professeur de physique avait l'air de vouloir prêter serment : « Non, ça ne me fait pas peur ! »

C'est elle qui d'un geste brusque a repoussé le drap et proposé crûment : « Alors, viens ! »

II

Le directeur des pompes funèbres possède la clef du cabinet de l'esthéticienne émérite. En ouvrant la porte, il tombe sur une Li Yuchan totalement hébétée, la tête entre les mains.

« Hé ! chuchote-t-il. Le lycée n° 8 a encore téléphoné pour savoir quand ils pourront rendre un dernier hommage à leur professeur de physique. »

La bouche grande ouverte en un ovale parfait, elle bondit de son tabouret.

« Si tu n'es pas trop fatiguée, tu pourrais peut-être lui passer un coup de rasoir et le débarbouiller. Ce n'est qu'un professeur de lycée, après tout. Pas un gros bonnet. » Il s'approche pour lui caresser la tête en un geste plein de sollicitude, déposant même dans son cou un baiser de ses lèvres humides. « Je sais que tu en as par-dessus la tête, après tout le travail que ce gros bide t'a demandé ! Mais les dirigeants de la municipalité ont été très satisfaits, je suis fier de toi ! »

Les mains du directeur contournent son dos et viennent lui masser les seins – c'est l'habitude. Et, en général, tu lui réponds avec ardeur. Il a la clef de ta salle de travail. L'habitude voudrait ensuite qu'il te mène jusqu'à l'escabeau devant la table d'opération que couvre une toile d'un blanc neigeux (un mètre de large pour deux mètres de long). Le chef du funérarium est un homme, un vrai, et qui plus est tout à fait gracieux. C'est aussi un brave type qui cette année a déjà fait bénévolement don de deux litres de sang (ainsi que le quotidien municipal l'a rapporté). Ses mains te poussent à gravir les degrés fleuris qui mènent à la couche. Tu ne montes pas.

Elle prend un virage à 180° dans ses bras. Son front se

retrouve exactement collé à ses lèvres. Il te donne trois baisers et tu rejettes la tête en arrière, plantant tes yeux droit dans les siens, vos souffles s'emmêlent, vos cœurs battent l'un contre l'autre (l'esthéticienne a le cœur à droite). Tu ne joues pas, ton chagrin est sincère. Pressée contre le sein de ton supérieur hiérarchique, tu sens les articulations de tout ton corps qui d'un seul coup se relâchent, ses bras vigoureux te bloquent les flancs, te voilà aussi légère qu'une cosse d'orme, tu te recroquevilles, telle une petite fille qu'un gredin aurait outragée. D'une toute petite voix, tu lui demandes : « Comment faire, monsieur le directeur ?… À votre avis, qu'est-ce qu'on peut faire ?

– Quel est ton problème, ma chérie ? » Te serrant bien fort contre lui, il te couvre de baisers. « Un nouvel amoureux ? Un homme que tu n'arrives pas à chasser de tes pensées ?

– Tu dis n'importe quoi ! » D'un geste capricieux, tu lui tires l'oreille.

« Alors, dis-moi, qu'est-ce qui te préoccupe ?

– C'est… Je ne trouve plus le cadavre du professeur de physique !

– Mais c'est idiot ! On n'a jamais vu personne voler un cadavre !

– Pourtant, il a disparu.

– Où l'avais-tu rangé ?

– Dans la chambre froide. »

Le directeur va ouvrir le réfrigérateur. Ne s'y trouvent que quelques déchets et des sacs en plastique noir.

« C'est là que tu l'avais mis ?

– Oui. Enfermé à clef.

– Il n'est quand même pas parti en fumée ! » Et il te dévisage d'un regard perçant.

Malgré le grand vide intérieur que tu ressens, tu trouves la force de lui répliquer avec colère : « Qu'est-ce que vous avez à me regarder comme ça ? Vous ne croyez tout de même pas que je l'ai volé pour le ramener chez moi ? Si j'avais envie de manger de la viande d'homme, j'en choisirais au moins un qui soit jeune et gras ! »

Il sourit. Puis procède à un examen minutieux de la

chambre froide, dont il inspecte jusqu'à la moindre fissure, puis il se tourne vers les fenêtres, se glisse même sous la table de travail : tout est passé au peigne fin.

Il est bien obligé de conclure : « Bon, inutile de reparler de cette histoire. Je me charge de fournir les explications au lycée n° 8. Mais, quand même, c'est à n'y rien comprendre. »

III

Toute la journée, l'image de cette énorme patte de guenon lui a trotté dans la tête. Elle gisait sur le plancher fissuré du bateau (aux crevasses colmatées d'un mélange de graisse et de fil de lin), ses ongles brillant comme des yeux, sa paume tournée vers le ciel, vers les nuages blancs et les mouettes qui tournoyaient. De petites vagues grises venaient paresseusement battre la coque du navire. La voile rapiécée pendait aussi tristement qu'un drapeau en lambeaux. Entre les doigts, elle devinait l'image d'un petit garçon au corps tout couvert d'un duvet doré (le futur lauréat) et celle de son père, un homme au visage sec, vieux brusquement de plusieurs siècles. Telle la musique d'un film, le long fleuve du chant de la guenon ne cessait encore et encore de retentir.

Tiens, nous nous apercevons ici qu'elle pense exactement de la même manière que Du Xiaoying : elle réfléchit et travaille entre des histoires.

Est-ce en vélo, en bus ou à pied qu'elle a rejoint les dortoirs des enseignants du lycée n° 8 ? S'est-elle attardée près de la barrière de fer du jardin public ? Des grands pins suintait une graisse scintillante, l'a-t-elle humé, ce parfum puissant de conifère qui se répandait dans l'air ? Elle n'habite qu'à deux cents mètres du jardin public ? Dix bons kilomètres, oui ! – Le narrateur s'est caché dans les buissons du parc, ses yeux scintillants sont apparus entre les branches. Nous le voyons qui frissonne et, aussitôt, portés par le vent de l'est, nous parviennent les rugissements des fauves et les senteurs fétides de leurs gueules.

Si c'est bien le soir, alors, ce doit être pour eux le premier d'une vie nouvelle, et notre narrateur de se lancer dans toute une énumération d'anxieuses attentes : La beauté fragile attend sa mixture, Daqiu et Xiaoqiu attendent leur dîner, Fang Fugui attend l'esthéticienne. La voici justement : besace sang de porc à la main, tête haute et poitrine saillante, elle est en train de franchir le seuil de sa demeure.

Avant de passer la porte, tu te fourres dans la bouche une petite pastille blanche que tu avales en étirant le cou. Nous pouvons en deviner le goût, tandis qu'elle se dissout sur ta langue : douce-amère, facile à absorber. Et la suite immédiate des événements nous apprend que c'est en personne d'expérience que tu tournes et retournes ta langue pour stimuler ta cavité buccale et faire sécréter la bonne quantité de salive à ton canal glandulaire : ta bave s'étant mêlée au médicament, tu peux avaler en toute tranquillité.

Il ajoute que ces comprimés sont toujours avec toi, dans ton sac à main. Te sens-tu déprimée ou soucieuse ? Ils te stimulent et t'égaient, mais si tu es trop folle ou surexcitée, ils savent aussi te calmer et t'apaiser.

À peine le temps de pénétrer dans la pièce que ta bonne humeur et ton ardeur sont retrouvées, tu t'exprimes même avec encore plus d'animation que d'habitude, on dirait un petit moineau perché sur son fil électrique pour courtiser sa belle. Tu retires tes souliers pour enfiler une paire de savates et te débarrasses de ton pantalon pour te glisser dans un grand caleçon taillé dans une pièce de popeline. Trois paires d'yeux restent braqués sur elle tout le temps que dure l'opération.

Expédiés dans leur trou, les garçons grommellent de vagues imprécations.

Comme d'habitude, les lumières de la ville se déversent dans la pièce. Un coup d'œil à ses lunettes, d'un air madré elle le questionne : « Alors, personne ne vous a percé à jour ? »

Sa face est toute plissée de rides, son costume constellé de poudre de craie. On dirait qu'il a un goût d'amertume dans la bouche, il n'arrête pas de faire claquer ses lèvres, nous l'entendons.

« C'est toujours difficile le premier jour. » Toujours parlant, elle vient vers lui et avance la bouche pour lui en cogner le bout du nez. Ce léger contact lui est d'un grand réconfort et fait se lever dans son cœur déprimé un soleil, elle en a la nette impression. « Il faut oublier que vous êtes vous, pour ne plus penser qu'à être lui. Vous avez son visage, vous avez sa langue, vous avez son cœur, vous avez sa vessie… »

Il nous dit que les propos hermétiques de l'esthéticienne ont pour effet d'estomper quelque peu les rides sur la face du professeur de physique, il cesse même de claquer des lèvres. Lentement, ses bras rigides s'animent. Une main terrorisée vient caresser son épaule duveteuse et libre dans l'échancrure ronde de son grand tee-shirt en filé n° 30. Les petits poils dans le sillon sombre et humide entre ses seins ressemblent à des mousses suintantes sur une paroi rocheuse.

Elle n'a aucune réaction, ni pour refuser ni pour lui suggérer de poursuivre son avance. Elle se contente de sourire, simplement, répandant son parfum, d'un sourire tout imbibé de cette odeur spécifique.

Nous l'entendons nous expliquer que c'est au milieu de tout cela que font irruption les sanglots de Du Xiaoying, toujours à pleurer son époux défunt. Pointe la frontière molle du monde du rêve, la main recule son aile déployée.

« Les hommes sont tous les mêmes ! » Elle l'arrache à son univers onirique. « Je vous l'ai bien dit, pourtant : Vous pouvez parfaitement continuer à la voir, je n'ai aucune raison d'être jalouse ! »

Elle tire sur son tee-shirt et, lui tournant le dos, prend la direction de la cuisine.

Les rides se sont resserrées sur le visage du professeur de physique, il se sent aussi coincé entre la source du parfum et la source des sanglots que s'il était pris entre les champs de gravitation de la lune et du soleil. Inutile de lutter contre une règle établie et irréfutable, il court vers le soleil sans pouvoir oublier l'astre de la nuit. Sa réaction est bien la preuve de cette loi, toute la subtilité de la science physique en est par la même occasion étalée au grand jour.

Dans la cuisine, à grand renfort d'éclaboussures, elle est en train de faire la vaisselle. Tel le sculpteur qui façonne un buste pour en tirer de l'argent mais au moment de le vendre se prend à ressentir quelque incompréhensible douleur.

Il voit bien que ses cils sont humides, lorsqu'il la rejoint. À nouveau il s'approche, à nouveau il lui caresse l'épaule. « Ça, on peut bien dire que le cœur de l'homme est insondable ! » s'exclame- t-elle.

Tout écrivain projetant de lever le voile sur l'évolution des sentiments qu'éprouvent l'un pour l'autre un homme et une femme ne peut être qu'un imbécile. Un bon dessin vaudra toujours mieux qu'un long discours, nous dit le narrateur.

Il nous raconte que l'esthéticienne et le professeur de physique préparent le dîner ensemble, coopérant d'un commun accord, chacun de leurs gestes, comme longuement exercé et se comprenant à demi-mot. Qu'elle ait besoin d'un couteau de cuisine et comme un petit oiseau celui-ci vient voler dans sa main. Lui faut-il une assiette, la voilà qui tel un papillon se pose devant elle.

Xiaoqiu a déjà passé deux fois sa tête ronde par la portière pour s'informer :

« Papa ! Maman ! Il est bientôt prêt, le dîner ? Mon grand frère est en train de démolir le mur ! »

Le rideau retombe. Les voici de nouveau face à face. La cuisine est toute parfumée, l'huile grésille dans le wok et comme la langue rouge d'un petit animal coléreux sur les blancs ossements de la victime d'un sacrifice, les flammes claires du feu de charbon du fourneau viennent lui lécher le cul.

Avec fureur, elle se rue pour lui plaquer un baiser sur les lèvres en balbutiant, totalement désespérée : « Mon mari… Mon mari à moi… »

Je sens ses lèvres avides, ses bras puissants et nerveux qui m'enlacent. Dit l'esthéticienne. En moi se mêlent la haine, le désir, j'ai l'impression d'une sorte de canular. Mais surtout, surtout, il y a quelque chose comme le besoin d'un homme. J'ai déjà obéi à ce genre d'impulsion, il y a très longtemps de cela, je me suis jetée à son cou. Et plus tard je lui ai ouvert la poitrine et arraché les dents. Je ne crois pas être une femme dissolue. Ce sont les hommes qui, par nature, préfèrent les débauchées. C'est comme jouer au chat et à la souris. Je me fais du souci pour lui, en fait, il est parti pour faire des affaires et il n'est toujours pas rentré. Mais je n'espère pas son retour. Non, ce n'est pas vrai, je suis quand même inquiète. Si je suis amoureuse de cet homme ? Cet homme qui a son visage mais qui n'est pas lui ? Je suis incapable de répondre. Ou si, dès que la décision a été prise de réaliser l'opération, j'ai pensé à partager avec lui couverture et oreiller ? Je vous l'ai dit, je ne sais pas quoi vous répondre. C'est le hasard. C'est par hasard qu'il est mort, par hasard qu'on m'a chargée de sa toilette mortuaire, par hasard qu'il a été relégué au frigo par le vice-maire… Est-ce que j'ai cherché à le séduire ? Tu ne t'es pas aperçue que ton odeur le fascine ?

« Vous sentez bon… », s'exclame-t-il, éperdu.

Et c'est un homme au visage exactement semblable qui n'arrête pas de me critiquer : je sentirais le cadavre, il prétend que l'odeur suinte même d'entre mes dents. Sans aucun doute, ses compliments me grisent, tu l'ignores peut-être, mais les femmes ont besoin de plus d'éloges que les hommes. Elles sont plus clémentes, aussi. Pourquoi en serais-je avare si vraiment mon parfum lui plaît à ce point ? Tu ne le sais sans doute pas, mais la vraie senteur d'une femme ne se libère que quand elle est dans les bras d'un homme qui la caresse. C'est comme le bon vin, qu'il faut agiter un peu pour qu'il donne tout son arôme. Ou comme les fleurs, qu'il faut broyer pour en extraire l'essence. N'allez pas me taxer d'incohérence, de ce genre de questions, même le président du pays ne saurait discuter qu'à tort et à travers, alors moi, moi qui ne suis qu'une femme du commun et n'ai reçu qu'une éducation secondaire… Mon cœur ricane, quand il me serre fort dans ses bras. Le bas de mon corps entre en ébullition, je brûle, mais au fond de moi je ricane toujours. Les sanglots de Du Xiaoying ne valent pas l'odeur de mes cheveux. On croirait presque qu'elle a deviné quelque chose, la voilà qui braille plus fort. À croire qu'il y a un trou dans le mur, un canal par lequel sa voix passerait librement. Les lèvres qui suçaient ma langue se relâchent, ses bras s'immobilisent, sa température commence à baisser. J'entends les sanglots se muer en un rire sarcastique. Elle est là, devant moi, derrière toi, à bomber ses gros seins russes de vache à lait, avec son resplendissant pelage jaunâtre de fausse étrangère. Elle me provoque. Mais je ne peux pas me dérober. C'est MON MARI qui est dans mes bras ! Il a le VISAGE de mon mari ! Voyez quelle impudente : il a le corps du mien ! Et d'énumérer, comme des trésors de famille, toutes ses particularités physiques ! Elle le tire, elle veut l'entraîner. Je crie : Vas-y ! Va demander aux dirigeants du lycée ! Même les gosses du primaire le savent que ton époux est mort ! Les scalpels de l'Institut de médecine en ont déjà fait de la bouillie ! Personne ne le savait, au lycée, s'il avait un grain de beauté sur le pénis ! Tu voudrais peut-être aller chercher le proviseur ? Ses sanglots s'apaisent. Misérablement, elle se met à trembler, ses reins se courbent lourdement sous le poids de ses seins. Ne me demandez pas pourquoi je suis aussi méchante, il n'y a jamais grande tendresse, entre femmes. L'homosexualité ? Je ne sais pas ce que les lesbiennes ressentent. Il ne faut pas me faire de reproches. Comme je le caresse, c'est pour elle que je me mets à éprouver de la pitié, elle qui se retire, victime de l'injustice, veuve digne et respectable tout de noir vêtue. Bien mieux qu'aucun homme je peux comprendre la souffrance d'une autre femme. Tiens, il s'énerve à nouveau, sa température remonte, mais plus sa fièvre augmente et plus j'éprouve de compassion pour cette Du Xiaoying affalée sur son lit qui tâche de ravaler ses sanglots en mordant dans ses draps. On dirait que je lui ai volé son homme (?), je ne sais pas mentir, c'est vraiment ça que je suis en train de me dire, même si, avec une ardeur exactement semblable, par ma fièvre je réponds à sa fièvre et par ma frénésie à sa frénésie…

Encore une fois, la portière se soulève et Xiaoqiu passe sa tête ronde : « Dites, les parents, vous feriez mieux de vous occuper de savoir si on a faim, au lieu de vous bécoter ! Et je vous dis un truc : mon grand frère il a fait un trou dans le mur ! »

Cette intervention les ayant obligés à se séparer, vite ils dressent la table du dîner, chacun gardant à la bouche le souvenir du goût de l'autre.

Elle appelle les garçons, mixe la nourriture de la beauté fragile.

Ensemble ils la font manger, elle n'arrête pas de mordre la cuillère et de refuser de la lâcher. Elle voit bien la sueur qui inonde son visage, et qu'il évite avec terreur le regard de la vieille.

Daqiu et Xiaoqiu sont déjà en train d'enfourner la nourriture. « Vous n'avez vraiment aucune éducation, tous les deux ! Vous pourriez au moins attendre que votre père soit là pour vous goinfrer ! »

Le grand essuie une figure pleine de poussière de brique : « Mais, Maman ! Ça fait longtemps que Papa est rentré !

– Il lui a fait perdre la tête dans la cuisine ! » explique l'autre.

Puis, avec des grimaces, ils redisparaissent dans leur trou.

Je lui dis de s'asseoir. Il a de plus en plus de rides et est tout le temps obligé de remonter ses lunettes emmaillotées de sparadrap noir parce qu'elles lui glissent sur le nez. Dans ses yeux, je peux lire que de nouveau son esprit a quitté son corps. Il a traversé le mur et reste pendu en l'air de l'autre côté, à regarder sa femme.

Retirant son maillot de corps, la poitrine à l'air, elle essuie avec une serviette les perles de sueur cristallines entre ses seins : « Je ne vous retiens pas. Allez la retrouver. »

Tête basse, il se lève, il n'ose pas regarder mes nénés. Quel air honteux. Évidemment, je ne peux pas rester indifférente à cette passion qu'il éprouve mais est bien obligé de réprimer. Furtivement, il sort. Les lumières du soir tombent du firmament de la cité. La porte de la cour et celle de la maison sont grandes ouvertes. S'il revient ayant fait fortune de manière illégale, s'il revient, tout gêné, n'ayant rencontré que l'échec, ou même s'il revient tête basse, abattu, son capital dilapidé, et cherche à m'expliquer que c'est dur de faire du commerce, je ne le condamnerai pas ni ne l'exhorterai. S'il ne revient pas, et passe la nuit dans le lit tiède du passé, aussi joliment que dans son rêve. Quel que soit le dénouement – et même s'ils reviennent tous les deux au même moment, que dans le même instant ils viennent tous deux s'entasser sur mon lit –, je laisserai aller les choses, comme elles seront.

De l'autre côté du mur, on entend des sons étouffés et répugnants. Le narrateur nous dit qu'elle se bouche les oreilles avec du coton hydrophile. Puis elle mange, le dos à l'air. Sur la soupe de légumes plus assez chaude flotte une couche de graisse d'un blanc laiteux, on dirait l'eau sale du lavage des tripes. Elle en remplit son bol à riz, y ajoute un peu de vin, un peu de sauce de soja, un peu de vinaigre, mélange du bout de ses baguettes, porte à sa bouche et se met à boire goulûment.

Nous t'écoutons : quand elle a fini sa soupe, les larmes tombent en clapotant dans son bol. Pourquoi pleures-tu ? « En voilà une question puérile ! » nous réponds-tu en souriant à travers tes pleurs.

IV

Une information de notre quotidien : ***Mort atroce d'un tigre du Nord-Est.***

(D'après une dépêche de notre correspondant.) Dans la fauverie du jardin du Peuple de notre ville, un tigre du Nord-Est, âgé de neuf ans, a été écorché par un malfaiteur. D'après les analyses des experts relevant des autorités concernées, le tigre a tout d'abord été tué au moyen d'une pièce de viande de bœuf imprégnée d'un poison violent, puis dépouillé de sa fourrure. Les spécialistes considèrent que le criminel a dû se dissimuler dans le parc à la faveur d'une visite diurne et sortir de sa cachette la nuit venue, afin de perpétrer son forfait. Le comité du Parti et le gouvernement municipaux suivent l'affaire de très près. C'est en effet une honte pour notre ville, en cette époque d'édification de la civilisation spirituelle, qu'un être aveuglé par la cupidité et doué d'une telle diabolique cruauté ose se livrer à ce genre de méfait. Les organes

de la Sécurité publique, sous la direction du comité du Parti et du gouvernement de la ville, sont en conséquence en train de traquer le malfaiteur.

Une information de notre quotidien : ***Le tort fait au tigre du Nord-Est n'est pas encore réparé. Un gardien met fin à ses jours en se pendant.***

(D'après une dépêche de notre correspondant.) Nous avons récemment rapporté la nouvelle de l'assassinat d'un tigre du Nord-Est, âgé de neuf ans, dans l'enceinte même de la fauverie du jardin public de notre ville, nouvelle qui suscita une indignation telle de la part de la population dans son ensemble que nombreux furent ceux qui nous écrivirent pour condamner avec violence l'acte criminel de ce hors-la-loi et exiger tout aussi violemment que les organes de la Sécurité publique déploient un maximum d'efforts pour procéder à son arrestation et le déférer devant les tribunaux, rectifiant ainsi les mœurs de la société et apaisant la fureur des masses populaires. Nous apprenons ce matin que le gardien de la fauverie s'est évanoui lors de la découverte du corps. Une fois revenu à lui, il s'est mis à gesticuler dans tous les sens, bafouillant des propos incohérents, si bien que pour sa propre sécurité les dirigeants du jardin ont été dans l'obligation de le faire enfermer dans une pièce calme et de le remettre aux soins des médecins. Ayant avant-hier retrouvé toute sa raison, il fut déclaré guéri et relâché, après accord des autorités, pour pouvoir reprendre son travail. Aujourd'hui, au petit matin, l'employé chargé de nourrir les bêtes l'a retrouvé dans la cage du tigre du Nord-Est, où il s'était pendu pour mettre fin à ses jours.

Un commentaire de notre quotidien : ***Après la mort du tigre…***

Depuis que nous avons rapporté la nouvelle de l'assassinat et de l'écorchage d'un féroce et redoutable tigre du Nord-Est dans l'enceinte de la fauverie du jardin public, nos 300 000 concitoyens, toute la population de notre ville, se sont livrés, passé leur juste colère, à une douloureuse rétrospection.

I. Les larmes des enfants

Emportant avec nous le paquet de tout le courrier que les élèves du primaire nous ont adressé, nous sommes allés visiter l'école « Éducation Rouge » où nous avons été chaleureusement reçus par le directeur de l'établissement et son instructeur politique, qui nous ont présenté les faits.

Le directeur de l'école nous a dit : « Éducation Rouge compte parmi les établissements d'enseignement primaire de pointe les plus anciens et de meilleur niveau de notre ville. Liu Changgong, actuelle secrétaire adjointe du comité provincial, Su Jingwen, le directeur de l'Institut de recherches en biologie, et Niu Huahu (le Tigre du Nord-Est, "Dong Bei Hu", de son nom de plume), le célèbre auteur de littérature enfantine, sortent tous les trois de nos rangs. »

Un des objectifs que se donne l'école est de ne jamais rechercher à élever le niveau de manière superficielle et d'éviter de transformer les enfants en purs rats de bibliothèque difformes, enfermés toute la journée dans leur salle de classe. L'instructeur politique a précisé qu'ils faisaient aussi très attention aux particularités physiologiques et psychologiques des enfants en bas âge et organisaient fréquemment des activités extra-scolaires. Des excursions de printemps, par exemple, des escalades en montagne, des visites au jardin public… Les élèves connaissent bien la colline aux singes et la fauverie. Ils connaissent par leur nom chacun des animaux. C'est pourquoi beaucoup ont pleuré quand ils ont appris que le tigre avait été dépouillé de sa fourrure.

Et du doigt il nous a montré le grand tableau noir dans la cour. Un tigre féroce y était dessiné à la craie, avec des couleurs vives, et dessous une main enfantine avait écrit en gros caractères rouges : Repose en paix, Kangkang – l'instructeur politique nous a expliqué que c'était le nom du fauve. En dessous du tableau, une grosse corbeille de fleurs en osier débordait : bouquets fanés, bien sûr, mais aussi sept cuisses de poulet croustillant, trois petits poissons braisés à la sauce de soja et un amoncellement de biscuits en forme d'animaux et de bonbons de toutes les couleurs…

« Les élèves ont prélevé eux-mêmes, sur leur propre nourri-

ture, les offrandes qu'ils voulaient faire aux mânes de Kangkang », nous fut-il expliqué.

« L'acte infâme de ce malfaiteur a choqué leurs petites âmes pures. S'il lui reste seulement un peu de cœur, il ferait mieux de se constituer prisonnier. »

« Nous voulons éduquer la génération montante pour faire d'eux des êtres à l'esprit pleinement humaniste, au cœur plein de compassion et de pitié. L'homme et la nature ne constituent qu'un seul et même corps. Quand on pense qu'il se trouve des gens pour abattre sans discrimination les forêts vierges, capturer les animaux sauvages et même écorcher les tigres des zoos... Quelle barbarie ! Je vous le dis, quelle barbarie ! »

Nous avons alors sollicité l'autorisation de nous entretenir directement avec les enfants, et le directeur a accepté d'organiser une rencontre à l'heure de la récréation.

La cloche a sonné. L'instructeur a fait entrer dans le bureau une dizaine d'élèves de cours préparatoire. Ils portaient un foulard rouge autour du cou, leurs petits visages étaient tendus à l'extrême.

Une petite fille potelée aux grands yeux noirs a éclaté en sanglots avant même d'ouvrir la bouche, il a fallu que le directeur lui caresse la tête pour réussir à arrêter ses pleurs. En hoquetant, elle nous a expliqué : « Monsieur le journaliste... Ce pauvre Yuanyuan et ce pauvre Fangfang... Leur maman est morte... »

(Yuanyuan et Fangfang sont les deux tigrons issus du croisement entre un lion d'Afrique et ce tigre, en fait tigresse, du Nord-Est. Nous avons fait paraître leur photo.)

« Est-ce qu'on l'a attrapé, le méchant ? » nous a demandé un petit garçon.

Nous avons dû lui expliquer – il s'appelle Kangkang, lui aussi – que le criminel était très malin et qu'on n'avait pas encore réussi à le capturer et à le traduire en justice, mais qu'il fallait faire confiance aux gentils policiers qui allaient sûrement finir par le faire prisonnier. Il nous a interrompus : « Pourquoi est-ce qu'on ne fait pas appel au commissaire Chat noir ? Il réglerait ça en une minute, le commissaire Chat noir ! »

Comme nous leur demandions ce qu'il faudrait faire pour punir le malfaiteur, c'est encore Kangkang qui a répondu en serrant les dents : « Il faut le hacher en petits morceaux et le donner à manger à Yuanyuan et Fangfang ! »

Bien évidemment, si le criminel est arrêté et jugé, la magistrature le châtiera conformément à la loi, notre but en posant cette question était uniquement de mieux démontrer la haine et le dégoût que ressentent les enfants pour cet acte illégal qu'est le meurtre cruel d'un animal précieux.

II. Le vieil homme à genoux près du cadavre

L'autre jour, dès que la nouvelle de l'assassinat de Kangkang nous est parvenue, nous nous sommes bien sûr précipités sur les lieux pour prendre des photos. Pour des raisons d'esthétique et de mise en pages, ces clichés n'avaient jusqu'ici pas été publiés. Mais après plusieurs jours de discussion, d'un commun accord, nous avons décidé qu'il ne nous était plus possible de dissimuler et c'est pourquoi, parallèlement à cet article, nous les portons aujourd'hui à la connaissance du public (voir page 2). Nous sommes arrivés à la fauverie en même temps que tout un groupe d'agents de la Sécurité publique. L'odeur de sang était déjà forte, même très loin de la cage de Kangkang. Des employés en uniformes blancs et bottes de plastique faisaient cercle tout autour, sans que rien sur leur visage trahisse leurs sentiments. Le cadavre dépecé gisait à l'intérieur, l'air très court, du fait que sa queue elle aussi avait disparu. Ce grand roi de la montagne, au pelage autrefois si brillant, à la queue si fièrement dressée, à qui il suffisait d'un rugissement et d'un battement de paupières pour tout ébranler autour de lui, ce grand roi n'était plus qu'une espèce de rat crevé dégoulinant de sang. À côté se tenait un vieil homme à genoux, la face d'un noir de laque et les bras pendants. La tête dressée, le cou tendu, il avait le regard perdu dans le vide, à l'écoute d'on ne savait quoi. Avec d'infinies précautions, un agent s'est introduit dans la cage pour y photographier une empreinte de pied ensanglantée, d'un rouge sombre, là où le sol était relativement propre. Puis un autre, tout aussi circonspect, a d'une main gantée de blanc prélevé un échantillon de viande mâchée et réduite en bouillie (c'était du bœuf) qu'il a déposé dans une boîte. Puis les mouches sont arrivées. Comme un nuage noir elles se sont abattues, on aurait dit que, de la ville entière, elles avaient répondu à l'appel et s'étaient rassemblées pour festoyer. Ça grouillait sur le cadavre du tigre, grouillait sur le sol, grouillait sur les barreaux de la cage. Le corps écarlate de la bête n'était plus qu'une sorte de monstre noir et frémissant. Le vieillard agenouillé s'est retrouvé lui aussi encerclé, mais il n'a pas eu le moindre geste, il est resté immobile, telle une statue taillée dans la pierre noire. Les insectes, par ailleurs, nous indiquaient la route par laquelle avait fui le malfaiteur : il (nous n'excluons pas qu'il puisse être de sexe féminin) a pris la « poudre d'escampette » par la petite allée cimentée, a enjambé la haie de chênes verts et de cyprès jaunes et sauté par-dessus la palissade. S'il suit la route de sa retraite, le regard tombe en plein sur la haute cheminée du « Joli Monde ».

Un peu plus tard, Liu XX, le secrétaire de la cellule du Parti du jardin public, a invité les journalistes à venir prendre une tasse de thé dans son bureau, non sans avoir au préalable chargé un groupe de jeunes employés de couvrir d'une toile blanche le cadavre du tigre. À nos questions, il n'a que rarement répondu directement. Un peu plus tard encore, les jeunes gens sont réapparus avec une civière en toile sur laquelle ils avaient tendu une feuille de plastique afin d'éviter que le sang la souille. Quand nous avons voulu savoir ce qu'il allait advenir du cadavre, M. Liu nous a répondu qu'il devait, avant de prendre une décision, en référer tout d'abord aux autorités concernées.

Nous avons aussi assisté à l'enlèvement du corps. Il a été déposé dans un entrepôt, la chambre froide du zoo, au dire d'une employée qui a ajouté que, rien que pour nourrir les fauves, il fallait chaque jour plus de neuf cents livres de viande.

Le vieil homme était toujours agenouillé, sans un geste, mais les mouches privées de leur nourriture se sont vite envolées. Vêtues d'un strict uniforme, la bouche cachée derrière un immense masque et les yeux derrière des lunettes de soleil, plusieurs personnes sont alors entrées dans la cage avec des pulvérisateurs sur le dos pour y vaporiser du désinfectant.

L'un d'eux a obligé le bonhomme à se relever. C'est alors qu'il a brusquement éclaté en sanglots et s'est mis à se rouler sur le sol comme un petit garçon en colère, si bien qu'il s'est retrouvé complètement maculé, de la tête aux pieds, du sang et des excréments du tigre. Liu XX a été obligé de le faire emporter.

Il nous a appris que ce vieil homme à genoux n'était autre que le responsable de la fauverie, où il travaille depuis plus de vingt ans. Personne ne se souvient plus de son vrai nom car, comme il s'amuse souvent à imiter les cris et les mouvements des singes sur leur colline (il y réussit à la perfection), les jeunes l'ont tous surnommé « Vieux Singe ».

Pour ce qui est de son visage politique ou de son histoire personnelle, il n'a rien pu nous dire de précis, il lui semblait que l'homme avait autrefois eu un fils assez bien, mais qui était mort écrasé par une voiture.

III. Qui est « Vieux Singe » ?

L'affection toute paternelle que « Vieux Singe » semblait porter à la tigresse nous avait tant émus que nous brûlions de l'interviewer de manière plus détaillée. Malheureusement, ses nerfs l'avaient lâché. Après que les jeunes gens l'ont eu sorti de la cage, il s'est mis à crier et à hurler qu'il était un tigre du Nord-Est et que ce n'était qu'un début, que, après l'avoir écorché et lui avoir volé sa queue, on s'apprêtait encore à lui arracher la chair des os parce que ces derniers sont un médicament aussi précieux que l'or, d'une miraculeuse efficacité dans le traitement des rhumatismes, des douleurs lombaires, des maux dans les jambes et des problèmes d'articulation. Il s'est même mis à quatre pattes sur le sol, courant et sautant, secouant la tête et balançant la queue exactement comme un fauve, émettant toute une série de rauques rugissements qui eurent pour effet d'inciter les deux tigrons (Yuanyuan et Fangfang) à se mettre à hurler eux aussi. Ces deux bêtes géantes, qui tiennent autant du tigre que du lion, se sont mises à bondir avec une fureur démentielle à l'intérieur de leur cage, faisant un tel tapage que tous les spectateurs présents en tremblaient d'horreur. Deux policiers ont même sorti leur pistolet, les autres avaient la main à l'étui, prêts à dégainer.

S'étant accroupi devant eux, le vieil homme leur a parlé : « Yuanyuan et Fangfang, mes enfants... Vous vous vengerez... » La tête appuyée aux barreaux, ils lui ont répondu par des rugissements à vous glacer le sang. On aurait cru voir des larmes vertes couler de leurs yeux où la douleur le disputait à la colère.

« Qu'est-ce que c'est que ce chantier, Vieux Singe ! s'est exclamé le secrétaire de la cellule. Tu te donnes en spectacle. Va-t'en ! »

Les reins horriblement tordus, il s'est mis à ramper sur le sol, des éclairs mystérieux, comme deux feux follets, dans les yeux.

Nous avons alors voulu lever notre appareil photo pour le braquer sur lui. À la hâte, il s'est remis sur ses jambes, a relevé la tête, son regard qui lâchait des éclairs s'est fait lumineux et inflexible, indubitablement il rayonnait d'une fascinante aura – telle qu'on devrait en voir aux amoureux passionnés. Voulait-il rire, voulait-il pleurer, sa bouche grimaçait un rictus. Peu à peu, sa face noire s'est teintée d'un rouge frais et printanier. Nous l'avons entendu se murmurer pour lui-même : « Un bel appareil... Ça, c'est un bel appareil, ma foi... Un bien bel appareil... »

Tel un fauve sautant sur sa proie, il a bondi en avant – qui se serait attendu à une telle agilité dans ce corps débile et rachitique – et, avant même que nous ayons eu le temps de déclencher l'obturateur, nous l'a arraché des mains et s'est enfui à la vitesse de l'éclair, se faufilant entre les bosquets, contournant les collines artificielles et riant de joie. Il avait les mêmes gestes et la même voix qu'un vieux singe pris de folie. Tous, journalistes, policiers et employés du jardin public ont été obligés de se lancer à sa poursuite pour pouvoir l'acculer et lui reprendre l'appareil.

Liu XX a donné l'ordre de l'enfermer dans une pièce vide. La violence avec laquelle il s'est mis à frapper et à battre contre les battants en fer-blanc de la porte nous a horrifiés, il criait : « Rendez-moi mon appareil ! Rendez-moi mon arme ! Plus jamais je ne photographierai vos cochonneries ! Je vais vous dénoncer... »

D'après les renseignements obtenus auprès des autres

employés, le vieux gardien est un maniaque de la photo, il a pendant un temps possédé un vieil appareil tout déglingué, mais les singes de la colline le lui ont volé et l'ont cassé en le laissant tomber.

Perplexes, nous sommes allés voir les dirigeants du parc afin d'obtenir des renseignements supplémentaires. Liu, le secrétaire de la cellule du Parti, travaillait auparavant dans un canton rural de la banlieue et n'a été muté ici qu'il y a trois ans. Au cours de ces trois années, il a toujours vu le vieil homme totalement absorbé par sa tâche, tel un muet, et reconnaît qu'il a obtenu des résultats remarquables. C'est lui qui a réussi à réaliser le croisement entre le lion et la tigresse, croisement dont sont nés Yuanyuan et Fangfang, ces deux trésors, chéris à leur juste valeur par la population de notre ville. C'était la première fois qu'une telle expérience aboutissait en Chine et, même dans le reste du monde, les succès sont très rares. (Dans un pays d'Afrique, le zoo national a tenté de réaliser le croisement de manière expérimentale en collaborant avec le département de biologie de l'université, mais ils n'ont obtenu qu'un seul tigron, et qui est mort trois jours plus tard.) Son travail a apporté la gloire à notre jardin public, et aussi quelques bénéfices d'ordre économique (les visiteurs se succèdent de manière ininterrompue pour voir les tigrons). Liu a condamné l'écorcheur en termes justes mais sévères. Non content de nuire à un tigre féroce, ce malfaiteur a aussi gravement mis en danger l'équilibre mental d'un éminent personnage. Soit, un fauve a sa valeur, mais celle-ci peut se mesurer en termes commerciaux, les êtres d'exception, eux, sont des trésors inestimables que nul argent ne saurait acheter.

Nous nous sommes ensuite rendus au service du personnel pour y examiner le dossier du vieil homme que l'employée a fini par dénicher dans une armoire poussiéreuse. Curieusement, sur l'enveloppe, dans le cadre destiné à porter son nom et son prénom, seule était mentionnée sa charge, « Gardien de la fauverie », comme si c'eût été là son identité. Mais, de manière encore plus curieuse, l'enveloppe ne contenait rien, hormis quelques vieux journaux jaunis.

Quand nous nous en sommes étonnés auprès de la responsable, celle-ci s'est contentée de lever les sourcils en une ligne droite et nous a informés d'un air mécontent : « Je viens juste d'être mutée. »

Malgré notre insistance, nous n'avons plus obtenu pour toute réponse que le claquement des petits ciseaux avec lesquels elle s'effilait les ongles.

IV. Où sont passés les os ?

Au cours de notre enquête, le problème des os du tigre n'a cessé de nous tracasser. D'après un employé :

Pendant plusieurs jours, le téléphone n'a pas arrêté de sonner dans les bureaux et, à part les coups de fil (à peine un dixième du total) de bonnes âmes qui désiraient savoir si oui ou non on avait enfin arrêté le criminel, tout le reste était pour les os.

Nous avons donc à nouveau cherché à interroger le secrétaire de la cellule du Parti, mais toutes nos tentatives sont restées vaines. Si nous demandions où le trouver, on nous répondait d'un hochement de tête ou on prétendait l'ignorer.

Afin de vérifier la véracité de certaines rumeurs, nous avons dû convaincre un magasinier responsable de la clef de la chambre froide de nous en ouvrir la porte. Quand nous avons soulevé la toile qui recouvrait le cadavre, ce fut pour découvrir qu'il ne restait du tigre qu'un tas de chairs putréfiées d'où le plus petit os avait disparu. Et quand nous avons voulu demander au magasinier où ils étaient passés, celui-ci n'a pu que nous affirmer son ignorance. Pour ce qui est du nombre exact de clefs, il ne savait pas très bien non plus. Pourquoi vous mêlez-vous de ce qui ne vous regarde pas ? a-t-il même ajouté. Vous ne croyez quand même pas que les dirigeants vont se livrer à des malversations avec ces os ! Ils les ont sûrement envoyés là où ils devaient être envoyés.

« Dans une pharmacie de médicaments chinois ?

– Vous ne me prendriez pas pour un imbécile ? » L'homme était contrarié.

« L'animal a été empoisonné avec un poison violent, on en trouve certainement des traces dans son squelette, ça ne les inquiète pas ?

– On a fait des analyses. C'était pas du poison, mais un narcotique.

– Et ils n'ont pas peur d'être anesthésiés ?

– Vous commencez à me casser les pieds. »

Nous avons consulté notre dictionnaire.

OS DE TIGRE : nom d'un médicament chinois, ossature du tigre. Caractère tiède, saveur amère, très efficace dans le traitement des rhumatismes, excellent fortifiant du squelette et des muscles. Principalement employé dans les cas de faiblesse constitutionnelle, de douleurs occasionnées par la marche, de carence dans les régions du pied ou du genou, etc. Calcium, phosphore, albumine et autres éléments.

V. Pourquoi s'est-il pendu ?

D'après Petit Wang, à qui on avait confié la surveillance du gardien de la fauverie :

Pendant les périodes où « Vieux Singe » n'avait pas toute sa tête, il lui arrivait souvent de se mettre à crier : « Aïe ! Mortelle douleur ! Ils m'arrachent les os ! Yuanyuan ! Fangfang ! Vengez-moi ! » Dans ces cas-là, je faisais exprès de le taquiner : « Dis donc, Vieux Singe, qui c'est qui te désosse ? » Alors, il se recroquevillait sur lui-même, on aurait vraiment dit qu'il n'avait plus de squelette. « Eux ! Eux ! Avec un couteau d'abattoir pour les bœufs !... » Et, éperdu, il se cachait sous le lit d'où il n'y avait plus moyen de le tirer. J'essayais de lui parler : « Ça suffit, Vieux Singe ! Arrête de gueuler pour rien ! Ce sont les os de tigre qui intéressent les gens, ça peut guérir les maladies, mais qu'est-ce qu'ils pourraient faire de ta carcasse de vieux gorille ? Depuis quand est-ce que les os de singe servent à soigner quelque chose ? » Mais il s'obstinait : « Ils ont tué trois singes pour mélanger leurs os à ceux du tigre. C'était pour faire un cadeau. Ils ont bu leur cervelle... – Ils ? Qui, ils ? – Eux !... Eux !... » Ensuite, le médecin lui faisait une piqûre et il s'endormait. Mais, même dans son sommeil, il était agité de convulsions, comme si quelqu'un avait vraiment été en train de le désosser...

Un autre employé nous a encore raconté : « Avant-hier, au petit matin, Vieux Singe avait retrouvé tous ses esprits. Il m'a dit : "Je suis guéri, va prévenir les dirigeants, qu'on me laisse reprendre mon travail." Les autorités ont donné leur accord et il a eu le droit de sortir. Comment aurait-on pu deviner qu'il voulait attenter à ses jours ? Ah ! C'était vraiment un "vieux singe" ! »

Son corps avait déjà été détaché quand nous sommes arrivés sur les lieux. Il gisait replié sur lui-même sur une civière en toile à bateau, si petit que cela faisait peine à voir. Il s'était pendu à la panne de fer de la cage du tigre avec sa ceinture de pantalon.

Les employés de la fauverie avaient des mines sombres. Les bêtes hurlaient. Dressés dans leur cage, Fangfang et Yuanyuan regardaient dans notre direction. Une plainte sourde s'échappait de leur gorge, on aurait dit un orage en train de tonner dans le lointain.

Nous avons enfin réussi à rencontrer le secrétaire de la cellule. Une cigarette à la main, il nous a regardés entrer sans rien dire et nous a tendu une feuille de papier.

Y étaient tracées deux lignes, en caractères biscornus : Que mon cadavre soit donné à manger à Yuanyuan et Fangfang ! ! !

« Ce sont ses dernières volontés ? »

Il a hoché la tête.

« Que comptez-vous faire ?

– Une affaire aussi importante, nous n'osons pas prendre de décision. » Il s'est allumé une autre cigarette. « Un comportement définitivement méritoire... »

Nous avons aussi visité nous-mêmes la maisonnette où, de son vivant, résidait « Vieux Singe ». C'est une petite bâtisse blanche, à côté de la fauverie, où on range les outils et les provisions. Un petit lit, une vieille caisse en bois pleine de savon, dans une boîte à moitié pleine de cendres de papier on pouvait voir les restes de la couverture en brocart d'un album-photos qui n'était pas totalement consumée.

C'est ainsi qu'il est mort.

Très chers amis, nous qui habitons cette jolie cité, nous avons souvent au fond de la nuit entendu rugir les fauves. Pourtant, de son dur labeur, nous ne savions rien. Pendu au bras de notre petite amie, tenant notre femme par les épaules, en famille peut-être, parents et enfants, nous nous sommes souvent attardés dans la fauverie pour y admirer les poses majestueuses des bêtes, nous moquer de leur sournoiserie et de leur cruauté (elles se cachent dans leurs grottes noires sans presque montrer leur nez) ou encore nous étonner de la lassitude de la panthère noire... Pourtant nous l'ignorions, l'existence de ce vieil homme qui avait perdu jusqu'à ses nom et prénom.

Il nous faut à présent conclure cet article, mais l'affaire elle-même n'est pas conclue.

Où sont la peau du tigre et celui qui l'a écorché ?

Où sont les os du tigre (auxquels sont peut-être vraiment mélangés ceux de trois singes) ?

Quel était ton nom, « Vieux Singe » ?

V

Le professeur de physique revient en titubant. L'esthéticienne a posé son bol et jeté un grand tee-shirt sur ses épaules. Elle reste là, immobile, écoutant ce souffle défait qui se rapproche de son oreille.

Sans même tourner la tête, d'un ton glacial elle remarque : « Eh bien ? Vous ne restez pas passer la nuit avec elle ? »

Mais lui, ingénument : « Elle... Elle m'a traité de...

– De quoi ?

– De...

– De quoi ? » Le ton de Li Yuchan se veut sarcastique. « De vaurien ? De canaille ? De séducteur de veuves ? De traître à ses amis ?

– Elle m'a dit que je mangeais dans un bol en regardant ailleurs... »

Cette fois elle se retourne et, d'un bloc, une jambe de chaque côté de la chaise, le menton appuyé sur le dossier ; ses dents sont éblouissantes, sa petite moustache verte éclatante : « Mais vous n'avez même pas mangé dans votre bol ! Tout juste si vous en avez léché les bords ! »

Il détourne la tête pour fixer son regard sur le trou du mur tandis que, dédaigneusement, elle poursuit : « Les professeurs de physique du secondaire sont-ils tous des impuissants ? »

Il va fermer la porte, puis après un instant de réflexion retourne l'ouvrir et sort dans la cour d'un pas si feutré que c'est à peine si on l'entend. Ayant fermé le portail, toujours à pas de loup il s'en revient et toujours aussi silencieusement tire le loquet derrière lui.

« On reconnaît le maître à son art !

– C'est la première fois… »

Il approche. Il se rue sur moi, me prend dans ses bras, et avec moi enlace la chaise. Il doit y mettre toute la force de son corps, le dossier me rentre dans le dos. Ma chair est meurtrie, mais je reste de marbre. Que ferions-nous si maintenant il revenait, s'il frappait à la porte ? Je ne sais pas, à lui de voir.

Il m'arrache à ma chaise, me soulève dans ses maigres bras. Qu'est-ce qu'on est bête, le corps en l'air ! Il me porte jusqu'à la cuisine. Si ça lui plaît. Elle fait du bruit derrière son carton. Si ça lui plaît. Il se dépêche d'éteindre la lumière. Si ça lui plaît.

Qu'est-ce que ce lit grince, mais si ça lui plaît… Il pleure tout doucement, mais si ça lui plaît. S'il frappait et que personne ne lui ouvre, s'il lui prenait l'envie de se venger, s'il allait à côté… L'esthéticienne secoue la tête pour repousser cette idée… Tout lui est égal.

Le narrateur nous explique : Pour elle comme pour lui, la joie se mêle à la douleur dans ce rapport amoureux. Presque dans le même instant ils s'évanouissent, quand dans leur moelle retentit le chant triste et clair de la corne. Puis leurs bras se mêlent et ils restent ainsi enlacés, deux cœurs pressés l'un contre l'autre et battant de manière inextricable, tels deux petits veaux en train de se donner des coups de tête pour calmer la démangeaison de leurs jeunes cornes naissantes.

Dans les bras l'un de l'autre, ils rêvent. Des rêves bien différents de ceux qu'on a d'habitude : voyons, si un songe courant n'est que le cliché noir et blanc qu'on obtient par le procédé classique, les leurs sont alors ces hologrammes qu'une technique spéciale permet de réaliser.

Nous pouvons voir le narrateur, caché dans un coin sombre, en train d'épier les holographiques rêves du professeur de physique et de l'esthéticienne. En vrac, il nous raconte bien sûr tout ce qu'il peut observer. Mais, dans le flot trouble de son discours – entre sa bouche et notre oreille –, la silhouette d'une vieille femme vient souvent s'immiscer. Elle a le cheveu blanc et sale, est toute maculée d'excréments et les poux grouillent sur son corps. Pourtant c'est elle, le pivot de toutes les narrations, tous les sons, toutes les odeurs, toutes les couleurs, tous les gestes sont propriété privée de sa boîte de commande, elle est le metteur en scène général d'un long métrage, le chef d'un très grand orchestre, le généralissime des trois armées.

Rêve de l'esthéticienne :

Debout devant le haut guichet de la Banque Populaire (un filet d'épais fils d'acier est tendu entre lui et le plafond), Li Yuchan a l'impression que sa tête n'a presque plus de poids. À la dérobée, elle observe les deux employés enfermés dans leur cage. Sa cervelle lui semble n'être plus qu'un ballon gonflé à l'hydrogène que retiendrait tout juste la petite ficelle de son cou, et qui cherche à s'envoler, tandis que son corps, lui, ne rêve que de tomber, au plus bas, si bien que de plus en plus son cou doit s'étirer en longueur. L'homme est vêtu d'une chemise blanche immaculée, une épingle dorée est fichée sur sa cravate rose. Sa collègue porte un chemisier de soie noire et une cravate blanche, semblablement décorée. Faisant fi de la douleur que lui cause cette élongation forcée, elle s'appuie à la petite fenêtre carrée en bas du filet d'acier. Les jeunes gens derrière le grillage se regardent avec un sourire entendu. Tout son corps se glace, ce sourire, ils ont l'odeur des fauves de la ménagerie. Son ballon d'hélium ne cesse d'aller cogner contre le plafond, il sonne creux. La main crispée sur la bandoulière de son sac, elle sent la sueur ruisseler le long de son duvet doré et s'accumuler dans ses chaussures. Dans la cage, ils parlent : Qu'est-ce que ça sent – un parfum de femme – l'odeur d'un cadavre en décomposition – une étrange senteur de fleur ! – une puanteur de charogne ! Pour ne plus voir leurs visages, elle se recroqueville sur elle-même. Une grande main couverte de poils verts, aux doigts tordus et aux ongles cassés s'avance. Une voix forte retentit : Donnez ! Docilement, elle défait la glissière de son sac et en sort une petite bouteille en porcelaine blanche qui a autrefois contenu de la crème de jour et la lui remet. La patte broie la fiole, cueille trois dents en or entre les débris de porcelaine. Un éclat se répand aux quatre coins, c'est comme si une troupe de papillons dorés étaient en train de danser dans la pièce, un frisson rigide et glacial lui parcourt l'échine, quand elle se décide à tourner la tête c'est pour tomber sur le canon tordu d'un gros pistolet noir que l'employée, qui a chaussé de gigantesques lunettes, lui enfonce dans le ventre : « Avoue ! Où as-tu pris ces dents ? » L'arme s'enfonce dans son utérus, sa gueule au guidon pointu comme la crête d'un coq se tortille en tout sens et picore. L'épouvante lui fait tortiller les fesses, mais surmontant la souffrance et l'angoisse de savoir ce canon de revolver au fond de son vagin, elle tente de se justifier : « C'est mon oncle qui me les a données... » Violemment, la femme fait se tordre son arme et, en grinçant des dents, se met à l'insulter : « Menteuse ! Espèce de succube qui arrache les dents de la bouche des morts ! » C'est comme un viol, elle en pleure d'humiliation. Mais voilà que, bedaine en avant, il tombe du plafond. Son sauveur, elle tend les mains vers lui. Il donne une légère tape sur l'épaule de l'employée de banque qui immédiatement se courbe et se retire de côté. Tout aussi immédiatement, le canon courbe du revolver semble s'atrophier et retombe au sol, tel un serpent mort à l'œil glacé, sournoisement écarquillé. Ouvrant grand la bouche, il fait voir les trous dans sa denture : « Ce sont les miennes, je les lui ai données, c'est ma nièce. » Sans rien ajouter, la femme se retire. Ensuite, il enlève sa veste et montrant du doigt la fermeture Éclair au milieu de son ventre, qui part d'entre les tétins pour aboutir au lieu sombre, il reprend : « Amène un sac, qu'on fourre tout ça dedans ! » Il ouvre, viscères et graisses argentées, étincelant de reflets bleutés, se mettent à jaillir à gros bouillons, avec des convulsions d'anguilles enchevêtrées. Une chaude et fétide puanteur la prend à la gorge, elle a envie de vomir. Et ça jaillit, et ça dégouline, il est submergé. Elle tombe au milieu de ces couches de graisse et boyaux emmêlés, partout des bourrelets gluants, partout des vrilles acérées, tous les orifices de son corps sont en péril de subir leur outrage, pour certains le subissent déjà. Elle rampe, elle pleure, malgré tout son dégoût ses mains sont obligées de chercher à s'agripper, malgré tout son dégoût sa peau ne peut s'écarter. Le pire, c'est que ça s'infiltre par le moindre trou. Elle ne supporte plus cette invasion, elle ferme la bouche, protège d'une main les ouvertures du bas de son corps et du pouce de l'autre se bouche l'anus.

Rêve du professeur de physique :

Une douce main vient tout à coup tomber avec légèreté sur son dos, qu'elle presse vers le bas. Il baisse la tête et découvre les pommettes rouges de l'esthéticienne, sa bouche ouverte et ses lèvres gonflées. Il commence à se sentir ankylosé, il y a du sarcasme et de l'insatisfaction dans le regard de sa compagne. Dans le vide, un rire. La main lui pince le dos, si bien que doucement il se soulève. C'est la première fois qu'il se sent aussi léger, à peine plus lourd qu'une plume de poule. Qui plus est, pour la première fois de sa vie, il s'envole et monte jusqu'aux nues. Le vent chuchote à ses oreilles en agitant les aiguilles des pins, une cloche sonne dans le lointain. En dessous s'étendent à l'infini de gros nuages en forme de champignons que la lumière du couchant illumine de ses dix mille rayons, les transformant en une éclatante forêt, russe et automnale. Coincé entre deux noirs nimbus, le soleil semble un œil doré, il éclaire cette grande terre soviétique dont des milliers de fois j'ai rêvé, si belle, si riche, si imposante et si morne aussi. L'émotion te met des larmes aux yeux. Du milieu d'un troupeau de vaches tachetées aux pis comme des cruches, elle te fait un signe de la main. Son regard est si tendre, un regard bleu ciel, ses cheveux sont si brillants, mèches couleur de lin, sa poitrine est si ferme, des seins russes… Dans la plaine infinie, une moissonneuse-batteuse est en train de ramasser le blé noir, tandis que le haut-parleur, assourdissant, diffuse en alternance *Un soir dans la banlieue de Moscou* et *L'Orient rouge*. Tu pourrais te croire en train de retrouver par hasard cette amante dont la vie t'avait à jamais séparé. Les brumes vespérales sont des sourcils vermillon, ses sourcils de vermillon nuages du soir. Semblable à la blanche colombe quand elle déploie ses ailes, elle écarte les bras et s'envole vers moi. Sa chevelure blanche bat dans le vent, sa chevelure flotte, elle tombe dans mes bras. Elle pleure : « Voilà vingt ans que je t'attends. – Tu es restée célibataire ? – Bien sûr. Et toi ? Tu t'es marié ? – Non… Non, non… », bafouille le professeur de physique. « Non… » Une épingle lui transperce le cœur, les vagues inlassables de la souffrance vont le submerger. Elle pleure : « Je t'ai envoyé plus de cinq mille lettres en vingt ans, jamais tu ne m'as répondu. Tous les jours, je montais sur la montagne pour guetter ta venue, mais je n'ai jamais vu que les paquets de la brume et les pans de la lumière de feu. Parfois je rêvais que tu étais mort et je me réveillais en sanglots tels que mes larmes avaient trempé mon oreiller. J'avais trop mal… » Le professeur de physique serre très fort contre lui son amante russe… En grande tenue de mariage, tous deux vous avancez dans la direction de l'église. Devant la porte se tiennent deux femmes aux cheveux courts, les reins ceints d'une ceinture rouge, qui ont à la main une lance ornée de glands carmin : à gauche Du Xiaoying, à droite Li Yuchan.

Rêve de l'esthéticienne :

Je marche dans la rue. Au départ, il me semble que j'avais une robe, mais maintenant on dirait que je suis en tenue de travail. Je marche, un sac plastique noir à la main. Il est si lourd et si glissant que j'en ai les doigts tout courbaturés et engourdis. Quelqu'un a dû me demander de porter ces « restes » à la mairie. Je peux déjà apercevoir le petit bâtiment couleur de pois, au toit décoré d'une bonne dizaine de poteaux auxquels se mêlent et s'accrochent, étincelantes toiles d'araignée, les antennes de télévision.

Au milieu d'elles, haut dressée, la hampe au bout de laquelle flotte le grand drapeau rouge. Sur les côtés du portail en fer se tiennent deux hommes, tous deux vêtus d'uniformes verts, tous deux le crâne rasé, tous deux des lunettes sur le nez, tous deux les reins ceints d'une ceinture de cuir rouge, tous deux une lance ornée de glands carmin à la main, tous deux un brassard rouge autour du bras… Semblables exactement. Leur histoire me revient, et je profite de ce qu'ils ne font pas attention pour essayer de me couler tête basse par la porte. Presque simultanément, les deux pointes s'enfoncent dans ma poitrine, celle de droite dans le sein gauche et celle de gauche dans le sein droit, croisées. Effrayée, je recule. Quand je baisse la tête, je découvre que j'ai été perforée, semblable à de la pulpe de luffa la structure de mes seins est à nu, sans une goutte de sang du lait s'en écoule. Traînant toujours mon sac trop lourd, je fais les cent pas dans la rue de la mairie. Une troupe de jolies jeunes filles toutes vêtues de vestes de drap rouge et de pantalons moulants en nylon noir sont en train d'apporter des tables recouvertes de nappes blanches et des chaises pliantes aux dossiers galvanisés qu'elles installent dans la rue et sur la vaste place devant le siège du gouvernement municipal. Des hommes en blanc vont et viennent, avec des plats de poulet, de canard, de poisson ou de porc dont le parfum me chatouille les narines. Partout ce ne sont plus que tables dressées pour le banquet, cliquetis des verres qui s'entrechoquent pour porter les toasts, les gens se ruent sur la nourriture et la boisson, beaucoup déjà pliés pour vomir, ce qui ne les empêche pas de continuer dans le même temps de s'empiffrer. Mêlée à un petit groupe dont tous les membres sont en haillons, comme eux je dévore des yeux cette chère exquise. Et voici les comédiens pour la danse des lanternes du dragon, et voici les rameurs des bateaux de fête, et voici les danseurs des campagnes du nord, et voici les montreurs de singes et les prestidigitateurs ! Une petite fille est pendue par les tresses à un sapin, des gens la poussent par les jambes pour l'aider à se balancer haut, haut, très haut… Quelqu'un s'écrie : « Les raviolis ! Voilà les raviolis ! Les raviolis à la chair de tigre ! Les raviolis au tigre ! » Et fumantes de vapeur rouge, des platées et des platées de raviolis en forme de petits tigres sont déposées sur les tables… La foule se presse, compacte… Soudain, quelqu'un lance encore l'alarme : « Les tigrons ! Voilà Yuanyuan et Fangfang ! » Je les vois qui arrivent, de toute la vitesse de leurs pattes, du jardin public, deux fauves à la robe tachetée et dont le regard scintille d'une lumière cruelle. Tête de lion sur corps de tigre et tête de tigre sur corps de lion. Ils courent, ils rugissent, ils bondissent, plus vifs que des chevaux. Un instant interdits, les gens qui se bâfraient se lèvent d'un saut, certains se glissent sous les tables sans plus se préoccuper ni des soupes qui dégoulinent ni des vomissures sordides qui souillent le sol. D'autres préfèrent la fuite en avant, ou battent en retraite, d'autres encore restent simplement sur place, à trembler. Les tigrons se sont échappés de leur cage ! Les tigrons se sont échappés de leur cage ! Toute la rue hurle. Toute la ville s'agite et s'affole. On en voit qui se jettent dans la rivière ou qui grimpent aux arbres. Comme des souris pourchassées par un chat, les voitures s'engouffrent dans le premier trou qu'elles peuvent trouver. Accident, en voilà deux qui sont entrées en collision, et ventre contre ventre lentement se soulèvent puis retombent au sol en s'effondrant sur le dos, leurs huit roues noires tournent dans le vide, une épaisse fumée s'en échappe, des étincelles jaune roussi se mettent à jaillir. Un gros camion est rentré dans un immeuble. La foule m'entraîne dans sa fuite, je n'ai pas si peur pourtant, cette vague impression quelque part que les tigrons ne me feront pas de mal. En un clin d'œil, la rue est déserte et je reste seule, au milieu des alcools qui dégoulinent partout sur le sol et des soupes où surnagent des yeux huileux, gros comme des poings. À grands pas, les bêtes s'approchent, leurs queues traînent dans les ordures de la rue, elles sont trempées, gluantes, c'est à vous donner la nausée. Elles tournent autour de moi et moi avec elles je tourne, effrayée à l'idée de ne plus voir leurs yeux. C'est pourtant bien la même chose, il y en a toujours une dans mon dos. Je recule, je m'adosse à un mur et de toutes mes forces m'y appuie, tant et si bien qu'il s'effondre. Les tigrons reprennent leur danse autour de moi, mon regard se brouille, un souffle froid m'assaille par-derrière, j'y retrouve l'odeur familière de la fauverie. C'est fini, ils attaquent. Ils vont me déchirer, morceau après morceau me dévorer, leurs dents vont broyer jusqu'à mes os, ils vont m'avaler… « Lâche ton sac ! » me crie du haut des cieux une voix que je connais bien.

Rêve du professeur de physique :

Au tout début, je suis en train de traverser la forêt de peupliers blancs qui borde la rivière. Je contourne un arbre, puis un autre, puis encore un autre… Certains ont l'écorce couverte d'une peau neigeuse, d'autres d'un fin duvet doré… Ils ont tous des seins… Ce n'est même pas moi qui marche à leur rencontre, mais plutôt eux qui se précipitent vers moi… Hâtivement, je les évite… J'aperçois enfin les jolies eaux bleutées. L'employée de la voirie est là, celle qui se couvre toujours si scrupuleusement. En train de ramasser les capotes anglaises à pleine pelle. Comme se parlant à elle-même, elle me dit : « Les jeunes n'ont plus aucune décence, de nos jours ! – C'est vraiment scandaleux ! » lui réponds-je de même. Derrière moi, deux arbres ricanent. Je suis tout confus. Il y a beaucoup de petits bateaux sur la rivière avec, nu-pieds et nu-tête, des pêcheurs qui manient de grands filets de corde noire, les jetant et les remontant pleins de lycéens aux faces livides. Certains portent des lunettes, mais pas tous. Leurs cheveux sont collés à la peau de leurs crânes. « Relâchez mes élèves ! La pêche aux lycéens est interdite ! » J'ai beau m'égosiller, c'est comme s'ils étaient tous sourds, personne ne réagit. Pris dans leurs rets, mes disciples se mettent en boule, têtes en l'air, en bas, à droite, à gauche… Têtes qui s'orientent et déploient toutes les possibilités directionnelles mises en lumière par la géométrie de l'espace. Ils écarquillent des yeux grisâtres aussi ronds que ceux des poissons, peut-être est-ce moi qu'ils regardent… Plus tard. La rivière est tarie, le soleil a desséché les limons de son lit qui se craquellent de motifs irréguliers.

Toute la population de la ville est là, les reins courbés, la tête baissée, à la recherche de quelque chose. Qu'est-ce qu'ils veulent ? Du poisson. Une queue en forme de cisailles pointe en se balançant vers le ciel et vers mon visage. Le corps est coincé dans la vase sèche. Je m'agenouille et creuse avec mes doigts tout autour. Mais l'argile est très dure, je m'y casse les ongles. Découvrant une branche de bois mort, je la taille en pointe avec mes dents et en faisant bien attention me remets à creuser. Le poisson apparaît peu à peu. Le limon se fait plus humide, devient une boue noire où grouillent des bulles gluantes. Cela sent mauvais, de petits vers dorés s'y faufilent... Je jette mon bout de bois et recommence à fouiller avec mes mains, je vais bien finir par le sortir de là ce poisson, c'est peut-être une carpe rouge.

Rêve de l'esthéticienne :

Traîtreusement, avec sa langue de miel, Du Xiaoying t'a attirée jusqu'à la conserverie de lapin qui relève du lycée n° 8. Les immenses ateliers sont vides, vous y êtes seules, toutes les deux. Le son de sa voix roule en gigantesques vagues sonores. Sur le sol, une dizaine de boîtes qui sur un rythme défini crachent de la vapeur bouillante. Elle est presque obscène quand elle te propose : « Pourquoi ne pas nous déshabiller ? Je me déshabillais toujours avec lui. » Tu pars d'un grand éclat de rire : il y a de fortes chances qu'elle ne fasse pas le poids à ce jeu-là, si elle savait que déjà toute petite j'aimais me promener à poil sous le soleil. Sans un mot, tu te penches pour faire tomber ton pantalon sur tes pieds. Vous vous livrez toutes les deux à une compétition de strip-tease dont il est difficile de désigner le vainqueur. Autrement dit : quand tu te retrouves sans plus un fil sur le corps au milieu de la pièce, elle est là, nue comme un ver, en face de toi. Tout étonnée, tu t'aperçois que son corps est d'une rare plénitude et possède un pouvoir de séduction quasi irrésistible – tous les hommes s'y laisseraient prendre, mais les femmes aussi. L'envie te brûle de tendre la main pour caresser cette chair. Comme on pourrait brûler devant des fleurs trop belles d'en humer le parfum. Tu te maîtrises, tu respires profondément, tu avales ta salive, tu dois dominer ton désir. Index pointé comme un fusil vers sa poitrine, glaciale, contre elle tu prononces la peine capitale : « La peau de ton ventre est hideuse, tellement blanche qu'on dirait des tripes de porc ! Tes seins sont trop gros, ils ressemblent à deux outres ! » Sur le coup, elle rougit. Et le visage empourpré te réplique : « Je n'y peux rien, j'aimerais tant avoir comme toi le corps couvert de poils, ressembler à un singe et porter la même moustache qu'un homme ! » Tant de sarcasmes t'irrite, mais comme tu réfléchis à des mots encore plus venimeux pour la flageller, en signe de bonne volonté elle te prend par le bras : « Ne cherchons pas à discuter, une femme est incapable d'en juger une autre de manière équitable. Il n'y a que les hommes pour savoir notre valeur. » Aussi allègre que si tu t'étais vengée, tu répètes d'un air significatif : « Ça, c'est bien vrai alors, il n'y a que les hommes pour le savoir ! » T'entraînant pour te faire visiter les ateliers, elle t'explique tout le processus, du début jusqu'à la fin. Puis revient se placer sur le lieu de la première opération. Souriante, dressée près des commandes, du doigt elle t'indique la petite planche fixée sous la fenêtre carrée qui surplombe le vide comme un plongeoir. Des poils de lapin y sont collés. Elle s'empare du marteau en caoutchouc. Que son sourire est franc, quel charme elle a ! « Tu veux bien poser ta tête sur la planche ? Pose ta tête sur la planche ! Tu n'as aucune raison de ne pas poser la tête sur cette planche ! » Tu t'exécutes, les yeux tournés vers cette face amène. « Est-ce que tu entends quelque chose ? » te demande-t-elle. La musique de l'amour. « Ferme les yeux, s'il te plaît, si tu entends la musique de l'amour ! » Tu fermes les yeux. « Je vais commencer à compter, et quand je serai arrivée à treize, tu t'endormiras tout doucement. » Au son des grandioses accords de la symphonie, tu écoutes sa voix claire : « Un, deux, trois, quatre, cinq, six, sept, huit, neuf, dix, onze, douze… » Ici, une légère pause, les chiffres déjà nommés sont comme douze empreintes distinctement imprimées dans l'or d'une plage de sable. « Treize ! » Celui-là elle le crie, et immédiatement quelque chose souffle à ton oreille, quelque chose s'abat sur ta tempe. Tu as été assommée. Ton cerveau reste clair pourtant, seules ont été engourdies ta capacité à commander tes mouvements et celle de parler. Tu assistes à l'affaissement de ton corps sur le sol, ton esprit restant, lui, suspendu au-dessus de la planche. Tu entends le petit cri de douleur mouillé, semblable à celui des lapins qui s'accouplent, qui s'est échappé d'entre tes lèvres quand la masse s'est abattue sur ta tempe et qui ondule dans l'atelier comme un serpent enroulé. Relevant son arme, elle pose la tête sur ton sein gauche pour épier les battements de ton cœur. Il faudrait qu'elle continue de taper, s'il battait encore. Cela t'amuse de sentir son oreille collée de ce côté de ta poitrine et ses seins lourds sur ton ventre. Ton cœur palpite fièrement à droite. La voilà qui se relève, jette son marteau et s'exclame un peu abattue : « Elle valait encore moins qu'un lapin ! » Et de te tirer par les pieds jusqu'au fond de l'atelier… D'arracher tous les poils de ton corps à l'eau bouillante… De te vider de tes viscères… De te trancher la tête et de la jeter dans un panier avec des têtes de lapin… Puis elle te fait cuire, te hache en menus morceaux qu'elle mélange à de la viande de lapin et te met dans un bocal… À l'intérieur de ton bocal, tu la regardes… Perdue au milieu de centaines de bocaux transparents, tu la regardes…

Rêve du professeur de physique :

Assis sous un peuplier blanc couvert d'une mousse comme un fin duvet doré, d'une voix contrite il te raconte un rêve – son visage est exactement semblable au tien, il est vêtu du même costume vert que toi, il a la même voix que toi. Alors un doute te saisit : Est-ce lui qui est moi ou moi qui suis lui ? Il dit : « Eh bien, mon vieux, tu m'as bien fait perdre la face ! Profiter de ce que je ne suis pas à la maison pour me faire porter les cornes. Fi ! “La femme d'un ami est sacrée”, voilà ce qu'on dit ! Rien que des bêtises, ces histoires entre les sexes, écoute plutôt mon rêve, comme on dit si bien : Les songes sont de l'or en barre. J'étais allongé sur l'herbe, tout à l'heure, je dormais, une femme qui sentait le lait frais, avec des cheveux de lin et une jolie poitrine haute, est venue me raconter une histoire : “Une légende d’autrefois raconte que celui qui verra un moineau avancer en marchant – ils sautillent d’habitude, de leurs deux pattes, petit bond par petit bond, on ne risque guère de les voir déambuler comme des poussins, et une fois la patte droite et une fois la patte gauche, non, les poussins marchent comme nous, mais les moineaux, eux, sautent, et sautent encore. Elle disait donc que cela porte bonheur de voir un moineau marcher : son premier pas est gage de fortune, le deuxième de pouvoir, le troisième de succès auprès des femmes, le quatrième assure la santé, le cinquième la gaieté de l’esprit, le sixième la réussite, le septième la sagesse suprême, le huitième une épouse fidèle, le neuvième la gloire éternelle, le dixième la beauté physique, le onzième une ravissante épouse et le douzième une femme et une maîtresse qui vivent en harmonie comme deux sœurs. Mais attention, jamais il ne faudrait le voir en faire un treizième, si jamais il avance d’encore un pas, le sort va s’inverser, et toutes ces bénédictions se transformer en malédictions qui s’abattront sur ta tête !” Et puis elle est partie. »

Du bout des doigts, il gratte la terre et en extrait une petite carpe bâtarde plus morte que vive mais qui balance encore la queue et dont les joues tressaillent dans les affres de l’agonie.

« Est-ce que tu as déjà vu un moineau marcher ? »

Ses yeux s’emplissent de larmes. Il se met à genoux. « Oui… Juste comme elle venait de partir, il y en a un qui est venu se poser devant moi…

– Combien a-t-il fait de pas ?

– Treize…

– Treize pas ?

– Oui, treize. Et puis il a déployé ses ailes et s’est envolé dans un arbre !

– Qu’est-ce que tu comptes faire ? »

Il lève la tête vers une grosse branche, épaisse comme le bras, qui part du tronc à l’horizontale : « Autant que je me pende tout de suite… Déjà que je n’ai jamais eu de chance, si en plus la poisse me tombe dessus, je ne tiendrai jamais le coup. Mieux vaut en finir tout seul plutôt qu'attendre d'être torturé jusqu'à la mort. On raconte que c'est parce qu'il avait vu un moineau faire treize pas que le gardien de la fauverie s'est suicidé. »

Tu le regardes, c'est ton visage que tu crois contempler.

« Écoute, mon vieux, depuis le temps qu'on se connaît, je voudrais te demander une dernière chose avant de mourir. »

Tu surveilles les deux nuages qui ont réduit le soleil en un mince filet dont les rayons d'or étincellent et illuminent les grands arbres majestueux et le flot solennel de la rivière. « Je voudrais que tu emportes mes vêtements, s'il te plaît, l'entrée du royaume des cieux est interdite aux gens habillés. »

Il se défait de son costume, ramasse sur le sol un vieux bout de corde de lin, y fait un nœud et l'accroche à la branche. Puis il bondit, glisse sa tête dans le nœud coulant et son corps reste suspendu dans le vide. La corde lui rentre dans le cou et lui broie les os, sa langue pend, ses yeux se sont exorbités, ses bras pendent docilement le long de ses cuisses, il est totalement détendu.

Rêve de l'esthéticienne et du professeur de physique :

Celui-là m'agace ! Il a sauté au bas du perchoir et s'est assis en tailleur sur le sol de sa cage, raclant de la tranche de ses paumes les quelques miettes de craie tombées par terre pour les ériger en un petit tertre pointu dans lequel, avec délectation, il plonge un doigt imbibé de salive qu'il porte à sa bouche et suce comme si c'était du miel. Elle et lui ont rêvé qu'en un lieu très lointain Zhang Hongqiu avait fait fortune. Qu'il avait gagné des milliers et des milliers, et avec cet argent acheté tous les mets les plus délectables, de la viande crue, du porc braisé, des concombres de mer… Elle et lui dans leur rêve en faisaient claquer leur langue, la salive dégoulinait sur leurs joues. Ce Zhang Hongqiu enrichi mais à l'humeur revêche sortait alors de sa ceinture une badine et, comme pour menacer les élèves, la levait bien haut au-dessus de sa tête : Vous en avez fait du propre ! Elle et lui tremblaient sous la baguette sévère. Elle rêvait qu'elle disait, il rêvait qu'elle disait : Tu es le mari de Du Xiaoying ! Elle savait pertinemment qu'elle mentait et tout aussi pertinemment il le savait. Elle et lui ont alors vu l'homme à la badine dressée, celui qui avait fait fortune mais dont le cœur s'était noirci, se diriger en ricanant vers la demeure voisine. Sur cette porte délabrée dont les battants ne sont autres que des planches récupérées sur un cercueil, des enfants avaient tracé à la craie des signes mystérieux. Dans le même instant, elle et lui ont bondi, chacun sachant l'autre jaloux, aussi acides que du vinaigre vieux. Et encore, elle et lui et lui, accroupis tous les trois au pied d'un tableau noir, en train de manger des bouts de craie multicolores…

Qui mange de la craie en fin de compte ?

…

Le narrateur s'enfonce la craie par poignées dans la bouche, un peu de poussière s'en envole, il nous dit que l'esthéticienne et le professeur de physique dorment étroitement enlacés, l'un et l'autre trop profondément plongés dans leurs rêves holographiques pour parvenir à s'en arracher. Ses songes à lui et ses songes à elle commencent à se mêler, c'est comme un échange sexuel, une intime relation entre les corps et les âmes. Elle et lui, ensemble, peuvent entendre ce chuintement qui vient de l'autre moitié de la cuisine, dont seul un méchant carton les sépare. Ils devinent que la beauté fragile est en train de se lever de ce lit sur lequel depuis si longtemps elle gisait – miracle presque aussi grandiose qu'une résurrection – miracle dont ils peuvent voir l'éclat tant il rayonne, ils voudraient sauter au bas de leur couche, analyser les raisons de cette merveille, se réjouir de son produit, mais une fois encore la chair violemment se refuse à obéir à l'esprit. Plus ils cherchent à se lever, et plus leurs corps se collent l'un à l'autre, désespérant de ne pouvoir qui se glisser dans l'un, qui faire l'autre le pénétrer.

Dans le flot bourbeux du discours du narrateur, nous devinons la beauté fragile qui se lève en vacillant, ayant encore besoin de prendre appui sur le mur au début, sa démarche est adorable, d'une gaucherie enfantine, nous la regardons avancer comme nous contemplerions nos propres enfants en train de venir vers nous de leur pas hésitant, débordants de grandeur d'âme et de contentement nous avons l'impression d'émettre un puissant parfum de bonté, notre cœur n'est plus qu'amour, plus que chaude lumière du soleil.

VI

C'est en compagnie de la concierge du « Joli Monde » qu'un jeune homme vêtu de loques en jean délavé et porteur de grosses lunettes carrées, le journaliste du quotidien municipal, s'introduira chez l'esthéticienne. Ce sera par un soir de plein automne, toutes les feuilles de tous les arbres de toute la ville seront en train de trembler en bruissant dans son souffle.

Ainsi qu'il a déjà été dit, ces deux-là forment un couple d'amants à la pointe de la nouvelle vague en matière de vertu. Disposant de la protection assurée des infaillibles techniques de la contraception moderne, ils font l'amour sans le moindre scrupule. Lui est jeune écrivain suppléant et elle, ainsi qu'il a aussi déjà été dit, fut autrefois la meilleure basketteuse de l'équipe féminine du lycée n° 8, ce qui lui avait valu le surnom de « Génie du panier ».

C'est elle qui prendra la parole : « Madame Li est chez elle ? »

Emmaillotée dans une couverture de coton et prostrée sur une chaise grinçante, l'esthéticienne regardera d'un œil atone ces deux jeunes gens faire irruption dans sa demeure, tandis que la beauté fragile continuera de faire les cent pas en marmonnant dans la pièce.

La jeune femme tirera son compagnon par la manche : « Il est journaliste au quotidien municipal, madame Li, spécialisé dans la mort et l'amour. Il a même visité notre "Joli Monde". Je suis petite Wu, madame Li, la concierge ! Nous sommes collègues toutes les deux ! J'ai fait mes études au lycée n° 8, j'ai même eu Zhang Hongqiu comme professeur ! Mais vous savez, moi, je suis plutôt physique qu'intellectuelle ! J'étais une mauvaise élève, j'en avais bien honte devant mon maître, je ne méritais pas le mal qu'il se donnait. On se rencontre tous les jours, madame Li. Ça m'a fait bien de la peine que M. Zhang se pende, même que dans ma tête je revois souvent son cher visage. Je comprends bien ce que vous souffrez, moi aussi je suis triste ! Lui, c'est petit Hua, le "hua" qui veut dire "fleur", un vrai nom de fille, vous ne trouvez pas ? Ça doit être parce que moi je suis trop masculine ! Il y avait une petite chienne qui s'appelait comme ça, autrefois, chez ma grand-mère, qu'est-ce qu'elle était mignonne ! Toujours à remuer la queue dès qu'elle voyait un garçon, et puis calme avec ça, jamais elle n'aboyait, on ne lui connaissait qu'une manie : elle ne pouvait pas s'empêcher de voler les chaussettes et les chaussures des hommes, elle les emportait dans son repaire et se couchait à côté, le regard mouillé, perdue dans ses pensées… »

Le dénommé Fleur, ayant laissé s'exprimer la basketteuse, s'inclinera profondément : « Je suis journaliste au quotidien municipal, chère madame. » Et, de sa poche, il extirpera un petit carnet en plastique bleu qu'il lui balancera sous le nez : « Nous avons récemment rapporté l'étrange fin de Fang Fugui, lui aussi professeur de physique au lycée n° 8, qui périt terrassé par la fatigue sur son estrade. Nous avons même été à l'origine d'un mouvement pour secourir les enseignants du secondaire d'âge moyen. Il paraît que le gouvernement municipal a d'ores et déjà planifié l'attribution de fonds pour construire de nouveaux logements et relever les salaires, ceci dans le but de soulager les tourments des professeurs et des élèves des lycées, qui se débattent dans les pires affres. Mais à peine cette vague s'est-elle calmée qu'une autre se soulève : la société a été profondément ébranlée par la nouvelle du suicide de Zhang Hongqiu, par pendaison, dans la salle de classe, et le monde des media se retrouve assailli par toutes sortes de sentiments, l'inquiétude nous submerge, nos dirigeants sont prêts à alerter l'opinion publique et parlent de relancer leur action, c'est d'ailleurs pour cette raison que, tout spécialement, je suis venu vous poser quelques questions. Je sais bien que pour le moment vous en avez probablement gros sur le cœur, mais pensez à tous ces enseignants, aujourd'hui encore vivants, mais qui demain peut-être vont mourir, c'est pour eux que je vous demande de faire taire votre douleur et d'accepter de m'accorder cette interview. »

Il mettra son magnétophone en marche et appuiera sur un bouton rouge. Le voyant lumineux s'allumera, la cassette se mettra à tourner en chuintant. L'esthéticienne restera immobile sur sa chaise, le visage livide. Alors éteignant son engin, d'une écriture rapide, dans son carnet il notera : « … Nous avons vu la veuve de Zhang Hongqiu, le professeur qui s'est suicidé, les épaules couvertes d'une vieille couverture, en train de trembler sur sa chaise. Les larmes coulaient sans fin de ses yeux… Sous le coup de cette douleur excessive, la belle-mère du défunt a perdu l'esprit… Tel un petit chien battu, elle avançait en rasant les murs de son corps tout déformé ; ne cessant de marmonner : "Hongqiu… La fatigue t'a tué vivant… La malnutrition t'a emporté… Ces salauds de dirigeants… Jamais ils ne l'auraient laissé souffler…" Nous avons également pu constater que cette famille (cinq personnes, trois générations) ne disposait en tout et pour tout que d'une pièce et demie. La vieille dame dort dans une moitié de la cuisine et les deux enfants dans une grotte ouverte dans le mur… »

Ici, un coup d'œil à la basketteuse, qui se donnera une tape sur les fesses : « Ah ça, ils savent en faire de beaux discours, ces gros lards, c'est encore plus émouvant de les écouter que s'ils chantaient ! Mais ça habite dans de jolis petits pavillons, tout ça, ça boit bien et ça mange bien, il paraît même qu'il leur faut quelqu'un pour leur torcher le cul ! »

Emmaillotée dans sa couverture et prostrée sur sa chaise, l'esthéticienne semblera une muette idole d'argile.

« En tant que veuve d'un professeur de lycée, pourriez-vous nous dire ce que vous pensez de cette poursuite effrénée de taux de réussite toujours plus élevés et superficiels ? »

Une idole de pierre. Fébrilement, le journaliste notera dans son carnet : « … Quand nous en vînmes à discuter de la volonté éperdue d'élever superficiellement le taux de réussite, cette travailleuse modèle de premier rang municipal qui depuis tant d'années œuvre au funérarium nous a répondu avec colère : "C'est ça qui a tué mon mari ! Il avait toujours les terminales depuis quelques années, des classes où ils n'ont qu'un dimanche de repos par mois, la grande récréation qu'ils appellent ça ! En plus, la direction oblige les enseignants à être présents tous les soirs, et leur supprime même les vacances d'hiver et d'été, celles qui sont fixées par l'État. Alors, voilà, les élèves meurent, les professeurs meurent, mais il faudra sans doute attendre un beau suicide de masse pour que ces messieurs se décident enfin à aller voir dans un établissement de base et se rendent compte à quel état de misère ils ont réduit le système éducatif !" Bien que ne pouvant approuver dans leur totalité ces propos dictés par la colère, nous ne pouvons que reconnaître la gravité des problèmes soulevés ici. On raconte que dans notre ville les lycéens sont, dès la seconde, séparés en sections littéraire et scientifique, ce qui implique que les premiers ne suivent aucun cours ni de physique ni de chimie, tandis que les seconds ne touchent plus jamais à l'histoire ni à la géographie. Autrement dit : ils n'apprennent strictement rien de ce qui n'est pas utile pour leur examen de fin d'études. Nous avons déjà discuté de ce problème avec les autorités concernées : Pourquoi, alors que le Comité central ne cesse de faire des injonctions répétées interdisant de séparer les sections trop tôt et tout aussi formellement la poursuite de taux de réussite élevés de manière superficielle, pourquoi, alors que l'opinion publique ne cesse de soulever des vagues ininterrompues de critiques, pourquoi, donc, rien de tout cela n'a-t-il d'effet ? Avec embarras, on nous a répondu : Bien que parfaitement au courant des méfaits induits par cette pratique, nous ne savons que faire. Que faire, en effet, quand la valeur du travail d'un établissement ne peut être évaluée que d'après ce seul critère ? Bien sûr que nous aimerions alléger le fardeau qui pèse sur les lycéens et les enseignants, mais nous n'osons pas… »

« Madame Li, reprendra le journaliste, pourriez-vous, s'il vous plaît, nous dire ce que vous pensez du suicide de Zhang Hongqiu – même si c'est là, j'en conviens, passer de la teinture d'iode sur une plaie ouverte. »

Immobile dans sa couverture, ne tournant même pas les pupilles, l'esthéticienne restera telle une idole de bois.

Le stylo du journaliste courra avec frénésie sur son carnet : « Avec colère, la veuve nous a prévenus : "J'irai m'immoler par le feu sur la place de la mairie ! Pour enfin réveiller ces mandarins abrutis par l'alcool ! Pour les tirer ne serait-ce qu'une minute de leur torpeur !" »

Puis le journaliste se lèvera, il fermera son cahier et rangera son magnétophone : « Je vous remercie infiniment pour votre coopération. Nous vous ferons lire les épreuves, l'interview ne sera publiée qu'avec votre consentement. »

Il aura envie de lui serrer la main, mais où la chercher, dans tous ces plis de couverture ?

Neuvième partie

I

Quand les agents ont balancé le professeur de physique dans la cellule, son crâne est allé cogner contre le mur et il a eu tellement mal qu'il a cru en être à moitié mort. Lamentablement, il gémit, se tenant la tête à deux mains de telle manière qu'on a l'impression qu'il se la bouche pour que sa matière grise en ébullition ne puisse venir lui briser le front et s'échapper. La voix du policier le tance vertement, à travers la porte : « Interdiction de faire des bêtises, hein ?... Interdiction d'endommager le matériel !... Sinon, je t'arrache la cervelle ! » Le bruit de son pas s'éloigne, il peut relâcher l'étreinte de ses mains.

Les rayons de la lumière sont obscurs, il y a bien deux fenêtres, une derrière et une devant, mais si petites et si hautes, et qui plus est à claire-voie, avec des lattes de fer aussi épaisses que des jarrets de porc. Son regard s'étant adapté à la pénombre, il découvre que la pièce est équipée d'un vieux fauteuil en skaï sur lequel tant de fesses se sont frottées que son crème originel en est tout maculé de taches noires et que la bourre de coton s'échappe par toutes les déchirures de son enveloppe.

Il se relève et va s'y asseoir, les bras bien calés sur les accoudoirs, c'est un grand réconfort pour son corps éreinté. À loisir, il réalise le bonheur inhérent à cette position.

Ses intestins grondent, il a faim. Le rêve que les grosses pattes des flics ont interrompu peut reprendre son cours : Tout juste vêtue d'une petite culotte transparente, l'esthéticienne déambule dans la petite salle. Une étincelle vorace s'est allumée dans les yeux de l'homme, cet homme qui me ressemble mais qui n'est pas moi, cet homme qui a mon visage, qui a mon habit vert, qui a mes lunettes et est assis à ma place. Du regard, il dévore ses seins qui tressautent et le duvet doré qui court sur son corps.

Des griffes acérées lui labourent le cœur. – J'ai ressenti une douleur extrême, de mes yeux et de ma bouche des larmes visqueuses et des cris rauques ont jailli en même temps. Je veux rentrer à la maison, je veux rentrer chez moi. – La mélodie du foyer s'est remise à chanter dans le cœur du professeur de physique. – Qu'est-ce que je fais ici. – D'un bond il est debout, d'un bond il se précipite vers la porte, la bourre de coups de poing. – Relâchez-moi ! Je veux rentrer à la maison ! – Tu es un crétin ! Je suis un crétin ! – La porte résonne, les bruits de la ville doucement se propagent ; à bout de force, les jambes arquées, tu regagnes ton fauteuil et fermes les yeux.

Zhang Hongqiu est pris entre les feux de deux tortures : qu'il les imagine au lit… Ah ! Gredin ! Courtisane ! Il se déchire la face de ses ongles… C'est ce que l'on pourrait appeler une douleur spirituelle. Mais ses intestins gargouillent, sa vue se trouble, un souffle fétide émane d'entre ses lèvres, ses membres sont pris de courbatures, ses mains tremblent... Il s'agit là d'une souffrance physique.

Comment pourrait-il savoir qu'il va encore devoir passer tout un jour et toute une nuit dans cette cellule ? La souffrance physique l'emporte sur la douleur spirituelle, démontrant une fois de plus de manière fort convaincante la profonde véracité de la théorie marxiste. Le professeur peut voir flotter, bien haut au-dessus de sa tête, une grande bannière rouge, brodée en capitales dorées : « La matière précède l'esprit. » Mais le lendemain soir, sur l'écran de sa cervelle, ce ne sont plus que publicités pour mets raffinés, le feuilleton dans lequel la femme nue au duvet d'or avait un rapport adultérin avec le faux Zhang Hongqiu a été provisoirement interrompu. Parmi toutes ces réclames, il en est une qui revient plus fréquemment et qui, plus que les autres, le chavire : un bol fumant de nouilles frites à la sauce de soja avec du porc haché menu.

C'est quand, par la fenêtre à claire-voie, un rayon rouge du couchant réussit à darder qu'il comprend que les deux agents négligents l'ont tout simplement oublié. Ni son estomac ni ses intestins ne crient désormais, ça ne servirait à rien. Tu les devines profondément endormis sous la peau de ton ventre, lâchant à peine, de temps à autre, un petit couinement, une impuissante lamentation. Ce n'est pas seulement le feuilleton obscène qui n'est plus au programme, même les publicités pour produits alimentaires ont cessé de bondir, elles se languissent, avec de longs blancs au milieu, de longs blancs semés de pointes de lumière comme des têtes d'épingle sautillantes. Avec indolence, du regard tu fouilles la pièce – sans le moindre but, dirait-on, c'est pourtant bien clair : tu cherches quelque chose à manger ! Ton regard erre sur le mur, son revêtement est fait de chaux, de sable et de jute, est-ce que ça se mange ? Ça pourrait, si c'était de la terre à famines. Ton regard glisse vers le plafond, il est en mousse plastique, est-ce que ça se mange ? Ton regard se balade sur le sol, ça se mange le béton ? Et un cadre de fenêtre en bois ? Et un treillage en fer ? Si le skaï était comestible, je pourrais manger le fauteuil. Ton sac rempli de cigarettes traîne dans un coin. Ça se mange le tabac ? Oui ! Ça nourrit ! Ne dit-on pas : « Une bonne cigarette vaut un pain farci » ? J'ai quatre cartouches ! Et le paquet à peine entamé dont la buraliste m'a fait cadeau ! Huit cent quinze cigarettes ! Huit cent quinze petits pains farcis ! Allégresse. La rançon, c'est que te voilà feuille morte oubliée sur sa branche qui tremble dans le vent du nord.

Il voudrait bondir, mais est obligé d'y aller en rampant. Sa main tremblante défait la glissière et une à une sort les quatre cartouches. Vite, il s'y agrippe, quand il ne peut plus déchirer, il mord, à belles dents il brise les enveloppes de plastique, ouvre le carton, en arrache un paquet, tire le fil argenté de son scellé, l'ouvre, prend quatre cigarettes entre ses doigts... Cette odeur de torréfaction, l'excitation t'arrachent deux traînées de morve claire.

Puis cela te revient : je n'ai pas de feu.

Désespéré, le professeur de physique contemple du fond du vieux fauteuil le rayon du soleil couchant qui darde par la fenêtre, du rouge d'or il passe au pourpre violacé pendant que, plus loin, entre les feuilles luisantes et ovales des arbres, pointe la première étoile précoce. Comme une étincelle, elle scintille. La mélodie du foyer n'est plus que brouhaha fragmentaire. Brûle la symphonie du feu. Telle une flamme ardente, elle se dresse, nos lointains ancêtres en train de chanter et danser autour d'elle... Frotter un morceau de bois pour faire du feu ! Mais quel idiot ! Et ça se prétend professeur de physique !

Prenant son courage à deux mains, il se met au travail : au fauteuil délabré il arrache un peu de bourre qu'il tord ; retire une chaussure qu'il enfile sur sa main ; étend ses mèches de coton sur le sol de ciment ; et pose sur elles son soulier. Ça commence à prendre tournure. Il s'agenouille, retient sa respiration et, le regard rivé sur le plus antique des feux de bivouac, se met à prier en silence. Puis il se penche, ferme les yeux, et toute la force de son corps se concentre au bout de son bras, dans cette main gantée de sa vieille savate de toile à semelle de caoutchouc. Frénétique, il pousse et tire et frotte la godasse, avec force et rapidité, sur les mèches prises entre sol et semelle. La chaleur traverse celle-ci jusqu'à lui brûler la paume ! Tu sens une odeur de caoutchouc calciné, une fumée noire monte jusqu'à tes yeux. Écartant ta savate, tu t'empares d'une mèche et tout doucement commence à souffler dessus. Les étoiles scintillent gaiement par la fenêtre. Et tu souffles et tu souffles, une minuscule étincelle se met à briller avec un éclat doré au milieu du coton puis peu à peu s'étend. Vite, quelques fibres ébouriffées pour envelopper ce feu précieux, souffle plus fort... Sur les bords, de petites flammes bleutées se sont élevées, taquines, éclairant le visage trempé de sueur du professeur de physique, ses yeux mouillés de larmes et ses lèvres qui tremblotent.

Vautré dans son fauteuil, par grosses bouffées, il avale la fumée à l'arôme puissant. Ses entrailles chantent de joie. Son cœur bat la chamade. Ses viscères entonnent un air triomphal. De part en part, il se sent traversé par la fumée du bonheur. Il est ivre, sa conscience infiniment lui ressasse cet avertissement plutôt efficace qu'on fait aux lycéens pour leur éducation : Le génie naît du labeur, savoir c'est être fort. Il élabore des dizaines de manières pour obtenir du feu, moitié par la production de chaleur grâce à un frottement, moitié par le principe de la focalisation optique.

Néanmoins, afin de s'éviter ce dur labeur, il fume cigarette sur cigarette. Même si l'excès de nicotine lui fait déjà la bouche amère, le cœur au bord des lèvres et la cervelle enflée.

Il vomit plusieurs fois. À peine quelques filets de bave jaunie au départ, puis de la bile verte. Même lui peut se rendre compte que l'odeur de tabac qui règne dans la cellule est difficile à supporter. Désespérément, il se traîne jusqu'à la porte et appuie ses lèvres à l'interstice entre battant et montant pour aspirer l'air frais de l'extérieur.

Tel un papillon d'or, l'idée de la mort vient danser devant ses yeux. Volette à l'intérieur de la cellule. Ses yeux tout rouges, comme deux mégots ardents dans la nuit, clignotent en te regardant. Une fois, deux fois, l'insecte vient se poser sur ton épaule et de ses palpes sensuels et ondulés te chatouiller l'oreille.

Celle que l'esthéticienne si souvent a tordue... Celle par laquelle la beauté fragile m'a une fois tiré... Tiré jusque devant le drap étendu au soleil dans la cour... En criant : « Ouvre grands les yeux, espèce de petit saligaud, et dis-moi ce que c'est, ça ! »... C'était un tissu à motif de pivoines, son doigt était pointé sur une tache d'un rouge frais à côté d'un bouton éclatant, à demi ouvert. « Regarde ! Regarde bien ! Qu'est-ce que c'est ? – De l'encre rouge ? – De l'encre ! Mais tu ne peux pas penser à autre chose qu'à ton encre, bleue ou rouge ! Je vais te le dire, moi, espèce de minable, ce que c'est : c'est le sang de mon enfant chérie ! Et si tu crois que tu vas pouvoir te débarrasser d'elle comme ça après t'être bien amusé, je vais aller voir tes chefs, moi ! Avec ce drap ! » Elle avait un air, dans son lit, ça m'avait terrorisé... « Viens ! » m'a-t-elle dit avec méchanceté en repoussant la couverture. Ce qu'elle criait était tellement obscène que j'en avais le rouge aux joues... C'est à partir de ce moment-là que j'ai commencé à sentir cette odeur de cadavre sur elle, dans ses cheveux, entre ses dents, sur tout son corps…

Il y a un cliquètement métallique de l'autre côté de la porte, il se dit que c'est une illusion. Le battant est repoussé avec une telle violence qu'il lui coince la tête, mais il croit toujours que c'est une illusion. L'air frais et la lumière s'engouffrent dans la pièce, il persiste à croire qu'il s'agit d'une illusion.

L'agent aux proportions imposantes avec lequel tu as l'avant-veille fait connaissance te balance un grand coup de talon dans le derrière, que tu as levé comme une autruche, en gueulant : « T'étais en train d'essayer de mettre le feu, espèce de contre-révolutionnaire ? »

La fumée dans la cellule est si dense qu'elle le prend à la gorge et le force à reculer. Tenant d'une main, solidement, par le cou un grand jeune homme efflanqué au visage tout blanc, il s'évente de l'autre et appelle : « Vieux Shi ! Eh ! Vieux Shi ! Il est toujours au trou le fou qu'on a arrêté l'autre jour ? »

Les mains toutes savonneuses, un petit mouchoir dégouttant d'eau entre les doigts et un sourire puéril aux lèvres, l'autre vient s'encadrer dans la porte : « Je croyais que tu t'en étais occupé !

– Quand est-ce j'aurais eu le temps ? J'ai tellement de trucs à faire que j'en pète le feu par l'anus ! »

Le collègue n'est pas content : « J'étais sûr que t'avais réglé son histoire depuis longtemps !

– Bon, bon, on l'a arrêté ensemble, on va finir ça ensemble ! Juste une minute, faut que je lave mon mouchoir ! »

Le flic à l'allure martiale ligote alors à un arbre le jeune homme et lui intime : « Toi, le vaurien, tu vas attendre bien sagement ! Attention, parce que je pourrais bien te casser les jambes ! »

Puis les deux t'entraînent dans la salle des interrogatoires, avec ton sac et les trois cartouches et cinq paquets de cigarettes qu'il contient encore.

« Est-ce que t'es fou ?

– Moi ? Non !

– Bon, alors si t'es pas fou, il y a délit d'entrave à la circulation publique ayant entraîné des dommages. Qu'est-ce que ça va coûter à ton avis ?

– Je ne l'ai pas fait exprès… Je voulais rentrer à la maison…

– Verdict : cent yuans d'amende et trois jours de prison.

– C'est ton unité de travail qui nous transmet la somme ou tu payes tout de suite ? »

Sans la moindre hésitation, le professeur de physique sort son portefeuille et y prend les cent billets d'un yuan tout neufs qu'il remet au malabar tandis que l'autre rédige le reçu, ajoutant avec humour : « Tiens, tu peux toujours essayer de te faire rembourser par le Trésor public.

– On n'a plus besoin de toi, tu peux t'en aller. Mais, rappelle-toi, précise le gros : il faut regarder les feux et emprunter les passages pour piétons quand on traverse la rue ! »

La tête lourde et le pied léger, ton sac à la main, tu passes tout content la porte du poste de police. Comme un petit oiseau en train de voler au-dessus des nuages blancs.

II

Quand l'anesthésie due à la nicotine commence à se dissiper, le petit oiseau retombe par terre. Tes entrailles commencent à tirailler, tu as senti l'odeur fraîche de la rivière, les lumières de la ville dispensent une splendeur unanime, illuminant dans un scintillement d'argent l'écorce des peupliers blancs, le béton sous tes pieds est serti des galets de la romantique allée des amoureux. Avec perplexité, tu te demandes comment tu es arrivé là. L'âpre arôme des peupliers réveille en toi des sensations depuis des années sous scellés, mais qui bientôt s'effacent derrière celles de ta langue amère et de ta bouche desséchée, les gaz qui montent de tes entrailles sentent presque le cadavre. Pour les raisons que l'on vient de citer, le parfum des eaux fraîches se fait plus puissant, leur séduction ferait de moi une luciole, prête à se jeter dans la flamme. Il s'engouffre dans le bois et d'un pas pressé se dirige vers la rivière quand une erreur d'estimation fait que sa tête entre en collision avec un tronc. Dans les rainures de son écorce, de verts et vivaces lampyres dessinent comme une partition aux accents raffinés, tressant ainsi la musique des peupliers blancs. Il y a des corps, d'hommes et de femmes, soudés aux arbres et entassés sur le gazon ; leurs chants et leurs gémissements se superposent aux bruits des coups qu'on frappe sur des pieux et au clapotis des eaux.

Comme un chameau assoiffé qui viendrait du fin fond du désert, le professeur de physique se précipite vers l'eau. Il jette son sac, s'agenouille sur la berge, y plonge les lèvres et boit avidement. Petits poissons et petites crevettes tombent dans son estomac. C'est pour cause d'épuisement extrême, et non parce que la sensation de sécheresse se serait évanouie, que tu relèves ta tête enfouie dans la rivière. Tes genoux et tes mains écartés se sont profondément enfoncés dans le limon. Dissimulée sur ta droite dans une touffe d'herbes aquatiques, une grenouille qui a adopté la même position t'observe avec curiosité. Tu devines les poissons en train de nager dans tes intestins, les crevettes qui bondissent vers ton cœur. Sur l'onde au parfum de marée flottent comme des clous d'or les ombres des étoiles. Vertige irrépressible. Une gorgée d'eau bourbeuse te remonte à la bouche, jaillit, d'entre tes lèvres, par ton nez, et retombe à gros bouillons dans la rivière. Poissons et crevettes retrouvent leur pays d'origine. Ce qui s'échappe de tes narines sent un peu le sang. Mais ce n'est pas la douleur qui est cause de ses larmes. Il vomit tout ce qu'il avait avalé. Ses entrailles sont soulagées, sa gorge est soulagée, son nez est soulagé. C'est un instant d'une détente sans égale, doucement les vagues clapotent, les herbes aquatiques poussent jaillissantes, au fond de l'argile humide les courtilières crient, les grenouilles plongent avec des bonds élastiques – plouf ! – et toutes les étoiles se balancent.

Au prix d'un certain effort, il réussit à extraire ses mains et ses genoux de la vase. Ton inoubliable sac de voyage gît à côté de la grenouille. Tu le soulèves et la balaies vers l'eau, quand un bruit te fait sursauter.

Tu n'es pas dans de très bonnes dispositions à l'égard de notre bois de peupliers blancs. Au contraire, tu ne ressentirais plutôt pour lui que jalousie, hostilité, etc. Traînant ta carcasse aux entrailles purifiées, tu le traverses en écoutant les oiseaux de nuit qui hululent aux faîtes des arbres. Il y a aussi tous les bruits du sexe et de l'amour.

Le professeur de physique ne retrouve plus le chemin de sa maison. Je n'ai plus de foyer où rentrer. Ou, si j'en ai un, il est difficile d'y retourner. Il se révolte : tout ça ressemble trop à un traquenard minutieusement élaboré... Devant le cinéma aux éclatantes lanternes, les bicyclettes sont sagement alignées en un immense pan de lumière tel qu'il devient impossible de les compter. Les voix qui s'échappent de la salle semblent sonores et retentissantes, dans le silence relatif de la place : Stop ! – Haut les mains ! – Tu n'es qu'un rebut de la société ! – Patatras. – On dirait qu'on a renversé une table. – Une femme hurle. – Pan ! – Deux coups de pistolet. – Qu'est-ce que ça peut être comme film ? Il déambule, regardant les vendeuses de billets, deux femmes d'âge mûr installées près de l'entrée, toutes les deux en tenue de travail, longue robe chinoise en coutil bleu, et toutes les deux en train de croquer, désœuvrées, des graines de pastèque, regardant aussi la grande affiche au-dessus de la porte : une femme voilée pointe un petit pistolet doré sur un gros type aux deux bras levés. Les seins de la femme sont dessinés de manière vraiment trop outrée : ils se dressent comme deux hallebardes sous son chemisier. Sur les bords de la place, de nombreux camelots ont disposé leurs étals. Marchands de fruits, de graines de pastèque, de cigarettes et un vendeur de soupe de raviolis. Dans son réchaud de fortune, le bois brûle à flammes chaudes et lumineuses qui éclairent mes entrailles livides. Il y a deux rangées de bols blancs sur la table, chacun avec sa cuillère en émail vert et chacun contenant une pincée de sel, quelques rondelles de tige de coriandre, deux ou trois crevettes roses séchées et un petit bouquet de varech. C'est irrépressible, cet étal-là t'intéresse énormément. Au point que, quand dans un élan irréfléchi tu t'approches, tu te fais accueillir par une bordée d'injures – il s'en faut de peu qu'un jeune héros musclé aux bras tatoués de dragons noirs te réduise en bouillie.

Voici les faits : Comme il se ruait vers l'étal de raviolis, la main du professeur de physique a touché (il ne s'en est aperçu qu'après) le postérieur d'une svelte jeune fille en robe de mousseline blanche qui était justement en train de déguster un bol de soupe en compagnie de son petit ami, tout de noir vêtu. Elle doit avoir les fesses équipées d'un système d'alarme – il a suffi que tu les effleures pour qu'elle lâche un cri perçant. Et qu'elle crie pour faire un bond de côté. Sur sa jupe immaculée, une paume noire s'était imprimée. Lui, le regard rivé aux bols, s'apprêtait à s'enquérir de leur prix, quand il a été pris d'une surprenante douleur dans le tibia. La demoiselle lui avait prestement balancé un grand coup du haut talon en bois de sa sandale : « Ça se fait pas de tripoter n'importe qui, espèce de sale vicieux ! » Après avoir jeté un coup d'œil au derrière de sa compagne, le jeune homme a balancé son bol sur la table : « Très bien ! », puis il a remonté ses larges manches, découvrant les deux dragons noirs, toutes griffes dehors, qui étaient tatoués sur ses bras. Un poing de la taille d'un fer à cheval s'est posé presque avec douceur sur l'épaule de l'enseignant qui s'en est effondré par terre. « Je vais te réduire en bouillie ! » grondait l'autre. Mais la jeune femme l'a retenu : « Laisse. Ça suffit comme ça, Long, les vrais durs ne cognent pas sur les lavettes ! – Non ! Je ne peux pas laisser passer un tel affront ! » Il faisait bien un mètre quatre-vingt-cinq et sa lèvre supérieure était ornée d'une petite moustache dorée. La jeune fille l'a attrapé par le poignet : « Mais, pauvre idiot, tu ne vois pas qu'il est sur le point de clamser ! » Puis elle l'a entraîné plus loin, prenant néanmoins avant de partir le temps de cracher un grand coup à la figure de Zhang Hongqiu tandis que son compagnon condescendait : « Bon, ça ira pour cette fois, pépé ! »

Mort de honte et prostré au sol, tu cherches une idée. Tu réfléchis, tu réfléchis, mais il faut bien finir par te relever sans plus de vergogne. Le petit vieux qui vend les raviolis te dévisage d'un air compatissant. Haletant, tu l'abordes : « De grâce, mon bon monsieur… De grâce, donnez-m'en deux bols… »

Il te les remplit : « Vous savez, je ne suis qu'un petit commerçant, monsieur, je ne peux pas faire crédit, il faut me payer tout de suite, à trois mao le bol, ça nous fera six pour les deux. »

Le professeur de physique cherche partout sur lui sans trouver le moindre sou.

« Ah, monsieur ! Ce n'est pas que je sois pingre – il n'y a que deux ans, tenez, qu'est-ce que c'était, deux bols de soupe –, mais je ne suis qu'un petit détaillant. Toutes mes excuses. »

Tu te souviens des cigarettes – issue miraculeuse dans cette impasse. Tu ouvres ton sac, en tires un paquet et lui tends d'une main tremblante (t'apercevant par la même occasion qu'elle est restée toute maculée de la boue verte des berges, et que non seulement elle est sale mais qu'en plus elle pue, une main aussi dégoûtante que celle-là ne s'accorde pas vraiment avec des cigarettes de luxe). Prenez ça en échange, mon bon monsieur. Le bonhomme le soupèse du regard, son œil est soupçonneux, des pieds à la tête il l'examine pour finir avec détermination : « Non ! »

Tristesse extrême, dans le regard du vieil homme il peut lire le prix qu'on attache à sa personne. Ne lui reste plus, impuissant, qu'à s'en aller, comptant ses pas, en traînant son sac. Le parfum des raviolis a l'air de ricaner perfidement. Le mépris du camelot te perce le dos de ses flèches.

Te revient alors un proverbe que ta femme a souvent à la bouche : « Les chiens mordent les porteurs de paniers, les hommes respectent ceux qui sont bien argentés. » J'ai trois cartouches et cinq paquets de bonnes cigarettes, j'aurai de l'argent si je les vends ! Je pourrai acheter tous les raviolis de l'étal !

Il choisit un carrefour à proximité de la salle de cinéma. Y traînent quelques badauds désœuvrés, éventail à la main, certains jouant aux échecs, d'autres les regardant, tandis que plus loin une marchande de tabac, juchée sur un tabouret à côté du vieux landau recyclé qui lui sert de chariot, fait la causette avec quelques vieilles commères qui elles aussi s'éventent, tout muscle relâché.

À égale distance des deux groupes, le professeur de physique s'accroupit. Il ouvre son sac, dispose devant lui cartouches et paquets, et attend.

De blancs papillons de nuit viennent se heurter dans le cercle de lumière des lampadaires, le sol est jonché de leurs cadavres. Ton regard tombe sur les vigoureux mollets d'une jeune femme en train de pédaler sur sa bicyclette et en éclair tu revois les jambes de l'esthéticienne et celles de la buraliste. Passe un couple marié en train de se promener main dans la main et c'est l'image de ton foyer qui te revient. Mais ce ne sont que des flashes, tu concentres toute ton attention sur la vente de tes cigarettes, examinant et étudiant les rares passants qui défilent devant toi en quête d'un éventuel client.

C'est bien la première fois que tu t'aperçois qu'il est intéressant d'observer les passants – ce serait encore plus palpitant si ton ventre ne criait pas famine et si ton esprit était dégagé de tout souci. Tous bâtis différemment, ils arborent tout un éventail de couleurs et de tenues, certains sont beaux, certains sont laids, certains ni beaux ni laids, il y a des vieux, il y a des jeunes, certains ont le pas lourd, d'autres l'ont agile, il y en a qui marchent vite, il y en a qui vont lentement, leurs visages ont tous des expressions différentes, souriants, ou tristes, ou apathiques – apathiques, pour la plupart.

Dès que l'un d'eux s'approche de son chariot, la marchande s'empresse de l'apostropher : « Cigarettes ? » Alors, bien sûr, parfois ils lui en achètent. Tu comprends un truc : ce n'est pas en faisant le muet que tu arriveras à vendre quelque chose.

Je vais crier bien fort, de toute ma gorge exercée : Cigarettes – Cigarettes à vendre – Cigarettes de qualité – Cigarettes soldées. Il faut absolument que je crie très fort. Je vais attendre que ce type avec les favoris passe devant moi, et allons-y. Il approche… Pas à pas, il approche… Il m'a déjà remarqué… Il faut crier… Crier… L'homme aux favoris grogne un peu, balance un crachat sur le bord de la route et poursuit son chemin en toussant.

Furieux de sa propre timidité, il se pince la cuisse. C'est bizarre, tu ne sens rien, comme si ce n'était pas ta jambe mais celle d'un autre. De quoi as-tu peur ? Est-ce que tu te sentais gêné, quand tu étais sur l'estrade, ta baguette à la main, et que, de ta voix haut perchée qui planait dans la salle, tu donnais cours sous le tir de ces dizaines d'yeux comme des gueules de fusil ? Tu n'as pas toujours été enseignant, il n'est ni tâche noble ni tâche vile pour un révolutionnaire, toutes ont la même importance, tout travail quel qu'il soit est effectué pour servir le peuple, nous sommes tous ses serviteurs, même quand on vend des cigarettes, bien sûr que les marchands de tabac sont au service du peuple, de quoi as-tu honte ?

Il faut crier ! Tu t'en donnes l'ordre : Crie !

Tel un coq pour se mettre à chanter, il allonge le cou : « Cigarettes... »

Les joueurs d'échecs relèvent la tête pour regarder dans ta direction, les passants qui passaient se retournent, les commères qui papotaient avec la marchande tournent leur regard vers toi tandis que celle-ci se lève, puis se rassied.

Ce premier cri t'a redonné du cœur au ventre. Mais après ? Qu'est-ce qu'il faut faire maintenant ? Crie ! Tu te mets à hurler à pleins poumons : « Cigarettes... Cigarettes de qualité... Cigarettes soldées... Cigarettes de marque à prix cassés... Achetez mes authentiques cigarettes de marque à prix cassés. » Comme si tes cris pouvaient compenser les humiliations subies au cours de ces derniers jours. Tu es vraiment fatigué, tu as vraiment faim.

Le premier à s'approcher est un des badauds qui regardait les joueurs d'échecs – de toute évidence, tes cris les dérangent. Il s'accroupit devant toi, s'empare d'un paquet et demande : « Ce sont des contrefaçons ? »

C'est à croire que quelques secondes ont suffi à transformer le professeur de physique en commerçant au bagout facile (il serait encore plus brillant s'il n'était pas tourmenté par la faim). Se saisissant d'un autre paquet, il en fait scintiller l'emballage dans la lumière électrique :

« Allons, mon ami, il faut avoir le courage de ses opinions ! Ne dit-on pas : “L’homme bien né peut savoir tuer, il ne saurait se déshonorer” ? Qui accusez-vous de vendre des cigarettes frelatées ? J’ai bien regret que vous vous trompiez ainsi ! Si ces paquets ne sont que de basses copies, je veux bien que vous m’arrachiez les yeux pour les faire éclater ou que vous me coupiez la tête pour jouer au ballon !

– Ça va, ça va, mon vieux ! Ne dit-on pas aussi : “Sur dix marchands, neuf brigands, à beau parleur méchant cœur” ? Ta marchandise est authentique, combien ?

– Quatre yuans. Et inutile de marchander, c’est à prendre ou à laisser ! réplique d’une voix claire et sèche notre professeur de physique.

– Oh ! Dis donc, t’es un dur ! » Et jouant avec le paquet, l’homme se retourne vers les joueurs d’échecs : « Hé ! Rappliquez, vous autres ! C’est des bonnes ! »

La foule se précipite, même ceux du bord de la route qui se pressent pour venir voir.

La marchande se faufile, une lueur de convoitise s’allume dans son regard quand elle prend un paquet et elle s’accroupit. Ayant arraché toutes les cigarettes des mains de ceux qui l’entourent, elle les remets dans le sac, le protège de ses deux bras et s’enquiert : « Combien ?

– Quatre yuans !

– D’accord, je prends tout ! » Le sac à la main, elle est déjà prête à partir.

On commence à murmurer autour d’elle : « Qu’est-ce qu’elle fait ? Hé ! Qu’est-ce qu’elle fait ? Hé ! Qu’est-ce que tu fais là ? Et de quel droit en plus ? Tu sais pas que même pour pisser il faut attendre son tour ? Tu veux tout rafler, hein ? Et les revendre au prix fort ensuite ! Faut pas lui laisser ! Hé, mec ! Lui refile pas, on les veut, nous ! »

Mais elle s’agrippe au sac, refusant de relâcher son emprise : « Cinq yuans le paquet et je prends tout !

– L’homme de bien n’a qu’une parole et, donnée, elle ne se reprend pas. Je ne peux pas vous les vendre, j’ai accepté de leur laisser pour quatre yuans. »

Comme elle cherche à discuter, quelqu’un lui arrache le

sac des mains, elle a même droit à un coup de pied dans les orteils. La voilà furieuse : « T'as ta licence commerciale ?

– Oh ! Pour qui tu te prends, la tigresse ? Tout ça parce que t'as un gendre au bureau du commerce ! Tu veux faire la loi dans les rues de la ville, maintenant ? T'occupe pas d'elle, mec ! »

Joueurs d'échecs et badauds se partagent les trois cartouches et les cinq paquets. Ceux qui ont de l'argent sur eux paient sur-le-champ, les autres rentrent en chercher chez eux. Le professeur de physique a l'impression qu'ils sont tous amis, désormais, du fait de cette transaction, ça lui fait chaud au cœur.

C'est alors que quelqu'un s'écrie : « File vite, mec ! La tigresse a rameuté les contrôleurs ! »

La foule le propulse dans une petite ruelle. Il entend la femme en train de vociférer. Quelqu'un le prend par le bras : « Déguerpis ! Ça ira mal pour toi si jamais ils t'attrapent ! »

Tu es porté, poussé, tes pieds ne touchent plus le sol, c'est comme si tu chevauchais les nuages. Tu passes d'allée en allée, de rue en rue. Derrière toi, les cris ne se sont pas éloignés, on dirait même qu'ils se rapprochent. Et ce ne sont pas seulement des pas pesants, il y a aussi le vrombissement d'une moto.

« Non, pas la grande route ! » crie quelqu'un.

On t'entraîne dans un petit sentier à travers champs. Tu ne sais plus où sont tes jambes. Ces gens me trimballent comme le cadavre d'un chien crevé. Je m'en remets totalement à vous. Le haut de ton corps vient d'entrer dans un champ de maïs, les barbes acérées te scient le visage et strient en crissant le verre de tes lunettes.

« Ça y est, mon vieux, ils ne t'auront plus. On va se tirer tout doucement. » L'homme qui te soutenait retire sa main, tourne les talons et s'enfuit. Toi, resté docilement étendu au milieu du champ, tu te sens étrangement bien, une fois encore, telle une aigrette de pissenlit qui flotterait, flotterait, flotterait jusqu'à tomber sur le sol.

III

Tu ne sais plus où tu es, à ton réveil. Tu as besoin de réfléchir longuement avant de pouvoir te souvenir de la moto et des pas. Tu tâtes ta poche qui contient bien, effectivement, plusieurs liasses de billets. C'est la preuve que tu te trouves dans le sein de la réalité, et non point en train de vivre quelque rêve chimérique.

Le ciel est parsemé d'étoiles comme des pois, scintillantes et tressautantes, innombrables et vivaces. La Voie lactée suit son long chemin argenté aux bords ourlés de bleu sombre, les astres semblent des perles brodées sur un velours marine. Comme des perles aussi, les gouttes de rosée pendent sur les bords et aux pointes des feuilles de maïs. Juchés sur de jeunes pousses aux épis tout neufs, les criquets stridulent avec éclat, suivant un rythme aussi net que les claires graduations d'une règle en plexiglas. On entend dans le lointain un gros chien qui aboie et les gémissements d'un petit. Feuilles et épis sont parfaitement immobiles, il n'y a pas le moindre vent. Quelle est la profondeur de la nuit ? Tout est si calme alentour, dans la musique des criquets, qu'elle semble d'une sérénité extrême. Le chant des insectes te pénètre jusqu'à l'encéphale.

Tu te relèves, tu as mal aux reins, tes jambes sont en coton, tu vacilles, heurtant une tige de maïs qui fouette l'air, un éblouissement, tu titubes et sans y rien comprendre tombes par terre. Ta face se colle à la terre humide dont tu humes le parfum, doux et fétide. Mais des deux, c'est bien ton visage le plus froid.

Puis il s'agrippe à une tige pour se rasseoir. Et pour réchauffer son corps transi, fait taire sa conscience et cueille quelques petits épis tendres qu'il dépouille de leur peau pour les manger : ils sont gros comme le pouce, mais sucrés, croquants, juteux… Quand tu as fini le premier plant, tu te traînes sur les fesses un peu plus loin, et tu manges, tu manges jusqu'à en avoir des coliques.

Bien sûr, ses entrailles le font souffrir, mais au moins il peut à nouveau sentir que son corps a une ossature, sa chair est raffermie, son cerveau lubrifié. Il n'a même pas besoin de s'aider d'une tige de maïs pour se remettre debout. Et marche sans presque vaciller ! Il n'a plus le vertige ! Ni de petites fleurs dorées devant les yeux ! Ses oreilles ne bourdonnent plus !

Les criquets ne chantent plus ! Les feuilles se sont mises à bruire. Tu as peur, alors tu t'encourages : « Peur de quoi ? Que peux-tu craindre, puisque la mort ne te fait pas peur ? » Avec résolution tu avances, longeant un sillon, soutenu par deux rangs de plants, tandis que leurs feuilles qui dansent dans le vent viennent te caresser les joues, les épaules et les oreilles. Une bise souffle entre ciel et terre. Ces mouvantes feuilles noires sont le manifeste de sa présence. Elle apporte des nouvelles d'un village, et la nouvelle de la pluie.

Il nous dit : Je ne fais pas exprès de m'acharner sur le professeur de physique, c'est la nature qui lui en veut. Cette luminosité particulière des étoiles n'était en fait que le signe précurseur de l'averse. Pourtant, même elles n'avaient pas prévu que les choses iraient si vite, les voilà qui tremblent, affolées, et voilà la Voie lactée qui se perd dans un brouillard noir, comme une digue submergée par de sombres flots, il s'étend, il s'étend, jusqu'où peuvent aller les ténèbres ? Que sait-on des ténèbres ? Il n'est pas encore sorti de son champ que déjà les nuages sombres ont recouvert le ciel, les feuilles des maïs semblent des fouets de laque, l'air seul est gris. Des cravaches noires battent et fouettent dans cet air, elles n'épargnent pas ta chair. Tu es bien content de porter des lunettes – c'est à peine si elles tiennent encore par leurs branches –, le vent est fort, mais avec des intervalles, comme une marée déferlante et, au cours de ces intervalles, on peut entendre, là-bas, très près, très loin, un chuchotement comme un frottis. L'air est glacial et te transperce jusqu'à l'os. Il y a aussi, dans le ciel, des grondements semblables à ceux de la meule de pierre quand elle tourne. Le firmament est bordé d'éclairs dorés qui font resurgir l'univers. Des éclairs tremblants qui tiennent longuement. Les maïs ont l'air féroce, on dirait des bêtes. Nul tonnerre ne vient ébranler les oreilles après la foudre, c'est à peine si l'on discerne quelques bourdonnements un peu tremblants, vagues coups frappés sur un bidon vide et amplifiés à l'infini. Puis vient le moment où, entre ciel et terre, lumière et grondement finissent par se confondre. Un vent plus violent se lève, tu devines les plants en train de courber l'échine jusqu'au sol. Après cette bourrasque, c'est un silence impressionnant qui règne quelques instants. Un oiseau perché dans un coin pousse un cri déchirant, on dirait qu'il vient d'être atteint par une balle et a lâché sa dernière plainte avant de s'éteindre – un cri qui te pénètre la cervelle et s'insinue jusque dans la moelle de tes os, un cri qui te plonge dans le sentiment de la mort. Tu n'avances déjà plus, tout clopinant, que d'un pas gourd et mécanique. Il n'y a pas de route devant toi, tu vas sans but, âme en peine en train de te débattre dans le raz de marée d'un univers en révolte.

Les premières gouttes de pluie sont grosses et espacées. Si lentes qu'on pourrait les attraper. Déchirant la pénombre de leurs myriades de cicatrices, elles tombent en tapotant les feuilles des maïs. Leur écho est rare, large et sans force. La deuxième averse est dense et pressée, mêlée de petites graines de grêle, elle tombe en frappant des coups sonores qui éclatent dans le chuchotement des plantes. Quelques grêlons viennent frapper son crâne quasi nu, où un demi-centimètre de cheveux a repoussé. Sa respiration est sifflante, il a mal. Devant lui s'étend un monde d'eau glacée, il disparaît dans le tumulte de l'univers. Ses vêtements lui collent à la peau, ses pieds s'enfoncent dans la gadoue, il avance encore.

La troisième averse n'est que la prolongation à l'infini de la seconde, si dense qu'on n'y distingue plus ni fils ni filets, c'est une colonne d'eau, c'est le flot de l'eau, c'est la mère de l'eau. Tombe, moi j'avance.

Dixième partie

I

Du Xiaoying a un crêpe noir autour du bras. Les cheveux ramassés en une grosse tresse en forme de racine de lotus en haut de laquelle un papillon noir est fiché, vêtue d'un pantalon noir très moulant et d'un vaste tee-shirt de la même couleur, aux pieds des chaussures de toile blanche à petits talons, elle se tient devant la glace. Son visage a des reflets de porcelaine claire. Il s'est aminci depuis qu'elle porte le deuil, ses yeux sont cerclés de cernes sombres qui tirent vers le rouge. Fang Hu lui a dit : « Tu as l'air tellement jeune et belle, Maman, que même moi j'en suis jalouse ! »

De la main, elle caresse sa tresse : « Tu ne crois pas que je devrais me couper les cheveux, Hu ?

– Ce n'est pas nécessaire, Maman. Absolument pas nécessaire.

– Est-ce que les gens ne vont pas jaser ? » Elle tient beaucoup à sa natte, en fait.

« Oh ! Arrête, Maman ! » s'exclame avec insouciance Fang Hu en train de jouer avec deux petites souris blanches installées dans une boîte de craie. « Papa est mort, toi tu es encore jeune, tu ferais mieux de suivre les conseils de mon frère et de te trouver un amoureux pour te remarier.

– Je n'aime pas vous entendre parler comme ça alors que le cadavre de votre père n'est pas encore froid.

– Libre à toi », répond la petite qui enfonce un crayon dans la narine d'une souris.

Elle se passe la main sur le visage. Elle a toujours envie d'être belle, en dépit de son deuil.

Ceci se passe quinze jours après le décès de Fang Fugui, dans sa demeure : toute de noir vêtue, Du Xiaoying s'apprête à reprendre le travail à la conserverie de viande de lapin gérée par le lycée.

II

Tu tombes sur l'esthéticienne, dans la ruelle. Qui s'exclame, t'ayant examinée de la tête aux pieds : « Mon Dieu ! Mais que vous êtes belle comme ça, madame Fang ! Une véritable pivoine ! Le deuil vous va encore mieux qu'une tenue de fête ! Vous allez mettre le noir à la mode, si ça se trouve ! »

Tu as l'impression qu'on vient de dévoiler ton secret. Le sang te monte à la face, tes oreilles te brûlent. Tu as parfaitement compris que l'esthéticienne est en train de persifler et de se moquer de toi. Moyennant quoi, ton embarras se ponctue d'une certaine colère.

« Sûr que vous allez vous trouver un beau jeune homme ! » Sa figure s'est approchée. Elle a l'air obscène. « Les jeunes gens ne s'intéressent plus aux vierges, aujourd'hui, ils préfèrent les femmes qui ont l'air occidental. Vous devez en avoir du succès, qu'est-ce que vous allez être courtisée ! »

Mais elle t'insulte, mine de rien.

« Mon mari me parlait de vous hier encore, il vous trouve tellement belle, et bonne, et douce, il dit que vous sentez le lait frais… » Furtivement, elle plisse les yeux. « C'est vraiment ça votre parfum ? Je peux ? » Et sa face grotesque de se rapprocher encore, en grimaçant et fronçant le nez : « C'est curieux. Je vous trouverais plutôt une odeur de lapin en boîte, moi. » Elle lève un pied – il y a peut-être quelque chose qui la gêne dans sa chaussure –, on dirait un chien perdu en train de pisser – et reprend : « Tous les hommes mangent dans leur bol en regardant ailleurs. Il faut toujours qu'ils aient besoin d'aller renifler des parfums bizarres. J'espère que vous n'allez pas me séduire mon époux, voisine ! » Et, se redressant, elle ajoute avec le plus grand sérieux : « Pourquoi est-ce que vous vous teignez les cheveux ? Ça fait longtemps que je me pose la question. Vous savez, en ce moment, il fait l'âne avec moi, mais c'est toujours votre nom qu'il a à la bouche. » Perfide, elle te fixe droit dans les yeux : « Tenez, je vous le donne, si ça vous chante ! On raconte que les femmes comme vous… Que vous ne pouvez pas supporter le manque d'homme, que ça vous grille et que ça vous enfièvre, comme des coups de griffes de chat, c'est vrai ? »

Le visage de Du Xiaoying passe du blanc au rouge, puis du rouge au violacé et enfin du violacé au bleu, un bleu marbré de reflets blancs. Tu as envie de pleurer, tu as envie de rire, tu as envie de l'insulter, de la battre, de faire un scandale, de sauter, de bondir, de te cogner la tête contre les murs. Sa main presse le tissu sur sa poitrine, le regard fixe elle lâche un gémissement, de ceux qu'on n'a qu'avec un homme. Ton autre main a jailli vers le visage de l'esthéticienne, mais au dernier instant ce geste furieux se fait tendre – tes doigts glissent sans force sur sa figure, tombent sur son sein où ils s'attardent un instant puis s'effondrent. Comme elle éclate d'un rire moqueur, ton corps s'incline vers l'avant, et comme elle tend la main pour te retenir, tu fermes les yeux. Mais tu l'entends te dire : « C'était juste histoire de plaisanter, madame Fang ! Vous n'allez quand même pas prendre ça au sérieux ! »

La tête te tourne. Tu hais ce bras qui te soutient mais ne peux t'en détacher. Tu rouvres les yeux. Ta main s'est crispée sur le tronc d'un petit sophora qui pousse là, appuyé au mur. Li Yuchan apparaît, puis disparaît, comme dans un rêve, tu doutes de tous tes organes.

Nous, nous soupçonnons ici un truc du narrateur. Peut-on vraiment faire confiance à un type qui mange de la craie ? Il dit : Je vous ai dit : Même si tout ceci ne s'est pas vraiment passé, il s'agit néanmoins d'événements qui auraient absolument pu se produire et qui inévitablement se produiront. Ce sera à un autre moment, si cela ne s'est pas passé quinze jours après la mort de Fang Fugui. Je disais donc : Du Xiaoying lâche son arbre, rentre chez elle, se jette sur son lit et, en proie à tout un méli-mélo de sensations bizarres et variées, se met à pleurer à chaudes et amères larmes sur son oreiller, cet oreiller qui a encore un peu l'odeur de la tête du malheureux professeur de physique. Vous m'avez déjà entendu vous parler de toutes sortes de parfums. Chacun, d'une composition physique et chimique particulière, produit un effet différent sur les êtres vivants, engendrant ainsi des réactions différentes. Réactions qui elles-mêmes varient selon l'état d'esprit de la personne concernée.

Je suppose que lorsque Du Xiaoying retrouve sur son oreiller l'odeur de son pauvre époux, et ceci juste après avoir été rudoyée par l'esthéticienne, cela doit réveiller en elle toute une vague de souvenirs. Elle se sent humiliée, elle aurait besoin de s'épancher. Mais quel être humain sait vider son cœur devant un autre ? Il n'est qu'avec les morts que les vivants peuvent parler librement. On se croirait dans un film : la jolie veuve sentimentale détache du mur sa photo de mariage, essuie du plat de la main la poussière qui en couvrait le cadre et y colle sa figure. À genoux sur son lit, elle applique le verre glacial sur son visage en feu et une voix familière vient murmurer d'un air taquin à son oreille : Ma grosse vache… Ma grosse vache à lait russe… Je te manque beaucoup ?

« Ah... Oh... » L'imitant à la perfection, tu nous fais entendre le sanglot de haine et d'amour mêlés que lui arrache cette allusion de son défunt époux. Elle hoquette, on dirait une folle : « Salaud ! Pourquoi est-ce que tu es mort ?… Ah !… Oh !… Tu nous as abandonnés, une veuve et deux orphelins, pour aller tout seul te balader au “Joli Monde” ! Ah !… Oh !… Je ne me rendais pas compte que tu étais aussi important… Ah !… Oh !… Il a fallu que tu meures pour qu'on s'en aperçoive… Ah !… Oh !… C'est comme le bois de chauffage, le riz, l'huile, le sel, la sauce de soja ou le vinaigre, on ne peut pas faire sans… Ah !… Oh !… Et l'autre, qui tous les jours vient me tourmenter sans raison, qui fait semblant d'avoir ta voix, qui sent comme toi… Ah !… Oh !… Et même il, il… Il m'appelle… Ah !… Oh !… Espèce de sale démon sans cœur… »

Elle ne pleure plus : elle vient d'entendre, derrière elle, le bruit des sanglots de Fang Fugui. Quand une femme pleure son époux défunt, il y a fort à parier qu'elle le fait en fermant les yeux, et Du Xiaoying ne fait bien sûr pas exception à la règle. Elle sent sa main en train de lui caresser l'épaule, elle sent son front qui vient se poser sur sa nuque. De fraîches larmes traversent son épaisse chevelure pour couler sur la peau de son crâne, c'est dire s'il pleure. « Xiaoying… Mère de mes enfants… Je ne suis pas mort… »

Brusquement, elle retrouve ses esprits. Mais elle n'ouvre pas les yeux. Elle a compris que c'était encore le type d'à côté venu jouer les fantômes et elle bout de rage, mais c'est contre l'esthéticienne qu'elle est en colère, pas contre lui. Lui, il a la voix de Fang Fugui, il a l'odeur de Fang Fugui, il a les caresses et la chaleur de Fang Fugui, et aussi une sincérité qui lui est propre, il est vraiment en larmes. À la faveur de ton trouble, il t'a déjà allongée sur le lit.

Serrant contre ton cœur ta photo de mariage, tu sens ses lèvres sèches se poser sur ta bouche et sa main exercée glisser sur ta poitrine. Tu as l'impression de revivre un vieux rêve, on te murmure des histoires de « vache à lait » à l'oreille, un feu monte dans tes reins. Tu mets la photo sur ton visage et serres dans tes bras le corps de l'homme… Quand, à la hâte, il renfile son pantalon, ton cœur déborde de la joie de la vengeance. Quand, à la hâte, il renfile son pantalon, tu ressens un remords violent, ce visage aussi fin qu'une feuille de papier d'un coup te révulse. Tu devines que, dessous, il s'en cache un autre. Levant une main féroce, tu l'abats en griffant. Et ça, c'est tout à fait réel. Il y a un bruit de déchirure et quatre ravins blancs et profonds apparaissent sur sa face sournoise, un sang bien rouge s'en écoule. Il ne crie même pas, il laisse son visage saigner : « Vas-y ! Déchire-le ! Détruis-le… »

Tu nous expliques que tout te porte à penser que cette curieuse et étrange séance adultérine a excité Du Xiaoying au plus haut degré. Elle lui mord l'épaule pour y goûter la saveur du sang ; se rappelant l'image, autrefois, sur l'écran, du grand cheval russe qui grignotait la pomme tombée d'un camion…

III

Juste au moment où, dans cette tenue de deuil qui attire le regard, les cheveux coiffés en deux nattes de lin grosses comme le bras, bombant bien haut sa poitrine russe et redressant son éclatant cou blanc, elle fait son apparition dans l'atelier n° 1 de la conserverie, un lapin au pelage d'un noir luisant est projeté de la planche qui surplombe le vide dans un wagonnet en fer par le coup de marteau que lui assène une ouvrière à l'air aussi désintéressé et équitable qu'un juge. Un coup de pied dans le chariot et sans un bruit il file jusqu'à ton poste. Abasourdie, tu découvres, écorchant à ta place, une fluette jeune fille qui t'est parfaitement inconnue, si menue que sa blouse a l'air vide.

Tu t'approches. Liu Jinhua, celle-là même que tu vas bientôt rosser, Liu Jinhua ricane. La gamine a un cou très long au bout duquel son tout petit crâne est planté comme la tête noire au bout d'une allumette. Trop absorbée par son travail, elle ne s'est même pas rendu compte de ta présence. Sa petite main maigre va cueillir l'animal dans le wagonnet et le pend à son crochet. Son ventre palpite, il a les yeux mi-clos. Ton cœur se met à trembler quand elle enfonce le couteau dans la peau des cuisses. Sa main court avec une étrange mollesse sur la bête. C'est alors que Liu Jinhua s'avance, avec sa face toute bosselée, avec ce minuscule nez rouge enfoui en plein milieu, avec sa bouche pleine de fausses dents en plastique, et que fichant son foret métallique dans le cul du lapin elle s'exclame, toute contente : « C'est une femelle, Xiaoman, toute noire ! On dirait une veuve, avec cet air dévergondé ! »

Écarquillant de grands yeux gris inquiets, la petite contemple cette bonne femme courte sur pattes, à la taille épaisse, au postérieur imposant et qui comme un lapin a la tête dans les épaules. Elle tremble comme une feuille sous sa blouse. Sa bouche est grande, comme un croissant de lune.

Et toi qui ne peux qu'assister, impuissante, au spectacle de cette vieille qui continue de fourrer cruellement le cul du lapin noir, de le fourrer tant et si bien que tout le bas de ton corps en est secoué de spasmes. Et elle qui pique, et qui pique, et qui te regarde, jusqu'à ce que tu t'en retrouves accroupie sur le sol.

Caressant la fourrure toute maculée de sang, la gamine se met à pleurer.

Survient alors le fringant chef d'atelier. Sans mot dire, il te jette un coup d'œil. Puis, ayant examiné le lapin souillé, il tapote la tête de la jeune fille : « Ne pleure pas, tu n'es pas responsable », le décroche et le jette aux pieds de Liu Jinhua : « Dieu a dit que nous serions tous un jour punis pour nos mauvaises actions. »

Dévisageant avec méchanceté le beau jeune homme, elle finit néanmoins par pendre en grommelant la bête à son crochet.

« Du Xiaoying, la secrétaire de la cellule te demande dans son bureau. »

Et te prenant par la main, il t'aide à te relever.

Tu entends Liu Jinhua qui grince des dents et perfore de sa mèche le ventre du lapin.

IV

C'est tremblant de tous ses membres que Du Xiaoying frappe à la porte de la « commissaire politique ».

Pas la moindre réponse. Enfin, la porte s'ouvre, lentement. Appuyée d'une main au chambranle, la secrétaire t'examine au travers de ses lunettes de presbyte à monture dorée qui ont glissé sur le bout de son nez.

De nouveau cette impression que la vieille dame est en train de la dépouiller du regard, le bas de son corps en est agité de douleurs aiguës.

D'un signe de tête, elle te fait entrer, puis referme la porte derrière toi et d'un pas mal assuré regagne son siège. Debout devant le bureau, gênée, tu la regardes essuyer sa bouche cernée de rides blanches avec un mouchoir en soie rouge. Ses gestes sont posés, son attitude majestueuse, sa chevelure argentée flotte légèrement. Du bout de sa mèche, elle perfore le ventre et le vagin de la lapine noire. Tu te mets à suer sous les aisselles.

La « commissaire politique » remonte ses lunettes et déclare à voix basse : « Le décès du professeur Fang m'a beaucoup affligée… » De son foret, elle transperce le vagin de la mère lapine. Elle boit une gorgée de thé dans sa tasse Thermos, essuie ses lèvres rouges et humides, semblables à deux pétales de fleur, et reprend : « Il a vécu une vie à la fois ordinaire et grandiose, mais sa fin a été glorieuse. Son décès nous a permis d'augmenter considérablement les ventes. C'est pourquoi l'ensemble des élèves, des employés, des enseignants et des cadres du lycée n° 8 vous seront toujours reconnaissants. » Elle te tend une boîte juste sortie des chaînes. Autrefois jaune pâle, l'étiquette est désormais rose, et dans le coin en haut à droite se trouve un petit rond blanc avec la tête de Fang Fugui, qui silencieux te regarde. Avec un tisonnier, elle ouvre la peau des cuisses du lapin et insère le bec pointu dans la blessure. La bête gonfle, la peau se décolle de la chair. « De toute façon, il nous faut toujours croire fermement que le peuple a le sens de la justice. Le peuple a le souci de l'éducation. » Tu lis ce qui est écrit sur l'étiquette : Un éminent enseignant du peuple tombé sur son estrade vous en implore : Pour nos enfants qui vont au lycée, achetez une boîte de lapin, c'est une viande nourrissante et de qualité exceptionnelle ! D'un coup de couteau, elle a ouvert le ventre de l'animal, tout doucement la fourrure tombe. Tu es obligée de t'agripper de la main au rebord de la table, la boîte éclate avec un bruit sec sur le sol en ciment. La viande se répand sur l'étiquette. Il mange le lapin ! Le jus rose se répand sur le sol. On dirait qu'il le boit !

D'un air contrarié, la secrétaire appuie sur la sonnette. Un homme au visage ravagé par la variole et au regard mauvais fait son entrée et s'incline devant la vieille dame qui, du doigt, lui montre la boîte cassée.

Il va chercher ses outils et nettoie.

Elle jette la peau dans le panier en bambou. Elle allume une cigarette très longue et très fine, crache une bouffée de fumée pâle et reprend : « J'ai beau être incapable de pardonner ce manque de retenue, je comprends ce que tu ressens. La cellule générale du lycée a avant-hier tenu une réunion exceptionnelle pour discuter de ton cas. Eu égard à la contribution apportée par Fang Fugui tant de son vivant que de par sa mort, et considérant ton attitude à l'usine depuis tout ce temps, nous avons décidé de te promouvoir au poste de vice-responsable de l'atelier n° 1 de la conserverie de lapin relevant du lycée n° 8 et de vice-directeur du département des ventes. À vrai dire, certains ont proposé de te laisser reprendre ton activité d'enseignante, mais c'est une branche où il n'y a aucun avenir, à mon avis, l'État est trop pauvre, si vraiment nous voulons être à même d'assurer la continuité de l'enseignement, il va falloir que chaque établissement trouve le moyen de se débrouiller par ses propres moyens et de se subventionner tout seul. En conséquence de quoi, tu as été promue à un poste extrêmement important. » Elle fait une pause pour observer ta réaction. Dépassant le cadre de ses attributions, elle coupe la tête et les pattes du lapin, lui ouvre la poitrine et lui arrache les entrailles. Son cœur tremble à l'extérieur de son corps.

Ton cœur tremble, tous les organes de ton corps capables de produire quelque liquide ou sécrétion ont l'air de s'être mis au travail. Tu repenses au viol multiple que tu as un jour subi.

« Tu es très émue, n'est-ce pas ? Il est bien difficile de ne pas éprouver d'émotions. La froideur est un trait de caractère bien plus appréciable, pourtant. Bref, tout ceci prouve que le Parti te fait confiance et démontre la sollicitude qu'il a pour toi. À compter d'aujourd'hui, ton salaire comprendra deux parties : tu seras payée moitié par l'atelier n° 1, moitié par le département des ventes. Le tout correspondra au triple de ton ancienne rémunération. Cela risque de t'attirer des jalousies – mais il y a un certain plaisir à être jalousé. »

Tu en restes hébétée. Sur l'étiquette, il te sourit.

« Si tu n'as plus de question, je te prierai de prendre ce formulaire et d'aller le remplir dans le bureau de l'atelier n° 1. Tu me le rendras mercredi en venant travailler. »

C'est un formulaire d'adhésion au Parti.

V

On a mis ton bureau en face du sien. Il a un drôle de sourire qui flotte quand il te regarde. Gênée, tu proposes : « Vous savez… Je serais tout aussi bien à écorcher les lapins… » Mais il te tapote l'épaule : « C'est une décision qui ne dépend pas de moi. Asseyez-vous, madame mon adjointe, vous allez vite vous y habituer.

– Que dois-je faire ?

– Remplir vos papiers pour adhérer au Parti.

– Je n'ai jamais fait de demande !

– Aucune importance, au travail… »

Il attend que tu sois assise, puis remplit un verre de vin et le pousse devant toi…

… Elle a accepté ton formulaire d'adhésion, lui jetant un coup d'œil négligent avant de l'enfouir dans son tiroir. Puis elle t'a tendu une enveloppe en carton : « Ta prime du mois dernier. »

… Il dit : « Je sais que Liu Jinhua t'a souvent humiliée. Le moment est venu de lui montrer à qui elle a affaire. Je vais t'apprendre quelques trucs, pour être sûr qu'elle ait sa raclée. »

Ce disant, notre jeune et beau chef d'atelier dénude, à l'intérieur même de son bureau, le torse vigoureux que d'ordinaire il dissimule sous un impeccable complet. « Il va falloir la prendre par surprise, quand tu attaqueras. Tu sais où il faut frapper ? Là, un peu plus bas qu'entre les deux seins. Ton poing doit partir avec rapidité, force et précision. Il faut absolument que tu l'envoies rouler au sol du premier coup – c'est la même chose que pour assommer les lapins ! »

Et sans te prévenir, il t'envoie un petit coup léger dans le point sus-cité. Tu hoquettes et lentement te plies en deux, crachant une bave jaunâtre.

« C'est ça. À partir de demain, tu vas t'exercer sur le sac de sable accroché au mur. Il faudra que tu frappes sans t'arrêter, pour finir par être capable de lui donner deux cents coups de suite sans que ton poignet faiblisse ni que ton rythme cardiaque en soit altéré. »

Il écarte un rideau : le sac de sable est là.

« Le deuxième coup, ce sera pour répondre à sa contre-attaque. Tu as sûrement lu *Et l'acier fut trempé*, le roman soviétique. Est-ce que tu te souviens du coup que le vieux bolchevique apprend à Pavel Kortshagin ? Il en fait la démonstration plus tard, devant la fille de l'officier forestier, quand il est en train de pêcher au bord du lac : il n'a qu'à plier les genoux, serrer les poings, et l'espèce de petit damoiseau au nez aplati va voler les narines en l'air dans le lac. Il paraît qu'on l'entend même se couper la langue avec ses dents. Pour arriver à ce résultat, il te faudra du calme, de la précision et de la férocité. Tes genoux doivent aller cogner dans son bas-ventre et ton poing s'enfoncer sous son menton. Souviens-toi : il faut être rusé et tirer profit de la force de l'adversaire. Étant la femme d'un professeur de physique, tu dois pouvoir comprendre ça : Quand deux objets venant de directions opposées entrent en collision, la blessure infligée à celui qui se déplace à vitesse supérieure sera plus grave que celle reçue par celui qui se meut lentement. Quand un avion à réaction évolue à vitesse supersonique, il peut suffire d'un simple moineau le heurtant de plein front pour faire un trou dans sa coque. »

Dans un placard, il cachait un mannequin en caoutchouc. « Tu n'auras qu'à appuyer sur ce bouton et il jaillira vers toi, tu lui tomberas dessus, comme je t'ai appris. Et quand tu en auras assez de t'exercer... – il tire le rideau d'une petite fenêtre dont le carreau a subi un traitement spécial – d'ici, tu peux voir tout ce qui se passe dans l'atelier. »

Tu colles le nez à la vitre : l'atelier t'apparaît tout teinté de rose : rose cette espèce de gaze qui enveloppe les lapins, quand à la queue leu leu ils émergent de leur tour, et rose aussi la brume qui recouvre le wagonnet dans lequel, à la queue leu leu ils tombent quand le marteau les a assommés... Liu Jinhua plonge une mèche dans le vagin d'une mère lapine... Tu ressens une insupportable douleur dans le bas de ton corps, la rage t'enflamme...

Elle frappe et frappe encore sur le sac de sable.

Elle cogne et cogne encore pour envoyer le mannequin voler dans le mur.

Son chef lui tape sur l'épaule d'un air appréciateur : « Superbe ! On voit bien que tu es une métisse ! C'est le moment, tu vas lui donner une bonne leçon ! »

Vêtue d'une jaquette en agneau rouge foncé, serrée à la taille, d'un chemisier de soie rouge lui aussi dont le grand col tombe par l'encolure de ta veste et les jambes étroitement moulées dans un jean Apple, tu es ce jour-là chaussée de souliers en daim marron aussi légers que du caoutchouc mousse. Les ouvrières en restent bouche bée quand tu apparais dans l'atelier. Même celle, si apathique, chargée de « sonner le tocsin » aux lapins en ouvre tout grand la bouche. La maigre demoiselle qui doit les « déshabiller et déchapeauter » fait des yeux encore plus ronds que des balles de ping-pong. Quant à Liu Jinhua, elle enfonce son foret dans le vagin d'une lapine rousse en s'écriant : « Venez voir ! Venez vite voir ma lapine russe, cette salope s'est tapé du mâle à en avoir le trou plus gros qu'un ravioli ! »

Glaciale, tu assènes un petit coup sur son épaule grasse : « Le règlement interdit de faire du tapage pendant les heures de travail. Ta prime est supprimée !

– Ah ! Ça ! Mais de quel bordel elle sort, cette bâtarde-là ? Elle s'est prostituée pour pouvoir se faire refaire un organe aussi gros qu'un chas d'aiguille, et elle a même fait fortune dans l'histoire ! » Et de piquer jusqu'au sang le lapin au poil rouge.

La douleur dans le bas de ton corps est si forte que tu manques de t'évanouir. Mais tu bous de colère. Calme, précision et férocité, récites-tu en silence. Un sourire te vient aux lèvres, Liu Jinhua braille, poitrine bombée et ventre en avant. Tu vois les poches de ses seins qui tremblotent sous la blouse. Visant « un peu en dessous du milieu de la poitrine », tu lui assènes un coup bref et vigoureux !

Dans un hoquet, elle porte les mains à son buste, se casse en deux, chancelle et tombe sur le côté dans la pisse et les peaux de lapin.

Une main glissée dans la poche de ta veste, tu penches la tête sur le côté pour la regarder rouler au sol.

Sa figure a viré au jaune, une eau verte s'échappe de ses yeux. Elle se relève – c'est presque exactement la même chose que dans le roman – et se précipite vers toi en hurlant, toutes griffes dehors. Te remémorant les points essentiels du mouvement que tu dois effectuer, sûre de toi, tu attends. Fléchir le genou droit pour accueillir son bas-ventre graisseux. Brandir le poing pour aller à la rencontre de ce gros menton en galoche. Ton genou et ton poing rencontrent sa chair presque dans le même instant. Ce n'est pas toi qui l'as attaquée, c'est elle qui s'est jetée sur toi. Les quatre membres ballottant de manière ridicule, les narines tournées vers le ciel elle va s'effondrer dans les déjections de lapin. Tu entends une vague plainte, puis un gros plaf.

Elle tremble à présent affalée par terre. Tu t'approches, la relèves par ses cheveux poivre et sel et avec un demi-sourire : « Ça devrait t'éviter de faire des bêtises, maintenant que tu me connais un peu mieux ! »

Tournant des yeux de poisson mort, elle crache un peu de sang. Quand tu la lâches, comme une peau de lapin elle retombe en tas sur le sol.

Tu t'essuies les mains avec un mouchoir de soie rouge, puis, d'un geste élégant du poignet, l'envoies voler en l'air.

VI

Vêtue d'une robe rouge qui dénude tes épaules et la moitié de tes seins, tu te dresses à l'avant d'un cabriolet décapotable dont les flancs s'ornent de deux panneaux représentant deux immenses boîtes de lapin avec, collée au-dessus, plus grosse qu'une cuvette, la tête de Fang Fugui. Il regarde les piétons, les véhicules, les immeubles et les buildings, les implorant d'acheter le lapin en conserve de l'usine qui relève du lycée n° 8. Sans répit, il les apostrophe : Avez-vous du cœur, citoyens ? Achetez les conserves *Éducation Rouge* ! Vous souciez-vous de la génération à venir, citoyens ? Achetez les conserves *Éducation Rouge* !

Debout dans la voiture, elle lève bien haut la gigantesque réplique en carton d'une boîte qu'elle agite avec chaleur en direction des passants et des véhicules, des immeubles et de la végétation, vers le ciel et vers le soleil. Un beau sourire éclaire ton visage.

Debout dans la voiture, tu sens un vent frais s'immiscer entre tes seins et courir le long de ton corps. Tes cheveux de lin flottent librement dans son souffle avec une grâce que même toi peux deviner. Les véhicules s'écartent pour laisser passer la voiture publicitaire du lycée n° 8 qui, tel un lapin sauvage, heurte et tamponne au hasard dans le dédale des rues et ruelles. Tout le monde connaît leurs conserves, tout le monde est au courant, le volume des ventes a monté en flèche, les peupliers blancs du lycée en battent les mains de joie.

Debout dans la voiture, tu peux encore entendre la voix de la « commissaire politique » : « Après réflexion de la cellule du Parti, il a été décidé de nommer Du Xiaoying au poste de vice-directrice de la conserverie de lapin relevant du lycée et de directrice du département de la promotion des ventes. »

Dans l'aile réservée aux hôtes de marque du centre d'accueil de la municipalité, tu as négocié avec deux hommes d'affaires soviétiques et ceux-ci, béats d'admiration devant le russe courant que tu parles et ton style exceptionnel, ont signé un contrat pour un million de boîtes de lapin. L'un d'eux, un homme au maintien impérial, t'a même proposé : « Les bras de la Russie vous sont ouverts !

– Ma mère, c'est la Chine ! » as-tu répondu avec fermeté.

VII

Si ce que je viens de vous raconter n'est pas un rêve de Du Xiaoying, c'est que c'est l'un des miens, nous dit le narrateur. Nos cœurs sont en correspondance, nos réactions en sympathie, comme dit le proverbe : « L'oiseau a la queue levée, on sait qu'il va s'envoler. »

Tout le monde ou presque a entendu la rumeur qui circule au sujet de cette liaison qu'elle aurait avec le chef d'atelier. Les gens hésitent à y croire, du fait de leur différence d'âge : comment un beau jeune homme d'une trentaine d'années pourrait-il avoir envie d'épouser une veuve qui en a plus de quarante et, qui plus est, flanquée de deux grands enfants ?

La rumeur a aussi voulu que le professeur Zhang Hongqiu ait déposé une demande d'autorisation de divorce auprès des autorités du lycée. L'opinion publique s'est cette fois déclarée fermement du côté de la femme et des enfants.

Du Xiaoying a découvert une relation secrète entre sa fille et les fils Zhang : ils avaient fait un trou dans la cloison et passaient librement de l'un chez l'autre. Ce sont eux qui lui ont fait cadeau de ces deux petites souris blanches qu'elle garde dans une boîte de craie.

Les réalisations exemplaires de Du Xiaoying lui ont valu d'être mentionnée trois fois de suite par le quotidien municipal. Elle a été reçue en audience par le gouvernement municipal et le comité du Parti de la ville, et élue représentante du Peuple.

La « commissaire politique » est tombée en syncope, quand elle l'a surprise en train de faire l'amour dans le bureau avec son chef. Ici, à la faveur de cet étrange cauchemar, les ailes de notre imagination peuvent se déployer : la secrétaire de cellule est-elle oui ou non dotée d'un puissant appétit sexuel ? Le jeune et charmant chef d'atelier est-il oui ou non son gigolo ? L'histoire a démontré qu'il valait cent fois mieux être une maîtresse qu'un gigolo : les maîtresses du moins, à quatre-vingt-cinq pour cent, aiment leur amant. En conséquence de quoi, leur relation sexuelle étant basée sur le sentiment, elle reste fondamentalement belle. Mais pratiquement aucun gigolo n'est amoureux de sa dame. Si bien que, complètement pourris, ils finissent par ne plus être que de vivants godemichés. La chute d'un gigolo trahi est d'ailleurs presque toujours tragique, ces femmes-là sont capables de la plus épouvantable des cruautés.

Impliquée dans une histoire de faux billets, Du Xiaoying a été arrêtée par la police. L'inspecteur en a trouvé une quantité importante dans un de ses tiroirs. On raconte qu'ils étaient imprimés avec une telle finesse qu'il n'y avait pas la plus petite différence avec les vrais, même les experts en sont restés abasourdis. La seule bêtise était dans le numéro : ils avaient fabriqué des dizaines de milliers de billets de dix renminbi, tous avec le même, 1217741. C'est une employée de la Banque Populaire qui s'est aperçue de la bourde, en essayant de se lire l'avenir dans les billets un jour où elle avait un chagrin d'amour.

Du Xiaoying a épousé un secrétaire au contrôle de la discipline du comité municipal. Il a cinquante-six ans, est veuf de fraîche date et ses deux enfants travaillent dans d'autres villes. Elle a emménagé avec Fang Hu dans la résidence n° 1 du comité. (Fang Long a tenu à conserver son indépendance. Il a néanmoins fait cadeau à son beau-père d'une coûteuse orchidée et d'un aquarium de superbes poissons rouges.) C'est une demeure située dans un environnement exquis, le vent du soir y vient souvent gonfler les rideaux en soie doublée des portes-fenêtres et sa chemise de nuit brodée. Un jour, mi-inquiète, mi-contente, elle s'est aperçue qu'elle était enceinte. Allait-elle s'en débarrasser ou lui donner le jour à cet enfant ? C'est le secrétaire qui a décidé : il le veut, même s'il doit en perdre sa carte du Parti. Cet hybride russe de deuxième génération sera plus tard un diamant dans sa main.

Du Xiaoying s'est jetée dans la jolie rivière. Son cadavre s'est échoué trois jours plus tard sur une petite plage à une trentaine de kilomètres de la ville. Les gamins du village, venus pêcher la grenouille au bord de l'eau, l'ont trouvée couchée sur le côté, toute nue sur le sable, les oreilles et les narines pleines de vase. De loin, ils l'ont tout d'abord prise pour un grand poisson blanc ! Mais quand ils se sont aperçus qu'il s'agissait d'un cadavre, ils en sont restés pétrifiés de terreur. Au début, quand ils pouvaient encore supposer qu'elle s'était étendue sous le soleil pour se faire bronzer, ils étaient bien un peu gênés. Un petit garçon a ramassé un caillou et lui a jeté dans le dos. Évidemment, elle n'a pas réagi. Alors, un autre lui a crié : « Oh ! Qui êtes-vous ? Qu'est-ce que vous faites par terre ? » Évidemment, elle ne donnait toujours pas le moindre signe de vie. Les rayons du soleil se réverbéraient violemment sur la plage, avec un éclat blanc. Les enfants, fesses nues, avaient le corps marbré de soude blanche et le visage en eau. « Peut-être qu'elle dort ? » a suggéré l'un d'eux. Mais un autre a répondu : « On ronfle quand on dort, non ? » Et ils se sont mis à argumenter sans fin :

« Pas les femmes ! Moi, ma maman ne ronfle jamais !

– Tu parles ! Encore plus fort que les hommes ! Si t'entendais ma maman ! »

Un petit futé a fini par aller l'examiner de face et a lancé résolument un : « Elle est morte ! » qui les a tous fait venir. Des herbes aquatiques s'étaient accrochées à ses cils, la vase débordait de ses narines et de ses oreilles, ils en sont restés interdits. Le plus intelligent a proposé : « On devrait rentrer au village pour prévenir les grands. » Quand ceux-ci sont à leur tour arrivés au bord de la rivière, ils ont de prime abord décidé qu'il s'agissait d'une étrangère. Un brave homme a retiré sa veste pour la couvrir. Un autre, plus rapide d'esprit, est allé téléphoner à la police. Ils ont pris ça très au sérieux, au poste, quand on leur a annoncé qu'il y avait un cadavre d'étrangère sur la plage. Le commissaire est arrivé avec toute son équipe. Quelle déception, quand ils ont fini par comprendre que c'était simplement une ouvrière de l'usine gérée par le lycée n° 8 !

Le cerveau dérangé, le cheveu ébouriffé et la figure sale, Du Xiaoying est allée chercher son époux à la mairie. Les employés municipaux l'ayant flanquée dehors, elle s'est alors tournée vers le « Joli Monde ». Là aussi, on l'a flanquée dehors, si bien qu'elle est retournée à la mairie. D'où elle s'est fait éjecter. Si bien qu'elle est retournée au « Joli Monde ». Plus tard, quelqu'un a fini par l'amener au « Pavillon Jaune ». C'est comme ça qu'on appelle l'asile d'aliénés, dans notre ville.

Pour sauver le bien de l'État, Du Xiaoying s'est jetée dans le brasier ardent. Elle y a laissé la vie. Ses restes ont été apportés au « Joli Monde » où Li Yuchan, l'esthéticienne hors pair, a été chargée de sa toilette mortuaire. Une technique particulière t'a permis de lui rendre son visage et tu as décoré sa poitrine d'orchidées blanches, de chrysanthèmes jaunes, de pivoines vertes et d'un gros bouquet d'œillets odorants…

Onzième partie

I

Bravant la pluie torrentielle et les durs grêlons, le professeur de physique va droit devant lui.

La peau de son crâne est déjà presque totalement insensibilisée. Le froid le transperce de part en part.

Tels des peignes usés, les feuilles de maïs, sous les coups de l'averse et de la grêle, se courbent comme les ailes brisées d'un oiseau. Une eau blanche s'accumule sur le sol et monte déjà jusqu'aux genoux, se déversant en fleurs qui vous éclaboussent, toi et les plantes, toi qui ne sens plus rien et elles tout aussi paniquées. Son costume vert, que nous connaissons bien, est plaqué sur son corps, parfois avec de grosses rides, parfois aussi lisse qu'une peau d'âne. Nous pouvons entendre le tonnerre qui gronde confusément à mi-ciel, la pluie qui crépite comme dix mille mitrailleuses en train de partir simultanément et la grêle (bruits qui pour l'essentiel s'expriment par le truchement des tiges et des feuilles). Toi, tu n'entends plus que l'écho cristallin qu'ont les grêlons pour frapper le sommet de ton crâne. Vaguement, tu crois distinguer, au milieu de tout ce gris, les pieds squelettiques des maïs, vert sombre, et qui tremblent. Avec anxiété, nous surveillons cette petite braise dorée qui cerne tes organes, petite lumière d'espoir, dernier feu de la vie. Il nous dit : « Misérablement, tu traînes encore un dernier reste de vigueur. » Nous te voyons en train d'aller lentement de l'avant. Il dit : « Vous devriez tous prendre exemple sur lui, sur cette volonté qu'il a de persévérer dans sa progression jusqu'au dernier soupir. »

Un grêlon de la taille d'un œuf de pigeon, rebondissant

sur un épi plus opiniâtre, a fêlé le verre gauche de tes lunettes dont les pailles ont complètement rayé le droit. En conséquence de quoi, plutôt que de le supposer observant la réalité objective de l'univers, il serait plus juste d'affirmer que c'est son monde intérieur et subjectif qu'il contemple. Avec ferveur, avec émotion, il suit la mélodie vermeil qui tourbillonne autour de ce point d'or. Son odorat se dérègle parfois, puis d'un coup revient à la normale. Toutes les senteurs s'évanouissent quand il se détraque – c'est comme si, frappé de cécité, il se retrouvait dans le noir, comme si, pris de surdité, il n'entendait plus que le silence –, mais toutes reviennent dès qu'il se rétablit, envahissant ses tympans, son œsophage et ses yeux aussi bien que ses narines. Le fade et froid parfum vert pâle de la pluie a quelque chose d'un nez de carpe, celui des maïs, plus sombre, gras et gluant, ressemble à des œufs de grenouille, quant à la senteur argentée et glaciale des grêlons, elle rappelle un intestin de poisson pendu à une branche morte. Du ciel tombent aussi des odeurs de carpes et de grenouilles. Leurs œufs et leurs écailles flottent et ballottent à la surface de l'eau. Ces vagues fétides déferlent bruyamment. Il avance toujours, dans la pluie, dans l'eau, dans la grêle, dans le bruit, dans l'odeur. Dans le bruit des odeurs, dans l'odeur des bruits. Dans l'ombre des sons et des senteurs. Dans la pesanteur et l'énergie des couleurs. Dans un rêve. Dans un amour. Dans le pistil aussi chaud que jade d'un chrysanthème mauve (ses pétales se courbent comme la barbe d'un dragon).

Je ne sais combien de temps s'est écoulé quand au loin il finit par apercevoir le point d'une lampe dorée. La pluie n'est plus qu'un fin crachin chantant, comme un vent derrière lui. Les grenouilles énervées coassent. Dans les interstices de la pluie, quelques étoiles frigorifiées ont fait leur apparition. Devant lui, les chiens d'un village aboient curieusement dans leur sommeil, la route est couverte d'une boue qui monte jusqu'aux mollets. Frappant du pied le sol dur du chemin, il avance. Les arbres qui le bordent semblent autant de gigantesques monstres sombrement accroupis. De leurs cimes, parfois, tombe en grelottant l'eau qu'ils ne peuvent plus supporter et qui s'effondre avec des chuchotis sonores qui leur sont un ricanement, qui leur sont un hurlement. On pourrait aussi croire qu'ils pissent dans leur sommeil.

Ce point d'or clair et lointain fait écho à celui, de plus en plus faible, au fond de ses entrailles, il y réveille la perception. Comme un courant électrique vertical, comme l'eau qui s'écoule, la lumière la plus haute et la plus puissante va vers celle qui est plus faible ou plus basse. La clarté dans ton cœur gagne lentement du terrain, repousse les ténèbres. Tu sens ton cœur qui palpite. Les lobes de tes poumons se sont remis à battre. Le vide dessine les contours de ton estomac torturé. Des coliques affirment haut et fort l'existence de tes intestins. Par le froid qui te transperce, tu sais que tu as une peau et des muscles. Par le mal que tu as à te mouvoir, tu te persuades de l'existence de tes jambes. Grâce aux bruits dans ta bouche, tu perçois que tu as des dents. En fin de compte, il est de nouveau à même de réaliser dans sa plénitude la composition d'un corps humain. La mélodie du foyer retentit à nouveau, des sentiments lui naissent, il a brusquement l'impression de renifler un parfum de craie si familier et précieux que les larmes lui en viennent aux yeux. Tu essuies ta bouche toute teintée de craie et tournes vers nous un regard mouillé.

La mélodie du foyer sonne à l'unisson de ce point d'or lointain. Cela devient un phare dans la nuit. Tel un vieux navire à la voile déchirée et au mât brisé par une folle tempête, lentement, tout grinçant, tu vas vers elle.

Autour de toi, les grandes ombres de demeures irréelles ont une gaucherie enfantine, tu as l'impression d'être entré dans un conte de fées. Tantôt proche, tantôt lointain, le petit point doré tressaute. Enfin tu t'en approches.

II

Le professeur de physique se sent très vague, très confus, il a l'impression de reposer dans un berceau géant.

Il a beau essayer d'ouvrir les yeux, c'est comme si on les lui avait collés avec une pâte gluante. La musique d'un véritable foyer résonne. Abîmé dans le bonheur d'un extrême épuisement, paupières closes, il devine son corps emmailloté de chaleur dorée.

Quelque chose comme un mamelon plein et élastique s'insinue entre ses lèvres, un amour décuplé cherche à consoler mon âme. Le lait doux et tiède coule dans ma bouche, descend dans ma gorge. Comme un jeune chien, tu tètes, avidement, avec des bruits de déglutition. Ses pieds et ses mains s'agitent, il retrouve les gestes du nourrisson qu'on allaite.

Tu peux le voir, ce lait, en train de se mêler dans tes intestins à d'autres liquides multicolores, tu peux voir les parois de ton estomac en train de le pétrir, tu peux voir tes boyaux en train de l'aspirer, tu peux le voir pénétrer tes os, tes muscles, ta peau, tes poils – tu te sens en train de croître.

« Hé ! Hé ! Facteur ! Est-ce que ça va mieux ? » chuchote près de son oreille une voix douce.

Un facteur ? Quel facteur ? s'interroge-t-il, perplexe.

Un doigt, ça doit être un doigt sur mon nez, se dit-il. Un index qui presse et appuie comme une postière en train d'envoyer un télégramme. Son cerveau finit par recevoir le signal. La voix appelle : « Réveillez-vous, facteur ! On va vous donner à manger ! »

Il lui faut réunir toute la force de son corps pour parvenir à ouvrir les yeux. Des brumes colorées flottent devant lui, il a l'habitude, sa main tâtonne sur les côtés.

« Ça y est, P'pa, il est réveillé ! Il a ouvert les yeux ! s'exclame une fleur de tournesol épanouie et tourbillonnante. Qu'est-ce que vous cherchez, facteur ?

– Mes lunettes..., répond le professeur de physique.

– Z'êtes miro sans ça ? »

Tu les chausses. Ton œil gauche s'aperçoit qu'elle ressemble vraiment à un tournesol duveteux, tandis que le droit note son visage rond et rouge, ses cils touffus et emmêlés, et dans son regard effilé cet éclat qui scintille comme de l'or.

Ayant enfin recouvré ses esprits, il cherche à se lever.

La main de la jeune fille le retient. Une jolie bouche naturelle, deux rangées de minuscules dents bien alignées, des cils très drus, des sourcils courts, épais et noirs comme ceux d'un garçon, qui lui donnent un air émouvant et un peu flou, comme ensommeillé. Ton odorat affiné par la tempête discerne dans son souffle un fort parfum de miel. « Ne bougez surtout pas. J'appelle mon père. Il faut rester couché. P'pa ! Viens vite, le facteur s'est réveillé ! »

De l'autre bout de la pièce, la démarche assurée et le regard perçant, arrive doucement un homme auquel il est impossible de donner un âge.

Tu mets à profit le temps qu'il met pour venir jusqu'à toi pour examiner le vaste lit de fortune sur lequel tu reposes. Cette couche improvisée est recouverte d'une bonne épaisseur de tiges de blé battu, jaune doré, dont émanent un puissant parfum de soleil et l'odeur amère des graines torréfiées. C'est une grande maison chaude, d'une seule pièce, sans aucune cloison, qui doit bien faire vingt mètres de long sur sept ou huit de large, on se croirait dans une ancienne grange. À une poutre en sapin de Chine pend une lampe-tempête dont les rayons dorés ont une grande douceur. De blanches toiles d'araignée s'accrochent à la charpente et deux insectes jouent à s'y balancer à la lueur de la lampe. Près du mur, non loin de la couche d'herbes, des filets d'une vapeur au succulent parfum s'échappant de son couvercle, il y a une marmite qui chante sur un fourneau. Les flammes pétillent bruyamment dans cette cuisinière fourrée de petit bois. De ce côté de la pièce se trouve encore une deuxième lampe et, accrochés à une autre poutre, cinq gros crochets de fer. Les murs sont couverts de taches de sang. Sur le sol, les quatre pattes ligotées, gît un vieux bœuf roux. Il a les yeux bleus, ses sabots sont tordus et il respire en haletant. Un grand chien noir, avec sous les yeux deux taches dorées parfaitement symétriques, est vautré sur un tas d'herbes près du fourneau. Les flammes qui éclairent son pelage lui donnent le lustre des plus beaux satins. La tête posée sur ses pattes de devant, il a les yeux mi-clos et d'entre ses paupières darde un éclat si puissant qu'il semble illusoire, à la fois terrifiant et merveilleux. Entre chien et bœuf, un long panier d'osier aux bords très bas où pêle-mêle ont été jetés un poignard en forme d'oreille de bœuf, un grand hachoir lourd et épais, à lame blanche et arête noire, un couteau en forme de feuille de tournesol et une longue lame en forme de feuille de saule. Plus un gourdin en fer, un gigantesque marteau du même matériau et quelques morceaux de corde de chanvre noir tout humides.

Sur le tas de bois à côté du fourneau, ton costume vert est en train de sécher, ainsi que, collés aux plus grosses bûches, des billets de valeurs variées.

L'homme est arrivé. Il se penche vers toi pour t'examiner. Et comme tu crois qu'il va te demander d'où tu sors : « Un peu de vin ? »

En toute hâte, tu te lèves, t'apercevant par la même occasion que tu es vêtu de larges vêtements en toile grossière dont les fibres épaisses te sont source de confort et de joie quand elles frottent ta peau. La jeune fille – elle doit avoir dans les dix-huit, dix-neuf ans – l'interrompt d'un air taquin en agitant un biberon : « À moins que vous ne préfériez encore un peu de lait ? » Elle porte une chemise à carreaux rouges, ses cheveux sont tellement ébouriffés qu'on dirait un nid de corbeaux et de pies.

« Sers-lui un verre », dit l'homme. C'est un vieillard, par comparaison, il a bien passé le demi-siècle.

S'étant assis sur la couche d'herbes, il sort une blague à tabac en cuir rendu luisant par l'usure et remplit de brisures de tabac dorées le fourneau en bronze d'une pipe au bec en laiton et au manche en cuivre qu'il se met à mâchonner de ses dents d'un noir de laque. Sa grande main sèche plonge une longue pince d'acier dans la cuisinière pour s'y saisir d'un morceau de braise éblouissante et crépitante, avec lequel il allume sa pipe. Cette série de gestes est accomplie avec naturel et cohérence, comme s'il était seul au monde. Définitivement, il a le maintien d'un maître de maison.

Pieds nus, la jeune fille a pendant ce temps sauté au bas de la couche. C'est sans la moindre arrière-pensée malsaine que le professeur de physique admire le roulement vigoureux de son petit derrière ferme. Tu la regardes qui s'éloigne, puis qui revient, deux vieilles jarres noires vernissées dans les bras, son visage respirant la joie et l'espièglerie.

Le vieil homme bourre avec son pouce le tabac fumant dans sa pipe. Cette capacité de résistance à la chaleur t'époustoufle. Les yeux mi-clos, il contemple sa fille qui revient, mais son regard a un éclat semblable à celui du chien, illusoire, à la fois terrifiant et merveilleux.

Agenouillée entre les deux hommes, elle se penche dans un geste gauche pour déposer les jarres et dispose sur la couche les deux bols noirs qui leur servaient de couvercles. Les herbes n'étant pas égales, ils ne tiennent pas tout à fait droit. Quand elle retire le premier bouchon en bois, le puissant arôme de l'alcool se répand d'un coup tout autour. Le professeur de physique s'en enivre, lui qui jamais de sa vie n'avait trop touché aux spiritueux. Et, ébloui, contemple ces vapeurs bleu pâle qui lentement s'élèvent. Brusquement, il ressent toute l'ineffable beauté de l'existence. La jeune fille remue un peu la jarre et remplit les deux bols.

Puis elle débouche l'autre :

« Du miel, Papa ?

– Un petit peu ! » répond le père d'une voix profonde, la gorge bruissante d'un souffle majestueux.

Avec un bout de bois fin, elle en pêche quelques gouttes. C'est un miel doré, fondamentalement assorti à la teinte fondamentale de la pièce. Juste un peu plus doré, peut-être, un peu plus luisant. Très sirupeux, il s'étire en longs fils translucides qui vont de l'ouverture de la jarre jusqu'à la brindille.

Elle le pose dans les bols et lentement mélange. Il se dissout, une odeur médicamenteuse de chrysanthème d'Inde se répand, l'alcool change de couleur. Puis elle tire la langue et lèche la brindille, le cou tendu, sa jolie bouche grande ouverte. Elle a la couleur du miel, elle en a le parfum. Comme lui, elle est bonne. Le professeur de physique est si heureux qu'il va en pleurer, la vie est si belle.

« Quelles sont ces manières ? » la réprimande le vieux en lui lançant un coup d'œil.

Elle jette alors la branche au chien, lui conseillant le plus sincèrement du monde : « Nettoie-la, Noiraud ! »

Noiraud ouvre un instant les yeux. Comme à contrecœur, paresseusement, il tend la patte et ramène près de sa gueule la brindille à laquelle il donne deux coups de langue. Puis ne bouge plus. On dirait qu'il n'aime pas ça, qu'il n'a fait qu'obéir à l'ordre donné par la jeune fille.

Celle-ci soulève à deux mains le bol qu'elle offre au professeur de physique : « Buvez, facteur ! »

Révérend et déférent, il accepte. « Vous vous êtes perdu en allant délivrer un télégramme ? » demande-t-elle encore en servant son père qui range sa pipe pour s'emparer du bol et la coupe : « Buvez. Ça chasse le froid. »

Avec précautions, il avale une première gorgée. Alcool doré, parfumé, sucré, généreux, velouté. Son regard s'embue.

« Prépare-nous deux morceaux de viande ! » a repris le vieil homme.

Toujours les pieds nus, elle bondit vers le fourneau et soulève le couvercle de la marmite. Un nuage de vapeur en forme de champignon en jaillit, brume qui voile les rayons de la lampe-tempête et les réduit en filaments courts et épais. Les vagues ne bouillonnent pas à l'intérieur, c'est tout juste si l'on distingue quelques petites rides autour d'une pièce de bœuf vermeil. Comme le chien noir lui donne un coup de langue sur le talon, elle lui effleure la tête de son pied : « Toi aussi tu en veux ? Attends ! Un peu de patience ! »

Puis, de derrière la cuisinière, elle sort une planche de bois, sur laquelle elle dépose le morceau de viande de la taille d'un oreiller qu'elle vient de pêcher avec un crochet d'acier à deux dents. « Va chercher le couteau ! » ordonne-t-elle au chien.

La bête noire se lève, s'étire et va prendre dans le panier d'osier la lame en forme de feuille de tournesol. Puis il revient la voir et lève la tête pour qu'elle se serve.

Ayant découpé un bout de bœuf gros comme le poing, elle le lui jette sur son tas d'herbe : « Prends ton temps. Attention à ne pas te brûler les dents. »

Le chien regagne sa couche, tend les deux pattes en avant pour s'emparer de sa nourriture et sort la langue pour en évaluer la température.

Puis elle découpe encore deux gros morceaux et dans chacun fiche une baguette. En ayant tendu un au professeur de physique et l'autre à son père, elle dépose aussi une soucoupe de sel fin entre les deux hommes : « Mangez, facteur. Je vous en couperai un autre quand vous aurez fini. »

Le vieil homme ne dit rien. Il lève son bol pour trinquer avec toi puis renverse la tête en arrière pour tout avaler en trois gorgées. L'alcool dégouline dans sa gorge. « Buvez ! » t'intime-t-il. Et il attaque sa viande, tandis que toi aussi tu tends le cou pour avaler une grosse gorgée et te mets à manger. La viande filandreuse et dorée a un parfum bien particulier. Gorgé de bœuf et de vin, encore une fois tu ressens toute l'ineffable beauté de l'existence.

Un demi-bol d'alcool et trois morceaux de viande gros comme le poing dans le ventre, le professeur de physique n'a plus ni faim ni soif. La fatigue accumulée au cours de ces derniers jours semble totalement envolée, il déborde d'enthousiasme. Ayant également fini de s'alimenter et de fumer, le vieil homme s'adresse enfin à lui : « C'est comme vous voulez. Si vous avez sommeil, dormez, ou allez-vous-en si vous avez envie de partir. Mets tes chaussures, petite, nous avons du travail. »

Il range sa pipe, se lève, va vers le mur, décroche un tablier en toile cirée qui y était accroché, en passe le lien supérieur autour de son cou et attache la ceinture derrière ses reins. La jeune fille enfile une paire de bottes de pluie roses et un tablier de couleur dorée. « Ne vous occupez pas de ce que raconte mon père, facteur. Vous feriez mieux d'attendre qu'il fasse jour pour partir. » Et montrant du doigt le costume vert et les billets sur le tas de bois : « Vos affaires ne sont pas encore sèches. »

Père et fille se dirigent vers le coin ouest de la pièce, tandis que sur le sol le bœuf jaune se met à gémir doucement.

La gamine, de quelque recoin, sort une grande table rouge, carrée, sur laquelle sont disposées deux hautes bougies rouges couvertes de caractères dorés. Au milieu, un brûle-parfum en terre cuite rempli de blé. Elle prend du feu, les allume, et au même feu encore trois bâtons d'encens qu'un à un elle fiche dans leur support. Les flammes semblent se faire plus claires, mystérieusement elles se mettent à sauter et danser, éclairant de telle manière que toute la pièce, elle aussi étrangement, se met en mouvement. Les yeux du bœuf, ceux du chien, les araignées au plafond, tout sautille.

Agenouillé devant l'autel, le vieux frappe trois fois le sol de son front. Sa fille y ajoute un bouquet de roseaux jaunes. Dans la lumière des bougies et les volutes de l'encens, dans l'or dont sont enduits les murs, il se dirige alors gauchement vers le panier d'osier pour y prendre la masse de fer et retourne se placer auprès du bœuf. Puis, s'étant craché dans les mains l'une après l'autre, il s'empare du manche de son marteau, recule d'un pas et regarde l'animal droit dans les yeux.

Tu peux voir les pupilles de celui-ci se mettre à scintiller comme des pierres bleues. Un regard dont l'éclat est plus fort que celui des bougies, plus fort que celui du fourneau, plus fort même que celui de la lampe. Avec un soupir, en un geste d'une impétuosité imprévisible et presque incroyable, il lève sa masse et la lui abat sur le front. On entend un bruit lourd et gras. Le vieil homme jette son arme et s'agenouille. Ne serait-ce dans la lumière des bougies quelques reflets bleutés, courts et débiles, les yeux du bœuf n'ont plus la moindre lueur.

Ramassant le poignard, avec promptitude elle coupe le lien qui entravait ses pattes et celles-ci partent comme un ressort soudain délivré de la pression qui le contenait. Du pied, elle fait alors rouler une grosse bûche ronde vers le flanc de l'animal, repoussant d'abord un sabot, puis le deuxième, et recommence de l'autre côté. Il gît le ventre à l'air, à présent, ses quatre jarrets tendus droit comme des canons légèrement à l'oblique et encore tout tremblants. Elle découpe les muscles des cuisses puis, s'aidant du couteau en forme de feuille de saule, ouvre la peau en plein milieu de la poitrine. Empoignant ensuite la hache, elle lui défonce le sternum, dénudant un cœur d'un rouge d'or semblable à un gros melon ovale qui bat encore dans sa cage thoracique fumante et dans lequel elle fiche son poignard. Le sang éclabousse partout, jaillit en crépitant. Se met à couler à gros bouillons. Ils n'ont pas l'air de s'en préoccuper. D'un autre recoin, elle sort alors une sorte de pulvérisateur pour traiter les arbres fruitiers qu'elle pousse jusque sous la poutre. L'appareil est muni de deux tuyaux en caoutchouc rouge dont l'un est fixé à une grande cuve qui doit pouvoir contenir jusqu'à six seaux d'eau, tandis que le vieil homme prend l'autre dans sa main. Un pied sur la pédale et les deux mains sur le levier de la pompe à air, la petite attend nerveusement.

Comme le flot commence à se tarir, le vieil homme enfonce le bec en fer acéré de son tube dans l'aorte de la bête.

La petite actionne la pompe en se balançant d'avant en arrière. L'eau passe par le tuyau de caoutchouc rouge dans le pulvérisateur quand elle se recule, puis se déverse dans le cœur du bœuf dès qu'elle penche dans l'autre sens. La sueur qui suinte sur ses omoplates forme déjà deux plaques trempées sur sa chemise à carreaux rouges.

Le professeur de physique se met à roter pour faire écho au tchouc-tchouc de la pompe. Des relents de viande de bœuf et d'alcool miellés ne cessent de lui remonter à la gorge. C'est comme si c'était ton cœur que l'eau envahissait.

Tu les regardes, complètement hébété, vider la cuve dans l'animal. Du cœur l'eau passe dans les artères, puis dans les veines et puis dans les vaisseaux capillaires, puis de là s'infiltre dans les muscles, dans les os, et jusque dans la plus petite cellule.

Il arrache le tuyau et bloque la blessure à l'aide d'un vieux torchon.

Elle va vers la cuve, en détache le tube et le roule. Son père roule aussi le sien. Elle range le pulvérisateur dans son coin. La lumière des bougies est très claire, en dépit de deux points noirs dans leurs flammes, les lumignons formés par les mèches : on raconte que leur forme peut aider à prédire si la moisson sera bonne, ou si un mariage sera heureux.

Tout ce qui vient d'être dit, ils l'ont fait avec la plus complète concentration, comme s'ils avaient été absolument seuls.

« Suffit ! Un peu de repos maintenant, déclare le père. On le dépècera plus tard, une heure avant le lever du jour, on perd de la viande si on dépèce trop tôt. »

De retour auprès de la couche, père et fille se déchaussent et se débarrassent de leurs tabliers. Tout étonnée, la petite s'exclame : « Vous ne dormez pas ! »

Le professeur de physique se sent aussi mal que si on l'avait surpris en train d'épier les ébats amoureux de deux amants. Il bafouille : « Je… Heu… Je n'avais pas sommeil.

– Pas sommeil ? » Son rire est franchement sournois. Pieds nus, elle saute sur la couche d'herbes, et d'un seul coup avale le demi-bol d'alcool que j'avais laissé. Ses lèvres en sont terriblement humectées, je suis sûr qu'elles ont un goût de miel et de vin. Et la voilà qui se les lisse du bout de la langue ! Un rouge frais transparaît au milieu de cette humidité, d'un éclat, d'une fraîcheur, d'une moiteur… incomparables ! Comme si elles étaient imprégnées de sang de bœuf.

Le vieil homme lui jette un coup d'œil vigilant avant d'entreprendre le curage du fourneau de sa pipe. Il en essuie le bec et me la tend, m'invitant à fumer.

Avec précaution je m'en empare et l'allume à la braise qu'il me tend entre les pincettes. L'âpreté du tabac, irritante pour les poumons, n'est pas sans me rappeler ces quatre cartouches de cigarettes et cette sensation d'empoisonnement à la nicotine qui dans la cellule m'a donné de tels vertiges et de telles nausées. Quelques rares gouttes de pluie viennent alors frapper les tuiles du toit, l'eau tombe de l'auvent dans un seau. Par la porte légèrement entrebâillée, s'engouffrent l'air frais et le parfum de la terre.

Comme son père a retiré ses chaussures et reste sans mot dire, les paupières baissées, à demi couché sur une couverture pliée, luisante d'huile, la gamine s'informe : « Vous venez de la ville ?

– Oui.

– Qu'est-ce qui est mieux à votre avis, la ville ou la campagne ? »

Comment saurais-je répondre à cette question ?

« Ce sera mon anniversaire quand le jour sera levé, annonce-t-elle un peu inquiète. Vous savez quel âge je vais avoir ? Dix-neuf ans ! »

Le vieil homme lui jette un coup d'œil. Quelqu'un frappe à la porte.

Elle bondit pour aller ouvrir.

Une bouffée d'air froid nous assaille. Dans la lumière apparaît un jeune homme fluet, aux lèvres minces, au nez étroit et aux yeux noirs, qui porte sur son dos un gros sac bien gonflé.

« Alors, c'est toi, espèce d'oiseau de nuit ! » Elle a verrouillé la porte et s'y appuie.

« Quatrième Père ! » Profondément, le jeune homme s'incline, les deux mains serrées devant la poitrine pour effectuer son salut.

« Assieds-toi, Tiesheng ! Et toi, petite, verse-lui à boire !

– Il ne sait pas se servir de ses mains ? » Elle a l'air en colère. « En quel honneur est-ce que je devrais le servir ?

– Plus elle grandit et moins elle sait se tenir, cette enfant ! »

Tiesheng rit d'un air détaché. S'étant débarrassé de son sac, il se remplit tout seul un bol qu'il avale à grand bruit.

« Comment vont les affaires ? » s'informe le vieux.

Le jeune homme lance un coup d'œil au professeur de physique.

« C'est un facteur qui a eu un accident.

– Non, je suis professeur de physique au lycée n° 8.

– Oh ! Un monsieur alors ! Les enseignants sont tous de braves gens.

– Tout n'a pas été parfait cette année, Quatrième Père. Je suis allé rendre visite à quelques vieux amis, dans le sud, avec qui j'avais l'intention de partir en virée dans le Guangdong et le Guangxi. Mais, voilà, certains avaient de gros ennuis, recherchés par avis parfois même, d'autres sont mariés et pères de famille, vent et pluie ont bien érodé leurs ambitions d'antan. » S'étant resservi, il soupire. « Quand je repense à cette année où nous avions fait la route ensemble, tout le monde était plein d'allant, nous balayions le bétail de l'univers, quel faste ! Hélas, ce n'est plus qu'un rêve aujourd'hui. »

L'air grave, le regard froid, le vieil homme lui répond : « Les meilleurs banquets finissent toujours par s'achever en ce monde. C'est ainsi. Combien de héros à la réputation universelle ont-ils fini leurs jours décapités ? Mon cœur depuis longtemps n'est plus que cendres. Inutile de t'obstiner, un de ces jours tu épouseras la petite et tu pourras rester abattre les bœufs avec nous.

– Je ne veux pas me marier avec lui ! » Toute rouge, elle s'insurge : « Il ne m'a pas donné ce qu'il m'avait promis ! »

De son sein, le jeune homme sort alors un petit paquet de toile rouge dont une à une il défait les huit ou dix couches pour dévoiler une paire d'étincelants bracelets en or. Des deux mains, il les lui tend : « Demain doit être pour toi un jour heureux. Considère ceci comme un cadeau pour ton anniversaire. »

Elle les met à ses poignets pour les montrer : « Ils sont jolis, Papa ? »

Tiesheng entreprend de défaire son sac – il ne l'a encore qu'à moitié dénoué que le professeur de physique sent une odeur à vous faire dresser les cheveux sur la tête. Les poils du chien noir se hérissent, il se lève et grogne à voix basse. Se déploie une gigantesque peau de tigre. Recroquevillé sur son tas de bois de chauffage, Noiraud se met à trembler de tous ses membres, il gémit comme s'il avait une rage de dents et sa pisse dégouline.

« Je n'ai jamais eu l'occasion de vous remercier de la bonté dont vous avez souvent fait preuve à mon égard, Quatrième Père. J'ai apporté cette fourrure afin que vous puissiez vous y étendre pour dormir. C'est aussi une petite marque de respect filial. » Le jeune homme a déroulé la peau sur la couche d'herbes.

Bouche bée, le professeur de physique ne peut détacher ses regards de cette chatoyante merveille. Il se demande s'il n'est pas en train de faire un cauchemar.

« Où as-tu trouvé ça ? » Le vieil homme caresse la queue de la bête.

Le héros ne répond rien.

« J'espère que ça ne va pas nous attirer d'ennuis !

– N'ayez aucune crainte. Ces choses-là après tout ne sont que sacs à viande et seaux à vin… »

À peine a-t-il fini de parler qu'un vacarme se fait entendre de l'autre côté de la porte. Le verrou est brisé, la porte s'ouvre en deux, un vent froid s'engouffre dans la pièce. Quatre agents de la Sécurité publique bondissent, armés de revolvers à répétition de type 69.

« Haut les mains ! Que personne ne bouge ! » ordonnent-ils avec sévérité.

Quatre de leurs collègues font encore irruption et prestement leur passent à chacun une paire de menottes d'importation en acier inoxydable.

Sans oublier Zhang Hongqiu. Non point qu'il n'ait pas tenté de se justifier, mais il lui a suffi d'ouvrir la bouche pour se ramasser un bon coup de poing en plein dans la joue, qui lui a fait cracher le sang et l'a envoyé rouler sur la peau du tigre. Il ne la trouve pas si moelleuse que ça. Un des flics se met à hurler : « Debout ! Espèce d'assassin ! Dépeceur de tigre ! Sale contre-révolutionnaire par la faute de qui nous en avons bavé à longueur de journée ! »

III

Après de multiples interrogatoires, le professeur de physique a été reconnu innocent et relâché.

Le voici de nouveau qui marche dans la grande rue. Il regarde les feuilles des arbres, d'un jaune doré, qui une à une tombent en tournoyant, sur la route ou dans la rivière, dans la splendide lumière de l'automne.

Tout son corps le démange. Il a peut-être attrapé des poux, ou peut-être la gale.

Quand il arrive devant la petite échoppe au bord de la ravine d'eau puante, il s'aperçoit que sa porte de fer est fermée par le grand sceau du bureau du Contrôle de l'industrie et du commerce. Et juste comme il va tourner les talons, deux individus en civil émergent d'entre les saules.

« Qu'est-ce que vous faites là ? » demandent-ils d'un air sévère.

Il suffit de voir la bosse qu'ils ont à la ceinture pour savoir à qui on a affaire.

« Je suis professeur de physique au lycée n° 8… Je voulais juste acheter un paquet de cigarettes…

– Professeur ? » Les types te dévisagent d'un œil soupçonneux.

L'un le prend par les deux mains et éclate de rire en montrant les marques des menottes sur ses poignets : « Un beau professeur, oui ! Allez, avoue : d'où est-ce que tu t'es échappé ? »

Le professeur de physique ayant quelques difficultés à s'expliquer, il n'a plus qu'à les suivre. Et la première personne sur laquelle il tombe en arrivant au poste, c'est le gros malabar dont il a fait connaissance quelques jours plus tôt et qui lui aussi le reconnaît d'ailleurs : « Relâchez-le ! C'est un fou ! »

Zhang Hongqiu est bien content d'avoir eu une telle chance ; à la sortie il n'a plus qu'une seule envie : rentrer à la maison. La première chose qu'il fera une fois arrivé chez lui sera de demander à Fang Fugui de lui rendre son visage. Qu'il vive ou qu'il crève, c'est son problème, ma place à moi est sur l'estrade en brique des terminales du lycée n° 8.

C'est alors que d'un bon pas il va, longeant le bord de la route, que dans un grand miroir de toilette exposé à la vente il découvre malencontreusement son reflet. Vêtu d'une tenue de boucher trop grande, trop large et maculée de taches de sang, le cheveu tout blanc et tout ébouriffé, il a le visage couvert de plaques vertes, rouges, noires et blanches. C'est à peine s'il est lui-même capable de se reconnaître.

Dans l'idée d'emprunter un peu d'argent pour essayer de s'arranger un peu, il décide d'aller trouver Ma Hongxing, son ancien élève. Celui-ci lui fait subir un examen en règle mais n'arrive toujours pas à être sûr : « Comment dire ? Quand vous me parlez, quand vous m'expliquez ce qui s'est passé, j'ai bien l'impression que vous êtes monsieur Zhang. Mais si je vous regarde, vous ne lui ressemblez guère !

– Mon brave disciple ! pleure-t-il. Ton maître a bien souffert. Sinon, jamais je ne viendrais t'implorer. Fais l'aumône à un pauvre mendigot ! Aide ton professeur à sortir de cette mauvaise passe ! »

Et parlant et parlant, avant d'avoir eu le temps de s'en rendre compte, le voilà qui se retrouve à genoux. En toute hâte, Ma Hongxing le remet debout.

« Je ne veux rien savoir de vos problèmes et de votre vie privée. C'est pas normal de vous trouver dans cet état-là. Je vous passe deux cents yuans, vous allez pouvoir acheter de nouveaux vêtements, aller chez le coiffeur, vous laver et changer de lunettes. Pour le reste, on trouvera une solution plus tard. »

Serrant son argent aussi fort dans sa main que si c'était la clef de la porte du bonheur, il passe devant un magasin, puis un autre. Personne n'oserait lui en refuser l'entrée, mais il a l'impression que toutes ces somptueuses entrées sont autant de tombes béantes et il n'a aucune envie d'y entrer. Dans la rue, il hésite. Bientôt, les passants se font plus rares, on peut entendre le bruit que font les feuilles dorées des peupliers blancs quand elles se frottent contre l'air au cours de leur chute tourbillonnante et quand elles tombent sur le sol en faisant jaillir l'eau stagnante. Une mélodie dorée, encore une fois, qui s'enroule à n'en plus finir. Loin de lui l'idée de vouloir jouer aux libres associations de pensées, mais même si de tout son cœur et le plus sincèrement du monde il cherchait à s'en empêcher, il ne peut se retenir de revenir à cette saison où les peupliers blancs étaient en fleur et à cet âpre arôme qui a décidé de presque toute son existence.

Comment aurait-il le cœur de piétiner les feuilles mortes qui tranquillement reposent dans la boue de la chaussée ? Il le faut bien pourtant, impossible d'avancer sans ses pieds ou de prendre par un autre chemin.

Dans la forêt au bord de la rivière, la mélodie dorée se déploie avec tout l'éclat et toute la magnificence d'une pyramide d'Égypte. Les rayons du soleil tombent au travers du feuillage touffu tout droit de la cime des arbres, baignant toutes choses de leur or infini.

Une troupe de petits écoliers, foulard rouge autour du cou, fait cercle autour de lui.

Tu remarques qu'ils tiennent bien haut de grandes bannières en papier sur lesquelles quelqu'un a dessiné à la craie la tête d'un homme à lunettes dont le nez à l'arête haute est barré d'une cicatrice (tête qui est entourée de noir). « Collecte au bénéfice des enseignants d'âge moyen du secondaire », peux-tu lire.

Un des enfants lui tend un tract rose ronéotypé en gros caractères noirs de style Song :

> Citoyen !
> Ton cœur connaît-il la pitié ?
> Sais-tu les affres des enseignants quadragénaires des lycées de notre ville ?
> Ils meurent de fatigue sur l'estrade !
> Ils se pendent dans les salles de classe !
> As-tu des enfants qui veulent entrer à l'université ?
> As-tu fait des études secondaires ?
> Délie pour eux les cordons de ta bourse !
> Jamais dix mille yuans ne seront de trop
> Jamais un centime ne sera méprisé.

Tu relèves la tête et contemples ces mignonnes faces d'enfants, tournesols épanouis dans la lumière du soleil, et les larmes s'échappent de tes yeux. D'une seule voix, ils se sont mis à crier :

« Grand-père, délie les cordons de ta bourse ! »

Ouvrant cette main que tu tenais si étroitement fermée, tu introduis tes billets trempés de sueur dans la grande bouche noire de leur cassette en papier rouge.

Les jeunes pionniers t'acclament.

Une petite demoiselle épingle une grosse fleur en papier écarlate sur ta poitrine. Elle est ornée d'un ruban en papier qui porte, écrite à la craie blanche, la mention :

Glorieux donateur.

Douzième partie

I

Un crêpe noir au bras, les dirigeants du comité du Parti et du gouvernement municipaux défilent autour de la dépouille du vice-maire Wang. Derrière eux les principaux responsables des secteurs concernés. Et, soutenue par ses enfants, la femme noire et décharnée qui regarde la foule avancer en tournant autour du cercueil où repose le corps de son époux. Quant aux journalistes, brandissant bien haut leurs projecteurs et leurs caméras, ils dessinent un deuxième cercle encore plus grand. L'esthéticienne est restée en dehors de tout cela.

Elle a pu voir la vieille femme, ce sac d'os, fermer les yeux quand les spots se sont arrêtés sur les visages des parents du défunt. Son fils est grand, il a la figure couverte d'acné et des cheveux qui lui tombent sur les épaules, le faisant ressembler à Newton ou à Lomonossov tels qu'on les représentait dans les manuels de physique des lycéens des années cinquante. Écarquillant des yeux tout ronds braqués droit sur la lumière, comme s'il voulait se mesurer avec elle, il se mord la lèvre supérieure en un geste qui rappelle à Li Yuchan ces sages animaux du jardin public qui, sur la colline aux singes, appuyés à leur barrière, regardent les humains bien en face. Gros ventre pointé en avant, la fille a le visage constellé de taches brunes grosses comme des pois de soja.

Le vice-maire repose au milieu des fleurs. Un costume mao en lainage couvre son ventre aussi plat qu'une planche à aiguiser tandis que sur sa face émaciée on discerne encore les traces du surmenage.

Les adieux au corps sont terminés, le grand hall du funérarium se retrouve désert. L'esthéticienne pousse avec quelques factotums le cadavre vers l'incinérateur – cela ne fait pas partie de ses attributions, mais elle a une intuition sacrée, elle se doit de l'accompagner pour ce dernier bout de chemin, c'est son devoir. La tâche de le mener jusqu'aux bords de cet inévitable fourneau aurait en fait dû incomber aux parents du défunt mais, dès que la cérémonie a été achevée, le fils et la fille, soutenant leur mère, se sont empressés de partir à toute allure vers la grande porte, comme si le funérarium avait été sur le point de s'effondrer.

Ainsi qu'il a déjà été dit, rien de plus aisé que de décharger le cadavre sur cette plaque de tôle lisse qui est munie d'un mécanisme à ressort.

Il fait piètre figure, sur sa planche, une fois que les fleurs et les feuilles ont été jetées en vrac dans la poubelle à côté du fourneau. L'ouvrier chargé de l'incinération, couvert au point qu'on n'en voit plus que les oreilles, lui ramène sans façon les jambes, qu'il avait un peu écartées, avec un crochet d'acier. Puis appuie sur le bouton. Dans un sifflement, le vice-maire disparaît à l'intérieur du foyer bleu. Automatiquement, les portes se referment. Elle a le temps d'apercevoir ces milliers de langues de feu qui se précipitent vers son corps. Il se bande comme un arc tandis que sa face, si calme, si sûre d'elle, se met à se convulser.

Cette dernière image laissera à l'esthéticienne une impression que jamais, jusqu'à la fin de ses jours, elle ne pourra oublier. Ses seins se durciront chaque fois qu'elle y repensera comme si deux grandes mains invisibles s'en étaient emparées.

II

Après l'averse est venu un petit crachin. La pièce est semée de bassines et de pots, de casseroles, de bols, de louches et de cuillères. Tous les ustensiles susceptibles de contenir de l'eau sont là pour accueillir la pluie qui coule par le toit. L'esthéticienne n'est pas encore rentrée.

La beauté fragile pour une fois n'est pas en train de déambuler dans toute la demeure : elle tremble, recroquevillée sur le tas de billes de charbon derrière la porte. Le professeur de physique a fini de disposer les récipients, il ne lui reste plus, désœuvré, qu'à écouter la musique que jouent les gouttes en y tombant. Il ne fait pas encore noir, pourtant la pièce est déjà sombre. Entre les gouttes on peut entendre le bourdonnement des moustiques et les rats qui se battent sur les poutres. On pleure à côté.

Il est sûr d'avoir vu Daqiu et Xiaoqiu se glisser dans leur trou. Mais des garçons, plus la moindre trace quand il soulève le rideau, tout juste s'il trouve une boîte de craie contenant deux souris blanches au milieu d'un fouillis de caoutchouc mousse. Il y a aussi un chat, accroupi à côté, en train de savourer des traces de sang sur sa langue. De chez les voisins, la lumière filtre. Il distingue une paire de jambes familières.

Doit-il, oui ou non, se faufiler par ce trou ? Il n'arrive pas à se décider.

Bon, il passe la moitié supérieure de son corps. Un bâton s'abat violemment sur son crâne.

Quand il revient à lui, c'est pour s'apercevoir que le haut de sa personne est entré chez Du Xiaoying. Autour de sa figure traînent une vieille boîte et des morceaux de craie cassés, répandus pêle-mêle. Le reste de son corps se trouve pourtant toujours chez l'esthéticienne. Cette cloison percée est comme un immense hache-paille, prête à tout instant à le couper en deux.

La voix de Du Xiaoying murmure tout bas des imprécations : « Ordure ! Salaud ! Ça ne t'avait pas suffi de profiter de moi en faisant semblant d'être mon mari… Il a fallu que tu pousses tes fils à séduire ma fille et à partir avec elle… Ah ! Fugui ! Mais ouvre donc les yeux, ils sont beaux tes amis !… »

Plus rien ne compte, il rampe de ce côté-ci en dépit du rouleau à pâtisserie qu'elle brandit pour défendre sa position. Le voilà bien obligé de lever les deux mains et de les agiter devant lui pour protéger sa tête : la rencontre donne un son très clair.

Elle s'est mise à crier en cognant : « Rends-moi ma fille ! Rends-moi ma fille ! »

Le professeur de physique en a assez de prendre des coups. Écartant le bâton, il passe à l'assaut et la jette sur le lit en la prenant par la taille. Sa main cherche sur le bord, là où scintille la lame des ciseaux acérés.

À peine s'est-elle refermée que son instinct vital la fait bondir sur ses pieds. Ses cheveux de lin semblent des flammes blondes – seraient-ils noirs qu'elles seraient noires. Sa bouche qui a goût de lait crache un flot d'épouvantables injures – le professeur de physique lève la tête : son regard tombe sur la photo de mariage. Il y est jeune et souriant. Tenant les ciseaux d'une main et protégeant sa poitrine de l'autre, elle avance, l'air belliqueux et féroce.

Alors, lentement, les deux mains levées, il balbutie : « Mais, Xiaoying, ma chérie… Je ne suis pas Zhang Hongqiu… C'est moi, ton mari… »

Tombant à genoux à ses pieds, comme mû par une force étrange, il s'empare d'un bout de craie, se le fourre dans la bouche et bruyamment entreprend de le mâcher.

Une main lui caresse les cheveux.

Il entend sa voix : « Ne me torturez plus, je vous en supplie… Je ne veux pas faire des choses comme ça… Vous savez bien, les détracteurs sont nombreux sur le seuil d'une veuve. Mais, je vous en supplie, je vous supplie, faites la leçon à vos enfants, il ne faut pas qu'ils séduisent ma fille…

– Ma fille ? répète-t-il avec difficulté en crachant le bout de craie.

– Ils l'ont enlevée… Ah ! Fugui ! À peine es-tu parti que déjà ta famille est ruinée et dispersée ! »

Il se précipite vers la porte.

Elle le rattrape : « Non, non ! S'il vous plaît, pas par la porte, il vaut mieux que vous repassiez par le trou ! »

III

Debout devant le comptoir de l'agence municipale de la Banque Populaire, l'esthéticienne tend d'un air gêné les trois dents en or qu'elle a arrachées de la bouche de son vieil amant, puis aplaties en petites galettes avec un instrument en fer.

Derrière le grillage se tient un jeune homme en costume-cravate, assis très droit. Il lui jette un coup d'œil. Elle a beau se tenir des deux mains à la bordure du guichet, c'est comme si son corps faisait un bond dans le vide. Tremblant de tous ses membres mais essayant de se donner une contenance, elle attend.

L'employé tâte une galette avec une pierre de touche. Il secoue un peu la tête avec un rire en biais.

« Vieux Wang ! l'entends-tu appeler.

– Qu'est-ce qu'il y a ? répond l'autre qui se lève un peu plus loin.

– Venez voir ! » insiste le jeune.

Elle a l'impression qu'elle va s'évanouir.

Le vieux Wang les soupèse un instant de la main.

« Vous preniez ça pour de l'or ? C'est du laiton ! »

L'employé rejette les dents du vice-maire sur le comptoir.

« Et souvenez-vous : la prochaine fois, ce genre de matériau, c'est à la compagnie de récupération des rebuts qu'il faut aller le vendre, pas à la banque ! »

IV

Le professeur de physique tombe sur une esthéticienne fort déprimée, au sortir de son trou. Il n'en a cure ; ouvrant grand la porte, il se jette dans le filet inextricable de la pluie. Il marche, il court, il se hâte au long des rues et des ruelles de la ville. Les automobiles qui passent éclaboussent son costume vert, ses pieds s'enfoncent dans les flaques de la chaussée défoncée. La tempête a lavé l'air de toute impureté. La ville rincée par l'averse est d'une inégalable beauté. Ses jambes filent, son cœur hurle : Revenez, enfants ! Rentrez, retournez tenir compagnie à vos mères ! Je vous promets de mourir, si vous rentrez !

Les lumières de la ville sont claires dans la pluie. Rares

et clairsemés, les derniers filets de pluie argentée scintillent dans les néons multicolores suivant la force et le sens du vent. Les myriades de parapluies bigarrés ont l'allure d'une cité de champignons en mouvance dont les chapeaux multicolores couleraient dans les rues.

Tu soupçonnes chaque couple enlacé dessous, le bruit de leurs baisers réveille en toi des sensations confuses, assez inexplicables.

Qu'un homme et une femme s'embrassent et tes oreilles se mettent à bourdonner.

« Qu'est-ce que vous foutez ? Mais tirez-vous ! » De sous le parapluie a émergé le visage très maquillé d'une femme. Le crachat à goût de jus de pipe de son homme s'est écrasé sur ton visage.

Il sait qu'il a bien mérité la rebuffade. S'essuyant la face, il s'aperçoit qu'il se trouve devant la forêt de peupliers blancs. Des faisceaux de lampes en calices s'ouvrent au bout des clairs réverbères qui bordent le chemin des amoureux en lisière du bois, cette charmante allée aux jolis motifs en galets. Or et argent, les eaux de la rivière s'écoulent. L'écorce des arbres est blanche et lumineuse. La pluie intensifie le parfum amer de leurs branches et la senteur sucrée des plages d'herbe. Entre les vagues sautent des carpes à l'échine rouge qui, tels des demi-arcs-en-ciel, découpent l'air plein d'une épaisse vapeur d'eau au-dessus de l'onde et le font résonner de leurs plongeons.

Tu n'as pas le cœur à jouir de la beauté du paysage. Tu préfères observer ceux qui, sous leur parapluie en papier huilé, en nylon ou en matière plastique, sont en train de l'admirer. C'est une nuit d'amour mélancolique, sentimentale à l'extrême, les amants déambulent comme à la recherche de quelque diamant, quelque pièce d'or ancienne que la pluie aurait fait resurgir. Les escargots tendent leurs antennes en rampant sur les arbres dont de leurs lèvres molles ils embrassent l'écorce fraîche. Le bruit des baisers ne déguise rien, il est comme une brume, comme la lumière qui se répand. Tu me prends par le cou, je t'enlace par la taille ; elle me tire l'oreille, tu lui pinces le sein. Comment craindraient-ils ce petit crachin qui chuinte, eux que la tempête folle n'effraie pas ? Trempées, ces belles et longues chevelures, trempés aussi, ces vêtements qui collent aux corps.

Le professeur de physique aperçoit brusquement un jeune homme au bras tatoué d'un dragon noir qui est en train de plonger la main vers la poitrine d'une fille. N'était ce tatouage, on dirait bien Fang Long, et la fille, c'est bien la noctambule qui baissait l'autre jour son jean moulant pour pisser au pied des peupliers.

C'est plus fort que lui, à la fois furieux et gêné, il faut qu'il aille se planter devant le banc de pierre sur lequel ils sont assis. Que la vérité est donc impitoyable ! Nous sommes le produit du coït de nos parents et pourtant nous n'osons en imaginer le spectacle, au point que nous serions obligés de nous pendre, si de nos propres yeux il nous était donné d'y assister. Nous savons bien aussi que nos enfants, quand ils auront grandi, auront une vie sexuelle, mais, là encore, nous n'osons pas imaginer la scène. C'est pourtant ce qui t'arrive : Il relève sa jupe, des perles de pluie courent sur ses cuisses. On croirait qu'ils sont seuls au monde.

Tu bondis, tu hurles : « Animal ! Impudent ! Impudent ! »

Levant la tête, il te considère d'un œil froid. Les boucles de ses cheveux attestent ses origines.

« Oh ! C'est vous, monsieur Zhang ! dit-il en vous adressant un signe de tête.

– Espèce d'animal ! Je t'interdis de coucher comme ça avec n'importe qui ! Le sida court les rues ! Tu vas me faire le plaisir de rentrer tout de suite à la maison !

– Mais pour qui vous prenez-vous à la fin ! Tirez-vous !

– Je suis ton papa ! »

Il lâche la jeune fille, se lève et lui balance un coup de poing en plein ventre.

« Ça vous apprendra à essayer de vous faire passer pour mon père ! »

Les reins cassés, tu tombes assis, les fesses dans l'eau.

Incapable de rien ajouter, le professeur de physique s'en va, protégeant des deux mains sa poitrine.

Les cris se sont tus dans son cœur.

Dans un tournant, il tombe sur Daqiu en train de danser avec Fang Hu sous la pluie. Ils dansent la danse des corps nus. Leurs vêtements dans les bras, Xiaoqiu les regarde d'un air hébété.

La honte lui fait fermer les yeux. Désespérément ses mains fouillent ses poches. Y trouvant un bout de craie verte, vite il se le fourre dans la bouche. Et pendant qu'il mâche, une eau jaune, âpre et amère s'échappe de ses yeux. Cela fait longtemps qu'il est mort. Les morts doivent rester à leur place, il ne faut pas rajouter au désordre des vivants.

V

« Vous me reconnaissez ? » demande-t-il en balançant sa tête à la Newton.

Éberluée, l'esthéticienne regarde le fils de son vieil amant qui vient de faire irruption chez elle. C'est bien la première fois qu'elle réalise que, même dans sa propre demeure, ce n'est pas très joli de se balader en petit caleçon. Elle va vers le lit pour chercher de quoi se couvrir un peu, mais le garçon au visage couvert d'acné lui barre la route.

Il est aussi grand que le vice-maire.

« Rends-moi les trois dents en or ! »

Des deux bras, elle se protège les seins – son regard lui fait peur – il lui avait déjà fait peur une fois, il y a bien longtemps.

« Elles n'étaient pas en or… C'est du laiton…

– Donne ! »

Quand elle s'est retournée pour prendre la fuite, elle a entendu la voix du jeune employé, qui la hélait en riant aux éclats : « Hé ! La folle de l'or ! Faudrait pas oublier votre trésor ! »

« Je les ai perdues…

– Qu'allons-nous faire alors ? Tu les auras perdues pour rien ? Et je sais que, non contente d'arracher les dents des morts, tu vends leur graisse, en plus ! »

Elle recule.

Il se déshabille, s'allonge sur le lit et d'une voix douce lui intime : « Va te laver les dents. Vite, je t'attends. »

VI

La porte du bureau des professeurs de physique est bien fermée.

Les jumeaux t'ont pris chacun par un bras et te forcent à frapper le sol avec ta tête.

« Écoute-nous bien, espèce d'animal ! Si jamais tu oses aller encore importuner la femme de notre maître... On te châtre ! »

Avec amertume, le vieux Meng commente : « Même des bêtes ne feraient pas ça ! Même des bêtes !

– Il est pourri jusqu'à la moelle : forcer la porte d'une veuve, profaner la tombe d'un mort et violenter une pauvre femme qui n'en peut mais ! Qu'on le pende ! s'écrie Petit Guo.

– Condamnons-le à avaler dix boîtes de craie ! »

VII

Furieux, il exige : « Opère-moi ! Rends-moi mon visage ! »

L'esthéticienne est assise, stupide, elle ne dit pas un mot.

Le professeur de physique l'implore : « Opère-moi ! Rends-moi mon visage ! »

L'esthéticienne est assise, stupide, elle ne dit pas un mot.

Il est en larmes : « Je t'en supplie... Opère-moi... Rends-moi mon visage ! »

L'esthéticienne est assise, stupide, elle ne dit pas un mot.

[illegible]

VI

[illegible]

VII

[illegible]

Treizième partie

I

Tu nous dis : tout cela est peut-être arrivé. – Il est assis à son bureau, plongé dans la correction de ses copies, les cris de la « fleur de la salle d'eau » en écho aux crissements de sa plume. Dire qu'il lui suffisait d'entrer dans la salle, autrefois, et de se mettre à corriger les devoirs pour que tout souci l'abandonne… Rien à faire, aujourd'hui : les autres se sont mis à parler de Du Xiaoying, qu'on a surprise en train de faire l'amour avec le chef d'atelier de la conserverie :

« On ne peut vraiment pas faire confiance aux femmes. Comme dit le *Rêve du Pavillon rouge* : "Chacun sait combien il est bon de devenir immortel, mais de leurs épouses ils ne savent se détacher ; à seigneur vivant tous les jours de belles paroles, qu'il meure et demain le premier venu elles suivront" », dit le vieux Meng.

Mais Petit Guo réplique : « Enfin, monsieur Meng ! Ouvrez les yeux ! Regardez autour de vous ! En quoi Du Xiaoying est-elle à blâmer ? Le professeur Fang est mort, il est normal qu'elle se préoccupe de son bonheur ! Les vivants n'ont pas à souffrir à cause des morts, ils ne peuvent pas rester leurs prisonniers ! »

Une goutte d'encre rouge tombe sur la copie et s'y dilate en une grosse tache.

« Dites donc, Zhang, il paraît que vous lui rendiez visite tous les jours, et vous n'avez rien remarqué ? » s'enquiert Li en baissant son crâne chauve.

Il se lève, ouvre la bouche, puis la referme.

« On prétend même que ça fait un bout de temps qu'ils étaient ensemble, mais que ce pauvre rat de bibliothèque n'y voyait que du feu.

– Oh ! Arrêtez, comme ça ! Quand on pense que si ça se trouve votre bonne femme est en train de rouler un patin à son petit ami, à l'heure qu'il est ! s'exclame Petit Guo. Le problème, avec les Chinois, c'est qu'ils perdent la moitié de leur énergie à discourir des histoires de fesses des autres, comme si personne n'était vraiment propre ! Il y en a, parmi vous, qui n'ont jamais senti leur cœur battre plus vite à la vue d'une jolie fille ? Lequel tiendrait le coup et resterait de marbre avec une nana sur les genoux ? Surtout les cadres, tiens, on dirait que du jour de leur naissance ils n'ont rien fait d'autre que contrôler la vertu des autres ! Je me demande bien combien elle s'en est tapé, notre “commissaire politique” ? »

Lentement, il se lève, ouvre la porte, sort dans le couloir, s'engouffre dans l'odeur de merde et court jusque chez lui.

Il faut que je lui dise la vérité. Je ne suis pas mort. Je suis vivant. Je veux qu'elle me rende mon visage. Je ne veux pas que tu te remaries. Je ne peux pas supporter l'idée que tu fasses l'amour avec un autre que moi. C'est ma faute à moi aussi, bien sûr.

Il s'enfuit. Des élèves courent, suivant les directives du professeur de gymnastique. Une bétonnière tourne en grondant pour construire les nouveaux logements des enseignants.

Tu te précipites CHEZ TOI. Du Xiaoying n'est pas là. La photo de mariage est seule au-dessus du lit à contempler Daqiu et Fang Hu qui s'étreignent. Il crache une gorgée de sang. Et lève la main pour assener une claque à sa fille. Le garçon t'attrape par le poignet. « De quel droit est-ce que vous osez me frapper, espèce de vieux saligaud ? Jamais Papa n'a porté la main sur moi... », hurle la gamine en se tenant la figure.

Puis elle se met en boule et éclate en sanglots.

Daqiu te pousse vers la porte : « Qu'est-ce que tu peux être nul, mon pauvre Papa ! »

Tu nous dis : Si Du Xiaoying épouse le secrétaire du comité au contrôle de la discipline de la ville. – Le vieux Meng explique avec indignation aux professeurs de physique : « Fi de cette femme, le cadavre de son mari n'est pas encore froid qu'elle en profite pour monter les degrés de l'échelle sociale ! »

Pas moyen de se concentrer sur les copies. La fenêtre qui donne sur le stade est grande ouverte. Une dizaine de grosses limousines brillamment décorées y sont garées et les pétards, qui pendent des arbres par grappes, partent avec fracas. Toutes vêtues de soie rouge, deux demoiselles d'honneur soutiennent la mariée : Du Xiaoying, parée à la mode russe. Son nouvel époux, dans un impeccable costume mao en laine, tend une main couverte de taches brunes pour lui prendre le bras… Sa robe est de légère gaze blanche, elle a une grande fleur rouge sur la poitrine…

Plié sur son bureau, il crache une gorgée de sang, qui vient souiller le devoir de l'élève.

Petit Guo raconte, nous dis-tu : « Vous êtes au courant ? La femme du professeur Fang s'est jetée dans la rivière !

– Quelle épouse probe et héroïque ! commente avec un soupir le vieux Meng.

– C'est qu'elle était diplômée d'une grande université ! ajoute le professeur Li.

– Elle a sans doute eu raison, mieux vaut mourir que vivre et souffrir ! approuve le professeur Song.

– C'est ce qu'on dit, mais quand vraiment on se trouve sur le point d'en finir, il faut toujours que l'envie de vivre vous reprenne, remarque Li.

– C'est une des faiblesses du genre humain ! » Petit Guo est lancé. « Personne ne va jamais jusqu'au bout. Moi non plus, d'ailleurs. Par exemple : On a beau savoir pertinemment qu'il n'y a pas pis sur cette terre que notre saloperie de boulot d'enseignants, on continue, en râlant et en nous lamentant ! On a beau savoir pertinemment que de nos jours n'importe quoi, fût-ce chiffonnier, rapporte plus que le professorat, on ne peut pas se décider à partir, on n'arrive pas à renoncer à nos malheureux quatre-vingt-dix yuans et cinq mao par mois.

– Voilà le secrétaire Liu ! prévient Song à voix basse.

– Dites-moi, monsieur Meng, à votre avis, est-ce que nous ne devrions pas faire aux élèves une brève introduction à la théorie de la relativité d'Einstein ? » reprend en claironnant Petit Guo.

Debout sur une plage des bords de la rivière à une trentaine de lis de la ville, tu contemples le cadavre à moitié recouvert par les sables de Du Xiaoying. Tu penses à ce poisson que le limon avait à demi enterré vivant. L'enquête de la Sécurité publique ayant démontré qu'il ne s'agissait pas d'une étrangère, mais de la veuve d'un professeur de lycée, tout déçus ils sont remontés dans leur voiture. Elle gît solitaire, dégageant une puanteur telle qu'elle a attiré par myriades les grosses fourmis qui grouillent sur sa chair blanche, par centaines les corbeaux qui tournoient dans l'air au-dessus de son cadavre et une bonne dizaine de chiens sauvages qui se sont mis en cercle autour d'elle. Tu vas pour les chasser ; te fixant de leurs yeux injectés de sang, ils vont s'asseoir en grondant à quelques pas de toi. Les oiseaux croassent, lâchant sur toi leur merde blanc et noir qui a pratiquement le même goût que celle des hirondelles. Les fourmis sont tellement tassées sur son corps qu'elles commencent à s'en prendre au vivant. Tu les sens qui courent en te donnant des démangeaisons sur les pieds et sur les mains. Tu ne t'enfuis pas. Tout doucement sur la plage tu t'agenouilles, prosterné auprès du cadavre de Du Xiaoying, attendant que les chiens sauvages te sautent à la gorge, que les corbeaux t'arrachent les entrailles et que les fourmis te rongent à ne plus laisser de toi qu'un squelette blanc.

Tu nous dis : – Il a vu un enfant sortir en trébuchant, de sa démarche hésitante, d'entre les peupliers blancs. Un joli petit garçon, vêtu d'une salopette en jean et d'un teeshirt en éponge, qui va les pieds nus. Derrière lui arrive une noble dame, grande et forte, somptueusement vêtue, les cheveux ramenés en un haut chignon. Sa lourde poitrine russe saute quand elle court… Se souvient-elle de la tête qui lui est rentrée dans les seins ? Ou du grand cheval noir qui grignotait une pomme à la peau blanche ? Levant un bouquet de flamboyantes fleurs de balisier, tu vas vers elle. Le beau petit Eurasien est devenu un obstacle entre vous…

Quelqu'un mange de la craie, enfermé dans une cage, nous dis-tu… Il monte un bâton de craie à ses lèvres, nous en sentons le parfum, nous en admirons l'éclat. Tu nous dis que pour lui cette craie a une peau et de la farce, qu'elle est délicieuse, aussi succulente qu'une saucisse préparée avec amour…

Nous t'entendons raconter que, dans une cage, quelqu'un mange de la craie…

Hormis la girafe, tous les oiseaux et tous les animaux autour de nous se sont mis à crier de toutes leurs forces…

II

Et si – et pourquoi pas ? –, toujours vêtu de sa tenue graisseuse de boucher, il faisait une apparition lors de la cérémonie commémorative donnée en l'honneur de Zhang Hongqiu ?

Le terrain de sport du lycée est noir d'étudiants dressés par milliers en rangs serrés. Il n'y a pas de voiture – pour quelle raison ? Le proviseur, dressé sur la tribune provisoire, plisse les yeux dans la lumière du soleil. À son côté Li Yuchan, semblable à un bout de bois noir, et ses deux fils dont les têtes dodelinent.

Douloureusement, le chef d'établissement a pris la parole : « Camarades ! Nous sommes aujourd'hui réunis pour célébrer la mémoire de notre cher et respecté professeur Zhang Hongqiu… »

Celui-ci est justement en train de tenter de se faufiler entre les élèves pour venir devant. De ces rangs et ces rangs de corps lycéens, comme autant de lisses peupliers blancs, émane un âpre arôme, émane le parfum des fleurs de grenadier.

« ... Zhang Hongqiu était un Chinois. Il avait fait ses études au département de physique de l'Université normale de Chine, dont il fut un des meilleurs éléments, avant d'être affecté en tant qu'enseignant dans notre lycée, il y a de cela une vingtaine d'années... »

De blancs nuages jouent dans le ciel, projetant sur le terrain de sport de lentes et larges ombres rampantes qui pèsent sur la cérémonie et les têtes des élèves et des professeurs.

« ... Pendant tout ce temps il a travaillé dur, luttant avec acharnement, toujours solidaire de ses camarades, toujours sociable et liant, ne se laissant rebuter ni par la peine ni par les tracas, sans jamais émettre la moindre plainte, étudiant avec sérieux le marxisme-léninisme et s'efforçant d'améliorer sa vision du monde afin d'être, sur le plan idéologique, chaque jour plus rouge et sur le plan professionnel de sans cesse se perfectionner. Jusqu'à son dernier souffle, il a lutté... »

Écartant les chairs entassées des élèves, Zhang Hongqiu s'avance vers la tribune, ils sont tous vêtus de peaux de tigre, vives et colorées, nobles et majestueuses. Tu as l'impression de te faufiler au travers d'une forêt de bêtes féroces.

« ... Son décès malheureux constitue une lourde perte pour notre établissement. Comme l'a dit le camarade Mao Zedong : "Un certain Sima Qian a autrefois dit en Chine : 'Tous les hommes sont mortels, mais quand certaines morts sont aussi lourdes que le mont Tai, d'autres sont aussi légères qu'une plume de cygne', le décès de ceux qui trépassent pour le bien du peuple est encore plus lourd que le mont Tai, celui des réactionnaires et des fascistes plus léger qu'une plume", Zhang Hongqiu est tombé pour le bien du peuple, sa mort est encore plus lourde que le mont Tai ! »

Écartant les corps lisses des lycéens, Zhang Hongqiu approche de la tribune, des rangées et des rangées d'étudiants, à l'infini pourrait-on croire, comme un troupeau de moutons serrés. Un vaisseau spatial frôle la cime des arbres, c'est qu'on se bat à l'extérieur de la ville, un officier ivre a appuyé sur le bouton qui déclenchait la bombe atomique.

« ... Zhang Hongqiu a beau être mort, éternellement il vivra ! »

Écartant les corps des lycéens, il va vers la tribune de la cérémonie. C'est vrai que je ne suis pas mort, je vis ! Ces rangs, ces couches de lycéens, qui tournent et ondulent comme une musique en train de rouler dans un fleuve. Une symphonie héroïque, une tendre mélodie, un hymne révolutionnaire, tous les sons se mêlent et tourbillonnent à ses oreilles.

« Camarades ! De notre douleur sachons faire notre force ! Nous ne devons pas une seule seconde nous relâcher ! Apprenez vos leçons ! Faites vos devoirs ! Approfondissez votre art de l'examen ! Que la plus exceptionnelle des réussites à l'examen d'entrée à l'université vienne apaiser la vivante âme du professeur Zhang Hongqiu !… »

Déjà il peut discerner la sueur et la morve sur la face du proviseur, déjà il entend son rauque rugissement.

Avec détermination, celui-ci a levé le poing pour faire prêter serment aux lycéens : « Jusqu'à la mort nous jurons de lutter ! »

Autour de toi, d'une seule voix, ils ont repris en hurlant : « Jusqu'à la mort... nous jurons... de lutter... »

« Pour entrer à l'université... »

« Pour... entrer… à l'univer… sité… »

« Échouer, c'est mourir un peu… »

« Échouer… c'est… mourir… un peu… »

Les poings pour prêter serment se sont levés en forêt. Comme mer qui mugit les slogans déferlent.

Quand Zhang Hongqiu enfin finit par se pousser jusqu'à l'estrade, cette immense vague de voix lui a déjà donné le vertige : « Monsieur le proviseur… Je veux donner cours… »

Et cette simple phrase à peine achevée, il s'évanouit.

Le président du syndicat annonce : « Camarades ! Le père du professeur Zhang est ici, il veut continuer l'œuvre de son fils et lutter avec nous… »

III

Avalant ta dernière poignée de miettes de craie, tu reprends : Le professeur a de nouveau parlé de la bombe atomique et de sa conception pendant le dernier cours de physique. Mais sans plus aucun enthousiasme ni éloquence, son discours était éteint, toute vie semblait s'en être enfuie. Certains élèves somnolaient, tête pendante, d'autres avaient le regard perdu dans le vague : la salle n'était plus que scène d'un automne morne.

Quand la cloche a sonné, il n'a pas donné l'ordre de sortir de cours. Ce qui dans un premier temps n'a pas manqué d'inquiéter les lycéens, il fallait encore qu'ils aillent faire la queue pour réussir à s'attraper quelque chose à manger, et du réfectoire la symphonie des bols et de la batterie de cuisine leur parvenait déjà. Ensuite, un doute les a pris. Ils se sont aperçus que le professeur avait un drôle d'air sur son estrade. Comme éperdu d'amour, il les contemplait, frôlant une à une du regard chacune de leurs faces, son cœur sur chacune s'attardant. Plus courageux que les autres, avec circonspection, un élève s'est levé et plié en deux s'est glissé par la porte. Il n'a même pas réagi. Quelques autres ont suivi. Toujours aucune réaction. Avec mille précautions, à la queue leu leu, tous ont alors disparu.

Tout était très calme dans la salle, quand la dernière silhouette s'est évanouie. Il est allé fermer la porte.

Puis il a ouvert la vitre d'une fenêtre située près de l'estrade et ce carreau, collé au mur noir, y a pris l'efficacité d'un miroir dans lequel il a pu se contempler. Le sommet de sa tête était tout violacé et il y avait une cicatrice sur son nez.

Tu nous dis : Dans la trousse d'une élève, il a pris une lame à tailler les crayons à l'aide de laquelle il a entrepris de s'écorcher la peau du visage. Ses gestes étaient gauches, on aurait dit une fille de cuisine russe en train de peler des patates pourries. Par instants, égarée par les directions que le carreau renvoyait, la lame tombait ridiculement dans le vide.

Sa face n'était plus qu'une horrible bouillie de chair et de sang.

Tu nous dis qu'après s'être ainsi détruit le visage, il est resté un moment perdu dans la contemplation du soleil qui tombait déjà lourdement à l'ouest. Dehors il n'y avait rien, qu'un grand vide dans lequel poussaient les peupliers blancs. Leurs cimes où piaillaient des moineaux se trouvaient exactement sur la même ligne que le rebord de la fenêtre.

Il a défait sa ceinture de pantalon et l'a accrochée à un clou solide au-dessus du tableau. Puis il a retiré son crasseux costume vert et l'a rangé sur l'estrade, se retrouvant en simple gilet de corps et caleçon. Quand il a baissé la tête, il s'est aperçu que partout, sur la tribune et dans la bordure du tableau, voletaient des craies qui semblaient des saucisses et des saucisses qui semblaient des craies. Ça bondissait, ça dansait et ça chantait, on aurait dit une bande de mignons petits lutins. Voici ce que disait leur chanson :

Nous avons peau
Nous avons pulpe
Nous si jolis
Nous parfumés
Mange-nous
Nous te mangeons
Chantons, dansons
Dansons, chantons
Parfumés sommes
Si jolis sommes
Que l'avenir est lumineux…

D'émotion il en a eu les larmes aux yeux. Lentement, il a relevé la tête, toutes les feuilles des peupliers semblaient d'or plaquées, même les moineaux étaient vermeil.

Tu nous dis : À l'instant précis où il a tendu le cou pour passer la tête dans le nœud de sa ceinture, quelque chose a craqué entre les feuilles, qui l'a fait retourner à la fenêtre : un moineau était tombé tout droit. Passant par l'ouverture sa tête sanguinolente, il a regardé par terre, ce sol que des milliers et des milliers de pas lycéens avaient rendu impeccable à force de piétinement. Dans l'ombre violette des arbres, l'oiseau attaqué s'était blessé l'aile. Ses petits yeux comme cristallines étoiles, il était en train de se débattre pour essayer de se remettre debout.

Tu nous dis qu'en rêve quelqu'un lui a un jour raconté : J'étais allongé sur l'herbe et je dormais, quand une femme qui sentait le lait frais, avec des cheveux de lin et une jolie poitrine haute à la manière russe, est venue me raconter : « Une jolie légende d'autrefois prétend que voir un moineau avancer en marchant peut porter bonheur : son premier pas est gage de fortune, le deuxième de pouvoir, le troisième de succès auprès des femmes, le quatrième assure la santé, le cinquième la gaieté de l'esprit, le sixième la réussite, le septième la sagesse suprême, le huitième une épouse fidèle, le neuvième la gloire éternelle, le dixième la beauté physique, le onzième une ravissante épouse et le douzième une femme et une maîtresse qui vivent en harmonie comme deux sœurs. Mais attention, jamais il ne faudrait le voir en faire un treizième, si jamais il avance encore d'un pas, le sort va s'inverser, et toutes ces bénédictions se transformer en malédictions qui s'abattront sur ta tête ! »

Traînant son aile blessée, il s'est remis debout. Le sang te couvrait les yeux d'un film rouge. Pourpre soleil, oiseaux de vermeil.

Aussi gros qu'un pigeon, un moineau sanglant et doré s'est mis à marcher vers toi en se dandinant comme un petit garçon qui fait ses premiers pas.

Vers toi il est venu.

Il vient vers moi, il vient vers nous.

Il vient vers nous. Comment pourrions-nous le nier ?

Comment pourrions-nous le nier ? Hormis la girafe, toutes les bêtes autour de nous se sont mises à hurler. Nous nous sentons pris d'une violente envie de manger de la craie. Nous te comprenons à présent, nous t'envions et même nous te jalousons. Tu as tout compris plus tôt, de bâtons et de bâtons de craies tu t'es régalé. Avec un sourire fourbe, tu nous appelles à l'intérieur de ta cage... Voilà, ça y est, finalement nous sommes enfermés avec toi et tandis que, nous gavant de toutes sortes de craies dans les brumes colorées de l'occident, nous resplendissons, vers nous nous le regardons qui s'avance.

En silence, nous comptons ses pas :

1— 2— 3—

4— 5— 6—

7— 8— 9—

10

11

12

13

DU MÊME AUTEUR

Le Clan du sorgho
Actes Sud, 1990

La Mélopée de l'ail paradisiaque
Messidor, 1990

Le Chantier
Scandéditions-Temps actuels, 1993

Le Radis de cristal
Philippe Picquier, 1993, rééd. 2000

Le Pays de l'alcool
Seuil, 2000
et « Points » n° P1179

Beaux Seins, Belles Fesses
Seuil, 2004

Enfant de fer
Seuil, 2004